작가는
어떻게
몰입하는가

작가는 어떻게 몰입하는가

초판 인쇄 · 2023년 12월 25일
초판 발행 · 2023년 12월 31일

지은이 · 김미숙
펴낸이 · 한봉숙
펴낸곳 · 푸른사상사

주간 · 맹문재 | 편집 · 지순이 | 교정 · 김수란, 노현정 | 마케팅 · 한정규
등록 · 1999년 7월 8일 제2-2876호
주소 · 경기도 파주시 회동길 337-16(서패동 470-6)
대표전화 · 031) 955-9111(2) | 팩시밀리 · 031) 955-9114
이메일 · prun21c@hanmail.net / prunsasang@naver.com
홈페이지 · http://www.prun21c.com

ISBN 979-11-308-2129-0   03800

값 28,000원

푸른사상 예술총서 32

글을 파는 콘텐츠 생산자,
작가들의 세계

작가는 어떻게 몰입하는가

김미숙

푸른사상
PRUNSASANG

　20대 중반부터 작가로 살아오면서 글 쓰는 일이 행복한 일이기를 소망했다. 축복받은 일이길 갈망했다. 좋아하는 일이 밥도 잘 먹여주는, 그런 일이길 기대했다. 그러나 이런 나의 소망과 갈망과 기대는 처절한 배신으로 돌아왔다. 글 쓰는 일이 마냥 행복한 일도 아니었고 축복받은 일은 더더욱 아니었으며 밥도 잘 먹여줄 거라는 기대도 충족시켜주지도 않았다. 오히려 글 쓰는 일은 고통이었고 벗어날 수 없는 형벌 같았으며 글을 써서 먹고사는 일은 늘 평탄하지 않았다.

　글을 써서 먹고산다는 것은 펜이라는 장검 하나로 거친 황야에서 살아남는 무사의 삶과 닮았다. 요즘은 펜 대신 노트북을 사용하니 작가는 노트북 하나 짊어지고 매달 나오는 월급과 4대 보험 없이 먹고살아야 하는, 척박한 땅에서 생존하는 셈이다. 물론 이 거친 땅에서 사는 맛도 있다. 작가는 다른 연장 없이 오직 노트북 하나로 완성된 물건을 만든다. 그 물건이 세상 사람들에게 환영을 받아 상품성을 인정받고 화제를 일으키면 엄청난 수익과 명성을 얻기도 한다. 그 짜릿하고 황홀한 맛을 한 번 맛보면 잊을 수 없다. 그래서 그 척박한 땅을 떠나지 못하고 다시 떠돈다.

　막 태어난 아이 분유 값을 마련하기 힘들 정도로 힘든 무명 시절을 꽤 오래 견디었던 한 드라마 작가가 언젠가 했던 말은 쉽게 잊히지 않는다. 5만

원권 지폐가 없었던 시절이었는데, 계약금을 통장에 넣어주지 말고 영화에 나오는 것처럼 007가방 안에 만 원권 지폐를 가득 넣어주면 좋겠다는 것이다. 여기까지 오기가 너무 힘들어서 처음 받아보는 거액의 계약금을 내가 정말 받았는지 실감하고 싶다고 했다. 분유 값이 없어서 울먹이던 모습과 엄청난 계약금을 받을 때의 모습을 동시에 기억하고 있던 나는 그 말에 너무 공감이 되어서 '007가방 계약금' 찬양자가 되었지만, 지금까지도 드라마 집필 계약금을 007가방으로 받았다는 소문은 듣지 못했다. 하지만 긴긴 무명 시절을 겪었던 작가들이 자신의 글쓰기가 돈이 되는 순간을 확인하고 싶은 마음은 변하지 않았을 것이다. 그만큼 글이 돈이 되는 과정은 험난하고 고달프다.

이 책은 그 거친 길에서 작은 등불이라도 되었으면 하는 마음에서 집필하게 되었다. 평생 '글을 팔아서' 먹고살아온 작가로서, '글을 팔아서' 먹고 살고 있는 작가들과 작가 지망생에 대한 연구를 지속적으로 해온 연구자로서 함께 나누고 싶은 이야기를 묶었다. 글로 성공한 사람들도 많고 훌륭한 작품을 세상에 내놓은 사람들도 많지만 내가 굳이 이 책을 쓰려고 했던 것은 나 스스로 누구보다도 많이 실패해보았고 글 때문에 많이 좌절하고 주저앉았던 사람들을 만났으며 그들을 연구했기 때문이다. 그런 면에서 이 책은 글을 쓰는 데 실패해본 사람들에게 더 요긴할 수 있을 것이다. 특히 예술성과 작품성을 우선에 두는 순문학이 아니라 상품성을 추구하며 '글을 파는 사람'이 되겠다고 작정한 사람들에게 조금 더 공감이 가는 글이길 바란다.

성경에 보면 시몬 베드로에게 예수님이 "깊은 데로 저어 나가서 그물을 내려 고기를 잡아라"고 말씀하신 구절이 나온다. 그 말에 베드로는 "스승님, 저희가 밤새도록 애썼지만 한 마리도 잡지 못하였습니다"고 대답한다. 그러나 베드로는 스승의 말을 믿고 깊은 데로 가서 그물을 내리고 그물이 찢어질 만큼 매우 많은 물고기를 잡게 된다. 나는 이 구절을 볼 때마다 작가들의 작업을 떠올리고 몰입을 생각한다.

많은 사람들이 글을 쓰지만 깊은 데로 들어가서 쓰지 않는다. 몰입하지 않는다. 얕은 물가에서 깨작깨작 그물질을 한다. 그곳에 쓸 만한 물고기가 있을 리가 없다. 문제는 자신이 얕은 물가에서 그물질을 한다는 사실도 모른다는 것이다. 나는 그물을 던지고 물고기가 잡히기를 기다리고 있으니 어부이고 글이라는 것을 쓰고 있으니 작가라고 생각한다. 얕은 물가에 큰 물고기가 없듯이 얕은 수준의 글쓰기에서 성과물이 나오지 않는다.

어부가 고기를 잘 잡기 위해서는 자신이 고기를 잡으려는 강을, 바다를 잘 이해해야 한다. 수온은 어떤지, 바람은 어떤 방향으로 부는지, 물고기들이 몰려오는 계절과 시간은 언제인지…. 그다음에 깊은 곳으로 들어가 고기가 가장 많은 곳에서 그물을 내려야 한다. 그러기 위해서 어부는 근면해야 한다. 늘 강을, 바다를 살피고 어구들을 관리하는 일에 시간을 들여야 한다. 그리고 언제든 그물을 던질 수 있는 준비를 하고 있어야 한다.

글을 쓰는 일도 똑같다. 재능으로만 글이 써지지 않는다. 더구나 문화상품의 콘텐츠로 글은 급변하는 문화 트렌드를 면밀하게 살펴야 한다. 근면함과 성실함을 가지고 깊은 곳, 몰입에 들어가서 글을 써야 경쟁력이 있는, 상품성이 있는 글을 쓸 수 있다. 그 이야기를 하고 싶었다. 작가로 살면서, 작가 연구를 하면서 '돈이 되는 글'을 쓰고 싶은데, 글 쓰는 게 돈이 되지 않는 사람들을 아주 많이 만났다. 그런 이들의 경험과 나의 경험, 그리고 연구 과정 속에서 만난 많은 작가들의 이야기를 담으려고 노력했다.

이 책의 1장에서는 스토리가 문화산업 융성의 시대를 만나서 어떻게 돈이 되는 콘텐츠가 되었는지, 왜 인간은 스토리를 소비하고 싶어하는지에 대해 살펴보았다. 인간이 어떻게 이야기와 함께 생존해왔고 이야기를 즐기며 살아왔으며 우리나라에서는 어떤 방식으로 이야기가 유통되어 소비되었는지도 짚어보았다. 2장에서는 작가는 어떻게 몰입을 통해 작품을 써나가고 완성하는지, 몰입에 들어가기 위해서는 어떤 작업이 필요한지에 대해 적었다. 작품을 써내는 작가들이 경험하는 몰입과 뇌과학과의 관계도 살펴보면서 '돈이 되는 글'을 쓰기 위해서는 어떤 방식으로 몰입을 해야 좋은지 탐구해보았다. 3장에서는 대중적인 상품성에 주목하여 글을 쓰는, 콘텐츠 생산자로서 작가들의 생생한 목소리를 담아보았다. 드라마 작가, 드라마 기획 프로듀서, 웹소설 작가, 웹툰 작가, 구성작가들을 직접 만나 그들에게 직접 들었던 집필 방식과 노동 과정과 노동의 특징, 정체성들을 살폈던 논문들을 개작하여 실었다. 원본 논문 중 학술지 『언론과 사회』에 실렸던 「심층 인터뷰와 질적인 분석으로 조명한 텔레비전 드라마 작가들의 정체성과 노동의 단면들 : 보람과 희열 그리고 불안감에 엮어내는 동학」은 뛰어난 문화연구자이자 스승인 경희대 이기형 교수님과 공동 작업했음을 밝힌다. 문화연구 내 생산자 연구를 위해서 이 책을 보는 독자는 각 챕터에 기재되어 있는 원본 논문을 반드시 찾아보시기를 권한다.

이 책은 바쁜 일정과 고된 노동 속에서도 콘텐츠 생산자로서 자신을 솔직하게 드러내준 작가들이 있어서 가능했다. 늘 글 쓰는 일에 쫓기면서도 연구에 참여하여 감탄할 만큼 세세하게 자신의 일상과 작업 과정을 밝혀준 작가들에게 너무 감사하다. 그 과정에서 어떤 일 하나도 허투루 하지 않는 작가들의 진실한 태도와 근성을 보면서 "역시 당신들은 작가구나" 하는 생각을 했다. 나도 더 좋은 일로 보답해야 할 텐데…. 큰 빚을 졌다. 다시 한번 머리 숙여 진심으로 감사하다는 말씀을 드린다.

평생 작업실에 갇혀서 엄마로서 친절하지 못했던 두 딸 영림이와 현용이에게도 진심으로 고맙다는 말을 전하고 싶다. 책과 글을 들여다보느라 늘

자식들에게 등을 보이고 산 것만 같아 미안했는데 잘 자라줘서 너무 고맙고 대견하다. 내 고향 원주에 있는 토지문화관 창작실은 내게 많은 영감을 주었고 많은 작가를 만나게 해준 소중한 곳이다. 이 책이 그곳에서 시작되었음을 밝힌다. 매화꽃과 벚꽃, 그리고 오디를 함께 즐기던 그곳에서 만난 작가들과 토지문화재단 여러분께도 감사를 드린다. 변화하는 문화 트렌드를 빠르게 읽고 이 책을 출간해주신 푸른사상사 한봉숙 대표님과 좋은 책을 만들어 주신 편집팀에게도 깊은 감사의 말씀을 전한다.

2023년 초겨울,
북한산이 바라보이는 파주에서
김미숙

part 1

스토리, 문화산업 융성의 시대를 만나다

스토리, 문화산업 융성의 시대를 만나다

1 유사 이래 글을 써서 이렇게 돈을 많이 버는 시대는 없었다

당신은 글을 써서 먹고사는 꿈을 꾼 적이 있는가. 글을 쓰는 것은 좋아하지만 생계가 해결되지 않을 것 같은 두려움에 작가라는 직업을 포기한 적이 있는가. 그런 사람들에게 기쁜 소식이 있다. 작가의 꿈을 다시 꾸고 글을 써서 생계를 해결할 수 있는 시대가 왔다. 이것은 글을 쓰는 일을 업(業)으로 삼고 싶은 사람들에게는 분명 복음이다. 필자는 지금부터 그 이야기를 하려고 한다.

인간은 선사시대 때부터 이야기를 통해 생존해왔다. "이야기로 생존해왔다니 무슨 말인가? 이야기는 유희의 수단이고 놀이가 아닌가?" 이렇게 질문할 수 있다. 하지만 수렵과 사냥을 통해 생존해야 했던 원시시대, 먹을 것을 구하기 위해 사냥과 수렵을 나서야만 했던 사람들에게 그 어떤 것보다 중요한 것은 이야기였다. 사자를 만나면 어떻게 대처해야 하는가, 멧돼지를 사냥해야 할 때는 어떤 방법으로 해야 하는가, 그러다가 사자나 멧돼지의 역습을 당하면 어떻게 대처해야 목숨을 구할 수 있는가, 이웃 부족이 약탈을 시도하여 전쟁이 일어나면 어떻게 대응해야 하는가, 그리고 우리의 부족을 이끌었던 위대한 영웅은 우리를 구하면서 어떻게 장렬히 전사하였는가. 이런 이야기들은 사냥과 수렵의 방법론을 제시하였고 부족의 단결과 희생을 담고 있었다. 그 과정에서 영웅담이 만들어졌으며 이웃 부족의 약탈에 부족을 지키다가 전사한 부족장의 죽음은 영웅 서사로 탄생했다. 이야기가 없는 부족은 생존할 수 없었고 공동체 생활을 영위할 수도 없었다. 모든 정보가 이야기의 형태로 후대에 전승되었기 때문이다. 인간이 문자로 이야기를 기록하기 전에는 부족 생존의 이야기는 입에서 입으로 전해졌을 것이다. 그 과정에서 이야기는 과장되기도 하고 더 정교해졌으며 윤색되어 재미가 더해졌을 것이다.

인간이 문자를 쓰기 시작한 이후로 국가 통치에 필요한 이야기는 정사(正史)가 되어 남겨졌고 농사짓는 법이나 무기를 만드는 법 등 생존을 위한 이야기는 책으로 만들어져 사람들에게 배포되었다. 절대권력이 통치하기 시작하면서 국가 지배를 위한 이야기는 전형화되었지만 그렇지 않은 이야기들은 사람들 사이를 떠돌며 더 맛깔스러워졌고 흥미진진해졌다. 권력에 의한 지배는 필연적으로 저항의 이야기를 낳는다. 그 이야기는 때로는 삶의 시름을 달래주기도 하고 부당한 권력에 대항하기도 하면서 힘을 키워나갔다. 이야기는 연극, 판소리, 탈춤, 창극,[1] 소설, 시 등 여러 형태로 진화하면서 우리의 삶과 함께했고 기술문명의 발달과 함께 드라마, 영화, 웹소설, 웹툰, 다큐멘터리 등으로 분화되었다. 그리고 '글 쓰는 일'이 돈이 되기 시작

---

1 판소리가 창자(唱者)와 고수(鼓手) 두 사람이 소리를 중심으로 펼치는 음악 위주의 일인극 형태인 데 비하여, 창극은 작품 속의 주인공들을 여러 창자들이 나누어 맡기 때문에 등장인물이 많고, 대사와 연기·무대장치 등이 보다 사실적이라는 점에서 차이가 있다(출처, 『한국민족문화대백과』).

했다. 이야기를 만들어내는 '작가'는 글이라는 콘텐츠를 파는 생산자가 되어 대중에게 작품을 내놓는 시대가 된 것이다.

우리나라에서는 오랫동안 글 쓰는 일은 돈이 되지 못했다. "글쟁이는 배 곯는다"는 말을 공공연하게 듣고 자란 세대도 있다. 사람들 사이에서 입에서 입으로 전승되던 이야기는 현대에 이르러 발화자가 분명해지고 그 일부분이 순문학의 형태로 자리 잡게 된다. 그것에 들어가지 못한, 걸쭉하고 흥미진진한 이야기들은 대학가의 탈춤이나 전통이란 이름으로 박제된 판소리나 창극 안에 갇히게 되었다. 돈은 안 되지만 문학을 종교처럼 우러르며 살았던 세대도 있었고 문학 속에서 이야기의 원천을 찾아가는 세대도 있었다. 대중적인 공감대를 형성한, 뛰어난 순문학이 베스트셀러(best seller)로 등극하여 호황을 누린 시절도 있었다. 하지만 순문학은 배우지 못하고 책을 읽을 시간이 없는 사람들이 이야기를 즐기기에는 일정한 벽을 가지고 있었다. 옛날 사랑방이나 행랑채에서 늦은 밤까지 새끼를 꼬거나 길쌈을 하며 들었던, 우물가에서 빨래를 하며 주고받았던, 그 감칠맛 나는 이야기를 모두 순문학에 담을 수는 없었다.

흥미진진하고 때로는 짜릿하며 더러는 눈물까지 쪽 빼는 대중적인 이야기가 전면에 다시 등장한 것은 1927년 경성방송국(JODK)이 개국하면서 시작된 라디오 드라마라고 할 수 있다. 기술의 발달로 사람들 사이를 떠돌던 이야기가 매스미디어(mass media)에 담기기 시작한 획기적인 사건이다. 라디오 드라마 초기에는, 서구에서 들어온 라디오라는 매체에 어떤 드라마를 담아야 할 것인지 고민했던 흔적을 찾아볼 수 있다. 당시는 방송극에 대한 인식도 부족했고 드라마의 형식도 확립되지 않은 상태여서 노르웨이 작가 헨리크 입센 〈인형의 집〉이 첫 방송을 탔고 그 후에도 고리키의 〈밤 주막〉이나 〈나그네〉, 톨스토이의 〈부활〉, 셰익스피어의 〈베니스의 상인〉 등 이미 연극으로 무대에 올려진 희곡을 번역한 작품들이 라디오 드라마로 각색되어 전파를 탔다. 그 후 〈며느리〉〈그 여자의 비밀〉〈어느 가정 풍경〉 등 순수 창작 방송극이 만들어지면서[2] '드라마 작가'라는 직업이 생겼고 우리는 라디오를 통해서 우리들의 이야기를 즐기게 되었다.

1956년, HLKZ-TV에서 첫 TV 드라마 〈사형수〉를 방송하게 되면서 우리나라에서는 본격적인 TV 드라마 시대가 열리고 민간에서 오랫동안 향유되던 이야기들이 드라마라는 형식으로 새롭게 만들어졌다. KBS의 〈전설의 고향〉이나 MBC의 〈암행어사〉 같은 드라마는 사랑방에서, 행랑채에서, 우물가에서 주고받던 이야기들을 그대로 살려 드라마 형식으로 만든 것이다. 물론 탈춤이나 창극, 판소리 등 전통적으로 드라마와 가까운 장르들이 있었지만, 드라마는 매스미디어를 통해 불특정 다수의 대중에게 동시에 전달되는 특별한 형태의 이야기다.

1990년대 초까지만 해도 한 손에 꼽을 정도의 일부 인기 작가를 제외하고는 드라마 작가들의 수입이 그다지 많지 않았다. 드라마는 다른 예능이나 교양 프로그램처럼 TV의 편성표에 나와 있는 하나의 프로그램이었고 드라마 작가들은 그 프로그램에 글을 써주는 사람들이었다. 그러다가 1991년 외주제작 정책이 시행되면서 방송사에서 독점하던 드라마 제작이 외주제작사에서도 이루어지고 2000년대 초반 드라마 〈겨울연가〉〈대장금〉 등이 한류 열풍을 일으켜 엄청난 수익을 창출하게 되면서 분위기가 바뀐다. 당시 〈대장금〉(MBC, 2003~2004)은 수출 및 광고만으로도 약 380억 원의 수익을 올렸으며 〈대장금〉의 생산 유발 효과는 1,119억 원에 달하는 것으로 집

---

2   한국방송작가협회사 편찬위원회, 『한국방송작가협회 50년』, 한국방송작가협회,
    2000.

계되었다.[3] 내수 시장만 보고 제작되었던 드라마는 해외 시장을 중요한 타겟으로 삼아 제작하게 되었으며 드라마 작가들은 늘어난 제작비만큼 더 많은 수입을 얻을 수 있는 환경이 되었다. 드라마 제작 편수가 늘고 좋은 시간대, 좋은 채널에 편성을 받으려는 경쟁이 치열해지면서 콘텐츠의 퀄리티(Quality)를 책임지는 작가에 대한 투자는 필수적인 것이 되었고 일반 회사원이 받는 월급에 비하면 상상할 수 없는 수준의 원고료를 받는 작가들이 점차 늘어났다. 그리고 한국방송작가협회 부설 방송작가교육원 등 드라마 작가를 양성하는 기관이 밀집해 있는 여의도 인근 지역에 드라마 작가를 꿈꾸는 사람들이 몰려들기 시작했다.

2020년을 넘어서면서 이야기 시장의 새로운 강자들이 확실한 자리를 잡게 된다. 바로 웹소설과 웹툰이다. 단행본 만화로부터 진화하여 웹에서 자리 잡은 웹툰은 2021년에 시장 규모가 1.5조 원을 넘어섰으며, 지난날 주류 문학에서 밀려나 하위문화(subculture)로 치부되었던 웹소설 시장도 2021년에 1조 원이 넘었다. 이들 웹소설과 웹툰은 드라마와 합종연횡을 하며 이야기 시장의 영역을 넓혀갔다. 성공한 웹소설과 웹툰은 드라마나 영화로 만들어져 더 많은 사람들에게 사랑을 받고, OTT 플랫폼을 통해 전 세계로 나가 K-스토리의 위력을 보여주고 있다. 〈오징어 게임〉〈이상한 변호사 우영우〉 등 K-드라마가 전 세계를 들썩이게 하고, 웹툰과 웹소설은 세계 여러 나라의 언어로 번역되어 세계로 수출되고 있다.

세계 방송 시장에서 한국 방송 포맷[4] 판매가 늘어가면서 구성작가에 대한

3　박은경, 「[클릭TV] 〈대장금 2〉 한류 자존심 지킬까」, 『주간경향』, 2014.4.29.

4　포맷은 예능, 구성 프로그램의 형식. 예를 들면 jtbc의 음악 예능프로그램인 〈히든싱어〉의 형식을 해외에 판매하면 그 나라에서는 그 나라의 가수로 〈히든싱어〉를 만들

관심도 집중되고 있다. 구성작가의 경우 실재하는 재료로 만들지만 그 구성의 전개 방식 속에 재미있는 이야기가 들어가 내용이 재창조된다. 픽션과 논픽션 사이를 오가며 재미와 감동으로 시청자들을 끌어들이는 이야기를 만드는 사람이 구성작가이다.

이야기가 '돈이 되는 시장'은 정교하게 발달하여 편결제, 또는 월결제 시스템으로 변화되었다. 매스미디어를 통한 이야기가 지상파 드라마라는 형식으로 대중들에게 등장해서 발전하던 시기에는 광고만 봐주면 얼마든지 공짜로 드라마를 볼 수 있었다.[5] 그러다가 2016년 OTT 플랫폼이 우리나라에 등장하면서 영화나 드라마를 즐기기 위해서는 월결제를 해야 하는 시스템으로 바뀌었다. 웹소설과 웹툰은 초기 몇 회를 제외하고는 매회 결제를 하면서 봐야 하는 편결제 시스템이 아예 초기부터 자리 잡았다. 마치 기계에 돈을 넣어야 원하는 음료수를 사먹을 수 있듯이 돈을 넣고 내가 원하는 이야기를 즐길 수 있는 시대가 됐다. 월결제, 편결제 시스템은 유사 이래 이야기꾼인 작가들에게 돈을 많이 벌 수 있는 세상을 합법적으로 안전하게 열어주었고 독자들은 그 시스템에 익숙해졌다.

게다가 "안 본 사람은 있어도, 한 번만 본 사람은 없다", "한번 경험하면 멈출 수 없다"라는 말로 대변되는 웹소설은 아마추어 작가의 시장이다. 진입장벽이 낮아 누구나 자신의 이야기를 웹소설 플랫폼에 올릴 수 있다. 문장이 유려하지 않아도 되고 글이 고급스럽지 않아도 된다. 그저 재미있어서 독자들을 끌어모을 수 있는 게 우선이다. 무료로 독자들을 유인하여 인기가

수 있다.

5 KBS에는 방송수신료가 있지만 1994년 10월부터 전기요금에 통합 징수되기까지 안 내는 사람들이 많았다. 최근 다시 분리 징수 절차를 밟고 있다.

높아지면 유료로 전환하는, 매우 영악한(?) 시장 구조를 가지고 있다. OTT 플랫폼으로 세계가 하나의 문화권으로 묶이고 우리나라에서 제작된 드라마가 전 세계에 동시에 방영되는 상황에서 성공한 웹소설과 웹툰은 드라마의 원작이 된다. 웹소설이 인기가 있으면 웹툰으로 만들고, 시각화된 장르인 웹툰으로도 성공하면 드라마로 만드는 공식이 이 시장에 공공연하게 자리 잡고 있다. 이를 틈타 인기 웹소설을 웹툰으로 만드는 붐이 일고 '노블코믹스'라는 장르가 만들어져 대형 웹툰 스튜디오 중심으로 웹소설의 웹툰화 작업이 활발하게 이루어지고 있다. 한국에서 만든 드라마 한 편은 전 세계 사람들에게 동시에 공개되어 같이 즐길 수 있다. 드라마는 물론 웹툰, 웹소설까지 해외 진출이 활발해서 작가들은 매일 아침 나의 글에 얼마나 많은 사람들이 '좋아요'를 누르는지 확인하며 올라간 조회수를 즐긴다. 드라마의 형태이든, 웹툰이나 웹소설의 형태이든, 방송 프로그램의 형태이든 유사 이래 이야기꾼인 작가가 많은 돈을 벌 수 있는 때가 된 것이다.

2 어쩌다가 이야기가 그토록 잘 팔리는 사회가 되었나

원래 이야기는 원시시대부터 인간 생존의 역사와 함께 했다. 농경사회인 우리는 모내기를 하면서, 타작을 하면서, 밤에 새끼를 꼬면서, 길쌈을 하면서 수많은 이야기들을 듣고 말하며 이야기를 즐기며 살아왔다. 발화자와 수화자가 뚜렷하게 구분되지 않는 이야기들은 입에서 입으로 전해지면서 우리 삶과 함께했다. 때로는 이야기에 위로를 받고 때로는 이야기에서 희망을 보며, 힘들고 고단한 삶이지만, 이야기에서 나는 감칠맛에 시름을 잊기도 했다.

조선 후기에는 농사 기술이 볍씨를 직접 논에 뿌리는 직파법에서 모판에 벼를 미리 심어 어느 정도 자란 모를 논에 옮겨심는 이앙법으로 바뀌면서 농업 생산력이 급격하게 향상된다. 고려 말 때부터 이앙법이 도입되었지만 조선 후기에 비로소 전국으로 확산되었고 볍씨를 직접 뿌렸을 때보다 다섯 배 가량 생산력이 증대되었다. 볍씨를 직접 뿌렸을 때는 잡초를 뽑아줘야 하는 김매기라는 과정에서 노동력이 많이 소진되었지만 이앙법을 했을 경우 논에 들어가 모를 심지 않은 부분만 밟아줘도 잡초는 거의 자라지 않았다.

이앙법이 보편화되어 농업 생산력이 높아지고 벼와 보리의 이모작이 가능해지자 부농이 생겨났다. 반대로 더 이상 농촌에 머물 이유가 없는 농민들은 잉여 노동자가 되어 도시나 포구로 혹은 광산으로 이동하거나 남의 집 머슴살이를 시작했다. 이런 변화는 조선 후기에 농민의 계층 분화를 가져왔고 상업을 발달시켜서 시전 상인, 보부상, 공인, 객주 여각, 사상 등 부를 축적하는 사람들이 늘어났다.

화폐경제가 발달하고 사회가 부를 축적하게 되면 이야기에 대한 욕구가 늘어난다. 농사를 지으면서 자연스럽게 듣고 말하던 자발적 이야기 소통 창구가 적어졌고 이야기를 즐기는 데 비용을 치를 만한 부를 축적했기 때문에 사람들은 기꺼이 이야기를 구매하려는 욕구를 드러낸다. 조선 후기에 등장한 전기수, 책쾌, 세책점 등은 당시 사람들이 얼마나 이야기에 목말라 있는지를 잘 보여준다. 소설을 직업적으로 낭독해주던 전기수는 사람들이 많이 모이는 곳에 등장하여 고전소설을 낭독하는데, 이야기가 절정에 달해 흥미를 더하면 갑자기 중단하였다. 그러다가 청중이 돈을 던져주면 그제야 능청스럽게 낭독을 계속해서 수입을 얻었다. 책 중개상인이었던 책쾌는 전국을 돌아다니며 책을 구해 시장 골목이나 관청, 양반에서 마부, 부녀자와 소년까지 책이 필요한 사람이 있다면 어디든지 가져다주었다.

19세기 무렵, 책을 찾는 사람들이 급증하자 한양에 생긴 특이한 가게가 세책점인데, 소설가 월탄 박종화의『월탄회고록』에 보면 "세책점이 한 군데 생겼다는 소문이 동네에 퍼지면 다투어가며 돈을 주고 책을 빌려다 보았다"고 기록되었다. 이야기에 대한 갈증으로 책을 읽어주거나 책을 구입 또는 대여하는 문화가 생겼지만 정작 이런 열풍으로 돈을 번 사람은 이야기를 만들어낸 '작가'가 아니라 책을 유통시킨 사람들이었다. 이때는 저작권이라는 개념도 없었고 작가가 불분명한 고전소설이 많아서 지금처럼 원작자한테 비용을 지불해야 한다는 생각을 하지 못했다.

상업이 발달하고 부가 축적되면 이야기에 대한 폭발적인 수요가 늘게 되는 과정은 동서양이 다르지 않다. 역사상 가장 위대하고 가장 영향력 있는 극작가라고 평가받는 윌리엄 셰익스피어(William Shakespeare, 1564~1616)는 그가 쓴 명작들로 얼마나 많은 부를 축적했을까. 셰익스피어가 활동했던 17세기 전후에는 역시 상업을 기반으로 한 신흥 부자들이 생기면서 사회에 부가 축적되는 시기였다. 셰익스피어의 작품이 상연되고 셰익스피어가 주주로, 배우로 참여했던 영국 런던의 글로브 극장(Globe theatre)에 사람들이 모여들게 된 배경에는 드라마틱한 이야기가 숨어 있다.

그 이야기는 영국 튜더 왕조의 헨리 8세와 그 유명한 앤 볼린의 사랑 이야기부터 시작된다. 헨리 8세는 아내 캐서린과의 혼인 중에 앤 볼린과 사랑에 빠지게 된다. 그는 캐서린과 이혼하고 앤과 결혼하고 싶었으나 교황이 이혼을 허락하지 않자 영국에서 종교개혁을 단행하여 교황의 권력과 분리된 영국국교회를 만든다. 이어 헨리 8세는 당시 교황 아래 있었던 수도원을 해산하게 되는데 그 과정에서 수도원의 어마어마한 재산을, 자신을 지지해서 종교개혁이 가능하게 했던 사람들에게 헐값에 넘기게 된다. 이때 수도원의 재산을 주로 받은 사람들이 젠트리(Gentry)라고 부르는, 귀족 바로 아래 계층들이었다. 이들은 이 막대한 부를 해양 교역 사업에 투자하게 되고 그 산업을 통해 런던은 유럽 최고의 도시로 성장하게 된다. 수도원의 해산을 통해 부의 재분배가 일어난 셈인데 그들이 특혜를 받아 얻었던 '부(富)'는 바다에 투자되고 바다는 다시 '부'를 가져오면서 영국 사회는 젠트리로 대변되는 중산계급을 키워나갔다. 경제적 부를 달성한 이들은 문화적 욕구를 드러냈고 셰익스피어와 같은 위대한 작가의 비극과 희극이 삶의 유희로 필요로 하게 되었다.

셰익스피어가 위대한 작품을 써서 글로브 극장에 사람들을 끌어모았던 때는 아직 산업혁명 전이지만 근대성이 태동되던 시점이었다. 효율과 경제적 보상이라는 측면이 중요하게 여겨져 직업이 분화하고 상업이 발달된 시대였다. 다니엘 벨(Daniel Bell)은 근대에 이르러 역사적으로 인간의 삶을 이끌었던 경제적 영역과 문화적 영역이 더 이상 결합되지 않고 분리되었다는 점을 지적한 바 있다.[6] 영국 사회 전체가 부를 이루고 신흥 부자들이 탄생했지만, 즉 경제적 영역에 대한 만족도는 높아졌지만 그 속도가 빠를수록 문화의 영역에 대한 갈증이 커져갔다. 그리고 바로 그 자리에 셰익스피어 작품들이 있었던 것이다. 셰익스피어는 당시 자신이 쓴 연극으로 당시로서는 상당한 부를 이룬 것으로 파악되고 있다. 글로브 극장의 주주로도 있었기 때문에 극작가로서의 수입에, 주주로 수입, 배우로서의 활동까지 그에게 경제적 보상을 가져다주었을 것으로 보인다.

셰익스피어가 아무리 위대한들 활동 지역이 영국에 국한되었고 지금처럼 비행기를 타고 영국에 가서 연극을 볼 수도 없었던 시대라 전 세계가 하나의 문화권으로 묶여 있지는 못했다. 셰익스피어가 생존해 있었던 17세기,

---

6　Bell, D., *The Cultural Contradictions of Capitalism*, London: Heinemann, 1976.

조선에서 셰익스피어의 존재를 알 수 없었던 것처럼 다른 나라에서 셰익스피어의 작품을 즐기고 환호할 수는 없었다. 유럽에서 셰익스피어의 작품이 유명해진 것도 그의 사후의 일이다. 셰익스피어가 지금 활동했다면 아마 상상도 못 할 만큼 엄청난 부를 손에 거머쥐었을 것이다. 전 세계에서 끊임없이 공연되고 있는 셰익스피어의 연극에 대한 저작권료, 영화나 뮤지컬 등 2차 저작물로서 저작권료, 출판되어 나오는 책의 저작권료 등으로 상상할 수 없을 정도의 거부가 되어 있을 것이다.

경제적인 욕망이 커져서 사회가 돈을 벌기 위한 체제를 갖추고 그것을 향해 달리게 되면 감성적인 부분에 대한 욕구가 커지면서 사람들은 문화생활을 갈망한다. 그리고 그 한가운데는 '이야기'가 있다. 산업혁명이 일어나고 일과 유희가 분리되면서 사람들은 경제적인 욕구와 문화적인 욕구를 따로 풀어야 하는 숙제가 생겼다. "은행원들은 만나서 예술 이야기를 하고, 작가들은 만나서 월세 이야기를 한다"는 말은 경제적 영역과 문화적 영역의 간극이 얼마나 큰가를 실감하게 한다. 돈을 다루는 은행원들은 문화적으로 메말라 있었고, 월세 걱정을 해야 하는 작가는 그때도 가난했다.

지난 100년 동안의 발전 속도가 지난 1000년 동안의 발전 속도보다 빨랐으며 지난 10년간의 발전 속도가 지난 100년의 발전 속도보다 앞섰다. 이런 비약적인 발전의 바탕에는 이성 중심적이고 객관적인 정보를 중시하는 풍토가 조성되어 있다. 특히 21세기에는 비약적인 기술 발전으로 인터넷의 등장, 스마트폰의 발달, 통신망의 안정화를 가져왔지만 이런 기술 발달이 인간의 본래 모습을 압도하는 현상이 나타나 오히려 인간이 이룩한 기술 발전에 인간이 소외되는 현상으로 나타난다. 너무 정교해서 틈이 없는 사회, 개인이 혼자 무엇을 한다고 노력한다고 해서 변화되기 힘든 사회, 이런 상황에서는 다양함과 경험을 중시하는 사회를 갈망하게 되고 환상적인 이야기,

황당하기도 하고 너무 비과학적이어서 말도 안 되는 이야기, 하지만 우리 욕망의 바닥에 흐르는 이야기 그래서 재미있는 이야기를 찾게 된다. 이러한 다양한 욕망들이 우리 사회의 디지털 패러다임 속에서 이야기를 끊임없이 찾고 소비하도록 만들고 있다. 이것이 이 시대에 이야기 산업이 번창하는 이유라고 할 수 있다. 그 한가운데는 IP(Intellectual Property Right, 지식재산권)를 가지고 자신의 이야기를 세상에 파는 작가들이 있다.

3 허균이 홍길동을 지금 썼다면 어떤 일이 벌어졌을까

길동은 아버지를 아버지라 못하고 형을 형이라 부르지 못하니 자신이 천하게 난 것을 스스로 가슴 깊이 한탄하였다.

우리나라 최초의 한글 소설인 『홍길동전』에 나오는 문장이다. 우리나라 사람들이 가장 많이 알고 있는 소설의 한 문장을 대라고 하면 이것이 아닐까. 이 문장은 수많은 패러디를 만들어내며 400년이 넘은 오늘날까지도 우리와 함께 살아 숨 쉬고 있다.

소설 『홍길동전』은 1500년경 연산군 시대에 실제로 생존했던 홍길동이란 인물을 주인공으로 삼아 광해군 때인 1600년경 허균(許筠, 1569~1618)이 쓴 한글 소설이다. 요즘 말로 실존 인물의 이야기를 대중적인 눈높이에 맞춰 재미있고 생동감 있게 그려내 실속 있는 콘텐츠를 만든 것이다. 허균에게는 100년 전의 인물 홍길동을 새롭게 창조해서 소설 속의 주인공으로 성공적으로 데뷔시키는 탁월한 능력이 있었던 셈인데, 홍길동을 부패에 찌든 탐관

오리를 처벌하고 부당하게 거둬들인 곡식을 가난한 사람에게 나눠주는 의적으로, 모순된 조선 사회를 비판하고 율도국이라는 이상적인 나라를 건국한 영웅으로 묘사했지만 실제로 역사에 기록된 홍길동은 전혀 다른 사람이었다.

『조선왕조실록』 등에 나와 있는 홍길동의 기록을 보면 충청도 일대를 중심으로 활동했던, 스케일이 남달랐던 도적이고 소설과는 달리 대담하고 악독했다. 똑똑하고 야심 찼으며, 아버지는 종성절제사(鍾城節制使)를 지낸 무관이고 형 홍일동은 호조참판을 지낼 정도로 집안도 훌륭했다.[7] 실제로 조정 실세들과 친목을 나눴던 사이로도 알려져 있다. 물론 정사(正史)는 승자의 입장에서 서술한 역사라서 곧이곧대로 다 받아들일 필요는 없다. 하지만 역사에 '악독한 대도'로 서술되어 있는 인물을 100년 후에 소환하여 차별과 억압에 항거하여 승리하는 소설 속 홍길동으로 만들어낸 허균이 대단한 능력자인 것은 분명하다. 그는 이전까지 소설이 모두 한문이었던 상황에서 소설이라면 당연히 한문으로 쓰는 것이라고 생각했던 당시 지식인층의 생각을 뒤엎고 '언문'이라며 하찮게 취급했던 한글로 소설을 썼다. 추측하건대 허균은 이 책을 한문은 깨치지 못했지만 한글은 읽을 줄 알았던 민중에게 선사하고 싶었을 것이다. 그래서 한글마저 모르는 이들 사이에서도 입에서 입으로 전달되기를 간절하게 바랐을 것이다. 이는 허균이 주장했던 호민론을 통해서 유추할 수 있다.

문장가이자 정치가이며 뛰어난 학자였던 허균은 재능에는 천함이 없다는 유재론(遺才論)과 세상을 바꾸는 힘이 민중에게 있다는 호민론(豪民論)을 주장하였다. 그는 호민론에서 "천하에서 제일 두려워할 바는 임금이 아닌 백

---

7   이성주, 『사극으로 읽는 한국사』, 애플북스, 2017.

성"이라며 백성을 세 부류로 나누었다. 관리가 시키는 대로만 하는 항민, 세상을 원망만 하는 원민, 자신의 뜻을 이루기 위해 행동으로 나서는 호민이다. 여기서 가장 두려운 자는 호민이다. 허균은 자신이 생각한 이상적인 호민으로 홍길동을 소환해 서얼이 이상국가를 건설하는 이야기로 민초들의 고단한 삶에 희망을 준 것이다. 조선의 모순을 안타까워하며 비판하는 허균의 개혁 사상이 그대로 살아 있는 홍길동전은 한글만 깨치면 누구나 읽을 수 있었기에 백성들에게 순식간에 퍼졌다. 무엇보다도 재미가 있었다. 그 재미의 근간에는 자신들과 똑같이 신분의 차별 속에 살던 홍길동, 하지만 집을 떠난 후 힘을 길러 비리를 척결하며 영웅의 길을 걷는 홍길동, 평등하고 희망이 가득한 율도국을 건설하는 홍길동이 있다. 『홍길동전』이라는 베스트셀러는 그 당시 사람들에게 가려운 곳을 긁어주었고, 차별과 억압을 걷어차고 악한 이들을 혼내주는 통쾌함을 준 것이다.

이쯤 되면 허균을 수식하는 '조선 시대 천재', '시대를 거스른 자유주의자'의 의미가 무엇인지 실감 날 것이다. 그는 400년 전에 한글이라는 매우 전파력이 강한 문자로, 백성들의 가려움을 긁어주는 스토리로, 집권층을 오싹하게 만드는 서얼의 반란으로 조선시대를 흔들어놓았다. 어디 그뿐인가. 1600년경에 집필된 허균의 초대박 베스트셀러 『홍길동전』은 400년이 훨씬 지났어도 아직도 우리와 함께 살고 있다. 우리나라 거의 모든 관공서에서 서류를 작성하려고 할 때 예시로 나오는 이름이 바로 '홍길동'이다. 홍길동은 나의 이름이기도 하고 너의 이름이기도 하며 우리 모두의 이름이기도 하다. 이 외에도 '동에 번쩍 서에 번쩍 홍길동', '의적 홍길동', '서자 홍길동' 등 홍길동을 수식하는 단어를 모르는 사람이 없을 것이다. 게다가 홍길동은 연극, 영화, 드라마, 뮤지컬, 오페라, 창극 등 수많은 장르로 각색되어 셀 수 없이 많은 관객을 만나왔고 만나고 있으며 만날 것이다.

만약 지금 허균이 홍길동을 썼다면 허균은 얼마나 많은 돈을 벌었을까. 아마 상상하지 못할 정도의 부를 축적했을 것이다. 대중예술을 포함한 모든 저작물은 저작권법에 의해 그 권리를 보호받고 있기 때문이다. 저작권은 창작물을 만든 사람의 노력과 가치를 인정하고 만든 사람, 즉 저작자의 권리를 보호하고자 만든 법으로 저작재산권과 저작인격권이 있다. 저작재산권은 저작물을 일정한 방식으로 이용하여 경제적인 이익을 얻을 수 있는 권리로 쉽게 말해 자신의 저작물을 이용해 돈을 벌 수 있는 권리이고, 저작인격권은 자신의 저작물에 대하여 정신적, 인격적 권리를 추구할 수 있는 권리로 공표권, 성명표시권, 동일성유지권 등으로 구성되어 있다. 그래서 출판사나 제작사는 저작자 즉 작가의 동의 없이, 그 대가를 지불하지 않고는 그 작품을 출판하거나 공연할 수 없으며 동의를 받았다 하더라도 반드시 원작자의 이름을 표시하는 등 저작인격권을 보호해야 한다. 이 저작재산권의 권리는 사후 70년 동안 보장되어 작가의 후손이 그 권리를 상속받을 수 있다. 다만 저작인격권의 경우, 양도나 상속이 불가능하다.

허균이 오늘날에 태어났다면 허균의 죽음도 그렇게 허망하지는 않았을 것이다. 허균은 당대 명문가의 후예로 아버지 허엽, 큰형 허성, 작은형 허봉, 누이인 허난설헌과 함께 '허씨 5문장'이라고 불릴 만큼 학문과 문학적 재능이 뛰어났다. 일찌감치 과거에 급제해서 정계에 진출한 허균은 자유분방함과 파격에 가까운 행보 때문에 파란만장한 삶을 살았다. 그러다가 결국 역모 사건에 연루되어 1618년 8월 24일, 조선시대 최고의 극형인 능지처참을 당하게 된다. 그의 죄는 천지의 더러운 것이었다.

역적의 우두머리 허균은 행실이 개돼지와 같았다. 윤리를 어지럽히고 음란하게 굴어 인간으로서 도리가 전혀 없다.

이는 허균이 일사천리로 진행된 사형집행을 앞두고 받은 죄목이었다. 적법한 재판도 없었다.

"할 말이 있다! 전하, 할 말이 있사옵니다! 제가 할 말이 있사옵니다."

허균은 마지막 순간까지 할 말이 있다고 외쳤지만 아무도 그의 말을 들어주지 않았다. 죄목이 '천지의 더러운 것'이라니! 조선시대에도 분명히 삼심제가 있어서 정당하게 재판을 받을 권리가 있었지만 허균은 자신을 위해 제대로 된 말 한마디 못 하고 세상을 떴다. 허균이 21세기에 태어나 전 국민이 그 내용을 다 알고 있는 초대박 베스트셀러『홍길동전』을 썼다면, 인터넷이 발달되고 SNS가 일상화되어 있는 환경에서 그는 유명인이 되어 있었을 것이고 그를 함부로 할 수 없었을 것이다. 물론 그 당시에도 허균의 팬덤이 있었던 것으로 보인다. 당시 허균이 투옥된 사실이 알려지자 성균관 유생들은 죄 없는 사람을 가두었다고 상소했다. 거리에 떼 지어 몰려다니며 백성들을 선동했고 허균을 탈옥시키려는 움직임까지도 있었다. 그 일에 가담한 대부분은 하급 아전과 노비, 무사 등 조선 사회로부터 소외받고 있던 사람들이었다. 이들은 의금부 감옥 앞으로 모여들어 옥문을 부수고 허균을 데려가자고 소리치기도 했다. 군중들이 나졸과 옥문을 향해 돌을 던졌고 겁에 질린 나졸들은 달아나기까지 했다. 이렇게 조선 사회에서 소외된 백성들은 허균을 사랑했지만 그를 죽음에서 구하지는 못했다.『홍길동전』속의 이야기라면 허균의 목숨을 건질 수 있을 테지만 소설과 현실의 간극은 너무나 컸다.

허균이 견고한 신분사회를 깨부수어 양반의 특권을 배제하고 학문과 사상의 자유를 보장하는, 그런 이상적인 정치체제를 갖추려는 의지를 가지고 있었던 것은 분명하다. 정치적 소용돌이 속에서 자신의 꿈을 펼치기 힘들다는 것을 알고『홍길동전』이라는 이야기로 세상을 바꾸려고 했던 것을 아닐까. 사람들은 허균이 새롭게 만들어낸 홍길동을 사랑했다. 하지만 400여 년 전에 활동한 허균은『홍길동전』을 써서 돈을 벌지도 못했고 자신을 죽음에서 구하지도 못했다. 만약 지금 허균이 지금의 부조리한 세상에 한 방 먹이며 새로운 세계를 여는, 초대박 베스트셀러『홍길동전』을 썼다면 그는 상상하지 못할 정도의 부자가 되었을 것이고 억울한 죽음도 당하지 않았을 것이다. 허균의 이야기를 통해 우리가 얼마나 글쓰기 좋은 세상에 살고 있는지를 다시 한번 실감한다. 이 시대에 태어나 작가의 꿈을 꾸고 작가로 살고 있는 사람들은 행복하다. 글을 써서 먹고살 수 있는 세상이 왔다.

4 조선의 3대 도적 홍길동, 임꺽정, 장길산은 어떻게 콘텐츠화되었나

조선 후기 실학자 성호 이익이 홍길동과 함께 조선의 3대 도적으로 뽑은 사람은 임꺽정과 장길산이다. 이익이 이들을 3대 도적으로 꼽은 것은 단지 대도여서가 아닐 것이다. 역사의 승자인 집권층은 이들을 도적떼로 치부했지만 그 이면에는 자기 뱃속만 채우며 사리사욕에 물들었던 위정자에 대한 백성들의 저항이 있었고 차별과 억압을 철폐하려던 농민들의 부르짖음이 있었기에 의적의 의미로 말했을 것이다.

임꺽정과 장길산 역시 홍길동처럼 그동안 드라마, 영화, 만화, 뮤지컬 등 다양한 장르로 만들어져 많은 사람들의 사랑을 받고 있다. 그렇다면 역사의 기록 속에 묻혀 있던 이들은 어떻게 사람들에게 친근하게 알려졌을까. 앞서 본 바와 같이 홍길동은 제일 먼저 1600년경 허균에 의해 콘텐츠화, 즉 한글 소설화되면서 사람들에게 불의한 제도와 신분적 억압 속에서 신분 해방을 외치며 이상향을 건설하는 인물로 재창조된다.

임꺽정은 그보다 한참 후인 1928년에 벽초(碧初) 홍명희(洪命熹, 1888~1968)에 의해『조선일보』에 임꺽정의 이야기가 연재되면서 콘텐츠화되었다. 일제강점기의 소설가, 독립운동가, 민족운동가였던 홍명희는 400년 전인 1550년경 명종 때 황해도 지방의 백정 출신 도적 임꺽정을 소환하여 재미 있고 통쾌하게 부활시켰다.『임꺽정전』[8]이란 제목으로 1928년 11월 21일부터 1939년 3월 11일까지『조선일보』에 연재되고 1940년『조광』10월호에도 발표되었으나 미완으로 끝났다.[9]

일제강점기에 집필된 소설『임꺽정』은 방대한 규모의 대하 장편 역사소설로 봉단편 · 피장편 · 양반편 · 의형제편 · 화적편 등 5편으로 구성되었다. 봉단편 · 피장편 · 양반편에서는 화적패가 출몰하지 않을 수 없는 당시의 혼란상을 폭넓게 그려나가면서, 임꺽정의 일생을 중심으로 하여 그와 연관된 이봉학 · 박유복 · 배돌석 · 황천왕동이 · 곽오주 · 길막동이 · 서림 등 여러 인물들의 이력이 꼬리에 꼬리를 물면서 이야기가 이어진다. 그리고 의형제편은 여러 지역에 흩어져 살던 사람들이 특정한 계기를 통해 마침내 의형제가 되어 청석골에서 조직을 이루기까지의 과정을 담고 있다. 화적편은 그 후 이 집단이 벌이는 일련의 활동상이 그려져 있다. 특히 임꺽정은 '살아 있는 최고의 우리말 사전'이라 일컬어질 정도로 토속어 구사가 뛰어나며, 18~19세기에 융성했던 야담(野談)과 민간 풍속 · 전래 설화 · 속담 등을 풍부하게 살려 근대 서구의 소설적 문체가 아닌 이야기식 문체를 통해 작가가

---

8 이 작품의 표제는 연재 초기에 「임꺽정전(林巨正傳)」이었으나 1937년 연재가 잠시 중단되었다가 재개되면서 「임꺽정」으로 바뀌었다.

9 전체 이야기의 10분의 1 정도가 미완으로 남겨져 있다고 보고 있다.

구연하는, 한 판의 길고 긴 이야기로 되어 있다.[10]

　이런 특징은 손자 홍석중에게도 나타나는데 그가 쓴 소설『황진이』도 감칠맛 나는 우리말이 그대로 살아 있다는 평을 받았다. 홍명희에 대해서는 그가 1948년 30여 명의 가족 친지를 데리고 월북하여 수십 년 동안 그를 언급하는 것조차 꺼렸던 시기가 있었지만 현재는 분위기가 완화되면서 손자 홍석중의 소설『황진이』가 남한에서 출판되기도 하였다. 홍명희는 임꺽정에 관한 기록을『조선왕조실록』『기재잡기』에서 가져왔지만 민담, 야사 등의 자료도 참고하여 정사에서 보는 대도적을 근간으로 하면서도 민중의 해방을 열망하는 의적성을 가진 도적으로 양면적 시각에서 그리고 있다.

　그렇다면 뛰어난 문인이었던 홍명희는 일제강점기 때 하필이면 임꺽정을 소환하여 왜 10년이 넘는 기간 동안 대하소설을 집필했을까. 3·1운동으로 투옥되었다 풀려나온 홍명희는 자신의 고향 괴산에서 임꺽정을 구상한 것으로 전해진다. 민족 문제나 식민지 조선의 문제를 어떻게 풀어갈까에 대한 고민을 깊이 하면서 임꺽정을 떠올리지 않았을까. 풍산 홍씨 명문가에서 태어난 홍명희는 금산군수였던 아버지 홍범식이 경술국치로 자결하면서 남긴 '일본 제국주의에 협력하지 말고 저항하라'는 유언을 그대로 받들어 실천하고 싶었을 것이다. 그때 떠오르는 인물이 임꺽정이 아니었을까. 실제 임꺽정이 도적으로 활약하던 시기에는 문정왕후가 열두 살 어린 나이에 왕위에 오른 명종을 대신해 윤원형과 같은 외척들을 거느리고 20여 년간 척신정치를 주도한 때였다.

10　강영주,「홍명희와 역사소설 '임꺽정'」,『한국근대리얼리즘작가연구』, 문학과지성사, 1986 ; 한승옥,「벽초 홍명희의 '임꺽정'연구」,『한국현대장편소설연구』, 민음사, 1989 ; 이남호,「벽초의 '임꺽정' 연구」,『동서문학』, 1990.3 ;『한국민족문화대백과사전』.

명종 2년 1547년에 지금의 양재역에 나붙었던 투서에는 붉은 글씨로 다음과 같은 내용이 써 있었다.

> 여주(女主)가 정권을 잡고 아래에서는 간신들이 권세를 농간하고 있으니 나라가 망할 것이다. 어찌 한심하지 않은가?

여기서 여자 주인을 뜻하는 여주(女主)란 문정왕후를 말한다. 당시 양반 지주들뿐만 아니라 문정왕후가 지휘하는 왕실까지 나서서 백성들의 삶과 나라 경제를 파탄으로 몰고 가 명종 때 왕실 소유의 토지가 급증했다. 국가 재정은 점점 어려워져 흉년 같은 재해 상황에서는 관료들한테 녹봉을 줄 수 없는 상황이 비일비재하게 일어났고, 명종 때 중반이 되면 이미 국가의 운영이 마비가 되었다고 볼 수 있을 정도로 국가의 위기 상황이 확산되고 있었다. 농민층은 몰락했고 국가가 망한다는 위기의식이 팽배하자 백성들은 농기구 대신 칼을 잡아 약탈과 방화로 지배층의 수탈에 맞섰다. 벼랑 끝으로 내몰린 농민들은 언제 터질지 모르는 시한폭탄 같았다. 명종이 왕의 수레 밑에 도적이 이르렀다고 탄식할 정도였다. 그렇다면 그 와중에 많은 도적이 나타났는데 왜 임꺽정을 의적으로 기억하는 걸까. 『명종실록』에 의하면 명종 17년 1월, 임꺽정은 다음과 같은 말을 남긴다.

> 처음부터 도적이 되고 싶었던 자가 어디 있겠소. 추위와 굶주림에 지쳐 살기 위해 도적이 되었을 뿐… 백성을 도적으로 만든 자가 과연 누구란 말인가!

이와 같은 임꺽정의 말은 그의 도적질이 단순히 남의 물건을 탐해서 시작된 것이 아님을 보여준다. '임꺽정의 난'이라고 할 만큼 수년간 진행된 농민

반란의 주인공 임꺽정은 1562년(명종 17년) 1월 남치근이 이끄는 토벌군에게 체포돼 15일 만에 전격적으로 처형됐다. 그러나 백성들의 마음속에서 임꺽정은 죽은 게 아니었다. 지배층의 수탈에 맞서 저항한 희망의 상징으로 살아 있었다. 홍명희는 이러한 기록에서 일제의 수탈에 신음하면서 저항하는 식민지 조선의 민초 들을 보았을 것이다. 일제 지배가 더욱 강화될수록 더 고혈을 짜내야 하는 우리 민족을 보면서 임꺽정을 소환하여 불의에 저항하는 힘을 보여주고 싶었을 것이다. 허균이 연산군 때 왕의 폭정으로 백성들이 보살핌을 받지 못하자 나타난 실존 인물 홍길동을 임진왜란 이후 백성들의 아픔과 고통이 심해질 때 다시 불러 희망을 이야기한 것처럼, 홍명희 역시 나라가 무너지고 있던 명종 때 등장했던 실존 인물 임꺽정을 주권마저 빼앗겨 억압받고 수탈에 고통스러워하는 일제강점기 조선 민중들 앞에 다시 소환한 것이다.

장길산은 어떠했을까. 조선 숙종 때 도적 집단 두목이었던 장길산은 현대의 뛰어난 소설가 황석영이 1974년 7월 11일부터 1984년 7월 5일까지『한국일보』에 2,092회에 걸쳐 소설로 연재하면서 콘텐츠화되었다.『조선왕조실록』『숙종실록』에는 장길산에 관한 대목 및 기사가 짧게 언급되어 있으나 생몰 연도나 다른 행적에 대해서는 기록되어 있지 않다. 황석영이『숙종실록』과『추안급국안』『성호사설』 등에 단편적으로 언급되어 있는 장길산의 행적을 토대로 역사학계의 연구물을 길 안내 삼고 실록과 야사 등의 기록을 참고하여 소설적으로 재구성한『장길산』은 해방 후 남한 최고의 역사소설 중 하나로 손꼽히게 된다.『장길산』은 홍명희의『임꺽정』을 본보기로 삼아 집필한 탁월한 대하 역사소설로 독자들에게 꾸준히 사랑받아왔다. 그 후 소설가 황석영의『장길산』을 원작으로 하는 만화 〈장길산〉, 드라마 〈장길산〉 등이 제작되어 사람들에게 널리 알려졌다.

장길산은 광대들의 이야기이다. 광대는 사노비, 승려, 백정, 무당, 기생, 공장(工匠), 상여꾼과 함께 조선시대 신분질서 맨 아래쪽에서 멸시받던 여덟 부류, 즉 팔천(八賤)이라 불렸다. 엄혹한 신분질서의 맨 아래쪽에 놓여 철저히 소외된 존재다. 비록 가족을 거느리고 마을을 이루어 모여 산다고 하더라도 그들 존재의 본질은 그들이 자신들의 재주를 팔기 위해 걷는 그 길 위를 떠도는 뿌리 뽑힌 유민일 뿐이다.[11]

길이란 광대들이 태어나는 곳이자 살아가는 동안 대부분을 보내는 곳이며, 죽는 곳이며 묻히는 곳이다.

이렇게 떠돌던 그들은 숙종이 서인의 세력을 대변하던 인현왕후와 남인이 밀었던 장희빈 사이에서 갈팡질팡하며 백성들의 삶을 돌보지 못할 때 도적으로 등장했다. 늘 이렇게 소외된 백성들의 지지를 받는 큰 도적은 절대권력의 남용에서 나타나기 마련이다. 조선의 국모인 중전이 폐위되고 다시 복권되고 장희빈이 사사되는 등 왕실과 정치의 혼란은 민중에게 큰 실망을 안겨주었고 그때 나타난 도적이 장길산이다. 그 역시 홍길동과 임꺽정처럼 다시 이야기 콘텐츠로 소환되었던 시기는 유신정권 아래서 민중들이 억압받고 독재에 의해 삶이 피폐해 있을 때였다.

소설 『장길산』은 1970년대 민중운동의 전사로서 조선 후기 민중들의 삶과 투쟁을 형상화하고자 한 작품으로 조선시대 민중들의 언어와 풍속을 풍부하게 재현함으로써 우리 시대 역사소설이 거둘 수 있는 최대치의 성과를 거

---

11 김윤식 · 정호웅, 『한국소설사』, 문학동네, 2000 ; 김윤식, 「'장길산'론 : 황홀경의 사상」, 『우리 소설과의 만남』, 민음사, 1985 ; 강영주, 「역사소설의 리얼리즘과 민중성」, 『한국근대 역사소설의 재인식』, 창작과비평사, 1991 ; 한국민족문화대백과사전.

두었고, 종래의 왕조 중심의 역사소설과는 달리 하층민 중심의 민중사로 당대 역사를 재구성하였으며, 봉건 지배층의 관점에서 쓰인 사료들을 철저히 민중적인 시각에서 재해석하여 활용하였다는 점 등에서 탁월한 성과를 거두었다고 평가된다.

홍길동과 임꺽정, 장길산의 콘텐츠화 과정에서 공통점으로 나타나는 점은 두 가지이다. 첫 번째는 이야기 콘텐츠는 그 시대의 아픔과 모순, 저항, 그리고 공감을 배경으로 다시 태어난다는 것이다. 어느 시대가 과거의 어떤 인물을 모티브로 이야기를 만들 때는 그 인물과 현재의 상황이 교감을 이루어야 한다. 그래서 연산군 때의 홍길동이 광해군 때 소환되었으며, 명종 때의 임꺽정이 일제강점기에 다시 태어났고, 숙종 때의 장길산이 유신독재 시절에 저항의 아이콘이 됐다. 두 번째는 역사적 굴곡을 배경으로 등장한 실존 인물을 소환해서 이야기로 만들 때 힘이 생긴다는 것이다. 현실과 가상의 이야기를 비교해보면 현실이 훨씬 강하기 때문에 현실의 이야기를 적절한 방식으로 만들면 독자들에게 훨씬 강력하게 소구할 수 있다. 그래서 사람들은 그 이야기를 돈을 주고 산다. 그런 점에서 역사적 인물이 주인공인 홍길동과 임꺽정, 장길산은 소설이라는 이야기 콘텐츠로 만들어졌을 때 그 파급효과가 훨씬 클 수밖에 없었다. 1600년대 허균은 『홍길동전』을 써서 돈을 벌지 못했지만, 홍명희는 『조선일보』에 연재함으로써 신문의 구독을 독려하며 간접적인 수익을 창출했을 것이고, 황석영은 『장길산』으로 적지 않은 인세 수입을 올렸다.

5 조선시대 스토리 유통망, 책쾌와 세책점

지금은 IP(Intellectual property rights, 지식재산권)를 가진 작가가 일차적으로 돈을 버는 구조이지만 이야기에 대한 수요가 있어서 나름대로 이야기 산업이 움트기 시작했던 조선 후기에는 글을 쓰는 창작자가 돈을 버는 구조가 아니었다. 예를 들어, 현재 웹소설 작가의 수입은 웹소설이 연재되는 플랫폼이나 작가의 계약 조건에 따라 다르지만, 일반적으로 전체 매출액의 약 50%에 달한다. 통상 플랫폼이 매출의 30%를 가져가고 나머지 70%를 에이전시와 작가가 3대 7의 비율로 다시 분배하는 구조다.

표 1. 웹소설 수익 배분 구조(총매출 100만 원 기준)[12]

플랫폼	총매출의 30%	30만 원
에이전시(출판사)	나머지 순매출의 30%	21만 원
작가	나머지 순매출의 70%	49만 원

웹툰 역시 비율은 좀 다르더라도 웹소설과 비슷한 형태로 플랫폼과 작가와 에이전시가 수익을 나눠서 가져간다. 다만 글 작가와 그림 작가가 다르면 3대 7이나 4대 6의 비율로 다시 수익을 나눈다. 드라마 작가와 구성작가는 개별 계약에 따라 조금씩 다르지만 매출과는 크게 상관없이 제작비에서 일정한 금액을 지급고 책정하고 있다. 드라마이 경우 원고류가 A급 인기

---

12 진문, 『밀리언 뷰 웹소설 비밀코드』, 블랙피쉬, 2021.

작가와 신인 작가 사이에 차이가 많이 나서 대략 1회당 1억에서 2,000만 원가량 되며, 구성작가의 경우 역시 계약 조건에 따라 조금 다르긴 하지만 방송사와 한국방송작가협회가 정한 원고료 기준으로 그 대가를 받는다.

그러나 조선시대에는 그렇지 못했다. 조선 후기 상업이 발달하고 부가 축적되면서 이야기를 소비하려는 사람들이 늘어났고 그에 부응해 그들에게 이야기나 책을 팔거나 책을 빌려주는 일이 번창했지만 정작 창작자인 작가가 돈을 벌지는 못했다. 그럼 누가 돈을 벌었을까? 조선시대의 이야기 유통에 있어서 빼놓을 수 없는 사람들인 책쾌와 지금의 도서대여점 역할을 했던 세책점에서 그 답을 찾아볼 수 있다.

한자 책 '책(冊)' 자와 거간 '쾌(儈)' 자로 그 이름이 만들어진 책쾌(冊儈)는 조선시대 전국을 돌아다니며 책을 팔던 서적 중개상이었다. 우리나라는 고려 때 세계 최초의 금속활자본인 『직지(直指)』를 발간할 정도로 금속활자 인쇄술이 발달되었지만 조선시대에는 주로 관 주도로 책을 인쇄했기 때문에 민간에서는 기본적으로 책이 귀할 수밖에 없었다. 일반인이 인쇄를 할 수 없으니 그대로 베껴 쓰는 필사본도 많이 유통되었다.

여기서 활자와 목판에 관한 이야기를 좀 곁들여보자. 우리나라가 1377년(고려 우왕 3년)에 이미 세계 최초의 금속활자본인 『직지(直指)』를 가지고 있었다는 것은 인류 문명의 역사를 바꾸어놓았던 구텐베르크의 『42행 성서』(1445년경)보다 무려 68년가량 앞서서 금속활자 인쇄술로 책을 찍어냈다는 뜻이다. 최근 세계 각국의 학자들이 구텐베르크의 금속활자술은 이미 고려에서 꽃피웠던 직지의 인쇄술을 가져와 발전시킨 것으로 보고 있을 정도로 대단한 기술이었다.

고려시대에는 불교가 융성하여 사찰에 돈이 많았다. 금속으로 활자를 만든 후 한 자 한 자 조판하여 다양한 책들을 찍어내는 금속활자 인쇄술은 기술의 정교함뿐만 아니라 자본도 필요한 일이었다. 고려 때는 주로 사찰에서 금속활자를 이용해 불교 관련 서적을 많이 만들어내고, 조선은 국가 주도하에 주자소(鑄字所)에서 금속활자를 활용해 국가 통치에 필요한 서적을 출간했다. 금속활자 기술은 반영구적인 금속으로 활자 하나하나를 만들어 여러 가지 책을 출간했던, 당시로서는 매우 획기적이고 세련된 기술이었다. 반면 목판인쇄술은 말 그대로 나무에 글자를 써서 붙이고 그대로 파서 만든 목판으로 책을 찍는 기술이었다. 일종의 판화 방식이어서 기술적으로는 만들기는 쉬웠으나 활자처럼 다양한 책을 출간하지는 못했고 시간이 지나면 목판이 닳아서 원래 모습을 계속 유지하기가 힘들었다. 한 번 만든 목판은 그 책을 찍어내는 데에만 쓰였을 뿐 다른 책들을 만들지는 못했으며 많이 사용하면 닳아버리는 단점이 있었던 셈이다. 민간에서는 목판을 이용해 책을 만들 수는 있었으나 업자가 아닌 다음에야 엄두도 못 낼 일이었고 민간인들은 고작해야 필사본을 만들 수 있었다. 그나마 전문 필사자가 아닌 경우 필사하는 데도 오래 걸렸기 때문에 이래저래 책이 귀할 수밖에 없었다. 이런 배경에서 등장한 사람들이 책쾌이다.

책쾌라는 직업은 2015년에 MBC에서 방송되었던 드라마 〈밤을 걷는 선비〉에 등장하면서 사람들에게 구체적으로 알려지기 시작했다. 주인공인 남장 여자 조양선의 직업이 바로 전국을 떠돌며 책을 파는 책쾌였다. 사극에서 누군가 책을 구해주는 장면은 더러 있었어도 책의 중개상인인 책쾌가 주인공인 드라마는 〈밤을 걷는 선비〉가 처음이었다. 어쨌든 책쾌는 조선 후기, 사람들이 정보와 이야기에 목말라하고 있었을 때 많은 사람들에게 사랑받았던 직업이었다.

조선 초 세종이 한글을 창제했지만 조선의 집권 세력은 한글을 쓰지 않았다. 우리말과 다르고 배우기에 어려운 한자를 그대로 공용 문자로 사용하여 백성들을 지배하였기 때문에 자연스럽게 책 속의 지식은 권력이 되었다. 조선시대의 과거 시험은 매우 어려웠을 뿐만 아니라 최종적으로 겨우 33명만 뽑아서 낙타가 바늘구멍에 들어가는 일만큼 어려웠다. 그런 과거를 통과한 급제자들은 실력이 뛰어나 왕과 신하가 우리말로 대담을 하면 그것을 바로 한자로 적을 수 있을 정도로 뛰어난 능력자들이었다. 요즘으로 말하자면 거의 동시통역사 수준의 실력이라야 과거를 통해 정계로 나갈 수 있었으니 그들이 장악한 지식 권력은 대단할 수밖에 없었다.

이렇게 조선시대 지배층은 한자를 무기로 삼아 백성들과 지식을 나누는 것을 거부하였고 지식의 유통을 달가워하지 않아서 제대로 된 민간 서점을 만드는 일도 등한시했다. 그래서 나타난 직업이 책쾌다. 그들은 전국을 돌아다니며 책을 유통시켰고 사람들은 책쾌를 통해 지식과 이야기에 대한 갈증을 풀었다.

> 한양에 책쾌가 있는데 모든 곳에 책을 반값에 사서 제값을 받고 판다더라.
> — 유희춘, 『미암일기』

책쾌가 다루었던 책의 종류는 각양각색이었고 그들이 상대했던 사람들도 다양했던 것으로 보인다. 그중 여러 사람의 기록에 특별한 인물이 등장하는데 18세기의 등장해 '책의 신선'이라 불렸던 책쾌 조생이었다.

> 붉은 수염에 우스갯소리를 잘했는데 눈에서 번쩍번쩍 빛이 났다.
> — 정약용, 『조신선전』

> 몸 안에서 한 권 한 권 계속 그렇게 꺼내놓은 책이 방 안에 가득 쌓이곤 했다.
> — 서유영, 『금계필담』

소매에 잔뜩 넣어 다니는 것은 오직 책뿐이었다. … 천하의 책이 모두 내 책이요, 이 세상에서 책을 아는 이는 오직 나밖에 없다. — 장지연, 『일사유사』

천하의 책이 없다면 나는 달리지 않았을 것이오. …이는 하늘이 천하의 책을 통해 나에게 명한 것이니 나는 천하의 책과 함께 생을 마칠 것이오.

— 조수삼, 『추재집』, 조신선편

책쾌 조생은 손님이 원하는 책을 주문받으면 어떻게 하든지 구해서 나타 났기 때문에 희귀본이나 금서가 필요한 사람들이 그를 기다렸다. 그의 신출 귀몰한 행적과 책에 대한 해박한 지식에 감탄을 했던 사람들은 그를 '책의 신선(神仙)', '조신선'이라 불렀다. 1771년 조선 영조 때 조선 왕을 모욕하는 청나라 책 『명기집략』이 유통되자 영조가 조선 내 『명기집략』을 모두 거둬들여 불태우는 사건이 벌어진다. 그 후 서적 유통에 관한 감시가 더욱 철저하게 이루어져 책을 구하기가 더욱더 어려워졌고 중국의 신간이나 서학 관련 책 등 다양한 책을 구하기 위해 책쾌를 찾는 이들을 더 많아진다.[13]

요즘 말로 하자면 책쾌는 서적 외판원이라고 할 수 있지만, 책에 대한 정보와 출판 과정까지 꿰고 있었다는 점에서 책 비평가를 겸한 출판 유통 전문가라고 할 수 있다. 우리는 책쾌를 통해서 조선 사회에서는 책을 쓴 사람이 아니라 책을 구해 오는 사람이 더 중요했고 책을 만들어내는 사람보다 책을 유통시켰던 사람들이 더 주목받았다는 것을 알 수 있다. 창작자가 돈을 버는 구조가 아니라 책을 만들어 유통시키는 사람들이 수입을 얻는 구조였다.

---

13 역사채널e, 〈책의 신선 책쾌〉, EBS, 2013.9.6 ; 김영주, 『빨간 수염 연대기』, 문학과 지성사, 2011 ; 정창권, 『기이한 책장수 조신선』, 사계절, 2012.

책쾌가 활동했던 시기에 서적 유통과 관련하여 주목할 만한 곳이 조선 후기에 상당한 인기를 끌었던 세책점이다. 책을 대여해주던 세책점은 로맨스 퓨전 사극에서 남녀 주인공이 조우하며 사랑이 싹이 트는 곳으로 자주 등장하는 곳인데, 실제로 기록을 살펴보면 이 세책점의 인기가 상상 이상으로 대단했다는 것을 느낄 수 있다. 조선 후기는 상업이 발달하고 서학의 유입과 실학사상이 대두되면서 많은 변화를 일으키며 사회가 급성장하던 시기였다. 계층의 분화도 이루어져 고향을 떠나 상업에 종사하는 사람들도 많아져 문화적인 욕구가 커지는 시기이기도 했다.

> 세책점이 한 군데 생겼다는 소문이 동네에 퍼지면 다투어가며 돈을 주고 책을 빌려다 보았다. ― 박종화, 『월탄회고록』

책이 귀했던 시절, 사람들은 『홍길동전』 『장화홍련전』 『춘향전』 『전우치전』 등 한글소설뿐만 아니라 『삼국지』 『서유기』 등 중국 소설의 한글 번역본을 세책점에서 찾았다. 이들 책은 대부분 베껴 쓴 필사본으로 창제 후 널리 쓰이지 못했던 한글을 활성화시켰고 한글을 읽을 수 있는 사람은 누구나 고객이 되었다. 특히 열혈독자였던 여성들의 과도한 관심은 눈살을 찌푸리게 할 정도였다.

> 근래 부녀자들이 경쟁하는 것 중 소설이 있는데 … 비녀나 팔찌를 팔거나 빚을 내면서까지 싸우듯 빌려가 그것으로 긴 해를 보냈다.
> ―『여사서』, 채제공 서문 중에서

지금의 도서대여점 역할을 했던 세책점의 책들은 많은 사람들이 돌려가며 봐야 했기 때문에 특별한 제작법을 가지고 있었다. 책 표지는 삼베로 싸서 두껍게 만들고 책장은 들기름을 발라 빳빳하게 만들었으며 책장 넘기는 부분은 한 자에서 세 자 정도 덜 써서 지워지지 않게 했다. 한 권당 너무 길지도 짧지도 않게 30장 내외로 하였으며, 각 장 맨 위에 쪽수 표시를 해놓아 혹시 훼손될 경우 확인할 수 있도록 했다. 흥미로운 것은 필사자가 각 권의 마지막에는 독자에게 전하는 말을 남겼다는 점이다.[14]

막필로 썼으니 보는 양반님네들은 글씨 흠을 보지 마시고 글씨 잘못 쓴 죄를 용서하시오.

요즘으로 치자면 뒷부분에 덧붙이는 '작가의 말' 같은 것인데, 책을 구하기 힘들었던 시절에는 필사자의 역할이 매우 중요했던 것을 짐작할 수 있다. 소설의 맨 끝부분에는 필사한 날짜와 지명을 적은 필사기(筆寫記)를 남겨놓았다. 세책점에서 빌려보는 필사본의 대부분은 창작자가 불분명하거나 있다 해도 창작자에게 저작권료를 지급하는 상황이 아니었기 때문에 실제로 독자들과 소통하는 사람이 필사자인 셈이다. 독자들은 이에 응수해 세책본 여백에 '독자들의 글'을 남겼는데 요즘 말로 하자면 소설을 읽고 소감을 쓰는 일종의 댓글이라고 할 수 있다.

이 책이 삼국지나 칭하나 삼국지가 아니라 망국지라⋯　　⋯『삼국지』의 독자

책 주인 보소, 책에 낙서가 많으니 다시 보수해서 세를 놓아먹거라. 만약 그렇지 않으면⋯　　⋯『금령전』의 독자

14　역사채널e, 〈19세기 조선의 핫플레이스, 세책점〉, EBS, 2016.7.14.

한 권인 책을 네 권으로 만들고 남의 재물만 탐하니 그런 잡놈이 또 어디 있느냐.
—『김홍전』의 독자

사람들의 소통은 언제 어디서든 어떤 방법으로도 이루어진다. 험한 바위 틈에도 풀이 나고 꽃이 피는 것처럼 막을 수 없는 게 사람들과의 교류와 소통이고 이야기에 대한 열망이다.

세책점 역시 책쾌와 마찬가지로 창작이 중심이 아니라 유통이 중심이 된 사업이었다. 떠도는 이야기를 정리하여 적었든, 허균의 홍길동을 필사했든, 중국 소설을 번역했든 누군가 그 일을 했을 테지만 창작자한테 지속적인 보상을 하는 체계는 아니었다. 조선 후기 이야기 산업은 책쾌나 세책점을 중심으로 이야기를 유통시키는 사람들이 수익을 가져가는 구조였다. 저작물에 대한 권리가 단단하게 지켜지는 현대에서 생각해보면 이상한 일이지만 책 자체가 귀했고 집권 세력이 일반 백성들 사이에 책 유통이 활발하게 이루어지는 것을 꺼렸던 사회적인 분위기 속에서는 유통업자들의 권리가 강할 수밖에 없었을 것이다.

6 인간은 왜 이야기를 좋아하는가
: 뇌과학으로 본, 스토리텔링하는 자아

조선시대 여인네들은 왜 비녀와 팔찌를 팔고 빚을 내면서까지 싸우듯 책을 빌려서 탐닉했을까? 왜 현대를 사는 우리는 드라마 몰아보기에 잘못(?) 발을 들여서 밤새워 드라마를 보고 다크서클이 축 처진 채로 회사에 출근하는 것일까? 왜 스낵컬처(snack culture)라고 해서 10분 정도 잠깐 읽어보려고 했던 웹소설을 몇만 원이나 결제하면서 몇백 회를 날마다 들여다보고 있을까? 왜 다음 회 웹툰이 업로드되는 시간을 기다리며 초조하게 시간을 보내고 있을까? 왜 이렇게 인간은 이야기에서 빠져나올 수 없는 것일까?

인간이 이야기에 빨려드는 것은 인간 자체가 스토리텔링하는 존재이기 때문이다. 내면 소통, 즉 자신과 소통하는 방법을 오랫동안 연구해온 김주환 교수[15]에 따르면, 우리가 일상적으로 '나'라고 생각하는 존재는 세상에 드러나는 존재이고, 행동하고 생각하는 존재이며, 느끼고 반응하는 존재다. 이렇게 의식에 드러난 '나'가 곧 자아(self)인데, 자아는 기억의 덩어리이고 따라서 이야기의 덩어리다. 그런데 인간은 인간의 자아는 하나가 아니다. 대니얼 카너먼(Daniel Kahneman)은 인간의 자아가 하나가 아니라는 점을 밝혀내 심리학자로서 노벨 경제학상을 받았다. 지금 말하려고 하는 기억자아, 경험자아, 배경자아에 대한 연구가 뇌과학 연구에서 매우 중요한 성과로서 받아들이고 있다는 뜻이다. 대니얼 카너먼 등 뇌과학자들에 따르면 자아가 여러 개라고 하는데 특히 김주환 교수는 기억자아(remembering self), 경험자아(experiencing self), 배경자아(background self)로 나누어서 '나'가 '나'와 하는 소통에 대해 설명하고 있다. 그런데 여기서 매우 중요한 점을 발견할 수 있다. 우리는 매 순간 우리 자신에게 스토리텔링을 하고 있다는 점이다.

기억자아는 개별 자아라고 하며 우리가 흔히 말하는 자아를 말한다. 우리가 흔히 이력서에 쓰는 것들이다. 나는 여자이거나 남자이고 학교는 어디를 졸업했으며 무슨 일을 하고 있으며 어떤 옷을 입고 있고 어떤 경력을 가지고 있는지 등의 사실을 말해주는 자아이다. 기억자아는 경험자아가 차곡차곡 쌓여서 만들어지는데, 경험자아는 '지금 여기서' 매 순간의 경험을 '이야기'로 만들어 기억자아에게 보내주는 역할을 하고 있다는 것이다. 예를 들

---

15 김주환, 『내면 소통 : 삶의 변화를 가져오는 마음근력 훈련』, 인플루엔셜, 2023.

어 "친구들과 냉면을 먹으러 갔다"는 스토리텔링은 "어디에서 누구를 만나서 몇 걸음을 걸어서 냉면집에 갔고 냉면을 몇 번 씹었고 깍두기는 몇 개 몇 번 씹어 먹었다" 등 구체적인 행위에서 나온 것이다. 실제로 있었던 일에는 그 어디에도 "친구들과 냉면을 먹으러 갔다"는 내용은 없다. 경험자아가 그렇게 스토리텔링을 하는 것이다. 이렇게 경험자아는 매 순간 일어나는 일을 스토리텔링해서 기억자아에게 보내주는 역할을 하고 있으니 우리 내면에서는 쉼 없이 스토리텔링, 즉 이야기 만들기 작업이 일어나고 있는 셈이다.

배경자아는 이런 자아를 바라보는 인식의 주체로 기억자아나 경험자아가 달라져도 변하지 않는 자아이다. 내면 소통의 궁극적인 목표는 늘 평안하고 변하지 않는 배경자아로 돌아가라는 것인데, 이 이론에 따르면 진정한 자아는 배경자아이고 우리가 '나'라고 인식하는 기억자아는 경험자아의 스토리텔링에 의해 만들어진 것이기 때문에 얼마든지 바꿀 수 있다. 그래서 자신과 삶에 대해 부정적인 입장을 가진 사람은 자신의 행동에 대해 부정적인 스토리텔링을 계속하고 긍정적인 입장을 가진 사람은 긍정적인 스토리텔링을 한다는 것이다. 우리가 똑같은 사건을 보고 다르게 기억하고 받아들이는 것도 우리 내면의 경험자아가 사람마다 다르게 스토리텔링을 해서 자신의 기억자아에 저장하기 때문이다. 이런 측면에서 보면 인간은 쉼 없이 스토리텔링하는, 즉 이야기를 만들어내는 존재라고 할 수 있다.

혹시 억울한 일이 있어 해명하거나 화해해야 할 일이 있어서 그전에 끊임없이 어떻게 이야기를 할 것인지 스토리를 짜본 적이 있는가. 아마 대부분의 사람들이 그런 경험이 있을 것이다. 이런 경우에 나를 변호하거나 상대방을 설득하기 위해 우리는 무의식적으로 스토리텔링을 한다. 그런데 이러한 스토리텔링은 위에서와 같은 특별한 상황이 아니라 매 순간 우리 뇌에서 일어난다. 우리가 의식을 못 할 뿐이다. 한마디로 인간의 뇌는 끊임없이 '이야기하는', '스토리텔링'의 뇌라는 것이다. 그러니 어떤 이야기에 빠져 밤잠을 안 자고, 먹을 것을 안 먹고, 할 일을 못 하면서도 헤어나오지 못하는 것은 너무나 자연스러운 현상이라고 할 수 있다. 이 뇌과학 이론에 따르면 우리가 태어나서 가장 많이 하는 일은 스토리텔링이다.

중세 페르시아의 샤리아르(Schahriar) 왕은 어느날 왕비의 불륜 장면을 목격하고 칼을 뽑아 왕비를 베어버린다. 분노한 왕은 그 후로는 모든 여자들을 증오하게 되고 매일 밤 여자들을 죽여야 직성이 풀리는데, 그 칼을 멈추게 한 건 더 큰 칼도 아니고, 더 힘센 사람도 아니고 바로 이야기이다. 세헤라자데(Sheherazade)는 날마다 샤리아르 왕에게 재미있는 이야기를 들려주며 목숨을 건진다. 『천일야화』가 탄생하는 순간이다.

"그 바위 앞에서 '열려라 참깨!' 하니까 문이 열렸습니다. 알리바바는 도둑들이 숨겨놓은 물건을 가져왔습니다."

이 부드러운 이야기가 사람을 죽이는 무서운 칼을 이기는 장면을 상상해보라. 인간이 얼마나 이야기를 좋아하는지 알 수 있다. 우리에게는 "말 한마디로 천 냥 빚을 갚는다"라는 속담이 있다. 말만 잘하면 빚도 탕감받고 사이도 좋아진다는 뜻인데, 아무리 짧은 말에도 스토리텔링이 들어가 있기 때문이다. 스토리텔링을 '상대방에게 알리고자 하는 바를 생동감 있고 생생한 이야기로 설득력 있게 전달하는 행위'라고 정의한다면 스토리텔링이 얼마나 중요한지 느끼게 해주는 속담이다.

이야기는 사람을 살릴 수도 있고 죽일 수도 있는 힘을 가지고 있다. 누군가 상처받은 이야기를, 누군가 고통받은 이야기를 들어주는 것만으로도 상대방의 아픔과 고통이 줄어든다고 한다. 심지어 이 세상에 진절머리를 내서

죽고만 싶었던 마음도 멈추게 한다. 정신과 의사 정혜신 박사는『당신이 옳다』에서 이 사실을 끊임없이 반복하여 설명한다. 누군가에게 충고, 조언, 평가, 판단을 하려 하지 말고 온전히 그 사람의 이야기를 들어주고 공감할 때 처절한 고통에서, 지독하게 아픈 상처에서 벗어날 수 있다는 것이다. 서로의 이야기를 진심으로 말하고 들어줄 때, 사람은 자신이 처한 고통으로부터 빠져나올 수 있다는 말이다.[16]

우리가 원시시대 때부터 이야기를 통해 정보를 전달하고 마음을 나누며 생존해왔던 것처럼 지금 이 자리에서도 우리를 살게 하는 것은 이야기이다. '꿈을 꾼다', '꿈을 이룬다'는 말뜻은 자신이 만들어놓은 이야기를 완성한다는 뜻이다. 그 이야기가 그 시점에서는 너무 실현 불가능하고 현실적으로 이루어지기 힘든 내용이 많아 우리는 그것을 '꿈'이라고 부르지만 그것의 본질은 이야기이다. 그래서 '꿈을 꾼다'는 것은 '나에게 계속 원하는 것을 이야기한다'는 의미이다. 인간은 이야기를 통해 삶을 지탱해왔고 삶을 발전시켰기 때문에 이야기를 좋아할 수밖에 없다.

작가들이 스토리를 구상할 때 작가들 사이의 전문용어(?)로 '굴린다'는 표현을 많이 쓴다. 눈사람을 처음 만들 때 작은 눈덩이를 눈 위에서 굴리면 점점 커지는 것처럼, 이야기를 만들 때 어떤 장면이나 소재, 캐릭터에서 시작하여 계속 살을 붙여 스토리가 점점 커지는 것을 비유하여 말하는 것이다. 하나의 장면에서 점점 발전하여 스토리가 눈덩이처럼 커지는 일이 자연스러운 것은 우리 자아가 끊임없이 스토리텔링하는 자아이기 때문이다. 스스로에게 이야기하고, 더 재미있고 의미 있게 이야기를 구성하는 일은 우리 인간에게는 본질적인 일이다. 끊임없이 나에게 말을 걸어오는 작업, 쉼 없

---

16 정혜신,『당신이 옳다』, 해냄, 2018.

이 이야기를 만들어내는 작업은 우리에게 매우 익숙한 일이다. 인간은 스토리텔링 하는 뇌를 가진 존재이기 때문에 이 과정이 행복하다. 때로는 스토리텔링 작업이 고통을 수반한다 하더라도 인간은 궁극적으로 이야기를 만드는 과정을 좋아한다.

작가는 어떻게 몰입하는가

이 장에서는 글을 파는 콘텐츠 생산자, 작가들이 돈이 되는 글을 쓰려면 가장 중요한 것이 무엇인지에 대해 이야기를 해보려고 한다. 글을 쓰는 방식은 사람마다 모두 다르고 생활 패턴도 다르지만 똑같은 게 하나 있는데 바로 몰입을 해야 한다는 것이다. 특히 상업적인 문화상품으로서 드라마, 웹툰, 웹소설, 방송 콘텐츠를 만들어내기 위해서는 정해진 시간 내에 글을 써내야 하기 때문에 몰입의 중요성은 훨씬 더 크다. 이번 장에서는 필자의 경험과 필자가 연구자로서 만난 많은 작가들의 경험, 그리고 뇌과학을 바탕으로 어떻게 상상력이 몰입을 통해 경쟁력 있는 콘텐츠가 되는지 살펴보려고 한다.

1 '돈이 되는 글'을 쓰고 싶은 사람들

사람들은 경험자아를 통해서 자신이 했던 행위를 '남에게 보고할 만한 이야기'로 스토리텔링해서 뇌에 저장한다. 인류 탄생 이후 우리 내면의 스토리텔링은 쉼 없이 일어나고 있기 때문에 우리는 모두 이야기 만들기, 스토리텔링의 장인인 셈이다. 우리의 이야기뿐만 아니라 다른 사람의 이야기도 만들기를 좋아한다. 그런 속성 때문에 인간관계의 갈등을 겪기도 하고 오해가 생기기도 하는 게 우리 인생사다. 한마디로 우리 뇌는 이야기가 생성되는 공장이라고 해도 무리가 없다.

우리의 뇌 속에서 일어나는 흥미롭고 생동감 있는 이야기를 구체적으로 남에게 들려줄 만한 이야기로 만들어서 직업적으로 파는 사람들을 우리는 '작가'라고 부른다. 예전에는 작가란 단순하게 종이책에 글을 쓰는 사람을 지칭했지만 디지털 기술의 발달로 작가의 범위와 활동 영역은 계속 경계를 허물고 확장하고 있다. 매스미디어를 기반으로 스토리를 만들어 대중들에게 전달할 수 있는 방법이 계속 진화하고 있기 때문이다. 그래서 순문학과 결이 다른, 이 변화된 환경에서 이 세계에 뛰어들어 '돈이 되는 글'을 쓰겠다고 모여드는 사람들이 많아진 것은 이제는 자연스러운 현상이 되었다.

이 세상에서 글을 써서 돈을 버는 것만큼 황홀한 일이 있을까. 군이 회사를 나가는 수고로움이 없어도 되고, 나와 맞지 않는 직장 상사와 불편한 마음으로 매일 머리 맞대고 앉아 일을 할 필요도 없으며, 밤에 일하든 낮에 일하든 참견할 사람도 없는, 그런 삶이 펼쳐진다면 얼마나 좋을까. 노트북 하나면 어디든지 펼쳐놓고 일을 할 수 있으니 이만큼 자유롭고 가성비가 좋은 직업도 없다. 그야말로 앉은 자리가 꽃자리가 될 것이다. 내가 쓰는 글이 돈이 된다면, 그래서 자기가 열정적으로 좋아하는 분야의 일을 직업으로 삼는 덕업일치의 꿈을 이룬다면 얼마나 좋을까. 글을 써서 얻는 수입으로 생계를 이어갈 수 있거나 가족을 부양할 수 있다면 얼마나 좋을까. 이런 꿈이 현실이 될 수 있을까.

인류의 역사에서 근대성이 움트고 산업이 발달하면서 경제적인 영역과 문화적인 영역이 분리되자 사람들은 자신의 직업과 분리된 문화 영역에서 놀이와 유희를 찾느라 또 다른 시간과 비용을 지불해야 했다. '내가 하고 싶은 일'과 '돈을 버는 일'이 유리되어 있는 현대에 두 영역이 공존하는 유일한 분야가 있는데, 바로 문화산업이다. 그래서 '돈이 되는 글이 있다더라'는 소문에 돈을 벌기 위해 자신이 원하지 않는 일을 하던 사람들이 용기를 내어 자신이 좋아하며 돈을 버는 일, 글쓰기를 업(業)으로 삼는 세계로 들어오고 싶어 한다.

드라마 시장이 국내에 한정되어 있었고, 아직 웹소설이 정착되지 못했을 때, 웹툰이 실험적인 도전을 하는 장르로만 알려져 있을 때도 글을 쓰는 일을 업으로 삼고 싶은 사람들이 많았다. 그런데 지금은 OTT 플랫폼의 등장으로 전 세계가 하나의 영상 문화권으로 묶여 있어 한국에서 만들어진 드라마를 동시에 전 세계 사람들이 즐길 수 있는 세상이 되었고, 2013년에 웹에 정착한 웹소설은 2021년에 시장 규모가 1조 원을 넘은 상황이다. 웹툰은 2021년에 시장 규모가 1.5조 원을 넘어섰고 전 세계 시장에 번역되어 수출되고 있으며 영화나 드라마의 실험적인 원작이 되는 일이 흔해졌다. 이런 상황에서 "드라마 작가는 원고료가 수억 대다", "요즘 웹소설 쓰는 젊은 작가들은 벤츠를 타고 다닌다", "웹툰 작가로 유명해지면 돈도 벌고 유명인사가 된다"는 소문은 "나 글 좀 쓴다"는 사람들을 더욱더 동요하게 만든다.

1991년 이후 방송의 외주제작 시스템이 도입되면서 방송사가 아닌 제작사에서도 드라마를 제작하게 되었고 제작사는 편성을 받기 위해 많은 드라마 작가들을 확보해서 드라마를 기획하고 대본을 만들어야 했다. 2000년 초반에는 KBS의 〈겨울연가〉, MBC의 〈대장금〉 등의 드라마가 한류 열풍을 일으켜 엄청난 수익을 창출하고 드라마로 인한 경제 유발 효과가 극대화되면서 드라마가 '황금알을 낳는 거위'로 인식되기도 했다. 그때부터 다양한 자본이 드라마 제작에 몰려들고 드라마 작가 확보를 위한 전쟁이 시작되었다. 이러한 분위기에 편승하여 드라마 작가를 꿈꾸는 사람들은 자신의 작품을 들고 제작사로 몰려들기 시작했다.

2011년 종편채널이 출범하고 케이블TV에서 드라마를 편성하기 시작하면서 드라마 제작 편수는 빠른 속도로 늘어났고 드라마 작가를 꿈꾸는 사람들을 설레게 했다. 기존에 지상파나 종편이 실시하는 극본 공모에 2017년 CJ ENM에서 시작한 신인 작가 육성을 위한 '오픈(O'PEN) 프로젝트'까지 가세하여 드라마 작가 양성에 성과를 내기 시작하자 드라마 작가를 꿈꾸는 사람들은 더 용기를 가지게 되었고, 드라마 〈오징어 게임〉 〈이상한 변호사 우영우〉 등 한국 드라마가 세계인들의 마음을 사로잡고 K-콘텐츠의 선두에 서서 세계로 진출하면서 드라마 작가로서 큰 성공을 할 수 있다는 기대는 부풀어 올랐다.

만화에서 시작하여 웹에서 정착한 웹툰은 언제 어디서든지 즐길 수 있는 '스낵컬처(snack culture)'로 두터운 독자층을 만들며 가파르게 성장하고 있다. 한국콘텐츠진흥원에 따르면 2021년 웹툰 산업 매출액은 약 1조 5,660억 원 규모로 2020년 1조 538억 원에 비해 48.6% 증가했다. 웹툰 산업 실태조사가 시작된 2017년의 매출액 3,799억 원에 비해 약 4.1배 증가하며 매년 급격한 성장을 보이고 있는 것이다.[1] 웹툰의 성장은 단지 웹툰에서 끝나지 않는다. 〈은밀하게 위대하게〉 〈신과 함께〉 등의 웹툰이 영화로 제작되어 큰 성공을 거두고, 〈이태원 클라스〉 〈사내연애〉 〈무빙〉 등이 드라마로 만들어져 높은 인기를 끌면서 수익의 확장성을 지속적으로 부여주고 있다. 웹툰의 진화는 영화, 드라마, 게임 등 무한대로 진행되어 K-콘텐츠의 기반을 확실

---

1   윤현옥, 「웹툰시장 연매출 1.5조 돌파…5년새 4배 성장」, 『이지경제』, 2022.12.22.

하게 다지고 있다. 이런 추세 속에서 웹툰 독자들은 계속 늘어나 웹툰 이용자 가운데 유료 결제를 경험한 이들의 비중도 67.6%로 높았고, 웹툰 이용자의 월평균 지출액도 12,150원[2]이나 되는 것으로 나타났다. 웹툰은 신선하고 재미있는 스토리를 만들어내면 '돈이 된다'는 사실을 확실하게 보여주며 성장하고 있다.

네이버웹툰, 다음웹툰, 카카오페이지 등 웹툰 플랫폼은 신선하고 재미있는 스토리를 가지고 있는 신인 작가를 위해 다양한 공모전과 프로모션을 진행하고 있다. 세분화되어가는 작업 속에서 웹툰의 스토리만 쓰는 글 작가를 꿈꾸는 사람도 많아졌다. 그림은 그릴 줄 모르지만 독자를 끌 만한 스토리를 가지고 있다면 누구나 웹툰 글 작가가 될 수 있다. 글 작가의 글이 그림 작가의 그림과 매칭이 이루어져 웹툰이 완성되면 웹툰 스토리 작가로 데뷔하게 된다. 그림 작가와 글 작가의 매칭은 에이전시를 맡고 있는 출판사나 웹툰 플랫폼을 통해 이루어지고 있다.

웹소설 시장은 '돈이 되는 글'을 쓰고 싶은 사람들에게 훨씬 더 넓게 열려 있다. 웹소설은 드라마처럼 제작비가 많이 들지도 않고, 웹툰처럼 그림을 그리거나 그림 작가와 매칭하는 과정이 없기 때문에 누구나 자신의 이야기를 만들어 웹소설 플랫폼에 쉽게 올릴 수 있다. 웹소설 시장에 직장인, 학생, 전업주부뿐만 아니라 의사, 변호사, 세무사, 회계사 등 전문가까지 작가로 합세하여 2022년에는 한국창작스토리작가협회 추산 웹소설 작가 수가 20만 명을 넘었다. 그야말로 누구나 작가가 될 수 있는 시대가 왔다.

누구나 시작할 수 있는 '아마추어 시장'이자 성공하면 곧바로 금전적인 보상을 받을 수 있는 웹소설 시장은 글을 써서 돈을 벌고 싶은 사람들에게

2　「웹툰·웹소설 트렌드 리포트 2023」, Opensurvey, 2023.

는 매혹적인 곳이다. 웹소설 작가가 되는 방법은 크게 두 가지다. 첫 번째는 웹소설 플랫폼에 무료로 연재를 시작해서 독자들의 반응이 좋으면 에이전시의 컨택(contact)을 받아 유료로 전환하는 방법이다. 무료 연재가 중간에 유료화되면 독자들은 아쉬운 마음이 들겠지만 웹소설이 재미있으면 기꺼이 비용을 치르고 보게 된다. 두 번째는 처음부터 자신의 웹소설 작품을 가지고 에이전시(출판사)의 문을 두드려 계약을 하고 에이전시가 작가를 대신하여 웹소설 플랫폼에 유료로 연재하는 계약을 맺는 경우이다. 어느 경우든 웹소설을 쓰고 싶은 사람들에게 그리 높지 않은 진입장벽이라고 할 수 있다.

게다가 현재 웹소설 시장은 상당한 호황을 누리고 있다. 2013년 매출이 200억 원도 되지 않은 상태에서 시작했는데 올해 문화체육관광부가 한국출판문화산업진흥원과 함께 진행한 '2022 웹소설 산업 현황 실태조사' 결과에 따르면 2022년 국내 웹소설 시장 규모는 1조 390억으로 집계[3]되었으니 그 성장세가 어마어마하다. 웹소설은 한 회에 4,500자에서 5,500자 내외의 분량으로 대체로 10분 안팎이면 읽을 수 있게 PC와 모바일을 통해 제공하는 소설을 지칭하는 것으로 누구나 짧은 시간을 활용하여 즐길 수 있는 콘텐츠다. 쓰는 사람도 읽는 사람도 쉽게 접근할 수 있는 구조다. 최근 한 조사에 따르면[4] 웹소설을 유료로 이용한 사람이 웹툰보다 높아 85.0%로 10명 중 약 8~9명이나 웹소설을 읽기 위해 돈을 지불하고 있는 것으로 나타났다. 웹소설 지출액도 웹툰 이용자의 월평균 지출액 12,150원을 넘어 매달 17,370원을 웹소설 감상을 위해 사용하고 있는 것으로 나타났다. 웬만한 OTT 플랫

---

3   최수문, 「K드라마 원천 웹소설 시장, 1조 넘겼다」, 『서울경제』, 2023.9.7.
4   「웹툰·웹소설 트렌드 리포트 2023」, Opensurvey, 2023.

작가는 어떻게 몰입하는가

폼의 구독료보다 비싼 금액이지만 기꺼이 웹소설을 소비하는 것을 보면 웹소설 이용자가 느끼는 웹소설 콘텐츠의 효용이 높다고 짐작해볼 수 있다. 웹소설은 그만큼 앞으로도 성장 가능성이 무궁무진한 시장이다.

방송 구성작가의 경우, 드라마 작가나 웹툰 작가, 웹소설 작가보다 성공했을 때 수입이 상대적으로 적은 편이지만 일자리만 구하면 막내작가로서 프로그램에 투입되어 바로 수익을 낼 수 있다. SBS가 개국하기 전에는 구성작가가 활동할 수 있는 곳이 KBS와 MBC밖에 없었지만 1991년 SBS가 개국하고 1990년대 중반에 케이블 시대가 열린 데다가 2011년에 다시 종편채널이 등장하면서 일할 수 있는 자리가 매우 많아졌다. 최근에는 방송국처럼 다양한 프로그램을 제작하는 유튜브 채널이 늘어나면서 일자리가 확장되고 있다. 다만 진입장벽이 낮아져 원하는 사람들이 많이 들어오다 보니 원고료의 하향 조정, 열정 페이 등의 문제도 제기되고 있다. 그럼에도 불구하고 아직도 예능, 교양, 라디오 등의 프로그램 제작 과정에서 방송 구성작가의 영향력이 크고 방송 구성작가의 경험을 토대로 드라마 작가로 진출하여 성공하는 경우가 많아져서 구성작가에 대한 관심은 지속되고 있다.

구성작가의 경우 있는 재료로 프로그램을 기획하고 대본을 쓰는 일이라 만만하게 생각하는 사람들도 있지만 늘 새로운 것(something new)을 찾아내어 논픽션(nonfiction)과 픽션(fiction) 사이를 왔다 갔다 하며 스토리를 만드는 일을 프로답게 해내는 것은 결코 쉽지 않다. 구성작가는 많지만 성공한 구성작가가 많지 않은 이유도 거기에 있다. 시대의 흐름을 읽고 감각적인 터치로 쫄깃쫄깃한 구성을 해내면서 글을 쓰는 것이 구성작가의 능력이다.

글을 써서 돈을 벌겠다는 사람들이 몰려드는 쏠림 현상은 어떤 사건이나 트렌드의 변화에 민감하게 반응하는 특징이 있다. IMF 외환위기를 겪었던 1997년 이후 한국방송작가협회 부설 방송작가교육원 등 드라마 작가 양성기관이 집중되어 있는 여의도에 드라마 작가가 되겠다고 많은 사람들이 몰려들었던 일이 있었다. 국가적 경제위기에 직장을 그만둔 사람, 남편의 실직에 글 쓰는 부업이라도 필요했던 전업주부, 대학을 졸업하고도 갈 만한 직장이 없었던 사회 초년생들이 드라마를 써서 돈을 벌겠다고 나섰다. 그 당시 "여의도에 드라마 작가 지망생이 만 명이 몰려들었다"는 소문이 돌 정도였다.

청년 실업률이 올라가면서 청년들의 일자리가 줄어들 때도 글을 써서 이야기 산업에 진출하려는 사람들이 많아진다. 드라마 또는 웹소설이나 웹툰를 많이 보며 자란 세대들은 마음속 한편에 '나도 그 정도는 쓸 수 있을 것 같다'는 생각을 하게 된다. 그런 생각이 취업이 어려운 상황을 만났을 때 실제로 구현되는 특징을 가진다. 드라마나 웹툰, 웹소설 작가 연구를 하다 보면 안 되는 취업에 힘을 빼는 대신, '나도 한번 해보자'며 드라마나 웹툰, 웹소설을 시작하는 경우가 많다. 어차피 사회에 나가 돈을 버는 것이 힘들다면 자신이 좋아하는 일을 찾아가는 게 현명하다고 생각하는 것이다. 2008년 6%였던 25~29세 청년 실업률이 2014년 8.3%까지 치솟았는데 이 시기 이후 글을 쓰는 것을 업으로 삼겠다는 젊은 층이 눈에 띄게 늘어난 점은 우연이 아니다.

또 이야기 산업이 폭발적으로 성장할 때 돈이 되는 글을 쓰고 싶은 사람이 많아진다. 최근 웹소설의 성장세가 대표적인 사례라고 할 수 있다. 마치 웹소설을 쓰면 누구나 모두 큰 수익을 올릴 수 있을 것처럼 언론에서 떠들기 시작하고 유튜브 플랫폼에서도 웹소설 작가가 되는 방법에 대한 콘텐츠가 넘쳐난다. 웹소설을 쓰고 작법서를 써서 먹고산다며 공공연하게 밝히는 작가 유튜버도 많다.

드라마 작가가 되기 위해 그동안 회사 생활로 모은 자금으로 습작기를 버티는 사람도 있고 주경야독의 자세로 낮에 막노동을 하며 돈을 벌고 밤에 글을 쓰는 사람도 있다. 아마추어도 얼마든지 도전할 수 있다는 웹소설 시장에는 부업, 겸업으로 글 쓰는 사람들로 넘쳐나고 있다. 낮에는 일을 하고 밤에는 글을 쓰는 사람들이 늘어난 것은 웹소설 시장이 활성화되면서 등장한 새로운 문화현상이다. 사람들은 돈이 되는 글을 찾고 있다. 분명 글을 써서 돈을 벌 수 있는 시대가 왔고 누구나 도전할 수 있는 기회가 주어졌다.

2 글을 쓰는 건 쉽지만 돈이 되는 글을 쓰는 것은 쉽지 않다

그렇다면 이야기 콘텐츠 시장으로 몰려든 사람들이, 자신이 처음 마음먹은 대로 글을 써서 먹고살 수 있을까. 물은 섭씨 100도가 넘어야 끓는다. 그 전까지는 열을 가해도 뜨거워질 뿐 물의 속성에는 변화가 없다. 90도까지 열을 올렸다가 다시 내리면 물은 끓어서 기체로 변하지 않는다. 꾸준히 물에 열을 가해서 100도가 넘을 때 비로소 물은 끓고 액체인 물이 기체로 바뀐다. 물의 속성이 바뀌기 위해서는 반드시 100도를 넘겨야 한다. 글도 마찬가지다. 돈이 되는 글에는 상품성이 담겨야 한다. '팔 수 있는 글'로 속성이 변할 때까지 몰입하여 써야 한다. 이 평범한 사실을 글을 써서 돈을 벌어보겠다는 사람들이 꼭 기억해야 한다.

필자는 작가로 살아온 30년이 넘는 긴 시간 동안 TV 드라마, 라디오 드라마, 교양 프로그램, 다큐멘터리, 소설 등을 집필하면서 수많은 작가들을 만나왔고 보조작가와 많은 작가 지망생을 마주할 수 있었다. 미디어 전공 석박사 과정에서 영상문화를 공부하고 작가 연구를 하면서도 여러 분야의 작가들과 작가 지망생을 만났으며 대학에서 작가 지망생들을 가르치고 있기도 하다. 연구를 위해서 웹소설 작가 또는 지망생들이 모여 있는 모임에도 나가 그들과 함께 집필도 하고 대화도 나누어보았으며 작가들이 모여서 함께 생활하며 집필하는 창작실 생활도 수년간 해봤다. 이런 경험 속에서 데뷔는 했지만 글이 잘 안 써지는 작가, 아직 지망생이라 어떻게 해야 글을 쓰는 일이 일상이 되어 꾸준히 글을 쓸 수 있는지 몰라 방황하는 사람들을 많이 마주한다. 필자 또한 드라마 습작기에 집중이 잘 안 되고 혼자서 글 쓰는 일이 체화되지 못한 경험을 가지고 있기에 그들의 고민이 어떤 것인지 누구보다도 잘 안다.

이러한 경험들은 실제로 작가들의 세계에서는 더욱더 구체적인 이야기가 되어 돌아다닌다. 수년간 준비하여 어렵게 드라마 작가로 데뷔한 작가들 중 대부분 '데뷔작이 유작'인 경우가 많다. 데뷔 작품 하나만 있을 뿐 그 이상 써내지 못한다는 것이다. 공모전의 경우, 오랫동안 준비하면서 여러 명의 선생님들에게 조언과 지도를 받고 같이 공부하는 동료들의 피드백도 받아 수정하고 또 수정해서 당선되는 경우가 많다. 데뷔를 하게 되면 일정한 시간 내에 혼자서 작품을 써서 완성해야 하는데, 스스로 글을 쓰는 훈련이 되지 않은 사람은 해내지 못한다. 드라마, 웹소설, 웹툰, 방송 구성 프로그램 등은 미디어를 통해 정해진 시간에 수용자들에게 전달되는 것으로 시간과의 싸움이다. 실제로 아무리 능력이 있어도 글 쓰는 것이 느리면 이 세계에서 살아남기가 곤란하다. 지금은 OTT 플랫폼의 등장으로 적지 않은 드라마가 사전제작으로 제작되고 있어 다행이지만, 일주일에 2회씩 방영되는 드라마 미니시리즈를 집필하기 위해는 일주일에 드라마 70분짜리를 2회 정도 쓸 수 있는 능력이 매우 중요하다. 완전한 몰입한 상태가 아니면 써낼 수 있는 시간이 아니다.

몇 년을 준비하여 어렵게 극본 공모에 당선되어도 상황이 맞지 않아 당선작을 방송하지 못하는 경우도 있다. 함께 극본 공모에 당선되었던 예닐곱 명의 당선 동기가 몇 년이 지난 어느 순간 한 명도 남지 않고 '드라마판'을 떠나는 경우도 많다. 지속적으로 드라마를 써내야 생계가 유지되는데 그렇지 못하면 어느 순간 생활고를 버티지 못하고 다른 직업을 찾아 떠나는 것이다. 남자 작가의 경우는 특히 긴 습작기를 견디기가 힘들다. 결혼을 했거나 부모님을 부양하는 처지라면 가장 먼저 떠날 가능성이 많다.

드라마 작가 지망생의 시간도 하염없기는 마찬가지이다. 많은 드라마가 만들어지고 있지만, 드라마 자체에 제작비가 많이 들기 때문에 드라마 작가 지망생의 대본이 실제 제작으로 성사되기까지 많은 시간이 걸린다. 그래도 모아둔 돈이 있거나 집안의 도움을 받을 수 있다면 좀 버텨보지만, 이런 시간이 1년이 지나고 2년이 지나고 심지어 5년, 10년이 지나면 '나는 뭐 하는 사람인가?' 하고 자신의 정체성에 혼란이 오기도 한다.

웹툰 작가들 역시 웹툰 작가로 데뷔하여 돈을 꾸준히 버는 일이 쉽지 않다. 그림을 전공했든 하지 않았든 웹툰식의 스토리텔링을 다시 배우는 것은 시간이 걸리는 일이고, 운 좋게 빠른 시간 내에 데뷔를 한다고 해도 뒤이어 작품을 한다는 보장은 없다. 글과 그림을 같이 하는 경우 정해진 시간 안에 엄청난 작업량을 소화하기가 버거워 자신이 만족할 만한 수준의 퀄리티(quality)를 못 내는 경우도 있다. 일이 없을 때는 생활을 위해 아르바이트를 하기도 한다.

웹소설 작가의 세계에서는 "첫 작품은 거의 다 망작이 된다"는 속설이 있다. 아마추어라도 누구나 웹소설 연재를 시작할 수 있을 정도로 진입장벽이 낮지만 자기가 쓰고 싶은 글과 독자들이 읽고 싶어 하는 글 사이에 타협점을 찾지 못한 초보 작가들은 대부분 첫 작품에서 자기가 쓰고 싶은 내용만 잔뜩 쓰다가 쓰디쓴 패배를 맛본다. 1년이나 수개월 동안 100회, 200회를 연재하고 치킨 값 정도밖에 수익을 얻지 못했다는 작가들이 허다하다. 웹소설은 그림을 그리거나 영상으로 제작하는 과정이 없기 때문에 글이 바로 콘텐츠가 된다. 그렇다 보니 한 작품에서 성과가 나지 않으면 몇 작품을 동시에 연재하는 작가들도 있다. 웹소설 한 회당 통상 5천 자 정도의 분량이 필요하니 몇 개씩 동시에 연재하는 작가는 하루에 만 자에서 2만 자 이상을 쓰는, 엄청난 글쓰기 노동을 하는 것이다. 실제로 동시에 네 작품을 쓰는 작가도 보았다. 작품의 퀄리티나 효율성으로 볼 때 집중해서 한 작품만 쓰는 것보다는 좋은 선택이 아니다. 동시 여러 작품을 쓰는 것 자체가 몰입을 방해하고 작품의 성공에서 멀어질 수 있는 조건을 갖추는 것이다. 거꾸로 생각해보면, 한 작품이 성공하고 있다면 동시에 다른 작품들을 쓸 이유가 없다.

구성작가들은 다른 어떤 작가군보다 집요함이 필요하다. 현실에 바탕을 두되 새로운 시각으로 접근하여 뭔가 색다름을 끄집어내야 한다. 특히 다큐멘터리의 아이템을 정하고 기존과 다른 접근법으로 한 문제를 파헤치기 위해서는 고도의 집중과 몰입이 필요하다. 그러나 현실적으로 많은 구성작가들이 다큐멘터리 한 번 못 해보고 자신의 구성작가 생활을 마무리한다. 다큐멘터리는 비드라마, 즉 구성 프로그램에서도 작가적 역량이 가장 많이 필요한 장르라서 대부분의 작가들이 여기까지 이르지 못하고 노동집약적인 업무에서 그친다. 예능 프로그램에서도 창의성이 돋보이는 작품은 드라마 못지않은 시청률을 올리고 있고 방송사에서는 그런 작품을 만들어내는 작가의 능력을 높이 산다. 구성작가에게 몰입과 집중은 그만큼 중요하다.

돈이 되는 글을 쓰려고 드라마 작가, 웹툰 작가, 웹소설 작가, 구성작가의 세계에 뛰어들었지만 왜 성과를 내지 못하고 변두리에만 머물러 있는 것일까. 섭씨 100도까지 열을 올리지 못해 물이 끓지 못하는 이유와 같다. 매번 80도나 90도까지밖에 열을 못 올리기 때문에 물이 끓지 않는 것처럼 '판매

할 만한 글'까지 작품의 수준이 올라가지 않지 않는 것이다. 직업적인 이야기꾼이 되려면 더 집중해서 몰입의 경지까지 가야 한다. 이야기꾼으로서 작가는 이야기에 독자들을 몰입시켜야 하는데, 그러기 위해서는 작가가 먼저 자신의 이야기에 몰입하여야 한다. 작가 자신이 몰입하지 않은 상태로 시청자나 독자, 관객들을 몰입의 경지로 끌어올 수는 없다.

최고의 천재라고 하는 아인슈타인은 다음과 같은 말을 했다.

> 나는 몇 달이고 몇 년이고 생각하고 또 생각한다. 그러다 보면 99번을 틀리고, 100번째가 되어서야 비로소 맞는 답을 얻어낸다. … 나는 머리가 좋은 것이 아니다. 단지 문제가 있을 때 남들보다 더 오래 생각할 뿐이다.

우리가 천재라고 알고 있는 아인슈타인의 이 고백은 어떤 성과를 내기 위해서 필요한 것이 천재성이 아니라 남들보다 오래 생각하여 몰입에 이르는 것이라는 사실을 알려준다. 돈이 되는 글을 쓰고 싶다면 몰입하는 습관을 길러야 한다. 몰입이 될 때까지 끊임없이 노력해야 한다. 서두에 "물은 섭씨 100도에 끓는다"라고 강조했던 이유다. 물이 끓을 때까지, 자기가 완전히 몰입해서 창작해내려는 작품이 완성도를 갖출 때까지 멈추지 말아야 한다.

이 시대 뛰어난 시나리오 작가인 로버트 맥키(Robert McKee)는, 이야기는 욕망이 주도하는 것이라고 말했다. 인간의 욕망을 탐구하는 것이 작가의 숙명이자 숙제인 셈이다. 뭔가를 강력하게 이루고자 하는 주인공과 그를 방해하는 적대자 사이의 불꽃 튀는 경쟁, 이것이 이야기의 핵심이다. 이 과정을 그려내야 하는 작가는 분산되는 에너지를 한 곳으로 모으고 그곳에 완전히 몰입해서 인물을 만들고 이야기의 살을 붙여서 이끌고 나가야 한다. 이 과정은 결코 쉽지 않다. 대부분의 신인 작가나 작가 지망생들이 스스로 몰입하는 일에 실패하면서 허송세월하는 이유이기도 하다.

3 작가가 된다는 것은
능력의 한계를 허물고 몰입을 경험하는 일

아마추어 작가 또는 작가 지망생과 글을 써서 돈을 버는 작가의 차이는 한마디로 몰입을 경험하며 글을 쓰느냐 아니냐에 달려 있다. 몰입을 하기 위해서는 자신이 몰입할 수 있는 습관을 만들어야 하는데 그러기 위해서 제일 먼저 필요한 것은 자신이 일을 할 수 있는 시간을 만드는 것이다. 처음 작가 생활을 시작하는 사람들은 아무런 통제가 없는 시간을 어떻게 보내야 할지 몰라 방황한다. 실제로 작가를 꿈꾸는 많은 사람들이 가장 하기 힘든 일이 작가로서 루틴(routine)을 잡는 일이다.

어떤 작가들은 오늘 친구들과 만나 밥을 먹고 술을 마시고 그다음 날 책상 앞에 앉아 의미 있는 문장들을 쓰기를 바란다. 안 풀릴 때는 가끔 여행도 가면서 머리를 식히면 글이 잘 될 거라고 생각하고 여행을 다녀온다. 좀 쉬었으니 생각이 잘 나겠지 하는 기대감에 책상 앞에 앉아 뭔가 쓰려고 애를 쓰는데 머리가 하얘지는 경험을 한 적이 있을 것이다. 적어도 필자가 아는 한, 이런 식의 생활 속에서는 돈이 되는 글이 나올 확률이 매우 적다. 솔직히 말하면 거의 불가능하다고 생각한다. 뭔가 한두 개의 좋은 아이디어는 얻을 수 있으나 전체를 꿰뚫어서 의미 있는 성과를 내기는 힘들다. 적어도 콘텐츠 시장에서 팔리는 글을 쓰려면 일단 내 생활의 중심이 일하는 시간과 공간 위주로 잘 짜여져야 한다. 그것을 '작가의 루틴'이라고 한다.

이 시대 만화의 부흥기를 이끌며 〈식객〉 〈타짜〉 등의 명작을 집필한 허영만 작가가 공개한 하루 일과표를 보자. 그는 매일 아침 5시에 일어나서 화실로 간다. 6시부터는 신문을 읽은 후에 작업에 들어가 오후 1시까지 작업을 한다. 오후 1시부터 2시까지는 식사를 하고 낮잠을 자는 시간이고 2시부터

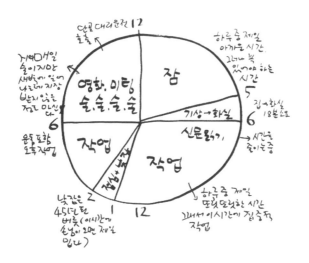

6시까지는 다시 작업을 하는 시간이다. 6시부터 12시까지는 영화를 보거나 일과 관련하여 미팅을 하거나 술을 즐기는 시간이고 12시가 되면 잠자리에 든다.

전업작가일수록 루틴이 명확하다. 그래야 몰입하여 일을 할 수 있는 시간을 만들어낼 수 있다. 필자는 1990년대 초반 방송사에서 구성작가로 일을 하다가 1996년경부터 드라마 습작을 시작했는데, 그때 가장 어려웠던 점이 혼자서 일을 하는 습관을 갖는 것이었다. 방송사 안에서 사람들을 만나 회의하고 방송사 내 작가실에서 집필하고 편집실에서 편집회의를 하거나 대본을 쓰던 일상에서, 오롯이 나 혼자 그 모든 시간을 감당해내면서 드라마 습작을 해야 하는 일상으로 바뀌는 과정이 지금 생각해도 고통스러울 만큼 힘들었다. 게다가 습작기라는 시간은 당장 급한 일이 하나도 없는 상태라 내가 오늘 하루 놀아도 아무도 뭐라고 하는 사람이 없었다. 방송 구성 프로그램을 할 때는 편성이 정해져 있고 촬영 나가는 날이 한정되어 있으며 녹화 날짜도 잡혀 있기 때문에 그 일정대로 움직이지 않으면 안 되었다. 어떻게 보면 타율적으로 몰입을 할 수밖에 없는 상황이라 배고픈 사자에게 쫓기는 염소처럼 전력을 다해 일을 했다.

하지만 드라마라는 장르로 옮기고 습작을 시작하자 꽉 짜여 있던 일상이 확 풀어지며 집중이 안 되는 희한한 상황에 맞닥뜨리게 되었다. 방송 구성 프로그램은 누군가 아이디어를 내면 회의를 통해 발전시키고 작가가 구성안이나 기획안을 작성해서 PD에게 넘기면 PD가 의견을 주고 부장이 또 의견을 보태는 식으로 일이 서로 핑퐁처럼 왔다 갔다 한다. 그때마다 서로 집중해서 생각하고 의견을 조율하면서 일이 진행되는데, 드라마 습작은 처음부터 긴 시간 동안 오롯이 작가 혼자서 이야기를 만들어내야 하는 고독한 작업이다. 그 당시 필자는 루틴을 잡기까지 날마다 '일요일 같은 날'을 보냈다. 집중이 안 되고 몰입이 안 되니 무엇을 한 것도 없이 하루가 갔다. 정말 고통스러운 시간의 연속이었다. 일이 잘 안 되고 있으니 누가 핑계만 만들어주면 얼른 책상 앞을 떠나 수다도 떨고 쇼핑도 하고 외식도 하러 나갔다. 생각한 대로 글이 안 써져서 정말 몸이 찢어지는 듯한 고통을 겪었다.

일단 이 문제를 해결하기 위해 필자는 집 안 작업실에서 벗어나 나만의 작업실을 만들어 집을 떠났다. 영웅이 자기가 태어난 고향을 떠나는 심정으로, 성공해서 돌아오겠다는 심정으로 더욱더 고독하고 폐쇄된 공간으로 자신을 유폐시킨 것이다. 일상생활로부터 공간을 분리하자 죽으나 사나 책상 앞에 앉아 있게 되었고 적어도 작업실에 있는 동안은 놀든 일을 하든 문밖으로 나가지 않았다. 그때까지는 완전한 몰입은 되지 않았지만 방송 나갈 작품도 쓰고 집중적으로 자료 수집하면서 준비 중인 작품을 위한 시간을 보냈다.

필자에게 완전한 몰입을 가져온 계기는 공간적 분리에 이어 시간적 분리를 이루었을 때였다. 단독 작업실에 혼자 있어도 낮에는 밥도 먹어야 하고 전화도 오면 받아야 한다. 밥을 먹으면 몸이 풀어지고 전화를 받고 다른 일에 신경을 쓰면 정신이 산만해진다. 우주의 모든 현상은 본질적으로 보다 더 무질서한 방향으로 진행된다는 엔트로피 법칙은 일상에서 여실히 나타났다. 산만해지는 것은 금방이고 이 산만함을 되돌리는 것은 너무 어려웠다. 그래서 가장 일이 잘 되는 시간을 찾아냈다. 가장 정신이 맑고 집중이 잘 되는 새벽 4시경에 일어나 집중하는 것이다. 새벽 4시는 동양에서는 인시(寅時, 새벽 3시에서 5시)이며 호랑이의 시간으로 가장 영감(靈感)이 뛰어난 시간이다. 많은 종교의 수도자들이 새벽에 일어나 기도를 하는 이유이기도 하다. 영감의 사전적인 의미를 보면 첫 번째가 신령스러운 예감이나 느낌이고 두 번째가 창조적인 일의 계기가 되는 기발한 착상이나 자극이다. 필자는 누구에게나 자신의 영감이 가장 활발하게 활동할 수 있는 시간이 있다고 생각한다. 필자에게는 그 시간이 새벽 4시였다. 밥을 안 먹어도 되는 시간, 누구에게도 전화 오지 않는 시간, 잠도 충분히 자고 일어난 시간, 머리가 아주 맑은 시간. 이렇게 새벽 4시는 필자에게 너무 잘 맞는 시간이었다.

새벽 4시에 일어나 작업하면서 몸과 마음이 늘어지지 않게 아침은 최대한 적게 먹었다. 새벽 4시에서 낮 1시까지 작업 시간으로 잡고 그사이 한 시간 정도 아침식사 준비와 식사로 시간을 보내면 작업 시간은 대략 7시간 남짓 되었다. 1시에서 2시는 점심식사를 하는데 이미 새벽부터 일을 해서 점심을 먹은 후에는 몸이 늘어지고 정신이 흐려진다. 그래서 2시부터 4시까지는 가까운 산으로 가서 가벼운 등산 겸 산책을 한다. 1시간 정도는 걷고 1시간 정도는 숲속에서 새소리도 듣고 청설모도 만나면서 편안히 머문다. 간단한 명상도 하고 맨발로 땅의 기운을 받기도 하며 오롯이 나에게 집중한다. 나에게는 일명 '숲멍'의 시간이다. 나무가 많은 산에 다녀오면 정신이 맑아져 돌아와서는 내일 쓸 부분에 대한 구상을 한다. 가벼운 작업을 하는 셈이다. 그 후 6~7시까지 저녁식사를 한다. 잠자리에는 9시 30분경에 든다. 이런 루틴으로 생활하다 보면 저녁식사를 한 후에 엄청나게 졸음이 몰려온다. 새벽부터 진을 빼며 일을 했기 때문에 낮잠을 안 자는 것을 원칙으로 하는 필자는 쏟아지는 잠과 싸워야 한다. 이것을 견디지 못하고 8시 전후로 잠들면 새벽한두 시에 잠이 깨고 루틴이 무너진다. 그 시간에 깨면 다시 잠들기 힘들고 집중력이 떨어져 낮 시간을 제대로 활용할 수 없다. 그래서 필자는 9시 30분이라는 시간을 좋아한다. 잘 수 있는 시간, 침대에 누울 수 있는 시간이기 때문이다.

필자는 이 루틴을 지켜나가는 과정에서 엄청난 몰입의 과정을 경험했다. 도저히 풀리지 않을 것 같은 문제들이 새벽에 작업을 할 때 풀려서 작업의 진도를 뺄 수가 있었다. 명징하고 맑은 정신으로 몰입을 할 때는 천국에 있는 것처럼 황홀한 행복감이 밀려왔다. 몰입이 안 되어 몸이 찢어지는 것 같았던 느낌과 정반대의 기분이다. 아주 고요한 평화가 찾아와 몰입을 하며 일을 한다. 결국 작가가 된다는 것은 자신만의 루틴을 만들고 몰입을 하여 능력의 한계를 허무는 것임을 절감했다.

이러한 과정을 거치면서 필자는 우리를 감동시켰던 예술가의 루틴이 궁금해졌다. 그들은 어떻게 작업했을까. 베토벤(Ludwig van Beethoven, 1770~1827)은 밤 10시부터 오전 6시까지 숙면을 취한 후, 6시에 일어나 커피콩 60개가 들어간 커피를 아침을 대신해서 마시고 오후 2시 30분까지 작곡을 했다. 아마 몰입도를 높이기 위해 아침을 커피로 대신하고 작업에 집중했던 것 같다. 2시 30분에서 3시 30분에는 와인을 곁들이 이른 저녁을 먹고 격렬한 걷기를 했다고 하는데 이 순간에도 주머니에는 연필과 종이 뭉치들이 있었다. 늘 자신의 일에 몰입하며 하루를 살았던 베토벤은 어느 한순간의 영감도 놓치지 않고 싶을 것이다.

베토벤(Ludwig van Beethoven)

맥주를 마시거나 담배를 피우면서
간단히 식사하기

수면

선술집에 멈추어 서서
신문 읽기

아침식사는 커피였다.
그는 스스로 굉장히
공을 들여 준비했는데,
1컵당 60개의 커피콩이
들어 있어야 한다고 결심하고
종종 정확히 60개인지
한 개씩 꺼내어 세어보곤 했다.

길고 격렬한 걷기 운동.
항상 주머니에
연필과 종이 뭉치들을
넣어 다녔다.

와인을 곁들인
저녁식사

작곡하기

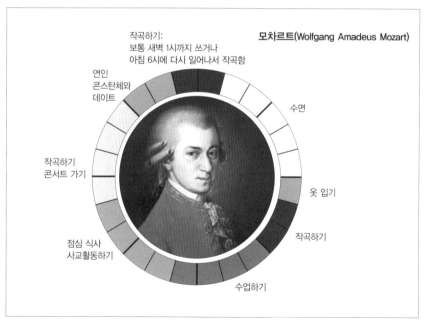

작곡하기:
보통 새벽 1시까지 쓰거나
아침 6시에 다시 일어나서 작곡함

모차르트(Wolfgang Amadeus Mozart)

연인
콘스탄체와
데이트

수면

작곡하기
콘서트 가기

옷 입기

작곡하기

점심 식사
사교활동하기

수업하기

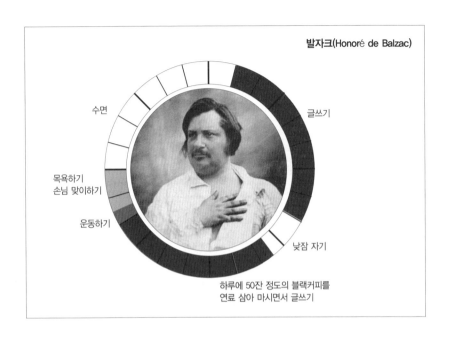

발자크(Honoré de Balzac)

수면

글쓰기

목욕하기
손님 맞이하기

운동하기

낮잠 자기

하루에 50잔 정도의 블랙커피를
연료 삼아 마시면서 글쓰기

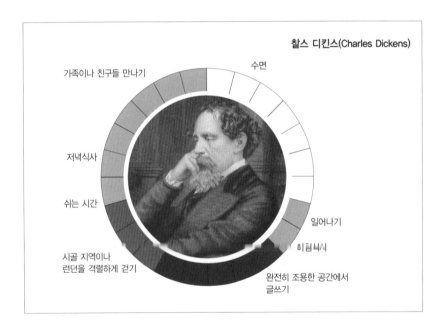

찰스 디킨스(Charles Dickens)

가족이나 친구들 만나기

수면

저녁식사

쉬는 시간

일어나기

시골 지역이나
런던을 격렬하게 걷기

완전히 조용한 공간에서
글쓰기

작가는 어떻게 몰입하는가

모차르트(Wolfgang Amadeus Mozart, 1756~1791)는 잠을 많이 안 자는 스타일로 새벽 1시부터 6시까지 수면을 취했으며 주로 이른 아침과 저녁과 아주 늦은 밤에 작곡을 했다. 낮에는 강의나 사교 등 일상생활을 했다.

프랑스 사실주의 문학의 거장으로 꼽히며 『인간희극』 『고리오 영감』 등의 작품을 쓴 발자크(Honoré de Balzac, 1799~1850)는 오후 6시에 잠자리에 들어 새벽 1시에 일어나 작업을 하는 루틴을 가지고 있었다. 블랙커피를 하루에 50잔 정도까지 마셨다고 하니 커피가 집중을 하는 데 큰 도움을 주었던 것 같다.

빅토리아 시대에 활동하며 『올리버 트위스트』 『크리스마스 캐럴』 등의 작품을 남긴 영국 소설가인 찰스 디킨스(Charles Dickens, 1812~1870)는 12시에서 7시까지 수면을 취한 후 아침을 먹고 9시부터 2시까지 집중적으로 글쓰기 작업을 했다.[5]

이들이 그 시간에 얼마나 깊이 몰입하여 작업을 했는지 직접 듣지는 못했지만 그들의 루틴을 보면 확실하게 자기 시간을 갖고 그 시간에 몰입을 했다는 것을 알 수 있다. 그것은 그들이 이 세상에 남긴 대단한 작품들을 보면 알 수 있다. 영화감독 윌리엄 와일러(William Wyler, 1902~1981)는 자신이 감독한 영화 〈벤허〉의 시사회를 마치고 유명한 말을 남겼다.

"하느님, 진정 이 작품을 제가 만들었습니까?"

몰입의 상태에 들어가 만들어진 작품은 그것을 보는 사람은 물론 만든 사람도 놀랄 만한 수준의 성과를 가져온다. 윌리엄 와일러도 자신이 이룬 일

---

5 이상의 자료와 도표는 인스티즈, 2018. https://www.instiz.net/pt/3434189 참고.

을 쉽게 믿지 못했다. 몰입이란 이토록 강력한 힘이 있다.

남에게 영감을 주고 감동을 주는 작품은 몰입의 상태가 아니면 탄생되지 않는다. 일상적인 에너지로는 일상적인 수준의 글밖에 쓸 수 없다. 그렇고 그런 작품은 감동을 주지도 않고 경쟁력 있는 콘텐츠도 되지 않는다. 다른 사람들이 사는 평범한 에너지 파장에서 살면 남에게 판매할 만한 작품이 나오지 않는다. 그래서 작가가 된다는 것은 자신의 능력의 한계를 허물고 몰입을 경험하는 일에서부터 시작된다.

4 몰입으로 향하는 3단계를 알아야 한다

하루의 루틴이 잘 잡혀 있다고 해서 글이 잘 써지는 것일까. 그 조건 하나면 몰입하는 데 충분해서 작품이 술술 나올까. 그렇지 않다. 몰입할 수 있는 자신의 에너지 환경을 만들어줘야 한다. 여기서 에너지 환경이란 자신이 쓸 수 있는 최적의 에너지 상태를 조성하는 것이다. 친구 만나서 술 마시거나 쇼핑을 다니고 여행을 다녀온 후 바로 책상 앞에 앉는다고 해서 바로 몰입이 되지 않는다. 또 책상 앞에만 앉아 있다고 다 몰입이 되는 것도 아니다. 필자는 오랫동안 다양한 글을 써오면서, 또 많은 작가들과 작가 지망생을 만나면서 경쟁력 있는 콘텐츠를 만들기 위해서는 '몰입으로 향하는 3단계'가 필요하다는 것을 알았다. 이 부분은 작가로서의 경험과 작가들의 증언 등을 종합하여 얻은 무과생의 체험적 결론이다.

토마스 영(Thomas Young, 1773~1829)의 말대로 에너지를 '일을 할 수 있는 능력'으로 정의한다면, 작가로 살거나 작가가 되려는 사람들은 보통 3단계의 에너지 속에서 살아간다고 볼 수 있다. 첫 번째는 일상생활을 하는 에너지다. 친구들과 만나 차도 마시고 밥을 먹는 시간, 가족들과 여행을 가거나 함께 생활하는 시간, 일상생활에서 소소하게 일어나는 문제를 해결하는 시간, 운동을 하거나 산책을 하는 시간 등 우리 일상에서 가장 기본적으로 필요한 에너지 단계가 1단계 일상의 에너지다. 2단계는 작품을 쓰기 위해 책상 앞에서 집중하는 에너지, 더 정확히 말하면 집중하려고 노력하는 에너지다. 일이 되든 안 되든 일의 진도가 나가든 나가지 않든 집중을 위해 책상 앞에서 시간을 보내는 구간이다. 3단계는 완전히 몰입하여 해결되지 못한 문제들이 해결되고 창의적인 생각이 샘솟아 천국에 있는 것 같은 황홀감과 평안함을 느끼는 단계이다. 이 구간에서는 무엇인가에 빠져들듯 몰입되어 시간이 얼마나 지났는지, 글을 얼마나 썼는지 알지 못하는 상태에서 작업을 한다. 이 에너지 단계에서 썼던 부분을 다시 1단계 에너지로 내려갔을 때 보면 자신도 놀랄 만한 글을 썼다는 것을 느끼게 된다. 몰입의 에너지가 극대화되는 3단계를 많이 확보해서 자신이 원하는 글을 써내는 전략이 필요하다.

글이 잘 안 써지는 사람들 대부분은 2단계 집중의 에너지에서 그치거나 3단계 몰입의 에너지로 올라갔다 하더라도 그 시간이 너무 짧아 의미 있는 성과를 내지 못하고 다시 내려오는 경험을 한다. 왜 이런 현상이 나타나는가. 글을 많이 써보지 않은 초보자의 경우 1단계에서 바로 3단계로 갈 수 있을 것이라고 착각한다. 오늘 여기저기 쏘다니고 실컷 놀다가도 내일 책상 앞에 앉으면 바로 몰입의 경지에 들어가 자신이 쓰고 싶은 글들이 술술 나올 것이라고 생각한다. 그러나 3단계에 올라가 몰입 속에서 글을 쓰려면 반드시 집중의 2단계를 지속적으로 유지해야 한다. 1단계에서 점프하여 3단계 몰입으로 바로 가서 상품성 있는 글이 술술 써지는 기적 같은 일은 절대로 일어나지 않는다. 작가들이 글을 쓰기 위해서는 1단계에서 사용하는 일

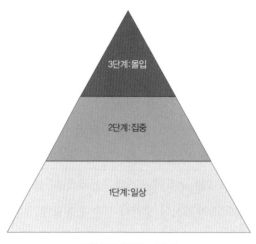

몰입으로 향하는 3단계

상의 에너지를 최대한 줄이고 2단계로 올라가 책상 앞에 앉아 집중의 에너지를 써야 한다. 그런 다음, 책상 앞에 있는 시간을 늘려 3단계 몰입의 에너지로 올라갈 수 있는 조건을 만들어야 한다.

예를 들어 누군가 6개월 안에 드라마 4회까지를 쓴다든가,[6] 웹소설 100회까지를 완성시켜보겠다고 계획을 세웠다면, 먼저 할 일은 1단계 에너지는 최소화하면서 대부분의 시간을 2단계 집중의 에너지에 머물게 하는 것이다. 꼭 글을 쓰지 않아도 된다. 자료를 수집하거나 스토리를 굴려도 되고 심지어 딴짓을 해도 된다. 단, 책상 앞에 앉아야 한다. 몸은 딴짓을 하고 있어도 머릿속에서는 작품 생각을 해야 한다.

작가들 사이에서는 소위 '예열'이라는 단어를 많이 쓴다. 어느 작품을 쓸 때 본격적으로 몰입의 경지에 들어가기 전까지 산만한 생각을 마주하며 견뎌야 하는 시간을 '예열의 시간'으로 받아들인다. 우리가 오븐에 무엇을

---

6   드라마 극본 작업은 분량이 많기 때문에 4회 단위로 나눠서 작업하는 경우가 많다.

구울 때도 잘 굽기 위해서는 미리 온도를 맞춰 예열을 해둔다. 글도 마찬가지이다. 몰입을 하여 맛있고 재밌는 글을 구워내려면 예열을 통해 내가 몰입할 수 있는 상태로 들어가야 한다. 2단계 집중의 에너지 수준을 세분화해서 보면 예열의 단계와 작업의 단계가 있다. 산만하고 몸도 아픈 것 같고 걱정 근심도 몰려오는 예열의 시간을 거치면서 작업에 집중하게 되고, 이 집중이 깊어지면 3단계 몰입의 상태로 올라가 영감이 떠오르고 그 영감이 글로 완성되는 것이다. 3단계 몰입의 에너지 상태에는 내가 올라가고 싶다고 올라가지는 것이 아니다. 2단계 집중의 에너지를 최대한 활용하여 오로지 그 작품만 쳐다볼 때 몰입의 단계로 상승하는 것이다.

그렇다면 위의 예로 들어가서 6개월 동안에 드라마를 기획하여 4회 대본까지 써내거나 웹소설을 100회까지 완성한다고 했을 때 어떤 방식으로 해야 몰입 상태를 유지하면서 글을 쓸 수 있을까. 한번 생각해보시라. 무엇부터 해야 할까. 사람들은 어떤 글을 쓸까만 고민하는데 경쟁력 있는 글이 완성되기 위해 나를 어떤 조건에, 어떤 환경에 놓을까를 먼저 생각해야 한다. 작업 기간이 결정되면 먼저 가장 몰입이 잘 되는 상태를 유지할 수 있는 나름대로 전략을 짜야 한다. 그냥 6개월이 지난다고 해서 내 손에 완성된 작품이 남아 있는 것이 아니다. 앞으로 6개월 동안 내가 무엇을 해야 하고 무엇을 하지 말아야 할지를 가려야 한다. 최악의 경우는 몇 달 동안 쓴 글이 휴지처럼 느껴져 작품으로서 가치가 없다고 판단되는 것이다. 몰입을 하지 않고 쓴 글은 힘이 없다. 그런 일이 벌어지지 않기 위해 몰입을 유지할 수 있는 일상을 만들어야 한다.

우선 6개월 동안은 중요하지 않은 약속은 만들지 말아야 한다.[7] 비즈니스

---

7   사람마다 다르지만 대부분의 사람들은 중요한 작업 중에 급하지 않은, 일상적인 약

미팅 등 꼭 필요한 약속과 일 외에는 사람 만나는 것을 자제하는 게 좋다. 작가가 작업 중일 때 대부분의 제작사에서는 외출로 인해 산만해지는 것을 최대한 줄이기 위해 작가 작업실이나 근처까지 와서 미팅을 한다. 이는 작가의 몰입을 깨는 것이 제작사 입장에서 손해이기 때문에 작업 중인 작가를 배려하는 것이다.

책상 앞에 한 3일 앉아 있다가 그다음 날 외출하고 또 며칠 앉아 있다가 누구 만나서 밥 먹고, 또 며칠 작품 들여다보다가 바람 쐬러 여행 가는 식으로 생활하면 결코 몰입의 시간을 만날 수 없다. 쭉 긴 시간 동안 책상 앞에 앉아서 집중할 때 3단계 몰입의 에너지로 올라갈 수 있다. 많은 신인 작가나 작가 지망생들이 1단계 일상의 에너지와 2단계 집중의 에너지를 오르내리며 허송세월하는 것을 많이 보았다. 3단계 몰입의 세계로 진입해서 거기에서 머물지 않으면 작품이 나오지 않는다. 물론 1단계와 2단계를 오르내리면서도 무엇인가를 쓰긴 쓴다. 그러나 몰입한 상태에서 쓰지 않는 글은 나중에 보면 대부분 무용지물이 된다. 장수만 채우는 것이지 남에게 보여줄 만한 글이 되지 않는 경우가 많다. 글이 장악력이 없다. 나도 몰입해서 쓰지 않았으니 남도 그 글을 읽고 몰입이 되지 않는다. 이런 경험은 적어도 작가라면, 작가를 꿈꾸는 사람이라면 누구나 한 번쯤 해봤을 것이다. 실제로 작품에 몰입하여 좋은 글이 써지고 진도가 나가면 외출하고 싶은 생각도 들지 않는다. 밖으로 나가서 무엇을 하고 싶은 욕구가 생기는 건 주로 예열을 할 때이고 집중의 단계를 거쳐 몰입의 경지에 오르면 그 상태에서 글을 쓰는 게 너무 행복하게 느껴져서 다른 욕구가 생기기 않는다.

두 번째, 이 기간 내내 일을 하든 잠을 자든 산책을 하든 오로지 작품 생

속은 잡지 않는다.

각만 해야 한다. 실제로 몰입의 단계에 올라가면 자동적으로 작품만 생각하기 때문에 마음이 평화로워지고 기분도 좋아진다. 그러다가 가끔씩 머리 식힌다고 다른 일에 눈을 돌렸다가 몰입했던 그 에너지를 다 잃어버리고 1단계로 뚝 떨어지는 경우가 있다. 베토벤은 6시에 일어나 커피 한 잔을 마시고 오후 2시 30분까지 몰입해서 작곡을 했다. 그리고 그 에너지 상태를 유지하면서 오후에 산책을 했기 때문에 주머니에는 연필과 종이 뭉치를 넣어 다녔다. 언제든지 영감이 떠오르면 작곡을 할 수 있도록 준비를 하는 것이다. 이처럼 몰입의 상태를 유지하면서 생활하는 게 중요하다.

같은 이유로 드라마 작가나 웹소설 작가 등 글을 쓰는 사람들은 늘 메모할 수 있는 기자수첩 같은 작은 수첩을 가지고 다니기를 권한다. 스마트폰이 있으니 그곳에 저장하면 된다고 생각하는 사람들도 있을 것이다. 그러나 스마트폰은 온갖 유혹이 들끓는 판도라의 상자다. 몰입의 상태에 있을 때는 꼭 필요한 경우가 아니면 스마트폰에 손을 대지 않는 것도 좋다. 자신도 모르게 뉴스를 클릭하거나 드라마 클립을 찾아볼 수도 있고 쇼핑하고 싶은 유혹에 빠질 수도 있다. 그런 유혹에 넘어가면 떠올랐던 내용은 휘발되어 날아가버린다. 뭔가 기록하려고 스마트폰을 집었는데 무엇이 떠올랐는지도 생각이 안 나서 난감해질 수 있다. 뉴스가 필요하면 시간을 정해서 보는 것이 좋다. 이런 방식으로 적어도 자신이 목표한 6개월 정도는 몰입의 단계를 유지하려고 노력해야 작품이 된다. 한마디로 '늘 일할 수 있는 상태'를 유지하는 것이다.

놀라운 건 자신의 분야에서 성과를 내는 작가들은 거의 모두 이런 과정을 겪는다는 것이다. SF 소설 『천 개의 파랑』을 집필한 천선란 작가는 하루 루틴을 묻는 질문에 다음과 같이 답했다.

7시쯤 일어나서 새벽 1시에 잠들고요, 그사이에는 식사나 운동 시간을 빼고 일을 합니다. ……하루에 12시간 일하는 것처럼 들려서 누군가는 놀란다고 하는데요. 12시간 일을 하는 게 아니라, '12시간 동안 일할 수 있는 상태'를 유지하는 걸 얘기합니다.[8]

천선란 작가가 말하는 '일할 수 있는 상태'는 지금 말하고 있는 2단계 집중의 에너지를 쓰는 단계이다. 작업을 할 때는 이 상태 머물러 있어야 몰입의 단계로 올라가는 것이다. 그래서 천 작가도 '일하는 상태'가 아니라 '일할 수 있는 상태'로 표현한 것으로 보인다. 이 상태를 유지하다가 몰입의 상태로 올라가게 되면 내가 만족할 수 있는 글, 아니 나도 깜짝 놀랄 만한 글을 써내게 된다.

세 번째, 몰입의 상태에서 문제가 해결될 때까지 끈질기게 생각해야 한다. 드라마 〈황금빛 내 인생〉 〈내 딸 서영이〉 〈찬란한 유산〉 등의 히트작을 낸 소현경 작가는 드라마가 잘 풀리지 않을 때 몰입의 상태를 흐트러지지 않게 하기 위해 책상 앞에서 밤을 새운다고 했다. 잠이 오면 책상에 엎드려 자고, 생각이 나면 다시 생각하면서 문제가 해결될 때까지 몰입한다는 것이다. 몰입이 흐트러지면 지금까지 생각해온 것들이 날아가기 때문에 안 풀리는 문제를 안고 끈질기게 생각하고 또 생각해서 해결한다. 어떤 드라마 작가의 동생이, 자기가 1박 2일로 MT를 다녀왔는데 그동안 작가인 언니가 그대로 꼼짝하지 않고 책상에 앉아 있었다는 증언을 해서 화제가 된 적도 있다. 1박 2일 동안 풀리지 않는 문제를 해결하기 위해 꼼짝 않고 그대로 앉아 있었던 것이다. 극단적인 사례일 수도 있으나 밤을 새워 일을 해본 사람

---

8   김중혁 · 천선란 외, 『작가의 루틴』, 엔드, 2023.

은 밤의 시간이 얼마나 빨리 가는지 잘 안다. 드라마 대본이 나와야 촬영을 하는데 대본이 풀리지 않으면 방법이 없다. 많게는 200여 명의 스태프가 내 대본만 기다리고 있다면, 정해진 시간 내에 문제가 풀릴 때까지 생각하고 또 생각해 엉킨 실타래처럼 꼬여 있는 상황을 해결해야 한다.

 네 번째, 몰입의 시간이 길어질수록 몰입의 강도가 세지고 작업 속도가 빨라진다. 처음 몰입 상태에 들어갈 때보다 몰입 시간이 지속되면 될수록 몰입의 강도가 세진다. 당연히 가면 갈수록 같은 시간 대비 작업량이 늘어 간다. 이쯤이 되면 작품 외에 다른 일이 머릿속에 들어오지도 않는다. 글 쓰는 것 안에서 마음이 평온해지고 마치 천국에 와 있는 것 같은 황홀감도 느껴진다. 부작용도 있는데 몰입의 강도가 높아지면 잠을 못 잘 수 있다. 그래서 하루에 30분에서 1시간 정도는 걷는 운동을 하는 게 좋다. 팽팽한 몰입 상태에 있었으므로 몸을 좀 피곤하게 해야 잠을 잘 수 있기 때문이다. 이 부작용 때문에 작업을 하면서 불면증에 시달리는 작가들도 꽤 있다. 그런 일을 방지하기 위해 날마다 걷기 등의 운동을 권한다. 밤이 되면 긴장을 이완시키기 위해 족욕을 하거나 명상을 하면서 좋은 수면을 위해 노력해야 한다. 작업을 위해 잠은 너무 중요하다.

5 뇌과학으로 '몰입의 3단계'를 말한다

 위에서 말한 '몰입으로 향하는 3단계'는 작가로서의 경험과 작가 연구를 하면서 정성적으로 얻은 자료 등을 바탕으로 필자가 독자적으로 만든 것이다. 앞에서 "문과생의 체험적 결론"이라는 말을 굳이 붙인 이유도 과학적인 지식을 기초 삼아 몰입의 3단계가 만들어지지 않았다는 것을 강조하려는 이유에서다. 그런데 놀랍게도 이 모든 것이 뇌과학의 시각으로 봤을 때 정확하게 들어맞고 있었다. 앞에서 이야기했던 부분이 뇌과학과 어떤 연관성이 있는 하나하나 살펴보자.

먼저 '몰입으로 향하는 3단계'는 일상의 에너지를 쓰는 1단계, 집중의 에너지를 쓰는 2단계, 몰입의 에너지를 쓰는 3단계로 구분하여 글을 쓰는 기간에는 1단계를 최소화하고 2단계에 머물러 있어야 한다고 했다. 2단계에 머물러서 늘 일을 하기 위한 상태를 유지한다는 것은 뇌 속의 신경세포와 시냅스가 일을 잘 하도록 활성화된다는 것을 말한다. 우리의 뇌는 약 천억 개의 신경세포로 구성되어 있으며 이 신경세포는 신경전달물질로 서로 긴밀하게 연결되어 있다. 신경세포와 신경세포가 서로 연결되는 부분을 시냅스(synapse)라고 하는데 우리가 머리를 쓰면 쓸수록 이 시냅스가 많이 만들어져 신경전달물질이 많아지고 우리의 뇌를 활성화시킨다.

간단하게 이야기하자면 1단계는 일상에 머물러 있기 때문에 일을 하기 위해 뇌의 시냅스가 활성화되지도 않고 신경전달물질도 나오지 않는 상태다. 2단계는 일을 하려고 책상 앞에 앉아서 몰입도를 높이려고 하는 상태로 일과 관련된 작업을 하면서 일에 대한 정보로 뇌를 활성화시키는 단계다. 3단계는 일과 관련하여 뇌가 매우 활성화되어 있어서 머릿속이 온통 일에 몰입되어 있는 상태이다. 3단계의 시간이 지속될수록 몰입도가 높아진다. 3단계에 진입하는 순간이 몰입도가 70% 정도 된다고 하면 시간이 지나면서 몰입도 80%, 90%, 100%로 치닫게 되고 천국에 있는 것 같은 황홀감까지 느끼게 된다. 이런 현상이 나타나는 것은 몰입하면 뇌에서 행복 호르몬이라고 부르는 도파민이 분비되기 때문인데 몰입 강도가 높으면 높을수록 많이 분비된다.

몰입의 단계로 들어가 뇌에서 도파민이 나오기 시작하면 기분이 좋아지고 평화로워져서 무엇이든 써낼 것 같은 자신감이 생긴다. 평소에 망설이던 부분에 대해서 명료하게 판단을 하게 되고 엉켜 있어 좀처럼 풀지 못하는 문제를 해결하게 되어 이 단계에서 쓰는 글은 상당히 수준이 높다. 모두가 바라던 최적의 집필 상태에 올라오는 것이다. 그런데 초보자일수록 여기까지 오기가 너무 어렵다. 일상의 에너지 1단계에서 책상 앞에서 씨름을 하는 집중의 에너지 2단계를 거쳐 몰입의 에너지 3단계에 오르려면 몇 가지 장벽을 뚫어야 하기 때문이다.

일을 하기 위해 1단계 에너지에서 2단계 집중의 에너지까지 올라오는 것까지는 그리 어렵지 않다. 그러나 집중의 에너지에서 계속 버티며 몰입의 3단계로 올라가는 일은 매우 힘들다. 2단계에서 몰입에 들어가지 못했을 때는 잠도 오고 몸도 아프고 온갖 걱정과 근심에 시달리며 나중에는 우울감까지도 올라온다. 이렇게 집중이 안 되고 몰입으로 들어가지 못해서야 작가로 먹고살 수 있을까 하는 부정적인 생각이 떠나지 않아 1단계로 내려가고 싶은 욕구가 치밀어 오른다. 어디 나가 바람이라도 쐬거나 친구를 만나서 술 한잔 마시면 뭔가 해결될 것 같은 생각도 든다. 일 말고 내가 좋아하는 취미 생활을 좀 하고 나면 우울감이 사라질까 하는 유혹이 스멀스멀 올라온다. 이 싸움에서 지면 안 된다. 밖으로 나가고 싶거나 책상 앞을 떠나고 싶은 마음을 붙들어 매어놓고 견디어야 한다.

그러나 며칠이 지나도 진척되는 일이 하나도 없다. 마음속에서는 온갖 유혹이 쉬지 않고 올라와 나를 괴롭힌다. 나는 작가로서 자질이 없는 것 같다. 이 작품을 어떻게 써낼까 겁도 난다. 심지어 빨리 가서 계약을 해지하고 싶은 충동도 든다. 계약을 해지하면 위약금을 내야 하지만 그렇게라도 이 고통스러운 시간을 벗어나고 싶은 간절한 생각이 든다. 그러나 이러한 부정적인 감정에 굴복하지 않고 책상 앞에서 결투를 벌이듯 자리를 뜨지 말고 버텨야 한다. 힘들더라도 작품 생각을 멈추지 말아야 한다. "자리를 뜨지 말고 작품을 손에서 놓지 않고 버티면서 시간을 견뎌야 한다"는 말을 강조하고 싶다. 이렇게 온통 일을 하기 위해 애쓰다 보면 어느 순간에 몰입에 들어가게 된다. 몰입 상태에 서서히 들어가면 점점 자신감이 생긴다. 또 시간이 지나면서 이 세상에서 내가 제일 글을 잘 쓰는 것 같은 생각도 올라온다. 도파민이 분비되면서 기분도 좋아지고 글 쓰는 일이 행복해지는 단계에 가는 것이다.

이렇게 아무런 생각이 나지 않는 과정에서 몰입으로 들어가는 과정을 몰입 전문가인 황농문 교수는 뇌과학과 연계하여 몰입의 50시간 법칙이라고 명명하였다. 50시간 연속에서 한 문제에 대해 생각하면 몰입도 100%가 된다는 것이다. 물론 창작의 몰입, 학습의 몰입, 연구의 몰입은 차이가 있다. 학습의 몰입은 축적된 지식을 습득하는 과정이고 연구의 몰입은 지금까지 쌓여 있는 연구의 업적 안에서의 몰입이지만 창작의 몰입은 속된 말로 '맨 땅에 헤딩'하는 몰입이다. 학습의 몰입처럼 남들이 축적해놓은 지식을 습득만 하면 되는 것도 아니고 연구의 몰입처럼 다른 사람의 업적을 인용해서도 안 된다. 오롯이 다른 사람의 성과물과는 다른 무엇을 만들어내야 한다. 보통 글쓰기를 '무(無)에서 유(有)를 창조하는 작업'이라도 하는데 그 과정을 겪는 게 창작의 몰입이다. 창작의 몰입으로 들어가는 시간은 일반적인 몰입보다 훨씬 많이 걸리지만, 몰입의 50시간 법칙에서 강조하는 내용은 똑같이 적용된다. 황농문 교수가 말하는 50시간 몰입의 법칙[9]은 다음과 같다.

---

9   황농문, 〈50시간 몰입의 법칙〉, https://youtu.be/_ZzrNbSQP4Q?si=otxZ-2W58 rG5czRb.

① 50시간 연속해서 생각하면 몰입도 100%가 된다.
② 두뇌 가동률이 최대가 된다.
③ 그 사람을 기준으로 그 문제에 관한 한 '영재의 뇌'가 된다.
④ 1시간 연속해서 생각하면 두뇌 가동율이 2%이다.
⑤ 슬로싱킹(slow thinking) 방법을 사용해야 한다

 첫 번째, 50시간 연속해서 생각하면 몰입도 100%가 된다는 것은 글을 쓸 때 무엇을 어떻게 쓸 것인지 끊임없이 생각하다가 몰입에 빠지는 과정을 말한다. 당장 글로 옮길 만한 것이 떠오르지 않아도 일단 머릿속에서 끊임없이 작품 생각을 해야 한다. 자신이 만들어놓은 캐릭터와 대화도 나눠보고 스토리 구성에서 풀리지 않는 문제를 계속 생각해야 한다. 두 번째, 이렇게 머릿속이 자신이 쓰고 있는 작품 생각으로 꽉 차 있을 때 두뇌 가동률이 최대가 된다. 이렇게 되면 작품 속이 현실 같아서 날짜를 물어보면 작품 속의 날짜를 대답하기도 한다. 세 번째, 그 사람을 기준으로 그 문제에 관한 한 '영재의 뇌'가 된다고 했는데, 이는 작가가 그 작품에 대해서 가장 잘 표현할 수 있는 수준에 도달하는 것을 의미한다. 작가 자신이 몰입을 통해 그 작품을 장악하게 되는 것이다. 네 번째는 1시간 연속해서 생각하면 두뇌 가동률이 2%라고 했는데, 여기서 중요한 것은 '연속해서 생각한다'는 것이다. 연속해서 50시간을 생각하다 보면 두뇌 가동률이 100%가 되어 완전한 몰입 상태가 된다는 것인데 이런 상태는 밤낮으로 작품과 씨름하는 작가들이 많이 경험한다. 다섯 번째, 슬로싱킹(slow thinking) 방법을 사용해야 한다는 것은 쉬는 듯이 생각하라는 것으로 황농문 교수는 참선과 유사하다고 설명한다. 긴장하지 않고 이완된 상태에서 자신이 풀어야 할 창의적인 문제나 어려운 문제가 잘 풀린다는 것이다. 월결제나 편결제 방식으로 콘텐츠가 판매되는 환경에서 작가들은 이 부분에 특별히 신경써야 한다. 늘 시간에 쫓

기며 글을 쓰기 때문에 쉬는 듯이 생각하라는 슬로싱킹에 대해서 동의를 못하는 사람들도 있을 수 있다. 하지만 아무리 바빠도 바늘 허리에 실을 매어 못 쓰듯 급하게 생각한다고 해서 스토리텔링 과정에서 생기는 문제가 다 해결될 수는 없다. 슬로싱킹의 방법은 작가가 완전한 몰입에 들어가 도파민이 생성되는 좋은 환경에서, 편안하게 생각하라는 뜻으로 이해하는 것이 옳을 것이다. 몰입의 상태, 평화로운 상태에서 뭔가 생각하며 계속 작품에 몰두하다 보면 졸음이 올 때가 있다. 그때 살짝 10분에서 20분 정도 선잠을 자고 나면 몰입도가 매우 올라가고 뇌 청소를 하고 난 것처럼 머리가 맑아진다. 필자는 낮잠을 자지 않는 것을 원칙으로 삼지만 몰입 중에 잠이 올 때는 앉아서든 누워서든 잠깐 선잠을 잔다.

뇌과학의 시각에서 보면, 암기를 하거나 강의를 들을 때처럼 기억을 저장할 때는 각성 상태가 유리하다. 도파민(dopamine)이나 세로토닌(serotonin), 또는 노르에피네프린(norepinephrine) 같은 신경전달물질이 나와서 단기기억을 도와준다. 반면 문제 해결을 하기 위해 깊게 생각하거나 창의적인 것을 끌어낼 때는 이완 상태가 유리하다. 그래야만 기억의 깊은 곳에 있는 장기기억이 인출되면서 무언가를 만들어낼 수가 있다. 작가들은 작업을 할 때 보통 이 두 가지 과정을 다 거친다. 자신이 쓰려고 하는 작품에 대해 자료 조사를 할 때는 각성 상태를 이용해 정보를 저장하고, 그것을 바탕으로 새로운 스토리텔링을 하기 위해서는 이완 상태를 활용해 기억을 인출해야 한다. 결국 작가가 작품을 쓴다는 것은 뇌의 각성 상태와 이완 상태를 모두 활용해야 한다는 말이다. 대부분의 작가들은 뇌의 각성 상태와 이완 상태를 수시로 오가는 것은 어려우니 가급적 자료 조사를 먼저 충분하게 먼저 하고 이완 상태에서 창의적인 작업을 한다.

가장 이완을 많이 할 수 있는 상태는 잠이 든 상태이기 때문에 숙면을 취해야 한다. 잠을 푹 자고 났을 때 기적과 같은 아이디어가 생기기도 해서 필자는 깨자마자 생각난 것들을 바로 메모하는 습관을 가지고 있다. 『뇌내혁명』[10]을 쓴 하루야마 시게오는 교감신경이 작동하면 좌뇌 중심의 긴장 상태가 되고 부교감신경이 작동하면 몸의 긴장이 풀린다는 점을 강조한다. 일상생활에서 부교감신경이 우위인 순간은 잘 때뿐이며 깨어 있는 동안에 부교감신경이 우위가 되게 하는 수단은 명상이다. 뇌가 움직일 때 생성되는 전기적 변화를 전극에 의해 측정한 것을 뇌파라고 하는데, 알파파(Alpha wave, 7.5~14Hz)는 깊은 이완을 위한 뇌파로 천재는 뇌파를 알파파 상태로 만들어 뇌내 모르핀을 그만큼 쉽게 끌어내는 요령을 체득한 사람이라고 한다. 창의적인 발상과 아이디어는 깊은 이완의 상태에서 나온다는 것을 뇌과학이 증명하고 있는 셈이다.

필자는 앞에서 6개월간 지속적으로 작품을 쓰기 위해서 꼭 지켜야 하는 네 가지를 언급하였다.

① 6개월 동안은 중요하지 않은 약속은 만들지 말아야 한다.
② 이 기간 내내 일을 하든 잠을 자든 산책을 하든 오로지 작품 생각만 해야 한다.
③ 몰입의 상태에서 문제가 해결될 때까지 끈질기게 생각하는 힘을 길러야 한다.
④ 몰입의 시간이 길어질수록 몰입의 강도가 세지고 작업 속도가 빨라진다.

---

10 하루야마 시게오, 『뇌내혁명』, 중앙생활사, 2020.

뇌과학 측면에서 볼 때 첫 번째와 두 번째는 몰입으로 가기 위해 필수적으로 거쳐야 하는 과정이다. 뇌는 우리의 하인이라고 한다. 우리가 한 문제에 집중했을 때, 작품만 생각하고 다른 것을 차선으로 놓을 때, 뇌는 일을 하기 시작한다. 다른 일에 신경을 쓰면 뇌는 작품에 집중하지 않아도 된다고 판단하고 일을 하지 않는다. 세 번째, 몰입의 상태에서 문제가 해결될 때까지 끈질기게 생각하는 것은 몰입 시간이 길어지면 길어질수록 몰입 강도가 높아져서 '천재의 뇌'로 가기 때문이다. 이때는 너무 어려워서 풀릴 것 같지 않은 문제도 해결된다. 그래서 작가들이 책상 앞에 앉아 끈질기게 생각하고 또 생각하는 것이다.

황농문 교수는 몰입도 100% 상태를 몇 개월 동안 보내면 일상의 기억은 가물가물해져서, 자신이 마치 기차를 타고 가는데 일에 대한 몰입이 현실이고 실제 현실은 차창 밖으로 보이는 풍경처럼 된다고 했다. 필자도 이런 경험을 자주 하는데 솔직히 말해서 이런 지경에 오지 않으면 팔릴 만한 글이 잘 써지지 않는다. 작가들은 매 순간 자신이 가지고 있는 모든 것을 다 쏟아내서 작품을 써야 한다. 어쩌면 그렇게 사는 것이 작가의 숙명이라고 할 수 있다. 매 순간 자신이 가지고 있는 모든 것을 작품에 담아 쓰는 과정이 결코 쉽지 않지만 그렇지 않고는 남한테 팔 수 있는, 경쟁력 있는 작품을 만들어내기가 힘들다. 여기까지 이해했다면 네 번째, 몰입의 시간이 길어질수록 몰입의 강도가 세지고 작업 속도가 빨라진다는 것은 자연스럽게 이해를 할 수 있을 것이다.

뇌는 자기 주인이 그 문제를 풀기 위해 발버둥칠 때 일을 한다. 뇌의 신경 세포와 시냅스가 활성화되면서 엉킨 실타래처럼 꼬여 있는 작품 속의 문제를 해결해주려고 한다. 뇌의 주인은 한가롭게 다른 생각을 하고 일에 집중을 하지 않으면서 뇌가 일을 열심히 해주기를 바라는 것은 허망한 일이다.

자신의 뇌에게 일을 잘 시키는 사람이 되려면 주인인 내가 먼저 몰입을 해야 한다.

6 콘텐츠 생산자인 작가의 몰입은 어떻게 다른가

몰입의 과정과 몰입 후 일어나는 일을 모두 이해한다고 해도 콘텐츠 생산자인 작가가 몰입하여 작품을 쓰는 일은 어려운 일이다. 예를 들어 학습의 몰입은 책상 앞에 앉아 집중적으로 생각하며 뇌를 활성화시키고 기존에 쌓여 있는 지식을 습득하면 된다. 연구의 몰입도 미지의 세계, 아직 개척해야 하는 미개척 분야에 몰입해서 새로운 성과를 내는 것은 어려운 것이지만 그래도 인용할 만한 연구 업적을 기반으로 생각할 수 있다. 그러나 창작의 몰입은 처음부터 아무것도 없는 무(無)의 상태에서 시작해야 한다. 오히려 남이 쓴 작품의 내용이나 구성을 피해가면서 새롭게 창작해야 한다. 그렇다 보니 집중의 에너지를 쓰는 2단계 상태에서 몰입에 이르기까지 매우 고통스러운 과정을 겪는다. 쉬지 않고 작품에 몰두하다 보면 작품 속의 여러 캐릭터가 여기저기서 튀어나와 저마다 자기 말을 하는 바람에 머리가 터질 듯이 아파오기도 한다. 스토리의 속성상 다양한 인물들과 사건들이 부딪히게 구성을 해야 하고 다른 작품과도 차별성을 가져야 하는, 복잡다단한 상황이 집필 과정에서 벌어지는 것이다. 몰입 강도가 높아야만 이러한 고난도의 갈등 구조를 해결할 수가 있다. 작업량이 과중하고 동시에 생각해야 하는 것이 너무 많기 때문에 몰입 강도가 낮은 상태라면 자꾸 기운이 빠지고 몰입의 상태를 이탈하려는 성향을 보이기도 한다. 그래서 창작의 몰입은 완전한 몰입 상태를 안정적으로 오래 유지하는 것이 좋다.

이완된 몰입인 슬로싱킹 상태가 되면 마음도 고요해지고 몰입이 잘 된다. 더 나아가 도파민이 분비되어 행복감을 넘어 황홀감을 느끼게 된다. 항상 이런 상황에서 생각하지 못했던 새로운 방법들을 찾아내서 창의적인 글로 완성시키면 얼마나 좋을까. 그런데 월결제, 편결제로 스토리가 판매되는 콘텐츠 시장에서는 늘 시간에 쫓기며 글을 쓰게 된다. 물론 마감이라는 장치가 작가를 몰입하게 만드는 매우 중요한 동력이 되기도 한다. 마치 사자에게 쫓기는 염소나 얼룩말처럼 위기감과 절실함으로 열심히 몰입을 해서 글을 쓴다. 이런 경우에는 현실적으로 슬로싱킹을 하기가 어렵다. 마감에 쫓기면 각성 상태가 되어 폭발적인 속도로 많은 양의 글을 써내야 한다. 매일 올리는 웹소설이나 일주일에 한 번 올리는 웹툰, 방송 시간이 정해진 예능·교양 프로그램의 원고들, 그리고 일주일에 두 번 방송되는 드라마 대본들은 마무리해야 하는 시간이 정해져 있다. 슬로싱킹이 중요하지만 글을 판매하는 콘텐츠 생산자인 작가들은 언제까지 충분한 시간을 가지고 글을 쓸 수는 없다. 작가는 자신한테 주어진 시간 안에서 승부를 보는 습관이 중요하다. 이것 또한 '글을 판매하는 작가'들의 숙명이다.

마감에 쫓겨 원고를 마무리하는 습관이 들면 창의적 몰입을 하는 시간이 줄어든다. 마감을 앞두고 생기는 엄청난 몰입을 경험하고 매번 그렇게 글을 쓰려고 하면 먼저 몸이 축나고 두 번째 창의적인 발상이 줄면서 작가가 글 쓰는 기계가 된다. 마감이 수동적 몰입을 하게 만드는 원동력이지만 동시에 마감에 이르러야 몰입하게 되는 나쁜 습관을 가져다줄 수 있다는 뜻이다. 경험적으로 봤을 때도 충분한 시간을 가지고 몰입했을 때와 마감에 쫓겨 몰입했을 때의 성과는 분명 차이가 난다. 시간 대비 몰입도는 올라갈지 모르겠지만 이완된 상태의 몰입에서 작업을 했다면 훨씬 좋은 내용으로 마감했을 것이라는 생각을 많이 하게 된다. 마감은 이미 써놓은 것을 다시 한번 몰입해서 검토하는 기회로 활용하는 것이 현명하다.

콘텐츠 생산자인 작가의 몰입은 절박한 경제적 위기에서도 온다. 맨 처음 드라마나 웹소설, 웹툰이나 방송 구성작가가 되기로 결심했을 때는 글을 판매하는 작가로 산다는 것이 얼마나 어려운지 대부분 모른다. 시간이 가면서 이 길이 쉽지 않고 언제든지 경제적 위기에 봉착할 수 있다는 것을 알게 된다. 글을 써서 돈을 벌겠다고 이 시장에 뛰어든 작가들은 경제위기를 만나면 두 가지 방법으로 해결한다. 첫 번째는 자신의 역량으로는 당장 돈을 벌 수 없을 것 같아 이 시장을 떠나는 것이고 두 번째는 경제적 위기가 몰입을 하게 만드는 강력한 원동력이 되어 상품성 있는 콘텐츠를 만들어내는 것이다. 이 경우 작가로서 생명력이 강해서 오랫동안 시장에 남아 좋은 글도 쓰고 돈도 많이 번다. 소위 '헝그리 정신'이 생겨서 작가가 단단해진다.

글을 파는 콘텐츠 생산자인 작가로 살고 싶은 사람들은 무엇보다 이 시장이 어떻게 구성되어 있으며 이 세계가 어떻게 돌아가고 있는지 공부를 먼저 해야 한다. 방송 현장이나 연구 과정에 만난 많은 작가들이 이구동성으로 하는 이야기가 있다. "작가가 되는 데 이렇게 시간이 오래 걸릴 줄 몰랐다", "데뷔하면 바로 먹고살 만큼 돈을 벌 줄 알았다"는 것이다.

유사 이래 글을 써서 지금처럼 이렇게 많은 돈을 벌었던 시대가 분명 없었다. 그러나 아무나 글을 써서 돈을 버는 것은 아니다. 특히 지금 이야기하고 있는 드라마나 웹소설, 웹툰, 방송 구성 등은 누구나 쓸 수 있는 쉬운 글로 되어 있기 때문에 누구나 도전할 수 있다. "나도 저 정도는 쓸 수 있다"며 자신감을 가질 수도 있다. 하지만 글을 쓰는 재능이 있다 하더라도 자신이 쓴 글이 판매되어 생계를 해결해주는 데는 적지 않은 시간이 걸린다. 재능으로만 글이 써지지 않는다. 글을 쓰는 과정에서 반드시 혹독한 몰입과정을 겪어야 하고 마감이라는 무서운 사자와도 싸워야 한다. 다시 말해 먼저 콘텐츠를 판매하는 시장에 대해 공부해야 하고 작가가 어떻게 몰입을 하여 '팔 수 있는 글'을 써내는지 그 과정을 충분히 이해해야 한다.

part 3

글을 파는 콘텐츠 생산자, 작가들의 세계

글을 파는 콘텐츠 생산자, 작가들의 세계

이 장에서는 실제로 글을 써서 콘텐츠를 팔고 있는 작가들의 생생한 이야기를 담은 연구들을 살펴보려고 한다. 미디어 문화연구 영역에서는 콘텐츠 작가를 미디어 생산자로 보고 그들의 세계와 정체성, 작업 방식, 노동의 특성에 대한 연구를 지속해왔다. 미디어 콘텐츠 작가 연구를 하는 것은 거대한 미디어 콘텐츠 시장을 이해하는 데 매우 긴요한 작업이기도 하고 콘텐츠를 만들어내는 작가들의 성향과 특징들을 파악하여 그들이 어떤 조건들과 싸우며 글을 쓰고 있는지 살피는 데 유용하다. 안타깝게도 미디어 텍스트 연구나 수용자 연구에 비해 생산자 연구는 많지 않고, 진행되어온 생산자 연구 중에서도 콘텐츠를 생산하는 작가 연구는 상대적으로 적다. 남에게 자신을 드러내지 않으려는 작가들의 습성 때문에 접근성이 용이하지 않았고, 자신의 작업 방식이나 내면의 이야기를 꺼내지 않으려고 하는 작가들의 기질로 인해 작가들의 세계를 들여다보는 게 어려웠다. 이번 장에서는 어렵게 시도했던, 콘텐츠를 생산하는 작가와 드라마 기획 프로듀서 등 미디어 콘텐츠를 생산하는 사람들의 생생한 이야기를 들어보자.

chapter 1

끝없는 협업 속 치열한 경쟁을 하는
드라마 작가의 세계

1 야구가 '투수 놀음'이라면
드라마는 '작가 놀음'[1]

드라마 작가 지망생이나 신인 드라마 작가 입장에서는 드라마는 조금 이상한 장르이다. 보기에는 정말 쓰기 쉬워 보이는데 쓰려고 하면 이렇게 어려운 글쓰기가 없다. 누가 봐도 만만해 보이는 드라마는 뭔가 글을 쓰고 싶은 욕구를 가진 사람 중에 가장 쉽게 접근할 수 있는 장르인 것은 분명하다. 쉬운 대사, 어렵지 않은 내용 전개, 게다가 잘생기고 예쁜 배우들이 나와 연기를 해주니 못 쓸 것도 없을 것 같다. 그런데 많은 사람들이 드라마를 쓰려고 불나방처럼 모여들지만 결국 드라마로 데뷔를 못 하거나 운좋게 데뷔를 한다고 해도 데뷔작이 유작이 되는 경험을 한다.

이런 일이 일어나는 것은 드라마의 세계, 정확하게 말하면 드라마 작가의

---

1   이 글에는 2013년에 『언론과 사회』 21권 3호(가을호)에 발표된 김미숙 · 이기형의 논문 「심층 인터뷰와 질적인 분석으로 조명한 텔레비전 드라마 작가들의 정체성과 노동의 단면들 : 보람과 희열 그리고 불안감에 엮어내는 동학」에서 발췌 또는 개작된 부분이 들어가 있다.

세계에 대해 이해하지 못한 채 드라마 작가가 되겠다고 이 시장에 뛰어들기 때문이다. 드라마 제작은 일반 사람들이 생각하는 것보다 훨씬 복잡하며 시간이 많이 걸리는 작업이다. 그나마 방영 횟수가 적어서 제작비가 많이 들지 않는 단막극이나 2부작 등 짧은 드라마는 덜 복잡할 수 있지만, 수백억 원의 제작비를 들여 전 세계 시장을 목표로 만들어지는 연작 드라마는 제작사, 방송사, 작가, 감독, 배우의 다양한 이해관계와 스케줄, 자본이 얽혀 있기 때문에 복잡다단한 과정을 거쳐 제작된다. 드라마 제작이 진행되면서 발생할 수 있는 갈등을 최대한 줄이고 모든 것이 원만하게 진행될 수 있도록 작가는 드라마 집필 단계에서 많은 것을 감안하면서 드라마를 써야 한다.

드라마는 우리 일상생활 속에서 마치 수돗물처럼 언제든지 틀면 나오는 콘텐츠라고 해도 과언이 아니다. 수많은 케이블 채널이 드라마 재방송을 하고 있어 언제 어디서 텔레비전을 켜든지 드라마를 만날 수 있으며, OTT 플랫폼에 들어가면 나를 클릭하여 봐달라는 드라마들의 섬네일(tumbnail)이 우리를 유혹한다. 모바일 세상에서 살고 있는 우리는 손안에 언제든 볼 수 있는 드라마를 들고 다니는 것과 진배없다.

프랑스의 광고학자 로버트 퀘렝(Robert Querren)은 "우리가 숨 쉬는 공기는 산소, 질소, 수소, 그리고 광고로 이루어졌다"며 광고가 우리 생활과 얼마나 친숙한지를 표현했다. 필자는 "우리가 살아가고 있는 세상은 나의 이야기와 너의 이야기, 그리고 우리들의 이야기인 드라마로 구성되어 있다"고 말하고 싶다. 그만큼 드라마는 대중이 가장 친숙하게 즐기는 이야기 콘텐츠이고 우리는 '드라마'라는 우리 시대의 이야기를 함께 보고 느끼고 말하며 살아가고 있다. 드라마는 우리와 이렇게 친숙하지만 다양한 시각에서 우리 일상의 삶을 함축적으로 담은, 재미있는 드라마를 쓰는 일은 쉽지 않다. 어쩌면 쉽지 않은 정도가 아니라 생각보다도 훨씬 더 어렵다고 표현하는 것이 더 정확할 것이다. 드라마 제작에는 많은 돈이 들어가고 편성은 한정되어 있어 다른 드라마와 경쟁을 하며 살아남아야 하기 때문이다. 그렇다 보니 작가가 드라마를 써서 실제 드라마 제작까지 가는 길은 전쟁과 같은 혹독한 시간을 거치게 된다.

한 연구[2]에서 메디컬 드라마로 인기를 얻었던, 당시 14년 차였던 한 남성 작가는 데뷔 전 드라마 쓰기의 어려움을 다음과 같이 고백했다.

> 저는 원래 추리소설과 시나리오를 썼었어요. 그 작업들을 좋아했는데 돈이 안 모였어요. 그런데 누가 드라마 교육원을 다녀보라고 하더라고요. 그래서 다니게 됐는데 처음에는 수준을 조금 얕잡아보고 다녔죠. 그런데 다니다 보니 너무 어려운 거지……. 그런데 어느 순간 여기서 좋아하는 것들, 할 수 있는 것들을 찾은 거예요. (당시 14년 차 중견 드라마 작가/남)

한때 소설이나 연극을 썼던 사람들이 드라마 쪽으로 건너와 드라마 작가로서 활동하려는 움직임이 있었다. 드라마 쓰는 일이 훨씬 쉽다고 생각했고 수입도 좋다니 한번 해보자는 분위기였던 것 같다. 이미 소설이나 연극으로 다져진 기본기가 있었기에 드라마를 문학작품이나 예술성이 가미된 연극보다는 한 단계 낮게 보는 경향이 있었다. 그러나 최근에는 드라마에 도전했다가 실패하는 경험을 하는 작가가 늘면서 드라마 쓰기의 어려움에 공감하는 사람들이 늘고 있고, 드라마 작가에 대해 관심이 쏠리면서 실

---

2   김미숙 · 이기형, 「심층 인터뷰와 질적인 분석으로 조명한 텔레비전 드라마 작가들의 정체성과 노동의 단면들 : 보람과 희열 그리고 불안감에 엮어내는 동학」, 『언론과 사회』 제21권 제3호, 2013.

제로 드라마가 어떻게 만들어지며 드라마 작가의 역할이 어디까지인지 궁금해하는 사람들도 점차 많아졌다. 막연하게 뉴스에 나오는 드라마 작가의 위상이나 원고료에 대한 이야기가 아니라 진짜 드라마 작가의 세계를 궁금해한다.

2012년에 SBS에서 방송된 드라마 〈드라마의 제왕〉에는 이런 대사가 나온다. 드라마 성공률 93.1%에 빛나는 흥행불패 마이더스 손, 드라마 외주제작사계의 천재적 경영 종결자로 알려진 주인공 '앤서니 김'(김명민)의 대사다.

"돈이 되는 드라마가 되려면 돈이 되는 작가를 사야 하죠."
"야구가 투수 놀음이라면 드라마는 작가 놀음입니다."

어떤 야구팀에서 좋은 투수를 영입하여 상대방 타자들이 공을 칠 기회를 주지 않는다면 그 팀은 승리한다. 드라마 역시 시청자들을 사로잡는, 뛰어난 능력의 작가가 쓴다면 어떤 드라마와 편성을 붙여도 시청률 경쟁에서 이기면서 시청자들의 시선과 관심을 사로잡는다. 야구에 투수만 있는 건 아니지만 뛰어난 투수 한 사람이 팀을 이끌 수 있는 것처럼, 드라마 제작 과정에 작가만 있는 것은 아니지만 탁월한 작가 한 사람은 드라마의 성공을 이끌 수 있기 때문에 나온 말이다. 좋은 투수가 하루아침에 만들어지는 것이 아닌 것처럼 좋은 작가도 하루아침에 만들어지지 않는다. 작가가 드라마 제작에 막대한 영향력을 끼치기 때문에 사람들은 드라마를 '작가의 미디엄(medium)'이라고 부른다.

영화는 긴 제작 기간 동안 단 두 시간 남짓한 분량의 영상에 집중하며 감독 자신이 시나리오를 직접 집필하기도 하면서 감독의 작가주의를 드러낼 수 있다는 측면, 영화 자본이 감독을 중심으로 투자되고 감독에 따라 영화의 결이 달라지고 흥행이 결정된다는 측면에서 '감독의 미디엄'이라 한다면, 연극은 좁은 공간에서 배우가 관객들과 호흡하면서 자신만의 연기를 창조할 수 있다는 측면, 감독이 편집할 수 없고 작가가 통제할 수 없는 배우의 생생한 연기가 관객들에게 직접 전달된다는 측면에서 '배우의 미디엄'이라고 할 수 있다. 반면 드라마는 긴 방영 기간 동안 작가의 대본에 의존해서 촬영을 하고 연기를 한다는 측면, 작가의 역량에 따라 드라마의 성패가 달라진다는 측면에서 '작가의 미디엄'이라고 할 수 있다. 쉽게 말하면 영화는 감독이 누구인지를 보고 가고, 연극은 배우가 누구인지를 보고 가며, 드라마는 어떤 작가가 쓰는지를 보고 시청할 드라마를 결정한다는 것이다.[3]

드라마에서 작가의 역할이 중요하고 그 책임감도 막중하다 보니 드라마 작가로서 정체성을 탐구하는 연구에서 드라마 작가들은 '보람과 희열'을 느끼며 작가로서 자부심을 드러내기도 한다. 연구 당시 13년에서 17년 정도 활동하며 남들이 부러워할 만한 성과를 냈던 중견 드라마 작가들은 드라마 작가로서 사는 보람과 희열에 대한 의견을 쏟아냈다.

작가들은 드라마 작가라는 직업에 대해 "보람", "하고 싶은 일", "희망을 주는 일", "위로를 주는 일", "사회적 책임 의식", "존경받는 직업", "기쁨"이란 표현을 번갈아 써가면서 자신들의 역할을 평가했다. 한 작가는 좀 과장을 하자면 "천만 명을 상대하는 직업"이 어디 있겠느냐며 자신의 아버지 대신 동생의 혼주로 상견례에 나갔을 때의 경험을 풀어놓았다.

우스갯소리로 동생 상견례가 있었는데 당시에 전 단막극과 특집극 정도를

---

3 김미숙, 『드라마 작가는 어떻게 만들어지는가』, 푸른사상사, 2018.

하고 있었어요. 제가 혼주가 돼서 사돈어른하고 인사를 하는데 그분이 "큰일 하신다고 들었습니다"라고 하시는 거예요. 의례적인 표현일 수도 있겠지만 그 정도로 인정을 받는 직업이구나 하는 생각이 문득 들었어요. [다수의 수용자들을 상대하는 일이니] 사회적 책임이 따른다고 하잖아요……. 그런 측면에서 자부심이 있는 거죠. 자부심 이면에 괴로운 지점이 있지만, 작가도 배우처럼 갈채를 받고 산다는 느낌이 들었어요.

(당시 14년 차 중견 드라마 작가/남)

아직 장편 드라마를 쓰지 못하고 있을 때에도 사람들로부터 주목과 관심을 받기도 하고 점차 수용자들의 반응을 접하면서, 드라마 작가들은 자신들이 수행하는 일에 대한 일정한 사회적인 책임이나 관심과 평가가 따른다고 자각한다. 또한 드라마의 방영으로 인한 경제·사회적인 측면에서 개인적인 성공이 이루어질 때에도 상대적으로 높은 만족도를 느끼게 된다고 말했다. 작가들은 스스로 "대본이 잘 풀리고 적확한 감정을 드러내준 대사가 나왔을 때" 자기 성취감과 만족을 강하게 느끼며, 드라마가 수용자들과 소통되어서 인정받게 되는 측면이 즐겁고 흐뭇하다고 밝혔다. 또한 요즘처럼 드라마가 OTT 플랫폼을 통해서 전 세계에 동시에 공개되는 문화적 환경에서는 작가들이 갖는 자부심이 더욱 강해져서 작가들이 느끼는 보람과 희열의 강도는 세질 수밖에 없다. 그러나 수용자들의 공감과 소통이 시청률과 연결되면 더 행복하지만, 시청률이 많이 나오지 않았던 드라마를 집필했을 때에도, 수용자의 반응이 좋은 경우는 행복감을 느낀다고 표현하기도 했다.

오히려 제 경우는 [집필한] 작품의 시청률이 좋지 않았는데 그들의 위로와 위안과 한마디 응원에 힘을 내서 달렸던 것 같아요. [시청률이] 10%도 안 나오는 드라마였는데 끝나고 나니까 너무 행복했어요. 이 사람들이 제가 쓴 작품을 보고, 우리가 마지막에 그동안 시청해주셔서 감사합니다. 대신 먼저 가

신 분들이 남겨주신 소중한 이 땅에서 마음껏 연애하고 마음껏 행복하십시오라는 자막을 내보냈는데…… 그 말에 감동을 받았다고 하면서 디시갤러리에서 참여해서 4년째 나눔의 집 모금 활동을 해요. ……해마다 모금을 하고 나하고 감독님도 참가하고, 1회 때는 [출연진이었던] 몇 명의 배우들이 십시일반 모금을 해서 가기도 했어요. 작가로서 고맙고 뿌듯한 일이잖아요. 그래도 내가 [사회적으로] 역기능이 아닌 순기능을 [제공]했구나 하는 느낌이 들어요.

(당시 13년 차 중견 드라마 작가/여)

당시 연구에 참여한 드라마 작가들은 드라마가 "가짜 이야기가 아니라 사람들에게 크게 위로가 되고 행복을 주는 대상"이라는 점을 자각하게 되어 기뻤고, 드라마로 수용자들과 소통할 수 있는 작가가 된 점에 보람을 느낀다고 말했다. 작가들은 또한 드라마 생산에서 자신들이 중추적인 역할을 하고 있다는 측면도 긍정적으로 평가하면서, 자신들이 발휘하는 가치와 역할을 인지하고 있었다. 제작사 입장에서 프리랜서 감독을 계약하는 일보다 작가들을 먼저 계약하는 일에 집중하는 것도 드라마에서는 "역시 작가가 제일 중요"하기 때문이라고 판단하기도 했다.

'역시 작가다'라는 소리를 많이 해요. 어찌됐건 작가가 후지게 쓰면 어떻게 할 수가 없다. 그런데 굉장히 잘 쓴 대본에서 망작이 나올 수도 있겠으나, 말도 안 되는 대본에서 명작이 탄생할 수는 없다고 이야기를 해서…… 그러니까 작가들을 잡으려고 아직도 그렇게…… 작가가 중요하지 않다면…… 작가 잡으려고 혈안이 되진 않겠죠.

(당시 13년 차 중견 드라마 작가/여)

당시 연구에 참여한 드라마 작가들은 무엇보다도 드라마 제작의 출발점이 되는 드라마 시놉시스와 대본을 창작해내는 '스토리텔러'로서 그리고 사회문화적인 트렌드나 사안을 풀어내는, 촉각과 감각이 예민한 이야기꾼으로서 상당히 강한 자부심을 가지고 있었다. 또한 자신이 쓴 드라마를 통해 수용자와 소통하고 그들의 삶에 도움과 즐거움 그리고 생각할 거리들을 주고 있다는 측면에서 비교적 높은 만족감을 얻는다고 답변했다.

한국콘텐츠진흥원이 2023년에 발간한 「2022 방송영상 산업백서」에 따르면 2021년 기준 국내 방송영상독립제작사 매출액이 전년 대비 15.6% 증가한 4조 5,691억 원으로 집계됐다. 수출액 또한 약 2억 8,477만 달러(한화 3260억 원)로 전년 대비 41.5% 증가했다. 2021년 프로그램 제작/납품 관련 매출액을 영상물 제작 장르별로 살펴보면 드라마가 2조 9,667억 원(64.9%)으로 가장 많고, 오락/예능 5,035억 원(11.0%), 교양/시사 2,600억 원(5.7%), 다큐멘터리 1,014억 원(2.2%) 순으로 집계됐다.[4] 드라마의 경우 프로그램 제작 건수는 644건으로 전년(390건) 대비 165.1% 증가했다. 다른 장르는 전년 대비 모두 제작 건수가 감소했음에도, 드라마는 유일하게 제작 건수가 증가한 장르로 나타났다.

방송영상독립제작사의 매출액 기준으로만 봐도 2021년 기준으로 드라마의 성장과 매출액이 3조 원에 이르는데, 지상파 방송이나 종편채널에서 자체 제작하는 드라마와 국내외 OTT 플랫폼에서 제작되는 드라마의 매출액까지 합치면 드라마 시장의 규모는 훨씬 클 것으로 추정된다. 이 거대한 시장 한가운데 드라마의 성패를 쥐고 있는 드라마 작가가 있다.

---

[4] 신진아, 「K-드라마, 방송영상물 매출·수출 견인 "41.5% 증가"」, 『파이낸셜뉴스』, 2023.2.8.

2 드라마 작가들의 숨은 조력자, 드라마 기획 프로듀서[5]

드라마 기획 프로듀서의 등장과 역할

드라마 작가의 세계에 대해서 이해하고 드라마 작가의 작업 방식에 대해 이해하려면 우리나라 드라마 제작 시장에서 중추적인 역할을 하고 있는 드라마 제작사 기획 프로듀서에 대해 이해해야 한다. TV 드라마는 다수의 사람들이 저렴한 가격과 쉬운 접근성으로 즐기는 현대사회의 대표적인 문화 콘텐츠이다. 특히 2000년대 중반 이후 한류를 타고 아시아권 시청자들에게 한국 드라마, 이른바 한드의 매력이 전파된 이후에 최근에는 넷플릭스 등 인터넷 플랫폼 등으로 영역을 확장하면서 드라마 〈오징어 게임〉〈이상한 변호사 우영우〉 등을 앞세워 전 세계적으로 한국 드라마의 힘을 보여주고 있다.

1956년 〈사형수〉로 첫선을 보인 한국의 TV 드라마 산업은 몇 차례 중요한 변환점을 맞이하며 오늘에 이른다. 그 가운데도 감독과 배우, 작가가 모두 특정 방송사 소속의 인력으로 안정적이고 보수적인 방식으로 TV 드라마를 만들던 1980년대를 지나 1991년, 방송사 외부의 인력으로 제작된 드라마가 방송사의 채널을 통해 방송되는 외주제작 시스템의 도입이 대표적 변화의 계기이다.[6] TV 드라마가 만들어지는 제작 방식의 변화는 TV 드라마

---

5 이 글의 원본은 2021년 『한국콘텐츠학회논문지』 제21권 제10호에 발표된 논문 「드라마 생산자로서의 제작사 기획 프로듀서 연구」로 일부 개작하였다.

6 노동렬, 「방송 드라마 제작 산업의 공진화 과정과 인센티브 딜레마」, 서강대학교 대학원 박사학위논문, 2013.

가 만들어지는 제작 현장의 변화로 이어진다.

　제작 현장의 변화 가운데 대표적인 것이 제작 과정에 따른 드라마 생산 주체들의 역할이 변화하고 이전에는 볼 수 없었던 새로운 직업군이 제작 현장에 등장하는 것이다. 외주제작 시스템의 도입이 가져온 가장 결정적인 변화는 방송사와 방송사에 소속된 연출자가 행사하던 드라마 제작의 주도권이 대본을 기획하고 이를 토대로 편성을 따내는 작가와 작가들이 소속된 외주 제작사로 옮겨가는 것이다.

　과거 지상파 방송국 중심의 TV 드라마 제작 현장을 주도한 것이 감독(연출)-작가(대본)-배우(연기)의 세 직업군이었다면 작금의 거대한 드라마 시장은 생산 주체들 사이의 다양해진 역학 관계 속에서 전통적인 인력으로는 해결하기 어려운 다양한 사건과 갈등을 경험한다. 결국 이러한 갈등을 해결하고 조율할 수 있는 새로운 인력에 대한 수요가 생긴다. 드라마의 제작 규모 증가에 따라 투자를 이끌어올 수 있는 배우의 중요성이 증가하자 배우 캐스팅에 주력하는 캐스팅 디렉터가 등장하고, 외주제작 정책으로 제작사의 제작비 관리가 중요해지자 과거 방송사 조연출이 담당했던 제작비 업무를 맡아 제작 현장의 비용을 관리하는 제작/라인 프로듀서가 등장하고, PPL 등 드라마 수익 구조가 다양해지자 PPL을 담당하는 전문가들이 생겨나는 것이 그 예다.

　드라마는 작가, 감독, 배우는 물론이고 무수하고 다양한 인력이 참여하는 대중 종합예술이다. 제작 방식이 변화하면서 기존 생산 주체들의 역할에 변화가 생기거나 기존의 제작 현장에서 가장 강력한 발언권을 가진 주체가 새로 등장한 주체에게 밀려나는 새로운 권력관계가 형성되기도 한다. 따라서 미디어 생산자 연구에서는 각 노동 생산자들의 개별적인 역할에 초점을 맞추는 것 못지않게 구성원들 사이에 만들어지는 역학의 함의에도 관심을 기

울인다.[7]

TV 드라마 기획 프로듀서는 TV 드라마 제작 현장에서 포착되는 새로운 직업군 가운데 드라마 산업과 드라마 생산이 교차하는 TV 드라마 제작 현장에 2000년대 중반부터 존재감을 드러내기 시작했다. 새로운 직종의 등장은 산업의 확장이나 TV 드라마의 문화예술적 가치를 높이기 위한, 어느 일방의 필요에 의해서만은 아닐 것이다. 드라마 작가들의 몰입과 작업 과정을 이해하기 위해서는 이전에 없던, 혹은 있더라도 별도의 타이틀이 필요할 만큼 존재감이 뚜렷하지 않았던 제작사의 TV 드라마 기획 프로듀서의 등장 배경과 역할을 질문함으로써 궁극적으로 제작 방식의 변화에 따라 달라지는 생산 주체들의 역학관계, 달라진 TV 산업 구도 안에서 새롭게 정립되는 미디어 노동자들의 정체성, 그리고 이들 미디어 노동자들이 TV 드라마에 부여하는 문화콘텐츠이자 상품으로서의 가치에 대해 탐구하는 것이 필요하다.

영화 프로듀서 VS 드라마 프로듀서

기획 프로듀서(기획사)가 제작을 주도한 이른바 기획영화의 시작을 알린 한국 영화는 1992년 신생 기획사 신씨네가 제작한 〈결혼 이야기〉이다.[8] 이전의 한국 영화들이 일본 영화의 모방, 베스트셀러의 영화화, 아니면 흥행

---

7 박지훈 · 류경화, 「국제시사 프로그램의 생산 과정에 미치는 영향력에 관한 연구 MBC 〈W〉의 서구와 제 3세계 재현을 중심으로」, 『언론과 사회』 제18권 제2호, 2010.

8 김익상 · 김승경, 「1990년대 기획영화 탄생의 배경과 요인 연구」, 『동국대학교 영상미디어센터 씨네포럼 27』, 2017.

작가는 어떻게 몰입하는가

106

에 성공한 기존 영화를 답습하는 제한된 제작 방식으로 국내 관객들에게 외면받았던 것에 비해 1990년대 초 도입된 기획영화 시스템은 관객의 수요를 반영한 참신한 시나리오와 신선한 기획으로 2000년대 초까지 한국 영화의 르네상스 시대를 이끄는 동력이 되었다고 평가된다. 기획영화 이전의 제작 시스템이 감독이 영화를 기획하고 제작자가 자본을 대는 방식이었다면 기획영화는 기획자가 시나리오로 투자자를 확보하고 이후에 감독을 섭외하는 제작 방식의 변화를 가져온다.[9]

영화 제작 방식의 변화가 가능했던 이유는 크게 두 가지로 비디오 판권 입도선매나 현물, 현금 협찬 등의 형식으로 대기업의 자본 투자가 이루어지고 대기업의 투자를 받기 위해 투자에 적합한 대본을 발굴하는 새로운 제작 방식에 젊은 영화인들이 긍정적인 반응을 보였기 때문이다.[10] 투자에 따른 수익을 창출하기 원하는 대기업의 영화시장 유입은 관객이 무엇을 원하는지를 사전조사하고 이를 충족하는 창작 시나리오를 개발하는 기획 프로듀서의 등장을 불러왔다.[11] 첫 번째 기획영화로 불리는 〈결혼 이야기〉의 경우, 시나리오를 개발하는 과정에서 당시 한국 영화로서는 이례적으로 실제 신혼부부 수십 커플의 인터뷰가 이루어졌고 영화 마지막에 에피소드 형식으로 삽입되어 호평을 받기도 했다.[12]

9 임건중, 「한국영화의 상업적 성공을 위한 기획 개발 단계」, 『한국콘텐츠학회논문지』 제12권 제10호, 2012.

10 김익상·김승경, 앞의 글.

11 김선아, 「한국영화 기획개발 과정에서의 프로듀서의 역할과 개선방안 : 'PGA의 Produced By' 규정을 기준으로」, 『한국콘텐츠학회논문지』 제13권 제10호, 2013.

12 서성희, 「한국 기획영화에 관한 연구 : 〈결혼이야기〉를 중심으로」, 『영화연구』 제33권, 2007.

기획 프로듀서 시스템의 도입은 한국 영화의 발전에 큰 이정표로 평가된다. 당시 〈결혼 이야기〉의 성공은 구태의연한 스토리로 시장에서 신뢰를 잃은 한국 영화를 다시 보게 하고 대중문화의 소비자인 젊은 관객을 영화관에 불러들인 계기로 평가되며 이후 기획영화 시스템의 정착으로 이어졌다. 이런 맥락에서 한국 영화에서 이루어진 기획 프로듀서 시스템의 의미는 무엇보다 기존의 안정적인 것을 되풀이하려는 산업적 한계를 뛰어넘어 새로운 시나리오를 개발함으로써 장르의 외연을 확대하고 신진 작가들에게 기회를 주는 것, 그리하여 결과적으로 영화가 만들어낼 수 있는 문화적 다양성을 도모한 것이라 할 수 있다.[13]

실제 영화가 제작되는 현장에서 기획 프로듀서의 역할은 정확하게 규정되어 있지 않다. 또한 기획과 제작 단계에서 영화의 제작에 참가하는 다양한 사람들의 기여도를 어떻게 평가하고 직함을 어떻게 부를 것인지도 분명하지 않다. 뚜렷하게 자기 역할이 있는 감독이나 작가와 달리 생산 주체들의 다양한 갈등을 조율해야 하는 프로듀서는 다른 창작 주체들에 대한 보조적 지원자로 인식되는 경향이 있어 적합한 크레딧을 확보하지 못하는 어려움도 있다.[14] 분명하지 않은 역할 구분 때문에 현장에서는 라인 프로듀서, 협력 프로듀서, 보조 프로듀서, 크리에이티브 프로듀서 등 다양한 직함이 존재하는데[15] 이러한 혼란스러움은 제작 현장의 역동성 때문에 어느 정도는 어쩔 수 없는 일이기도 하지만 기획이라는 역할이 그만큼 모호함을 방증하

---

13 김선아, 앞의 글.
14 민대진, 「현대 한국영화에서 프로듀서의 중요성과 역할 연구」, 『영화연구』 제24권, 167~192쪽, 2004.
15 박지훈, 『영화제작 매스터북』, 책과길, 2008.

는 것이기도 하다. 그런 까닭에 학계에서는 미국 영화 프로듀서 제도에 근거해 원작을 구매하거나 작가를 고용해 독창적이고 완성도 높은 시나리오를 개발하는 한편, 영화 제작 과정에서 생길 수 있는 저작권의 문제를 해결해 안정적인 영화 제작을 가능하게 하는 한국형 프로듀서의 역할을 제안하기도 한다.[16]

기획 프로듀서의 등장에 있어 영화와 TV 제작 현장의 공통점은 산업의 변화이다. 한국 영화가 1990년대 초반부터 대기업 자본의 유입과 함께 기획의 중요성을 인식하면서 본격적인 산업으로서 기반을 다져나갔듯이 TV 드라마 역시 외주제작이 본격화된 2000년대를 전후로 기획 시스템이 본격적으로 가동되었다고 볼 수 있다.[17] 즉, TV 기획 프로듀서는 TV 산업이 확장되고 외주제작사 시스템이 활성화되는 TV 드라마 제작 방식 변화 과정의 산물이면서 동시에 제작 방식의 변화로 가시화되는 생산 주체들의 역학관계를 조율하기 위한 현실적 필요에 의해 등장했다고 볼 수 있다.

미국은 드라마 작가 자체가 프로듀서를 겸하고 있는 경우가 대부분이다. 미국의 드라마 제작 과정은 흔히 쇼러너(show runner)라고 하는 기획작가 자신이 구상한 드라마를 스튜디오(제작사)에 피칭(pitching)을 하면서 시작된다. 미국의 드라마는 기획작가인 쇼러너가 자신의 드라마를 제작할 스튜디오를 정한 후, 방송사에 들어가 피칭을 하여 방송사를 정하는 방식으로 진행되기 때문에 우리나라와 역할이 똑같은 기획 프로듀서는 없다. 다만 스튜디오나 방송사의 피칭 후 작가의 대본에 대해 피드백을 적어 노트(note)를 주는 스튜

16　김선아, 앞의 글.

17　윤석진·박상완, 『디지털 시대, TV드라마 '기획'에 관한 시론 – 최지형 CP의 작품을 중심으로』, 『한국언어문화』, 2013.

디오나 방송사의 프로듀서(직원)은 있지만 우리나라의 기획 프로듀서 역할과는 질적으로 다른 개념이다. 쇼러너는 제작비(money), 시간(time), 드라마의 품질(quality)를 책임지며, 촬영 3개월 전에 작가진을 구성하여, 대본 수정, 세트 제작, 로케이션 결정, 캐스팅 등을 준비한다.[18] 미국의 쇼러너는 대부분 작가 출신이지만, 감독 출신이나 기획 프로듀서만 하는 사람도 있다.

우리나라의 경우 1991년 외주 정책이 실시된 후, 1994년에 SBS가 삼화프로덕션과 〈작별〉을 50부작으로 방송하고, MBC도 같은 해 7월 장길수 감독의 제일기획 60분물 3부작 〈생의 한가운데〉를, KBS는 10월 제일영상의 50부작 드라마 〈인간의 땅〉을 제작, 방송하기 시작하면서 본격적인 드라마 외주제작이 시작되었고[19] 1990년대 중반 이후로 외주제작 비율은 점점 높아져서 2006년에 KBS에서 편성된 월화 미니시리즈, 수목드라마, 주말연속극은 91.5%가 외주에서 제작된 것으로 나타났다.[20] 외주제작이라는 변화된 드라마 제작 현장 속에서 작가와 감독을 만나 그들의 생각을 조율하고 드라마 생산에 직접 관여하는 드라마 기획 프로듀서라는 전문 직종이 생겨서 자리 잡게 되었다. 이들은 영화 프로듀서와도 다르고 미국의 쇼러너와도 다른 역할을 맡아 드라마 제작 현장에서 성장하면서 그들만의 정체성을 발현한다.

---

18 임정연, 『방송콘텐츠 글로벌 집필능력 강화를 위한 국외 심화교육 연수보고서』, 한국전파진흥협회, 2015.
19 이정훈 · 박은희, 「외주제작정책 도입 이후 지상파 드라마 제작 시스템의 변화」, 『방송문화연구』 제20권 제3호, 2008.
20 정성효, 「기형적 제작 시스템 전체 콘텐츠 산업 위협」, 『방송문화』 제3월호, 2007.

드라마 기획 프로듀서, 그들은 누구인가

드라마 기획 프로듀서는 대본의 기획, 개발, 편성, PPL의 적용, 투자 등 드라마 생산 전반에 중요한 역할을 하는 드라마 생산자이다. 2000년대 들어 활성화된 이들의 등장 배경과 역할, 정체성 등을 탐구하기 위해 드라마 생산자의 내부자이기도 한 필자는 수년 동안 참여 관찰을 하는 동시에 8명의 드라마 기획 프로듀서와 심층 인터뷰를 진행해왔다. 참여 관찰은 필자가 드라마 생산 과정에 직접 참여하는 기획 프로듀서와 드라마 기획 작업을 함께하면서 이루어졌으며, 심층 인터뷰는 시청률과 화제성 면에서 상당한 영향력을 주었던 드라마들을 기획·제작했던 드라마 기획 프로듀서 8명을 선정하여 진행하였다. 필자는 드라마 기획 프로듀서의 등장과 역할 변화, 빠르게 바뀌는 TV 제작 현장 조건 등을 살피면서 2015년 8월부터 2021년 7월까지 꽤 긴 시간 동안 다양한 경력을 가진 드라마 기획 프로듀서와 심층 인터뷰를 진행하였다. 각각의 인터뷰는 여의도나 상암동 등 제작사의 사무실이나 근처 카페에서 길게는 4시간 짧게는 2시간에 걸쳐 이루어졌으며, 2명의 경우 대외 환경의 악화로 심층 전화 인터뷰와 이메일 인터뷰로 대체하였다. 연구를 진행하면서 첫째, TV 기획 프로듀서의 등장 배경과 역할은 무엇이며, 이들의 등장 배경과 역할이 TV 드라마 제작 방식과 TV 드라마 산업의 구조적 맥락에서 갖는 의미는 무엇인지를 살펴보았고, 둘째, 미디어 생산자로서 TV 기획 프로듀서들의 직업 정체성은 어떻게 형성되며, TV 생산 과정의 제도적인 압박과 현실적인 조건 속에서 어떻게 자신의 정체성을 발현하는지도 주목하였다. 그리고 세 번째로는 TV 기획 프로듀서의 역할은 생산 과정 속에서 작가와 어떤 관계를 맺으며 어떻게 확장되고 있으며, 이들의 성장이 드라마 생산 과정에서 어떤 함의와 특징을 가지는지 탐구했다.

표 2. 연구 대상자 목록과 상세 프로필

	상세 정보	성별/나이	인터뷰 방식
A	음반 기획을 시작으로 제작사에서 드라마 기획 프로듀서를 지낸 후, 제작사 설립	여/45	심층 인터뷰(3시간) 제작사 근처 카페
B	캐스팅 디렉터로 시작하여 제작사 프로듀서를 거친 후 독립하여 제작사 설립	여/55	이메일 인터뷰
C	교양·음악 프로그램 연출 출신으로 현재 케이블 자회사 제작사에서 드라마 기획을 총괄하는 프로듀서	여/53	심층 인터뷰(2시간) 제작사 사무실
D	교양작가와 드라마 기획작가를 거쳐 기획 프로듀서로 성장했으며 현재 케이블 자회사 제작사 팀장급 기획 프로듀서	여/52	심층 인터뷰(2시간) 제작사 사무실
E	제작사 기획 프로듀서 출신으로 케이블 소속 제작사를 거쳐 현재 OTT 소속 프로듀서	남/36	전화 인터뷰
F	기획 프로듀서 출신 제작사 대표. 메이저 드라마 제작사에서 프로듀서로 활동하다, 독립하여 제작사 설립	여/54	심층 인터뷰 2회(4시간) 제작사 사무실 & 카페
G	드라마 조연출 출신의 제작사의 프로듀서, 기획팀장. 제작사에서 기획 프로듀서를 이끌고 드라마 개발	남/46	심층 인터뷰(1시간 40분) 제작사 근처 카페
H	방송사 기획팀에서 일하다가 제작사에서 프로듀서로 성장한 후, 종편으로 옮겨 종편 드라마의 프로듀서를 맡고 있음	여/55	심층 인터뷰(2시간) 방송사 근처 카페

심층 인터뷰는 반구조화된 질문지를 준비하여 진행하였고 진행 도중 심도 깊은 내용이 나올 경우 연구 대상들이 자유롭게 의견을 말할 수 있도록 하였으며 기획 프로듀서의 정체성과 노동 경험, 역할과 등장 배경, 최근 드라마 제작 환경 등에 대해 상당히 깊은 이야기를 주고받았다.

드라마 생산자 연구의 경우, 외부가의 접촉이 용이하지 않고 바쁜 일정으로 연구에 응하기가 쉽지 않은 어려움이 있으나, 이번 연구의 경우 필자가 내부자인 점이 장점으로 작용하여 섭외 과정과 라포 형성 등이 비교적 원만하게 이루어졌다.

작가를 확보하고 대본 작업에도 참여하는 TV 기획 프로듀서

'맨땅에 헤딩'했던 초창기 시절

연구 대상 프로듀서들은 중 A, B, C, F, H는 스스로 '1세대' 프로듀서라고 구별 짓고 기획 프로듀서로 일하게 된 자신들의 경험을 털어놨다. 1991년 이후, 드라마 외주제작 정책이 생겨 외주제작사들이 생기고 방송사에서 나온 김종학, 이장수, 윤석호, 이진석 등의 스타 감독들이 드라마를 편성받아 직접 연출하여 납품하는 시대가 끝나자 드라마 기획은 더욱 긴요한 작업이 되었다. 새로운 자본이 들어오면서 드라마를 사전에 기획해서 방송사에 제안하는 시스템으로 바뀌었기 때문에 드라마 프로듀서의 역할을 하는 사람들이 늘긴 시작했지만, 처음에는 무슨 일을 해야 한다고 꼭 정해져 있는 것도 아니었고 그 역할은 아주 미미했다고 했다.

> 드라마 제작이라는 게 사실은 저도 몰랐고, 영화 공부를 했을 뿐이지 드라마 제작을, 본격적으로 방송사에 들어가서 조연출을 거쳐서 프로세스를 밟은 것도 아니고. 아주 노멀(normal)한 방식으로 배울 수 있는 기회도 없었죠. 뭘 할 수 있는 상황이 아니라서 그냥 거의 '맨 땅에 헤딩'? 이렇게 시작했던 것 같고, 그러면서 흥미로웠던 게 제가 연출을 하겠다고 했는데 드라마를 들여다보니까 영화랑 다른 게 프로듀서가 없더라구요.　　　　　　　ⓒ

C의 경우는 원래 영화를 공부했고 교양 예능 프로그램의 조연출로 시작해서 연출자를 꿈꿨었는데 이직을 하면서 드라마를 만드는 회사에 입사하게 되어 아무도 해보지 않은 드라마 기획 일을 시작하게 됐다고 했다. 드라마에서 프로듀서라는 시스템이 정착되면 훨씬 드라마 퀄리티도 높아지고, 기획의 방향성도 다양해지고 뭔가 시스템적으로 영화처럼 비즈니스 파이가 커질 수도 있어서 여러 가지 가능성이 있겠다고 생각했다. A의 경우에는 원

래는 음반사업을 주로 하는 회사에 음반기획팀으로 입사했으나 그 회사에서 드라마 제작을 시작하게 되어 기획PD, 제작PD 같은 개념도 없을 때 닥치는 대로 드라마 일을 해냈다고 한다.

> 그때는 "내가 기획 프로듀서다"라고 일을 한 게 아니고 그냥 회사의 기획팀에 있으면서 음반일도 하고, 드라마일을 한 거죠. 그때 아무것도 가르쳐준 사람도 없고, 드라마 기획을 어떻게 하는지도 모르고, 기획이란 개념이 있는 줄도 몰랐고. 그냥 작가님들이 계시니까 작가님들이 작품 준비하실 때 케어 (care)해드리고 여러 가지 일을 했죠.　　　　　　　　　　　　　　　　(A)

A는 '작가 케어'라는 것은 작가가 집필하는 데 불편함이 없도록 해주는 일이라고 했다. 드라마에서는 무엇보다 대본의 퀄리티와 생산 시간이 중요하므로 집필에 방해되는 일이 없도록 지원해야 한다. A는 이러한 '작가 케어', '시놉이나 대본의 최초 모니터 및 피드백', '캐스팅 과정 지원', '드라마 홍보' 등의 일들을 가리지 않고 했다. 지나고 보니 촬영 나가기 전에 프리 프로덕션 단계의 일을 했지만, 당시는 그런 개념이 뚜렷하지는 않았다고 한다.

> 그렇게 하면서 시간이 한 5년 정도 지나니까 외주 비율이 엄청 높아진 거예요. 외주제작사도 엄청 많이 생기기 시작하고, 외주제작사 나름의 역량의 바운더리(boundary)가 엄청 넓어진 거예요. 그러면서 그때 방송사 국장 출신 ○○○ 사장이 저희 회사 드라마 쪽 사장으로 오시면서 그때 비로소 저희 회사에 드라마 기획 파트가 정식으로 생긴 거예요. 그게 2007년도예요.　　(A)

A는 2007년 이전까지 자신의 정체성에 대해 고민이 많았다고 했다. 자신이 음반일도 하면서 드라마일 이것저것 많이 하는데도 어떤 개념의 직책으로 있는지 명확하지 않아서 혼란을 겪다가 회사에 드라마 기획팀이 생기면

서 '기획 프로듀서'라는 타이틀을 공식적으로 받게 되었다고 한다.

F의 경우에는 영화팀과 애니메이션팀과 함께 드라마팀이 있었던 제작사였기 때문에 기획실은 따로 있었다고 했다. 그러나 영화나 애니메이션 제작과는 다르게 드라마 제작에는 그 당시까지도 기획 프로듀서 시스템이 없다 보니 "별의별 시스템"을 다 해보면서 드라마 기획이라는 것이 무엇인지 찾아 나가기 시작했다고 했다. 작가들과 계약해서 기획작가 시스템[21]도 해보고 소재가 될 만한 아이템으로 대학생과 작업을 해보는 등 드라마 기획을 하기 위해 여러 가지 방법을 시도했다고 한다. 다른 제작사에서는 계약한 작가들이 써주는 걸 받아서 방송사에 들고 가는 관행이 일반적이었던 시절에도 F의 제작사에서는 변화된 TV 제작 시스템 안에서 '기획'이라는 게 중요한 작업이라는 것을 알고 기획 프로듀서 시스템을 만들어가는 노력을 했던, 흔하지 않은 사례였다.

> 저희는 한 10년을, 굉장히 치열하게 프로듀서는 무엇을 하는 것인가를 스스로 고민하고 또 감독님들한테도 그게(기획 프로듀서) 뭔지 알려주고, 또 작가들한테도 정확하게 이야기해주려고 했어요. …(중략)… 그런데 처음에 프로듀서라고 인사하면 다 저한테 감독님이라고 불렀었어요. 전 연출하는 감독이 아니라고 말했죠. 이쪽은 그게(프로듀서와 연출자) 정리가 안 되어 있더라구요.
>
> (F)

1991년 외주제작 정책이 실행되기 전에는 방송가에서 '프로듀서'라고 불렸던 사람들은 대부분 방송사 소속 드라마 PD였다. 드라마 PD는 드라마를

---

21 드라마의 기획만 전담하는 작가로 주로 제작사와 의논하여 드라마 소재가 될 만한 것을 발굴하거나 확보된 원작을 드라마로 먼저 만들어보는 작업을 한다.

현장에서 직접 연출하는 디렉터(director)와 방송사 내에서 드라마를 기획하고 디렉터들을 관리하는 프로듀서(producer)로 나뉠 수 있다. KBS 홈페이지의 채용 부문[22]에서도 드라마 PD 소개를 프로듀서와 디렉터로 구분하여 업무 내용을 설명하고 있지만 이 역할이 자주 바뀌어 교대 근무처럼 이루어졌기 때문에 실제로 방송사에서는 연출자와 프로듀서가 동일시되어왔다. F가 자신이 프로듀서라고 소개하니 '감독님'이라고 불렀다는 얘기는 프로듀서와 연출자를 동일시하던 관행에서 나온 오해라고 볼 수 있다.

또한 연구 대상 TV 프로듀서들은 자신들의 등장이 TV 드라마 제작 시스템의 변화로 인한 것임을 분명하게 인지하고 있었다. 과거에는 방송사 내에서 드라마가 기획되면 거의 동시에 제작을 거쳐 송출이 이루어지는 형태였지만 외주제작사의 납품이 메인 제작 구조가 되면서 채널 플랫폼은 편성권을 행사하며 작품을 선택하는 구조로 점차 바뀌었다. 제작사가 방송사에서 선택하는 작품들을 기획하기 위해서는 기획 작품 편수가 편성 드라마의 3배수 정도 되어야만 했고 그중에 한두 편이 선택되어 방송되는 방식이다.

H는 드라마 기획일과 비슷한 업무를 2000년 초반 지상파 방송사 안에서 시작했지만, H의 직책도 처음부터 '기획 프로듀서'는 아니었다고 했다. 드

22　프로듀서는 기획 단계에서 드라마의 방향을 정하여, 작가와 디렉터(연출자)를 조합하고, 예산 등을 결정한다. 드라마의 기획 단계에서부터 관여하여 질적으로 관리하고, 예산을 집행하고 관리하며 최종적으로 방송을 송출하기까지 제작 전반에 대해 책임을 지는 것이 프로듀서의 역할이다. 디렉터(연출자)는 작가와 의논하여 최종 배역을 결정하고, 제작 스태프(촬영 · 기술 · 미술 · 스크립터 · FD 등)를 구성한다. 대본을 해석하여 연기자 개개인의 연기와 그들 간의 조화를 이끌어내고, 이를 촬영, 녹음, 편집, CG 등 기술적인 메커니즘과 예술적인 감각을 통해 시청각적으로 구현한다. 프로듀서는 드라마 제작에 전반적인 책임을 지지만, 드라마의 실제 제작은 디렉터가 맡는 것이다.

라마가 될 만한 원작을 고르고 어떤 내용의 드라마가 좋을지 드라마 콘셉트를 잡아보는 일을 하면서 좋은 작가도 발굴하는 일이었다고 한다.

> 처음에 방송사에 있을 때 기획PD라는 개념이 없었었어요. 5년 동안 있는 사이에 없었어요. 드라마 〈루루공주〉(2005) 할 때 ○○○ 감독이 제작 총괄이었는데, 그분이 저한테 기획PD 하자고 하면서 방송 크레딧에 '기획 프로듀서'라고 이름을 넣었죠. 그때 아마 기획 프로듀서로 이름이 들어간 게 제가 처음이라고 들었어요.   (H)

H가 그렇게 방송사 안에서 드라마를 준비하는 감독들을 도와 기획일을 했던 경험을 쌓자 꽤 큰 규모의 제작사에서 스카우트 제의가 왔었고, 제작사로 옮긴 뒤에 상당히 큰 드라마를 여러 번 기획, 제작하여 성공했다고 했다. 지금은 케이블 방송 자회사 제작사에 있는 C는 당시 본사 기획팀에 있었는데, 변화하는 드라마 제작 환경에 적응하기 위해서 프로듀서 시스템에 대한 고민이 깊었다고 한다. 그때까지 기획 프로듀서가 하는 일은 작가가 가져온 아이템 선별, 원작 선택, 드라마 아이템 기획, 작가·감독 계약, 대본 개발 등 많았지만 조금 더 체계화되어야 한다는 생각이 있었다고 한다.

> 기획 프로듀서가 기획 단계에서 아이템을 개발하고, 대본을 디벨롭(develop)하고 편성이 될 때까지 하고 손을 뗀다. 그거는 사실은 제작 과정의 밸류(value)를 너무 낮게 보는 거라고 생각하거든요. 프로덕션의 과정에서 굉장히 많은 변수들이 발생하죠. 그거를 기획자하고 논의를 하지 않으면 방향성이 달라지고, 의도했던 드라마의 기획 의도에서 벗어나서 온전하게 완성되는 거 같지는 않거든요.   (C)

최근 기획 프로듀서의 힘이 세진 것은 기획력이 강한 드라마를 지향한 케이블 방송사의 영향이 큰 것 아니냐는 질문에 C는 "프로듀서 시스템으로 조직을 꾸린 게 저희가 처음이고 그런 시스템은 방송사와는 완전히 다른 시스템이기 때문에 그렇게 볼 수 있다"고 답변했다. 당시만 해도 상대적으로 드라마 제작 토대가 약했던 케이블 방송사는 기획력으로 승부할 수밖에 없었다고 했다. 최근에는 OTT 플랫폼의 약진으로 OTT 안에서 드라마를 선별하고 작가를 양성하는 OTT 소속 기획 프로듀서의 힘이 막강해졌다. TV를 많이 보지 않는 문화 트렌드의 변화와 그로 인한 광고 수익의 축소는 지상파 텔레비전이나 종편을 비롯한 케이블TV의 영향력을 약화시켰고 막대한 자본력으로 한국 시장에 뿌리내린 글로벌 OTT의 힘은 더욱 강해졌다.

달라진 드라마판이 성장시킨 새로운 직업

연구 대상 TV 드라마 기획 프로듀서들은 "맨땅에 헤딩", "기획PD 개념이 없었을 시절", "닥치는 대로 했던 드라마일"이라는 표현을 쓰면서 초기 기획 프로듀서 시절을 떠올렸다. 이는 그 시기가 정책의 변화로 드라마 시장에 새로운 자본이 유입되면서 드라마가 단순한 방송사의 한 프로그램이 아니라 문화상품으로 정체성이 바뀌면서 겪어야 했던 혼란의 시기였기 때문으로 보인다.

1991년부터 시작된 외주제작 정책으로 1994년 드라마 〈작별〉(SBS) 〈생의 한가운데〉(MBC) 〈인간의 땅〉(KBS) 등이 제작되어 방송사에 납품되었으나 2002년까지는 방송사에서 외주 비율을 맞추기 위해 외주를 주었던 '시혜적 외주'[23]의 시기로 봐야 한다. 〈겨울연가〉(KBS, 2002), 〈대장금〉(MBC, 2003) 등이 국내뿐만 아니라 해외에서도 한류 열풍을 일으키면서 드라마가 돈을 버

---

23 노동렬, 앞의 글.

는 문화상품으로 부각되고 제작사의 드라마 제작 경쟁이 치열해지기 시작한다. 이런 배경에서 2003년부터 2007년까지 방송사에서는 '전략적 외주'[24] 정책을 펼치게 되고 제작사들은 드라마 기획을 경쟁적으로 하게 된다. 정성효[25]는 2006년에 KBS에서 편성된 월화 미니시리즈, 수목드라마, 주말연속극은 91.5%가 외주로 제작된 것에 주목했다.

2000년대 중반에 한류 열풍으로 드라마 제작이 기하급수적으로 늘어난 상황에서, 2011년에 드라마 편성이 가능한 종편채널이 등장하자 드라마 수요는 더욱 늘어났다. 기획력으로 드라마에 진입해 승부수를 던졌던 기존 케이블 방송의 도전은 드라마 기획을 그 어느 때보다도 중요한 일로 만들게 했고 방송사 일부에서 또는 제작사에서 주먹구구식으로 운영되는 기획 프로듀서 시스템이 체계화되는 계기가 되었다. 이러한 드라마 제작 환경의 변화 속에서 자리 잡기 시작한 TV 기획 프로듀서들은 '암묵적 지식'을 이용해 드라마 생산 과정 속에서 점점 자신들의 영역을 넓히며 입지를 다져왔다.

위와 같은 기획 프로듀서의 등장 배경과 역할을 TV드라마 산업의 구조적인 측면에서 살펴보면 드라마 산업이 핵심인 드라마 콘텐츠 기획의 주도권이 1991년 외주제작 정책과 한류 열풍으로 방송사 PD에서 작가와 프로듀서 쪽으로 이동한 점이 큰 분기점이 된 것을 파악할 수 있다. 이용석은 현재 A급 작가[26] 중심의 '작가 주도형 기획 방식'과 '프로듀서 주도형 기획 방식'

---

24 위의 글.

25 정성효, 앞의 글.

26 이용석은 지난 10년간(2011~2020) 드라마 최고 시청률 상위 10% 이상인 작가, 다작 횟수가 상위 10% 이상인 작가, 최근 5년(2016~2020) 동안 평균 시청률이 상위 10% 이상인 작가 등으로 A급 작가의 정의를 내리고 A급 작가가 4.4%인 20명이라고 정의했다.

이 공존하면서 드라마 기획이 이루어지고 있다고 보았다. 시청률과 완성도 면에서 인정을 받은 A급 작가와 일할 수 없는 다수의 기획 프로듀서들이 일반 작가와 드라마를 기획할 수밖에 없는 환경이라는 것이다.[27]

A급 작가가 전체의 4.4%, 20명인 점을 감안하면 대부분의 일반 작가는 기획 프로듀서와 함께 협업을 하며 드라마를 집필하는 구조가 된다.[28] 이용석은 A급 작가를 보유하지 못한 영세 제작사가 78.6%라는 점을 지적하며 일반 작가를 통한 드라마 기획의 활성화가 한국 드라마 산업의 중요한 화두라고 주장했다. 이렇듯 방송 정책의 변화가 드라마 산업 내 생산 구조를 변화시켰고 그 과정에서 등장한 TV 기획 프로듀서들은 '맨땅에 헤딩'하며 자신들의 입지를 만들어왔다.

2011년, 드라마를 제작·송출할 수 있는 종합편성 채널이 개국하고 기존에 있던 tvN 등 케이블 채널에서 본격적으로 드라마를 제작 방송하면서 드라마 제작의 수요가 급격하게 증가하자, 외주제작사에서는 드라마 기획·제작 경쟁이 불붙기 시작한다. 후발 케이블 방송사들과 기존의 제작사들이 기획에 사활을 걸고 다양한 드라마를 기획하면서, 자리 잡지 못했던 드라마 기획 프로듀서 시스템은 점차 체계화되는 과정을 겪은 것으로 보인다.

작가의 서번트와 매니저를 자처하는 사람들

연구 대상 기획 프로듀서들은 드라마 생산 내에서 자신들을 '서번트(ser-

---

27 이용석, 「한국 드라마 제작 시스템의 변화: 새로운 기획 시스템, 새로운 제작 요소의 등장」, 한국방송학회, 「방송 제작 시장 변화와 요소시장의 변화 탐색」 발표집, 2021.

28 위의 글.

vant)', '주선자', '어레인저(arranger)', '조율사', '중개자' 등으로 표현하며 드라마 생산 과정 속에서 자신들의 역할을 특정했다. 특히 작가에 대한 관리, 관계를 매우 중요시하면서 가장 핵심적인 업무로 꼽았다.

> 저는 지금 대표가 되었어도 작가님들의 "매니저고, 서번트다"라는 마음가짐이고 실제로 말도 그렇게 하고요, 아무리 신인이어도 제가 "작가님 나는 작가님 매니저예요, 힘든 거 좋은 거 다 저랑 같이 상의하시고 고민하시고 결정하시면 됩니다."라고 말을 해요. (A)

A는 드라마를 잘 만들기 위해 가장 중요한 요소는 작가가 생산해내는 대본이기 때문에 기획PD는 어떻게 하든 작가가 편안하게 자신의 기량을 펼치며 대본을 만들 수 있게 해줘야 한다고 했다. 그러기 위해서는 가식이나 형식적인 관계가 아니라 작가의 입장을 이해하고 고충을 함께 해결해주려는 인간적인 마음, 됨됨이가 필요하다고 설명했다.

> (기획PD는) 작가에게 뭔가를 끊임없이 제시를 할 줄 알아야 되지만 결코 그게 자기의 주장이 되어서는 안 돼요. 제안이어야지. 자기의 안을 관철시키겠다는 마음가짐으로 접근해서는 안 돼요. 결국은 결정은 작가가 하는 거예요. (A)

이렇게 작가를 이해하고 선을 넘지 않으면서 원만한 관계를 이끌려는 이유는 가장 중요한 드라마 텍스트를 제한된 시간 안에 잘 만들어내려는 산업적인 입장이기도 하다. 드라마 생산자들 간의 갈등은 필연적으로 드라마 제작을 지연시키거나 드라마의 방향성을 흔들게 되어 좋지 않은 결과로 이어질 수 있기 때문이다.

기획 프로듀서에게는 작가 못지않게 긴요한 관계를 맺는 생산자가 있는

데, 바로 드라마의 영상 연출을 책임지는 감독이다. 작가와 감독의 호흡은 드라마 성패를 결정짓기도 하는 매우 중요한 일이어서 연구 대상 기획 프로듀서들은 이 두 사람의 관계를 원만히 하는 데 많은 노력을 기울인다고 했다.

> 감독과 작가가 정말 건널 수 없는 강을 건너버리면 프로듀서도 할 수 있는 게 없어요. 마음을 섞지 않고 등을 돌린 채로 작품을 끝내는 경우도 있어요. 시작해서 어느 순간 지나면, 그때 정말 지옥이죠. …(중략)… 방송을 하고 있는 도중에 발생한 일이면 무조건 마무리해야 된다는 게 첫 번째 목표가 되는 것 같아요. 적어도 감독이 뛰쳐나가거나 작가가 펜을 접거나 이런 최악의 상황을 방지하면서 어떻게든 끌고 나가서 방송을 끝내야 된다는 게 목표가 되는 것 같아요.　　　　　　　　　　　　　　　　　　　　　　　　　(C)

문화상품이 된 드라마는 기획부터 제작 자본이 들어가고 투자 손익과도 연관이 있기 때문에 감독과 작가가 갈등이 심하면 그만큼 타격이 심하다. 연구 대상 기획 프로듀서들은 가능한 작가와 감독이 충돌하지 않고 최대한의 성과가 나도록 하는 사람이고, 충돌하더라도 그 여파가 최소화되도록 노력하는 사람이라고 강조하면서 그것이 기획 프로듀서의 역량이라고 대답했다. 이러한 상황에서 최고의 조합은 아니어도 최악의 상황을 막기 위해 프로듀서들은 대본이 나오면 작가에게 맞는 감독을 찾아서 '매칭'시켜주는 일도 한다.

> 감독과 작가가 서로 존중하면서 호흡이 잘 맞는다면 기획PD는 꽤 편하게 작업을 할 수 있기도 하니까요. 그런 작품은 (기획PD들이) 다소 수동적으로 작업을 하게 되기도 합니다.　　　　　　　　　　　　　　　　　　　　(B)

두 분이 대화가 안 될 때는 제가 중재하는 게 중요한 것 같고요, 이게 감정 노동인 것 같아요. 설득하는 과정도 필요하죠. 제가 처음 제작사에서 일할 때 대표님이 '프로듀서의 덕목은 상대를 배려하는 거다' 이런 말도 하셨던 것 같아요. (E)

작가와 먼저 만나면서 기획을 시작한 프로듀서들은 감독과 작가의 매칭, 대본 개발(디벨로핑), 캐스팅, 편성 등 드라마 제작 전반에 걸친 프리 프로덕션 작업을 하면서 다양한 생산자들과 끊임없이 소통하고 중재한다는 것이 공통된 경험이었다.

촬영을 나갈 수 있는 모든 조건이 준비가 되는 순간까지 기획PD가 다 팔로잉을 하는 거고. 일단 온에어가 시작되거나 촬영 나가면 현장과 작가 간의 소통, 마케팅팀과의 소통 이런 것들 주로 하고, 온에어 때도 계속 대본이 원활하게 나올 수 있도록 계속 서포팅하고, 보조작가 관리 같은 것도 하고 이런 식의 일을 하죠. (A)

연구 대상 기획 프로듀서들은 감독과 작가뿐만 아니라 제작에 관련된 다수의 생산자들을 대하면서 관계를 조율하고 업무를 진행하면서 가장 중요한 것은 상대방 분야의 전문성을 인정하는 것이라고 했다.

서로에 대한 존중이죠. 왜냐면 다 프로이고 기본 5년에서 10년간 이쪽 바닥에서 드라마를 위해 사신 분들인데 그분들이 해왔던 업적이나 경력을 무시해서는 안 되는 거고, 무시하는 순간 그 사람과는 일을 하면 안 돼요. (G)

프리프로덕션 일을 하면서 드라마에 참여하는 다양한 생산자들을 상대해야 하는 기획 프로듀서들에게는 최고의 스태프를 꾸리는 것이 매우 중요한 일로 보였다. 감독에 따라서는 자신이 원하는 카메라, 조명 등의 스태프를 고집하는 경우도 많아 다양한 생산자들과 좋은 관계를 맺어서 우선적으로 함께 일할 수 있는 환경을 만드는 것이 중요하다고 했다. 그러면서도 수많은 생산자들 가운데 기획 프로듀서들에게 가장 중요한 생산자를 고르라면 '작가'라고 대답했다. 작가와 함께했던 작품이 잘 되어 성과가 좋았을 때는 그 작가와 재계약까지 성사시키는 일 역시 기획 프로듀서의 일이다.

> 저랑 일을 한 작가님들이 지금도 제가 근무했던 제작사랑 계약이 너무 많아요. 제가 거의 100회를 계약해놔서. 왜냐하면 ○○ 드라마 끝나고 회사에서는 무조건 길게 계약해 오라고 했는데 작가님들이 길게 계약 안 하잖아요. 전 회사 미션을 받고 갔으니 작가님 설득을 했죠. "작가님 우리 오래갑시다, 오래 합시다." "그럼 나 당신 믿고 할게" 해서 100회 도장을 받았어요. 연속극도 하고 미니도 하고 섞어서요.   (A)

제작사는 모두 어디나 마찬가지로 작가가 재산이기 때문에 소위 '대박'을 터트렸다거나 성과가 좋으면 작가를 계약으로 묶어두고 계속 집필하게 하는 시스템으로 가려고 한다는 것이다. 특히 제작사의 규모가 크고 1년에 일정 매출 이상을 내야 하는 회사들은 기본적으로 1년에 3~4개 정도 드라마를 제작해야 하니 "회사 곳간에는 늘 작가 계약"이 있어야 한다고 했다. 기획 프로듀서들은 성과가 좀 났던 작가들과는 무조건 다 계약을 추진해야 되는 책임이 있는 것이다.

생존 전략은 '작가 확보'

연구 대상 TV 드라마 기획 프로듀서들은 한결같이 작가와의 관계를 가장 중요하게 꼽았다. 1990년대에서 2000년대를 거쳐 드라마의 정체성은 방송사 편성표에 있는 하나의 프로그램에서 전 세계를 상대로 판매하는 문화상품으로 변화되었다. 그러한 과정에서 등장하여 성장해온 TV 드라마 기획 프로듀서들은 작가를 중심에 두고 감독 등 드라마 생산 주체들을 조율하면서 그들의 역량을 키워왔다.

드라마는 장기간에 걸친 협업을 통해서 생산된다. 드라마 전체를 집필하는 기획하는 방송사나 제작사의 프로듀서에서부터 직접 대본을 집필하는 작가, 영상 연출을 맡은 감독, 연기를 하는 배우뿐만 아니라 카메라, 조명, 의상, 소품 등을 담당하는 수많은 스태프가 함께 일한다.[29] 이 중에서 기획 단계에서부터 첨예하게 대립하기도 하고 우호적으로 협력하기도 하는 감독과 작가는 드라마 생산의 핵심 주체이자 기획 프로듀서들이 가장 많이 대하는 생산자이기도 하다. 이런 배경에서 기획 프로듀서들은 감독과 작가라는 생산 주체가 서로 갈등을 극복하여 드라마 생산물을 잘 생산하도록 조율하는 일을 무엇보다도 중요하게 꼽을 수밖에 없는 것으로 보인다.

표 3. 드라마 제작 산업 진화 시기별 경쟁 상황의 변화

구분		제1기	제2기	제3기	제4기	제5기	제6기
기간		1991~1994	1995~1997	1998~2002	2003~2007	2008~2011	2012~2014
방송사	인센티브 전략	위험 전가	위험 전가	제작비 절감	한류 진출 투자 유치	광고 극대화 제작비 절감	광고 극대화 이기적 경쟁
	경쟁 전략	특수 관계자 적극 활용	특수 관계자 적극 활용	시혜적 외주	전략적 외주	협력적 경쟁 체제	자체 제작
외주사	인센티브 전략	제작 역량 구축	드라마 제작	고부가가치 드라마 제작	코스닥 등록 한류 진출 투자 유치	내수 시장 수익 극대화	광고 극대화 이기화 경쟁
	경쟁 전략	A-list 결합	A-list 결합	A-list 결합	A-list 연기자 결합	A-list 작가 결합	A-list 작가 결합

---

29 김미숙, 앞의 책.

종편사	인센티브 전략	–	–	–	–	A-list 외주 결합	광고 극대화 이기화 경쟁
	경쟁 전략	–	–	–	–	A-list 외주 결합	제작비 절감
제작 중심		PD 중심	PD 중심	PD 제작사 PBO 시스템	연기자 결합 중심	작가 중심	작가 중심
요소 시장		폐쇄 시장 체계 유지	제한적 요소 시장 형성	생산 요소 자유화	A-list 쏠림	자기 조직적 요소 시장	생태계 간 경쟁 시장
인센티브 체계		인센티브 체계 시작	이중 가격	이중 쏠림	이중 쏠림 심화	A-list 쏠림 양극화 심화	극단적 A-list 쏠림

노동렬[30]에 따르면 외주제작 정책이 출발한 1991년부터 1997년까지는 PD 중심으로 제작이 이루어졌고, 1998년까지는 스타 PD들이 설립한 PD 제작사들이 PBO[31] 시스템을 기반으로 해서 제작을 하였으며, 2007년까지는 한류 영향으로 제작의 중심이 연기자 쪽으로 쏠렸다가 2008년 이후로는 작가 중심의 제작이 이루어졌다. 드라마 제작의 중심이 작가에게 쏠려 있는 상황에서 제작사들이 '성과를 낼 수 있는 작가', '검증된 작가', '높은 시청률을 낼 수 있는 작가'와 먼저 집필 계약을 하는 것은 자연스러운 선택으로 보인다.

대체로 독립적으로 움직이는 영화 프로듀서와는 달리 드라마 기획 프로듀서들은 대부분 제작사 직원으로 일하고 있다. 감독, 작가, 방송사, 배우, 카메라맨 등 다수의 생산자들 사이의 갈등을 해결하고 타협을 유도하며 유능한 작가를 다른 쪽에 빼앗기지 않으려는 기획 프로듀서의 전략은 결국 제

---

30 노동렬, 앞의 글.

31 PBO : project-based organization(프로젝트 기반 조직). 생산 과정이 복잡하고 단계마다 다른 투입요소를 결합시키는 특징이 있다.

작사의 이윤 추구와 관련이 있는 것으로 판단된다. 그러한 배경에서 기획 프로듀서 스스로 조율사, 중재자로서의 역할을 하면서도 드라마의 핵심 역량이라고 할 수 있는 작가를 확보하는 데 주력하고 있는 모습은 드라마라는 '문화상품'을 둘러싸고 일어나는 제작사와 방송사 사이의 치열한 생존경쟁으로 보인다.

1991년 외주제작 정책 이전, 방송사 자체 내에서 드라마가 제작되었을 때는, 먼저 방송사 직원인 드라마국 내 감독들이 라인업이 되고 감독들은 자신들이 원하는 작가를 찾아 집필을 의뢰하며 드라마 기획과 제작이 시작되었지만, 외주제작사가 주도적으로 제작을 하기 시작하면서부터는 기획 프로듀서와 작가가 제작사에서 기획을 먼저 하고 그에 맞는 감독을 찾는 방식으로 바뀌는 양상을 보여왔다. 지금과 같은 제작 시스템에서 기획 프로듀서들은 작가와 맞는 감독을 찾아내고 두 사람이 원만하게 드라마를 제작하도록 조율하는 일이 무엇보다도 중요한 업무일 수밖에 없다.

한국 드라마 제작 시장은 드라마 산업의 확대, 미니시리즈 드라마 편성의 증가, 새로운 미디어 진입으로 변화[32]를 맞으며 더욱 치열한 경쟁을 하고 있고 TV 드라마 기획 프로듀서들은 자신의 역량을 발현시켜줄 '작가 확보'에 집중함으로써 자신들의 생존 전략을 펼치고 있는 것으로 보인다.

작가와 호흡하며 작가의 역량을 끌어올리는 드라마 생산자

연구 대상 기획 프로듀서들은 드라마 생산자로서 정체성을 분명하게 가지고 있는 것으로 나타났다. "신인 작가 발굴", "대본 디벨로핑", "드라마 구성" 등의 단어를 제시하며 자신들은 드라마 제작 과정에서 생산자라고 했

---

32 이용석, 앞의 글.

다. 특히 작가의 역량을 끌어올리는 측면이라든가, 대본의 개발(디벨로핑)과 정에서의 역할에 대해서는 구체적이고 적극적으로 자신들이 생산자임을 드러냈다. 드라마 텍스트를 '자신의 것'이라고 생각하는 부분에 있어서도 감독과 작가보다 뒤지지 않았다. C는 프로듀서들은 쉽게 드러내지는 않지만 생산자로서 드라마에 대한 확고한 애정을 가지고 있다고 했다.

> 조금 차이가 있다면 '프로듀서가 (드라마에 대해) 감독과 작가와의 내 것이 다'라고 주장하는 방식과는 다른, 스킬의 차이죠. 프로듀서는 말하지 않아요. 내 것이라고 내 입으로 말하지 않아요. 그런데 '(드라마를) 내 것'이라고 생각해요. 끝까지.　　　　　　　　　　　　　　　　　　　　(C)

E는 "드라마 생산자가 맞느냐?"는 직설적인 질문에 "생산자가 맞다"고 대답하며 드라마 텍스트들이 실제로 플랫폼에 얹힐 수 있게 하는 게 기획 프로듀서의 역할이라고 했다. 작가 발굴과 대본 개발(디벨로핑), 플랫폼에 얹는 편성까지 책임지는 기획 프로듀서는 드라마 생산자가 맞다는 것이다. A는 기획 프로듀서에게 핵심적인 것은 작가와의 호흡이라며, 작가에게 길을 제시해주고 방향을 제시해주면서 드라마 대본을 만들어내는 '길라잡이' 같은 사람이라고 했다. 연구 대상 기획 프로듀서들은 "길 안내", "방향 제시", "작가의 조력자" 등의 표현을 하면서 작가와의 관계에서 있어서는 대부분 '특별함'을 보였다.

> 작가님들하고는 진짜 벗이죠. 작품을 하는 동안은 말동무, 제일 믿고 의지할 수 있는 친구, 좋으면 같이 웃어주고 힘들면 같이 울어줄 수 있는 그런 존재가 돼야죠. 작가님이 힘들 때 제일 첫 번째로 생각나는 사람이 제가 되어야죠. 그게 제일 중요한 거 같고. 그만큼 서로 신뢰감을 쌓아야 되고.　　(G)

작가와는 매우 친밀한 관계를 유지하면서도 이견이 있을 때는 작가를 존중하면서 타협과 해결로 가는 방법도 제시했다. 대다수의 작가들은 골방에서 자기 세계 안에 갇혀 있는 경우가 많아서 자기 검열이 굉장히 심하고 누군가 판단해주지 않으면 다음 프로세스로 못 넘어가기도 하는데, 이럴 때는 어떤 결정을 해줘야 한다는 것이다. A는 그런 역할을 해주는 사람이 기획 프로듀서이기 때문에 아이템 선정부터, 시놉시스 단계, 캐릭터 연구 단계에서 작가가 믿고 "드라마 작업의 혈을 뚫어줄 수 있는 일"을 해야 한다고 했다.

연구 대상 기획 프로듀서들은 작가들의 대본 개발 과정에서 기획 프로듀서의 역할에 대해서는 매우 긴요하게 생각하면서 자신들의 역량이 꼭 필요하다고 했다. 기획 프로듀서의 능력에 따라 구체적으로 몇 퍼센트까지 대본의 퀄리티나 작가의 역량을 끌어올릴 수 있느냐는 질문에 작가가 신인이냐, 기성 작가냐, 호흡이 잘 맞는 작가냐, 그렇지 않은 작가냐에 따라 다르지만 G의 경우는 30%라고 대답했고, C의 경우에는 40~60%, E의 경우는 60~70% 영향을 미친다고 말했다. A는 구체적으로 수치화시키는 건 어렵다고 하면서 상당히 높은 수준의 관여를 한다며 신인 작가의 경우에 대한 의견을 주었다.

> 신인 작가들을 내가 디벨롭한다라고 접근했을 때는 그냥 기성 작가들처럼 일단 맡겨놓고 하는 게 아니라 "자, 어떤 아이템을 해보자"라고 했을 때 이 드라마를 구축하기 위해서 어떤 어떤 요소가 필요하고, 어떤 구성의 흐름이 중요하고 이런 것들에 대해서 끊임없이 트레이닝을 시키는 정도까지 가야 어떻게 보면 (프로듀서의) 완성형이라 볼 수가 있는 거예요. (A)

E의 경우에도 데뷔하지 않은 신인 작가가 처음 ○○○○ 드라마를 했을 때, 감독이 대본에 대한 리뷰를 하는 양만큼 채널과 해당 제작사 기획PD들이

대본의 신(scene)이나 시퀀스까지 구체적으로 논의를 하면서 대부분의 대본 작업이 이루어졌다고 술회했다. 신인 작가의 경우, 끊임없이 대본 하나하나를 '케어'해주고 같이 회의해주고 같이 수정해주는 정도까지 가는 게 능력 있는 기획 프로듀서의 역할이고, 기성작가들의 경우에는 드라마의 '텐션'을 끌어올리는 게 중요하다고 했다.

B는 기획 프로듀서들이 작가들의 역량을 끌어올리고 창작의 아이디어는 가지고 있으나 결국 대본으로 펼쳐지는 콘텐츠인 드라마의 창작자는 아니라고 했다. 동시에 "창작자는 아니지만 생산자는 맞다"며 작가들이 자신의 기량을 충분히 발휘해 좋은 대본이 나올 수 있도록 이끄는 사람이라고 했다. A는 기획 프로듀서는 "드라마 생산자이긴 하지만 작가의 조력자로서 길을 제시하는 사람"이라고 했다. 캐릭터에 대한 의견도 내놓고 대본의 불편한 점에 대해서는 대안을 가지고 작가들과 대본 수정을 해나간다고 한다. 작가들과의 관계는 자의식이나 자존감 정도에 따라 다르게 형성되지만, 기본적으로 선을 넘지 않은 선에서 적극적으로 자신의 의견을 개진하여 작가를 설득하면서 대본의 품질을 높인다고 한다.

생산자로서 대본 개발에 참여하고 드라마를 성공시키기 위해서 기획 프로듀서에게 어떤 자질이 필요한지에 대해서는 "책임감", "로열티", "트렌드를 읽는 눈", "대본을 보는 눈", "어떤 상황에서도 버틸 수 있는 지구력", "다른 사람들을 받아들일 수 있는 열린 세계관"이란 표현을 썼다. 또한 "설득을 위해 상대방에게 신뢰를 줄 수 있는 언변이나 인상", "커뮤니케이션 능력"도 갖추어야 한다고 말했다.

기획PD는 대중을 파악할 줄 아는, 시청자의 눈높이가 되어야 하는 사람이죠. 곧 스토리의 상업적 가치를 높이는 데 필요한 사람입니다. 기획PD는 작가가 하는 고도의 집필작업을 객관적으로 판단할 줄 알아야 한다는 생각입니다……. 대중의 정서를 꿰뚫는 작품이 되도록 밀실에서 집중적인 작업을 하고 있는 작가에게 계속 길 안내를 해야 한다고 생각합니다. (B)

C는 대본을 모니터하는 역량, 어떤 작가의 장점을 잘 간파하고 그 장점을 잘 살려서 대본을 좀 더 나아지게 "디벨로핑하는 역량"과 실제로 쓰는 역량은 좀 다른 거 같다면서 기획 프로듀서가 쓰는 역량은 실제 작가보다는 부족하겠지만 그걸 알아보고 발굴하고 좋은 방향으로 디렉션(direction)을 주고 그거를 끌어내는 역량을 발휘하는 지분이 있다면, 대본의 완성도에 기여하는 지분은 60%까지는 있다고 생각한다는 의견을 주었다. 이러한 현실은 드라마 제작 현장에서 기획 프로듀서의 위상이 점점 확고해지는 현상으로 이어지고 있다.

예전에는 기획을 하면 기획에서 끝나고, 편성되면 "이제 제작 파트에 넘겨. 어차피 제작 회의는 감독이 하는 거 아니야?" 이렇게 생각했다면, 요즘엔 외주사들도 많이 변하고 있어요. 기획을 해서 편성이 됐으면 공개적으로 소개해요. 이 사람이 기획한 사람이야. CP가 대본 회의를 한다고 해서 이 사람(기획자)이 빠지지 않죠. 어떻게 보면 이 사람이 히스토리를 더 많이 알고 있고, 이 작가의 장점을 더 많이 관찰한 사람이기 때문에 계속 그렇게 끝까지 가는 경우들이 더 많은 거 같아요. (D)

E는 기획 프로듀서가 꼭 갖춰야 할 자질로 두 가지를 꼽으며 "대본 보는 눈, 즉 작품을 많이 알고 이해하고 있는 눈과 사람과 대화하는 능력"이 필요하다고 했으며, A는 "기획PD는 인성, 가치관, 대본 보는 눈, 대본의 옥석을 가려내는 혜안이 필요한데 사실 이런 것들은 가르친다고 되는 것이 아니다"면서 기획 프로듀서로서 타고난 자질이 필요하다는 점을 강조했다.

기획PD를 하다가 작가로 전업을 도전하는 사례들이 있으니 그 변화도 지켜볼 만합니다. 또 기획자가 원작을 선택, 구매하고 각색을 하는 컨텐츠들이 다량 나오고 있으니 작품에 대한 지분이나 저작권도 변화 가능성 있다고 생각합니다. (B)

B는 기획 프로듀서들의 새로운 변화에 대해 조심스럽게 언급하면서 드라마 생산자로서 기획 프로듀서의 역할이 더욱더 확대될 것이라는 기대를 드러냈다.

보람과 성취, 난관과 압박을 마주하는 드라마 기획 프로듀서

드라마 제작 과정에서 생산자의 정체성을 가지고 주도적으로 작가 발굴, 대본 개발, 드라마 기획을 하고 있는 기획 프로듀서들에게는 그들의 노력과 성공에 따른 보람과 성취의 순간도 많았다. G는 작가에게 새로운 대본의 흐름과 라인을 만들어서 제시했는데 받아주었을 때, F는 드라마를 성공적으로 끝내고 무대 위에서 인사하며 박수 받을 때, B는 첫 계약한 신인 작가와의 작업이 운 좋게도 편성 받고 성공해서 자신의 기획이 인정받았던 경우를 보람과 성취가 느껴지는 순간이라고 했다. A 역시 자신의 기획 능력이 인정받을 때가 가장 보람이 있었다고 술회했다.

결정권자들인 방송사 채널에서 꺼리던 이야기인데 밀어붙여서 보란 듯이 잘됐을 경우에 그런 것도 보람 있고, 아무도 못 찾아낸 신인 작가라는 옥석을 딱 가려서 '짜잔!' 했는데 사람들한테 인정받을 때 그럴 때 엄청 보람되죠. 캐스팅에서도 그런 보람을 느낄 때 있어요. 정말 생각지 않았던 카드인데 왠지 모르게 감으로 밀어붙였는데 잘 돼서 칭찬 받을 때 기분 좋죠. (A)

연구 대상 기획 프로듀서 중에 36세로 젊은 층에 해당되는 E는 새로운 세대 기획 프로듀서답게 성취와 보람의 순간을 보다 큰 범위에서 느끼고 있었다.

> 지금은 감독과 프로듀서가 동일시되던 시대와 환경과 많이 바뀌었어요. 프로듀서가 작가나 감독보다 상위 개념으로 생각되는 시장 환경이 조금씩 생기는 것 같구요. 권력을 가졌다고 좋은 게 아니라 그러다 보면 객관적인 눈으로 작가 감독님들과 함께 협업을 할 수 있는 거. 그리고 조금 더 나아가서 메이저 작가[33] · 감독님 말고 신인 작가 · 감독님들과 작업할 때 프로듀서로서 더 많은 인풋(input)을 집어넣어서 뭔가 나오면 그게 프로듀서로서 가장 보람찬 것 같아요.   (E)

한편 기획 프로듀서가 편성의 자율권이나 감독 · 작가의 선택권을 독점적으로 가지고 있는 것은 아니기 때문에 다양한 갈등 상황을 경험하기도 한다. '조율사', '중재자'의 정체성을 가지고 있는 만큼 드라마 생산 과정에서 생기는 다층적이고 다면적인 갈등을 마주하고 해결해야 하는 책임감이 있다는 의견도 피력했다. C는 그런 경우 "적어도 기획을 누가 왜 했고 어떻게 시작했는지 생각하고, 끝까지 놓치지 않겠다는 마음을 가지는 편이에요. 왜냐면 원칙과 초심을 되돌아보지 않으면 나도 모르게 상황에 휩쓸려서 놓쳐 버리게 되는 경우도 있으니까요"라고 털어놓았다. 그런 과정에서 바람직한 주장과 설득, 토의의 과정이 필요하지만 그것을 어떻게 해야 한다는 'how to'가 딱히 정해져 있지 않아 어려움이 많다고 했다.

---

33 기획 프로듀서들이 심층 인터뷰 안에서 일반적으로 지칭하는 인기 작가. 이용석의 연구(2021)에서 정의한 A급 작가와 정확하게 일치하지는 않지만 '편성을 쉽게 받을 수 있는 작가'라는 뜻으로 드라마 제작 현장에서 일반적으로 통용되는 용어.

스트레스를 너무 많이 받아요. 왜냐면 사실 모든 문제를 해결해야 하는 사람이 프로듀서잖아요. 이런 노비가 없죠. 내가 그래도 매니저보단 나은 것 같다고 내가 그랬어요. 하지만 사실은 정말 모든 문제를 해결해야 하기 때문에 어려움이 많죠.　　　　　　　　　　　　　　　　　　　　　　　　　　　　(F)

기획자로서 드라마 기획, 편성, 캐스팅, 제작 등 전 과정에 참여하다 보니 별의별 사건들이 다 생긴다고 했다. F는 "한글로 이야기를 하고 있잖아요. 한글은 다 배운 거잖아요. 그런데 이게 어떻게 된 건지 말이 안 통해요. 왜 그러는지 모르겠는데 그런 일들이 너무 많아요."라며 대화가 안 되는 상태에서 많은 사람들의 이야기를 들어줘야 하는 자리라는 게 너무 힘들다고 토로했다.

A는 아무래도 작가의 입장과 연출의 입장이 상당히 첨예할 때가 많다며 작가는 사실 현장을 보고 글을 쓰는 게 아니고 자기 안의 세계에서 글을 쓰고, 쓰인 대본을 가지고 현장에서는 또 현장 나름대로 호흡이나 정서에 따라서 약간의 이견들이 있을 수 있는데 그걸 중간에서 조율하는 게 제일 어렵다고 했다. 솔직히 "작가의 주장과 연출의 주장 사이에서 이걸 융화시키는 작업이 제일 힘들다"며 고충을 털어놓기도 했다. C는 드라마 제작 과정에서 작가와 감독의 갈등은 흔하고 격렬하게 진행된다면서 자신의 심정을 진솔하게 표현했다.

기획 단계라면 가능성을 계속 시뮬레이션해볼 거 같아요. "이 상태로 갈 수 있을까? 이거는 가다가 무너질 거 같다. 혹은 그냥 좌초될 거 같다." 이런 상황에서도 좋은 판단을 하려고 노력하는 거 같아요. 그래서 가능성 없다고 하면 그냥 접는 거 같고요. 포기? 아니면 다른 새로운 판? 솔직하게 상의를 하겠죠.　　　　　　　　　　　　　　　　　　　　　　　　　　　　(C)

C는 더 복잡한 문제는 방송 도중에 작가와 감독과 배우 등 다양한 생산 주체의 갈등이 불거져서 제작에 타격을 주는 경우라고 했다. 그때는 이미 자본이 들어간 상태고 드라마 제작의 손익과도 연관이 되는 상황이라 최대한 깨트리지 않고 마지막까지 가는 게 목표가 된다고 한다.

> 있는 요소를 제거하기보다는 부족한 부분을 채워 넣으려고 노력하는 거 같아요. 작가를 더 투입하거나, 아니면 연출자를 좀 더 투입하죠. 배우랑 부딪히면 B팀 감독으로 붙이거나, 감독과 작가가 부딪히면 작가와 감독을 다이렉트로 대화하게 두지 말고 프로듀서가 따로따로 얘기를 해서 알고는 있게 조율하는 작업을 하죠. (C)

또한 드라마 제작 과정에서는 감독과 작가의 갈등 못지않게 방송사 CP, 원작자 등 다수의 생산 주체들과도 수많은 일들이 일어난다고 했다. G는 소설 원작을 훼손하지 않는다는 조건으로 저작권을 확보하고 대본 컨펌(confirm)도 받아야 했던 드라마가 당초 예상과 달리 너무 달라졌을 때 작가에게 원작의 취지에 맞게 드라마 내용을 수정해달라는 장문의 메일을 보냈다가 방송사 CP에게 곤욕을 치렀던 경험을 털어놓았다. 드라마는 거의 '생방'[34] 수준으로 나가고 있는 상황에서 문제를 해결하기 위해 어쩔 수 없는 선택이었다고 했다. 그런 경우 기획 프로듀서가 뭇매를 맞는 것은 당연한 일이라고 했다. 나중에는 오해가 풀렸지만 그런 과정 속에서 하루 종일 다툼이 있었고, 많이 힘들었다고 털어났다.

또 방송 제도적인 문제 때문에 기획 프로듀서로서 압박을 받으며 문제를 해결해야 할 때도 있다고 했다. 기획 프로듀서는 준비된 대본을 가지고 방

---

34 그날 촬영하여 그날 방송하는 식으로 매우 급박하게 드라마가 방송되는 경우.

송사를 상대로 편성을 따낸다. 아무리 기획 프로듀서가 능력이 좋아도 편성은 채널 플랫폼에서 받아야 하는 거라서 의도치 않은 상황을 맞닥뜨리기도 한다. F는 어느 날 갑자기 납득할 수 없는 이유로 방송사에서 편성을 취소하는 경우를 예로 들었다.

> 여기서 편성을 빼면 진짜 ○○○ 되는 거잖아요. …(중략)… 나중에는 그럼 제가 썼던 비용 다 주시고 가져가시라고 저 안 하겠다고 한 적도 있어요.　(F)

불시에 이런 일이 있어도 드라마 기획자는 그런 상황을 다 책임지고 상황을 수습해야 한다고 했다. 방송사에서 방송 도중 작가나 감독의 문제에 개입해서 무리한 요구를 할 때도 있는데, 그럴 경우 기획 프로듀서들이 겪는 고통은 이루 말로 다 할 수 없다고 했다. G는 '갑'의 위치에 있는 방송사 CP가 작가를 일방적으로 새로 투입해서 기존의 작가와 만난 적도 없이 공동 집필을 하는 이상한 상황을 겪기도 했다. G는 "작가 둘이서 거의 만난 적은 한 번도 없고요, 초고를 ○○○ 작가님이 쓰면 그걸 가지고 다른 작가가 자기가 쓰고 싶은 것만 취합을 하면서 좋은 라인들만 빼서 가는 것"이라며 이상하고 이해할 수 없는 공동 집필을 보면서 너무 힘들었다고 했다.

> 작가뿐만 아니라 '갑'에 있는 사람들이 이상한 요구를 할 때가 있어요. 드라마 〈○○○○〉 때도 외부 연출을 두 명 섭외해서 방송사에 갔는데 연출도 안 하는 ○○○ 감독님을 연출로 크레딧을 올려야 된다. 이런 거 자체가 잘못된 거죠.　(G)

G는 이러한 관행은 방송사 내부자들만의 불문율이며 조금씩 금이 가기 시작하면 자기들의 영역이 깨진다고 생각하기 때문에 잘못된 걸 알면서도

지키려고 한다는 것이다.

위의 사례에서 보듯이 대본을 쓰거나 현장에서 연출을 하지는 않지만 드라마 생산자로서 분명한 정체성을 가지고 있는 기획 프로듀서들은 자신의 영역을 확장하면서도 부당한 제도적 압박에 고통스러워하고 있었다. 그럼에도 불구하고 드라마에 투자 자본이 몰려들고 제작사 간 기획 경쟁이 심해지면서 그 어느 때보다 기획 프로듀서의 능력이 주목받는 시대가 되었다. 그동안 드라마 제작 환경의 변화로 생산 주체들의 역할과 권력관계가 달라지며 드라마가 제작되어왔지만, 기획 프로듀서가 작품에 대한 지분이나 저작권에 대한 기대를 가질 만큼 드라마 생산 과정 내에서 생산자로서 성장했다는 것은 주목할 만한 일이라고 할 수 있다.

작가의 장점을 더 많이 관찰하고 작가와 호흡을 맞춰 드라마 텍스트의 품질을 높이는 생산자로서 기획 프로듀서의 역할은 문화상품으로서 변화한 드라마 정체성과 관련이 있다. 이제 드라마는 소비자들에게 선택을 받아야 하고 선택받기 위해서 생산자들은 성공하는 드라마 텍스트를 만들어내야 한다. 과거에는 '성공하는 드라마 텍스트'의 핵심 주체로 작가와 감독으로 충분했다면, 이제는 대본 개발 능력, 상업적 판단 능력을 가진 기획 프로듀서의 역할이 절실하게 되었다.

이는 드라마의 기획 프로듀서들이 드라마 기획·제작 과정에서 얻은 '암묵적 지식'으로 실제로 기획 과정뿐만 아니라 대본의 전체 구성은 물론 구체적인 시퀀스나 신까지도 관여하면서 생산자로서 정체성을 더욱 강화시키는 현상으로 나타난다. 기획 프로듀서들이 대본 작업에 적극적으로 참여하는 관행은 제작사 간의 기획 경쟁이 치열한 상황에서 작가 확보를 위해 투자한 작가 계약금의 신속한 회수를 위해 편성을 빨리 받고자 하는 제작사의 노력에서 기인한 것으로 보인다. 기획 프로듀서들이 제작사 소속으로 제작사의 이윤을 추구할 수밖에 없는 입장으로, 자신들이 기획한 드라마에 적극적으로 참여함으로써 대본의 완성도를 높여 문화상품으로 드라마를 성공시키려는 전략인 셈이다.

반면 과거의 비해 제작사의 역량이 커지고 기획 프로듀서의 영향력이 확장됐다 하더라도 아직도 편성의 권한을 쥐고 있는 채널 플랫폼의 힘은 막강하게 작용하는 것으로 보인다. 2016년 미국의 넷플릭스가 우리나라에 진출한 이후 OTT 시장이 커지고 '텔레비전 없는 드라마'가 일상화되었지만, 지상파와 케이블의 방송사의 영향력은 여전하다. 드라마 〈오징어 게임〉〈더 글로리〉등 OTT 자체 제작 오리지널 드라마가 전 세계의 열렬한 환호를 받으면서 OTT 플랫폼 편성 담당자들의 영향력도 커지고 있다. 편성의 권한이 있는 채널 플랫폼들은 다양한 방법으로 드라마 제작에 관여하고 생산 주체 사이의 권력관계에도 개입한다. 원하지 않는 작가의 투입, 연출하지 않은 감독을 크레딧에 넣는 관행은 기획의 참신함과 추진력으로 드라마 생산 과정에서 생산 주체로 자리 잡은 기획 프로듀서에게 아직은 넘지 못할 권력으로 작용하는 것으로 보인다.

1991년 외주제작 정책이 시작되면서 바뀐 드라마 생산 지형이 기획 프로듀서라는 직업을 탄생시켰고 드라마 기획과 작가 관리, 대본 개발이라는 영역에서 자신들의 역량을 발휘하며 보람과 성취감을 느끼고 있지만, 아직도 채널 플랫폼이 행사하는 편성권, 제작의 부당한 간섭에서는 자유롭지 못한 것으로 드러났다.

신인 작가 발굴로 자신의 영향력을 키우다

연구 대상 기획 프로듀서들은 자신들이 가진 장점으로 "대중이 가지고 있는 정서적 감각을 파악", "대본이 드라마화되는 결과를 영상으로 시뮬레이션할 수 있는 능력", "창작자는 아니지만 좋은 창작물을 만들 수 있게 유도하는 능력", "작가의 관점이 아닌 시청자의 관점에서 객관적인 모니터링과 방향성 체크" 등을 들면서 신인 작가 발굴에 대한 자신감을 드러냈다. B는 신인 작가들과 기획 작업을 하고 싶어서 자신의 사비를 들여 1년여 정도 신인 작가 두 팀과 기획 작업을 했던 경험을 이야기했고, A는 "스펀지처럼 잘 흡수하는 신인 작가"라는 표현을 쓰며 신인 작가와의 작업에 대해 만족감을 드러냈다. E는 "신인 작가나 감독님들한테 기회를 많이 드릴 수밖에 없는 외형적, 외부적 요인들이 있다"면서 구체적인 의견을 제시했다.

소위 잘나가는 작가·감독님들은 계약으로 많이 묶여 계세요. 그게 채널이든 제작사든. 그렇다 보면 그 작가님들이 묶여 계시는 동안 채널은 편성을 해야 하고 편성할 때 서로 에고가 있기 때문에 쉽게 편성이 되지 않죠. 공룡 대 공룡 싸움, 이렇게 되면 편성이 쉽게 되지 않고 서로 기싸움하고 그러다 보면, 신인 작가들에게 틈새시장이 많이 생기는 것 같아요. 그러다 보면 자연스럽게 신인 작가님들 중에 좋은 글을 찾게 되고 그래서 지금의 tvN도 보면 신인 작가 작품 비율이 굉장히 높아졌어요. 50% 이상이 되는 걸로 알고 있고요.   (E)

드라마에 대한 대중적 취향을 읽는 능력과 기획력을 가진 기획 프로듀서들에게는 신인 작가를 발굴하여 새로운 도전을 하는 일은 자신들의 정체성을 확실히 하고 역할을 확장하는 일로 여겨진다. 이 일은 작가의 의지와 관심도가 높은 소재를 정하고, 채택된 소재가 대본으로 잘 구현되도록 구성을 함께 하면서 신인 작가들이 드라마 제작 환경에 적응하도록 이끄는 작업이라고 한다. A는 "신인 작가의 덕목이 겸손함, 열린 마음"이라면서 본인이 가지 않았던 길을 많이 가본 사람의 이야기를 경청해서 들을 수 있는 자세가 필요하다고 했다. 기본적으로 글을 잘 쓰고 글 쓰는 법을 안다면, "구성이 서투를 수 있고, 대사의 에지(edge)가 부족할 수 있고, 지문을 표현하는 디테일이 떨어질 수 있고 그런 거는 굉장히 국소적인 것"이라고 표현하며 신인 작가와의 작업에 기대를 드러냈다. B 역시 기획 프로듀서로서 가장 보람된 순간을 새로운 작가를 찾아내 기획하고 대본 작업을 할 때라고 강조했다.

　　신인 작가와 대본작업은 치열하게 작업할수록 애정은 더 갈 수밖에 없는데 그 작품이 방송사에 편성이 되고 캐스팅 과정에서 배우들이 대본을 좋아하여 작품에 참여하고. 방송이 되어 시청자들이 환호할 때, 그때 가장 보람을 느낍니다.

(B)

E에 따르면 기획 프로듀서가 대본 작업에 깊이 참여하고 신인 작가를 발굴하여 작업하는 일을 중요하게 여기기 때문에 기획PD 중에 작가교육원 다니는 사람들이 꽤 많다며 "전문반까지는 아니더라도 연수반까지 수료하고 나오는 경우도 많고, 작가로서 머리(역량)를 갖고 싶은 것도 있지만 작가님들 풀(pool)을 좀 알고 싶은 것도 있다"고 요즘 분위기를 전했다.

　　신인 작가님들의 편성이 매우 용이해졌고, 회사가 설령 수익을 못 보더라도, 메이저 작가님들, 김은숙이나 박지은 작가님의 작품을 한두 작품 가지고 다시 리쿱(recoup)을 하고 그렇게 하면, 신인 작가님들이 글을 쓰고 방송을 하면서 레벨업(level up)을 하시거든요. 그러다 보면 자연스럽게 작가풀(pool)이 넓어지는 현상이 생기는 것 같구요.

(E)

E가 말하는 이른바 '메이저 작가들'은 모두 계약에 묶여 있고 드라마 아이템을 진행하는 데도 작가가 쉽게 고집을 꺾지 않으니 편성이 늦어지지만, 아직 경험이 적은 신인 작가들은 자신을 낮춰서라도 편성을 받는 게 중요한

상황에 놓이게 된다.

기획력과 자금력을 가지고 독립하는 프로듀서들

연구 대상 기획 프로듀서들은 "사람들에게 위안이 되거나 웃음을 가져다주는 드라마"(A), "편한 공감뿐만 아니라 불편한 공감도 이끌어내는 따뜻한 드라마"(D), "우리 인생사에 선한 영향력을 주는 드라마"(A), "눈물이 날 정도의 따뜻한 드라마"(G) 등의 표현을 하면서 자신들이 만들고 싶은 드라마에 대해 말했다. A는 궁극적으로 사람들이 드라마로부터 얻고 싶어 하는 것은 달라지지 않았을지 몰라도 과거에 비해 드라마 시장은 급격하게 바뀌어가고 있다고 말했다.

> 기존에 루틴하게 제작해왔던 방식대로만 해선 드라마는 이제 못 살아남아요. 이제는 드라마를 소비하는 메인층들이 지금처럼 TV에서 10시 '땡!' 하면 미니시리즈 보고 이러지 않아요. 그럼 뭐가 달라져야 되느냐, 드라마가 문법이 달라져야 되거든요. 예전처럼 10시에 앉아서 70분 보다가 다음 날 또 10시에 와서 보고 이러지 않기 때문에 그들한테 뭔가를 끊임없이 이 드라마의 콘텐츠를 소비를 하게끔 하려면 당연히 그 사람들 입맛에 맞는 시스템이 필요한 거예요.   (A)

기획 프로듀서들은 '문법이 달라진 드라마 제작 환경'에서 자신들의 역할이 점점 중요해지고 있다는 점도 강조했다. E는 "감독이나 작가가 예술성을 가지고 작품을 만들어내는 사람이라고 하면 프로듀서는 그것을 가지고 작품을 만들 수 있는 제반 사항을 만들어주고 조금 더 나아가서 그들이 일할 수 있게 해주는 사람들"이라며 드라마 외주제작 시스템에서는 능력 있는 좋은 작가와 감독을 잘 선별할 수 있는 프로듀서가 중요하다고 했다. 그런 의

미에서 기획 프로듀서들은 축구로 치면 구단주 같은 사람이어서 좋은 작가와 감독을 찾아내 좋은 환경에서 그들이 일을 잘 할 수 있게 만들어주는 역할을 해야 한다고 했다. G는 감독과 작가가 "자기가 애를 낳긴 했지만 온전하게 예쁘게 만들어주는 사람이 기획 프로듀서"라며 비유적으로 말했다. F는 "프로듀서는 기본적으로 돈을 끌어올 수 있어야 하고 돈을 컨트롤할 수 있어야 한다."면서 드라마 제작을 위해 투자금을 유치할 수 있는 능력에 대해서도 강조했다.

이들은 영화 프로듀서와 드라마 프로듀서와의 차이에 대해서도 확고한 차이점을 느끼고 있었다.

> 영화는 어쨌든 감독의 예술이라고 하고 우리 드라마는 작가의 예술이라고 하잖아요. 그러니까 어쨌든 영화 프로듀서는 영화 한 편의 살림을 책임지는 역할이 굉장히 크죠. 우리 드라마 쪽은 살림에 대한 것은 제작 프로듀서들이나 제작 총괄 프로듀서들이 주로 하는 거고, 기획 프로듀서는 이 드라마의 정체성이나 이런 것들에 대한 전반적인 베이스를 책임진다고 보시면 되죠.
>
> (A)

B도 영화 프로듀서는 "프로젝트별로만 움직이는 경향이 많아서 여러 개를 동시에 하는 경우는 드물지만 드라마 기획PD는 동시에 여러 프로젝트를 하는 게 대부분이고 예산이나 제작 운용에 관한 일을 하는 경우는 많지 않다"며 드라마 기획 프로듀서는 자금 운용이나 투자금 유치에 직접적으로 개입되지 않는다는 특징을 들었다. E는 "드라마 기획 프로듀서가 조금은 집중하는 부분이 크리에이티브에 인벌브(involve)되기도 하고 직접 글을 쓰기도 하고 직접 작가와 계약을 하기도 한다"며 창작의 영역에 더 깊게 관여하는 특징을 꼽았다.

너무 드라마를 제작하는 채널과 제작사도 많아서, 기획 프로듀서의 역할은 점점 더 중요하지 않을까 생각합니다. 요즘의 작가, 감독님들은 직원들도 있지만 프리랜서가 많아서 내가 어디 가서 어떻게 내가 일을 해야 할지 잘 모르는 경우가 많은데, 이런 분들을 알맞은 곳에 계약해주고 일할 수 있게 하는 사람들이 프로듀서인 것 같아요.   (E)

'작가와 감독을 찾아 계약'을 해주고, '드라마를 만들 수 있는 제반 사항을 만들어'주고, '크리에이티브 한 부분에 관여'하고, '돈을 컨트롤 할 줄 아는' 기획 프로듀서들에게는 필연적으로 독립을 해서 독자적인 제작사를 차릴 수 있는 기회가 찾아온다. 제작사에서 주도했던 여러 편의 드라마들이 흥행에 성공해서 2016년 엔터테인먼트 회사의 투자를 받아 기획 프로듀서로는 업계 최초로 독립을 한 A는 빠르게 변화하고 있는 드라마 시장에서 기획 프로듀서의 역할이 앞으로 어떻게 확장될지에 대한 의견을 내놓았다.

기본적으로 판을 짜는 시대가 될 것 같아요. 그래서 이번에는 어느 채널이랑 이런 이런 콘셉트의 드라마를 하는데, 나는 이번 콘셉트엔 이런 작가를 붙이면 좋을 것 같고, 이런 작가를 데리고 어떤 어떤 대본을 생산해내면 좋을 것 같고, 여기에 캐스팅을 누굴 붙이면 좋을 것 같고…… 한마디로 미국 시스템인 거죠.   (A)

저는 우리나라도 할리우드의 쇼러너 개념 같은 것으로 결국 비슷해질 거라고 생각해요. 숀다 라임스나 제임스 카메론이나 이런 분들이 감독 출신이지만 그래도 쇼러너 하고 계시고 프로듀서 출신 쇼러너들이 되게 많잖아요. 그런 분들이 영역을 넘나들고 있고, 저희 안에서도 영역을 넘나드는 분들이 생기고 있거든요.   (E)

A를 이어 드라마 생산 현장에서 기획을 했던 프로듀서들이 투자를 받아

독립하는 사례가 늘고 있다. E는 이러한 현상에 대해 "옛날에는 제작사 대표가 단순히 전주(錢主)였다면 이제는 '전주 플러스 기획도 할 줄 알고 이 업계도 잘 아는 프로듀서가 했으면 좋겠어.' 이런 판이 되고 있는 것 같다"며 앞으로 기획력과 자본력을 가진 기획 프로듀서가 제작사를 설립해서 성공하는 경우가 많을 것 같다는 기대감을 드러냈다. F는 기획 프로듀서의 약진과 확장된 역할에 대해 동의하면서도 조심스럽게 다른 의견을 내놓기도 했다.

> "감독에서 배우로 갔다가 작가로 갔다가 프로듀서 시대가 될 거다"라고 사람들은 얘기를 해요. 그런데 그러기에는 모든 일들이 좀 명쾌하지가 않아요. 너무 변수가 많거든요. 기본적으로 프로듀서 시스템이라면 사실은 어차피 수학 공식처럼 되어야 하는 거거든요. 그러려면 작가도 정말 미드처럼 크리에이터 시스템이 되어야 되는 거구요. 미국에는 작가 프로듀서가 많고 그 사람들에게 파워를 가져다주는 저작권이 있어요. 근데 지금 현재로 우리나라 프로듀서나 제작사가 저작권이 없어요.   (F)

기획 프로듀서의 영역이 넓어지고 입지가 단단해지는 한편, F의 지적대로 미국처럼 저작권을 확보하지 못한 프로듀서들이 얼마만큼 힘(power)을 가지고 영역을 확장할 것인지에 대한 의문이 드는 지점도 있다. 그러나 우리나라 프로듀서는 미국처럼 저작권을 가지고 성장한 경우가 아니라서, 한류를 바탕으로 엔터테인먼트 사업에 투자하려는 거대 자금으로 새로운 기획 프로듀서 시장이 형성되고 기획력과 자금력으로 세력을 키워나갈 것으로 보인다.

> 분명한 건 기획력으로 회사를 차리고 대기업의 투자를 받는 제작사들이 많이 등장하면서 점점 기획PD의 역량이 커질 것 같아요. 제작사를 차릴 만큼 능력을 인정받은 분들이 작가·감독한테 어떤 존재들인지 부각이 될 것

같구요. 할리우드처럼요. 할리우드는 100년 이상의 역사를 갖고 있고 좀 꼰대들이긴 하지만 그럼에도 불구하고 프로듀서, 작가, 감독들이 같은 역량으로 다 따로따로 존재하잖아요. 영화판처럼 드라마판도 그렇게 되지 않을까 생각해요.   (E)

지금 이미 작가 혼자 뭐든 할 수 있는 상황은 아니에요. 이 모든 걸 할 수 없어요. 그리고 지금 이 변화되는 시기가 정말 공부해야 되는 시기가 됐어요. 콘텐츠를 가지고 내가 어디에 가서 어떻게 해야 할 것인가도 공부를 해야 되거든요.   (F)

"참신한 기획", "대중의 정서를 읽는 안목", "대본을 보는 눈"으로 기획력을 조직화시키고 작가와 감독을 선별하여 매칭시키며 드라마 산업의 새로운 축으로 등장한 기획 프로듀서는 기대만큼이나 내면의 또 다른 두려움도 가지고 있었다.

다른 사람들보다는 반 발이라도 앞서야 되고, 앞서서 봐야 되고, 앞서서 걸어야 되고 그런 훈련과 스텐바이가 되어 있지 않으면 어느 순간에 도태되고 리타이어(retire)해야 되는 거라고 생각해요. 내가 이 트렌드나 이 시대와 조류에서 유행에 뒤처지는 '올드 제너레이션(old generation)'이 되는구나. 이런 생각이 스스로 들 때. 그럴 땐 조금 물러나야 되는 거 아닌가.   (C)

"몸으로 직접 부딪히고 몸으로 직접 경험해보면서"(A), "맨땅에 헤딩하면서"(C), "무슨 직책인지도 모르면서 드라마일을 했던"(H), "캐스팅 디렉터에서 시작해 드라마 보는 눈을 키우며(B)" 드라마 기획에 뛰어든 TV 기획 프로듀서들은 이제 드라마 생산 주체에서 빠질 수 없는 자리를 차지하며 드라마 생산 지형에 새로운 역학관계를 만들어 나가고 있다. 드라마 제작 편수가 많아지고 기획력이 중요해지면서 기획 프로듀서에게 자본을 대며 드라마 제작 시장에서 우위를 차지하려는 자본가들이 본격적으로 등장할 것으로 보인다.

'프로듀서 주도형 기획 방식'의 도래

이용석은 현재 우리나라 드라마 제작 시장의 새로운 리소스(resource)의 등장으로 기획 프로듀서를 뽑으며 이미 과거에도 존재해왔던 A급 작가 중심의 '작가 주도형 기획 방식'에 '프로듀서 주도형 기획 방식'이 새롭게 형성되고 있다고 보았다. A급 작가를 확보하지 못한 기획 프로듀서가 일반 작가와 함께 공동 작업 체계를 갖추고 있는 현상에도 주목했다. 2011년에서 2020년까지 미니시리즈 집필 작가는 총 452명인데 그중 A급 작가는 20명인 4.4%라는 점을 지적하면서 대부분의 기획 프로듀서들이 일반 작가와 작업할 수밖에 없다는 분석을 했다.[35]

제작사 내부적인 요인도 작동한다. 기획 프로듀서들이 많아지면서 자신의 아이템을 가지고 기획을 하려는 성향이 뚜렷해지는데 이런 경우 '메이저 작가'가 붙지 않게 되는 현상이 나타난다. 이미 성과를 내고 시청률로 검증받은 '메이저 작가'가 다른 사람의 기획안으로 드라마를 하는 경우가 거의 없기 때문에 기획 프로듀서들은 신인 작가를 찾아 자신의 기획안으로 드라마를 기획하려는 성향을 보이는 것이다.

기획 프로듀서들은 '메이저 작가'와 '메이저 감독'이 '기싸움'을 하며 편성이 늦어지는 틈을 타서 자신이 준비한 기획안으로 신인 작가와 드라마 대본을 만들어 편성에 성공하는 전략을 쓰고 있는 것으로 보인다. 작가와 감독이라는 강력한 생산 주체들 사이에서 자신들만의 방법으로 드라마를 기

---

35 이용석, 앞의 글.

획·제작하면서 드라마 생산자들 사이에 새로운 권력관계를 만들어가고 있다.

기획 프로듀서들이 신인 작가와의 호흡을 중요시하며 발굴에 나선 것은 현재 드라마 생산 과정의 특징과 관련이 있다. 노동렬[36]은 우리나라 드라마 제작 시장에서는 2008년부터 '작가 중심'으로 제작이 이루어지고 있다고 보았는데, '작가 중심'이란 결국 대본 중심이고 대본이 좋을 때는 언제든지 드라마 제작이 가능한 제작 환경이라는 뜻으로 이해할 수 있다. 그만큼 기획 프로듀서들이 작가를 발굴하고 드라마 아이템을 키워서 좋은 대본으로 만들 수 있는 기회가 많아진 것이다.

능력을 인정받은 기획 프로듀서들에게는 자본이 따라붙고 자신들이 성장한 제작사를 떠나서 독립하는 경우가 눈에 띄게 늘고 있다. CJ E&N 소속으로 스튜디오 드래곤에서 〈나의 아저씨〉〈나쁜 녀석들〉〈또 오해영〉〈알함브라 궁전의 추억〉 등의 기획, 제작에 참여했던 박호식 프로듀서는 2017년에 '바람픽처스'를 설립해 독립했다. 그 후 2020년 8월에 카카오M이 바람픽처스 100% 지분을 인수했다. 미국계 영화사에서 일했던 변승민 프로듀서는 레진엔터테인먼트로부터 투자를 받아 제작사를 설립한 후, 2021년 1월 독립하면서 '클라이맥스 스튜디오'로의 사명 변경 소식과 함께 총 18편에 달하는 향후 라인업을 공개해서 화제를 모았다.[37] 2021년 6월에는 다시 jtbc에 회사 지분을 넘기면서 현재 가장 주목받는 제작사로 성장하고 있다. '클라이맥스 스튜디오'는 영화와 드라마 모두에 인프라가 있는 것이 장점으로

---

36 노동렬, 앞의 글.

37 남선우, 「이 제작사가 궁금하다 – '지옥' '콘크리트 유토피아'(가제) 클라이맥스 스튜디오」, 『시네21』, 2021.

최근 다양한 드라마를 만들어내면서 프로듀서가 설립한 제작사의 모범적인 사례가 되고 있다.

드라마의 기획력을 인정받은 기획 프로듀서들이 대기업의 엔터테인먼트 부문 자금을 끌어들여 제작사를 확장하고 드라마의 기획의 중요성을 부각시키며, 기존의 형성된 작가, 감독, 배우 등 드라마 생산자들의 권력관계에 균열을 일으키며 새로운 역학관계를 만들어가고 있다.

소결 : 작가의 집필을 견인하며 영향력과 역할이 더욱 커지고 있는 기획 프로듀서

연구 결과, 1991년 외주제작 정책이 시작되면서 새롭게 등장한 직업인 TV 기획 프로듀서는 작가를 발굴하고 계약하며 대본 개발을 돕는 조력자에서 "창작자는 아니지만 드라마 생산자"라는 확고한 정체성을 가진 생산 주체로 바뀌었으며 현재 우리나라 드라마 생산 과정 속에서 새로운 역학관계를 형성하고 있는 것으로 나타났다.

방송사에서 드라마가 독점적으로 제작되는 시대에서, 제작사에서 먼저 드라마를 기획하여 편성을 받는 시스템으로 바뀌면서 역할이 생긴 TV 기획 프로듀서는 초기엔 드라마를 기획한다기보다는 작가의 집필에 협력하고 도와주는 일로 시작되었다. 그러나 한류 열풍이 불고 드라마 제작이 황금알을 낳는 거위로 인식되던 2000년 중반을 지나면서 본격적으로 제작사 · 방송사 간 드라마 기획 · 제작 경쟁이 치열해지고, 2011년 종합편성 채널 개국, 케이블의 드라마 기획 열풍, OTT 플랫폼의 드라마 제작 등의 변화를 겪으면서 기획 프로듀서는 드라마 생산 과정에서 주도적인 영향력을 행사하는 생산 주체로 진화하게 된다.

"조율사", "중재자", "어레인저", "길라잡이" 등의 역할을 자처하는 TV 드라마 기획 프로듀서는 드라마에 맞는 작가와 감독을 선별해서 매칭하고, 다수의 생산자들 사이의 갈등을 해결하면서 자신의 존재감을 드러내기도 하지만, 여전히 편성권을 가지고 있는 채널 플랫폼의 권력 앞에서는 편성이 무산되기도 하고 부당한 제작 간섭을 받는 난관을 만나기도 한다. 아직도 막강한 '갑'의 위치에 있는 방송사의 압박과 전통적인 생산자로서 드라마 제작 과정에서 상당한 권력을 쥐고 있는 작가와 감독, 배우들 사이에서 TV 기획 프로듀서들은 '신인 작가와의 작업'이라는 전략을 세워 자신의 기획안으로 드라마 대본을 완성시켜 성공하는 길을 택하기도 한다.

이제 드라마는 단순한 방송의 한 프로그램이 아니라 뛰어난 영상콘텐츠로서 전 세계적으로 팔리는, 소위 '돈이 되는' 산업 소비재가 되었다. 지상파에서 지정한 시간에만 볼 수 있는 드라마가 아니라 내가 보고 싶은 콘텐츠를 돈 내고 내가 원하는 시간에 볼 수 있는, '내돈내산'[38]하는 드라마로 바뀌었다. 다시 말해 드라마는 과거 대중예술 영역에서 미디어를 기반으로 한 영상제조업 영역으로 변화된 측면이 있다.

문화상품이 된 드라마는 완성도 있는 영상콘텐츠인 동시에 수익 창출을 목적으로 하게 되고 산업적인 측면에서 '많이 팔리는' 전략을 구사할 수밖에 없다. 한 사람에게 의존한 기획과 개발과 제작보다는 한 명의 스태프라도 더 있는 것이 상업적 가치의 판단을 높일 수 있다는 배경에서 성장한 드라마 기획 프로듀서의 영향력은 앞으로 더욱 커질 것으로 보인다. 특히 대기업의 자본이 '상품으로서 드라마'에 주목하고 능력 있는 기획 프로듀서의

---

38 '내 돈 주고 내가 산 제품'이라는 뜻의 신조어로, 보통 소셜네트워크서비스(SNS)나 유튜브에서 본인의 돈으로 직접 구입한 제품에 대한 리뷰를 올릴 때 사용하는 말.

제작사 설립을 돕고 있어서 미국과도 다르고 다른 아시아 국가와도 다른 독특한 한국형 드라마 기획 프로듀서 체제가 자리 잡을 것으로 보인다. 드라마 기획·제작 시장에 자본이 들어와 수익 창출을 위한 경쟁이 지금보다 더욱 치열해지면 기획 프로듀서의 능력에 따라 드라마 생산자 내 권력의 역학 관계도 현재보다 더 역동적으로 변화할 것으로 예상된다.

이 연구는 그동안 한 번도 시도되지 않았던 TV 드라마 프로듀서에 대해 '가까운 거리'를 지향하는 심층 인터뷰와 참여 관찰이라는 방법을 통해 구체적으로 살펴볼 수 있다는 점에서 의의가 있다. 드라마 생산 과정에서 기획 프로듀서의 역할과 정체성, 노동 경험을 살펴봄으로써 드라마 생산자 연구가 지향하는 미디어 생산 문화와 노동 정체성, 그리고 생산자들 사이의 권력관계를 들여다볼 수 있는 장점도 있다. 특히 작가와의 내밀한 관계, 작가들과 함께 하는 대본 작업에 대한 구체적인 상황도 살펴볼 수 있었다.

그러나 드라마 생산 내에서 감독과 작가 외에도 다양한 생산자들과 관계를 맺는 TV 기획 프로듀서들이 겪는 다층적이고 다면적인 갈등과 타협에 대한 분석까지는 이르지 못했다. 또한 기획 프로듀서 1세대 중심으로 이루어져 최근에 기획 프로듀서 세계로 들어온 '3세대 기획 프로듀서'의 목소리는 구체적으로 다룰 수 없는 한계가 있었다. 앞으로 드라마 생산 지형 내에서 생산 주체로서 중추적 역할을 할 젊은 기획 프로듀서에 대한 연구가 이어지기를 바란다. 기획 프로듀서들이 설립한 제작사에 대기업 자본이 몰려들어 드라마 기획과 제작을 둘러싸고 치열한 경쟁이 이루어지는 상황에서 기획 프로듀서들이 전략에 대한 연구, 방송사 중심 제작·유통 등을 벗어나려는 미국식 전문 스튜디오 설립이 확산되는 제작 환경에서 기획 프로듀서들의 역할에 관한 연구 등 후속 연구를 기대한다.

3 성공을 맛본 중견 작가들이 말하는 드라마의 세계, 드라마 집필 과정[39]

드라마 작가의 위상 : 콘텐츠 생산의 주체이자 취약한 생산자

1990년대까지만 해도 드라마는 시청자들에게 재미와 함께 삶의 위로를 주는 친밀한 장르이자 친근한 문화 양식으로 주로 자리매김되었다. 〈전원일기〉〈서울의 달〉〈여자는 무엇으로 사는가〉 등 인기리에 방송되었던 드라마들은 상업적인 가능성에 주목하는 문화콘텐츠로서의 역할이 크게 강조되기보다는, 대중들을 즐겁게 해주고 위안하는 일상 속의 대표적인 문화물이었다고 볼 수 있다.[40]

하지만 2000년대 이후 드라마 생산을 둘러싼 환경이 보다 치열한 경쟁과 세밀한 기획의 장으로 변모하면서, 드라마 콘텐츠에 대한 사회적·경제적인 함의와 평가가 크게 달라졌다. 특히 2000년대 초반부터 조금씩 시도되던 드라마의 외주제작은 2005년부터 비율이 급격히 늘어났고 현재 90%까지 이르렀다. 한류 드라마의 성장이 더욱 거세진 2005년 전후해서 5대 메이저 (외주)제작사라고 정의할 수 있는 삼화네트워스, 김종학프로덕션, JS픽쳐스, 팬엔터테인먼트, 초록뱀미디어와 같은 제작사를 중심으로 경쟁적으로 역량을 지닌 드라마 작가들과의 집필 계약이 이루어졌고, 신생 제작사들도

---

39 이 글은 2013년에 『언론과 사회』에 발표된 김미숙·이기형의 논문「심층 인터뷰와 질적인 분석으로 조명한 텔레비전 드라마 작가들의 정체성과 노동의 단면들 : 보람과 희열 그리고 불안감에 엮어내는 동학」을 전체 책 내용에 맞게 개작하였다.
40 박노현, 『드라마, 시학을 만나다』, 서울 : 휴머니스트, 2009 ; 동국대학교 한국문학연구소, 『문학으로서의 텔레비전 드라마』, 서울 : 동국대학교 출판부, 2012 ; 정영희, 『한국사회의 변화와 텔레비전 드라마』, 서울 : 커뮤니케이션북스, 2005.

편성을 받기 위해 주목 받은 능력 있는 작가들과 앞다투어 계약하기 시작했다.[41] 최근에는 영화만 전문으로 제작했던 제작사에서 드라마 제작을 겸업하기도 하고 아예 드라마 제작사로 변신하는 경우도 많다. 이러한 변화에는 코로나를 거치면서 개점 휴업 상태였던 영화제작사들이 드라마로 눈을 돌린 이유도 있고 OTT 플랫폼의 확장으로 영화 같은 드라마가 많아져 영화제작사가 가지고 있던 콘텐츠가 상대적으로 경쟁력이 있었다.

제작사가 드라마 제작을 진행하는 방법은 어떤 작가를 선택했느냐에 따라 달라진다. 제작사가 기본적인 자본금만 가지고 작가 한두 명하고만 집필 계약을 한 후, 개발된 기획안[42]과 대본으로 투자를 받아 진행하는 사례도 있고, 소위 '작가 파워'가 있는 성공한 작가와 집필 계약을 체결해서 방송사로부터 작가에게 들어오는 편성을 기반으로 투자 받는 경우도 있다. 또 '작가 파워'가 있는 작가들이 신생 제작사로부터 높은 고료를 받고 계약하는 경우도 있는데, 이는 이미 검증되었다고 판단된 작가들에게는 방송사가 제작 경험의 유무에 얽매이지 않고 편성을 배려하기 때문이다. 이 경우 작가를 중심으로 편성과 캐스팅, 투자가 이루어지게 되며, 주지하다시피 김은숙, 김은희, 노희경, 박재범 등의 대중적인 인지도가 매우 높은 인기 작가들이 이

---

41 여기서 제작사가 작가를 계약한다는 것은 두 가지 차원으로 해석할 수 있다. 하나는 '작가 파워'가 강한 작가를 통해서 직접 편성을 받겠다는 측면이고, 다른 하나는 방송사 편성을 받기 위해서 '경쟁력 있는' 드라마 콘텐츠의 개발을 본격적으로 시도한다는 뜻이다. 작가 파워가 약하더라도 좋은 기획과 수준 높은 대본이 준비되면 편성이 가능하다. 외주제작사에서 가장 투자를 많이 하는 부분이 작가의 계약료이기 때문에 작가들과의 계약에 관한 정보를 외부인이 정확하게 파악하기는 매우 어렵다. 『스포츠서울』, 2012년 7월 12일자 기사 참고.

42 통상적으로 드라마의 기획 의도와 제작 방향, 그리고 전체 줄거리와 인물 소개가 들어가는 시놉시스.

사례에 속한다. 부연 설명을 하자면, 사실상 작가가 기획자이며 제작자의 역할까지도 일정 부분 행사하게 되는 드라마 제작의 변화된 현실이 생성된 것이다.[43]

최근에는 국내외 OTT 플랫폼에서 노출 수위와 주제가 자유로운 드라마를 많이 제작하면서 신인 작가들의 활동 무대가 넓어진 것도 사실이다. 2016년 넷플릭스가 국내에 상륙하고 뒤이어 디즈니플러스 등 OTT가 국내 드라마 시장에서 드라마를 제작하자, 드라마를 기획하는 일이 많아지고 필력이 좋은 신인 작가들에게 기회가 제법 많이 주어졌다. 드라마가 편성되고 본격적인 집필이 이루어지면 드라마 작가는 드라마 생산의 주체로서 막강한 위상을 부여받으며 드라마 콘텐츠에 미치는 영향이 크지만, 편성을 받기 전까지는 대부분의 작가들은 취약한 위치에 놓이게 된다.

상업적인 문화콘텐츠 측면에서 보자면 TV 드라마는 무엇보다도 시청률의 기반 위에 존재한다. 이를 과정적으로 풀어내면 전체 줄거리인 시놉시스와 대본이 먼저 생산된 후 촬영에 들어가는 드라마 제작 과정의 특성상, 드라마 작가들은 자신의 창작성과 작품이 견인하는 시청률 사이에서 매우 치열하게 고민하고 일련의 '전술적인' 선택을 시도해야 하는 주체들이라고 말할 수 있다. 또한 수준 높은 창의력이 반드시 높은 시청률을 담보하는 것이

---

43 1990년대까지는 방송사가 주로 드라마 작가와 계약했고 기본 극본료 외에 부가적으로 지급하는 '특별 고료'가 그다지 높지는 않았다. 1991년에 SBS가 개국해서 TV 드라마를 제작할 수 있는 곳이 방송사 세 곳밖에 없었던 상황에서는 작가들에 대한 유치 경쟁이 심하지 않았고 드라마 자체를 고부가가치를 낳는 상업적인 콘텐츠로 크게 간주하지도 않았다. 2000년대 중반에 들어서 드라마 제작 현장에 강화된 경제 논리가 작동되기 시작하면서, 드라마 작가는 드라마의 상업적인 성공을 위해 가장 먼저 '선점'해야 하는 긴요한 대상이 되었고, 동시에 시청률이라는 절대적인 기준을 만족시켜야 하는 대중적인 (소비)문화물의 아이콘으로까지 부상하기에 이르렀다.

아니기 때문에, 드라마 작가들은 종종 진부할 수 있지만 소위 "시청자에게 잘 먹히는 설정"이나 서사와 캐릭터 구현의 '공식(formular)'을 고심함으로써 시청률을 확보하고자 시도하며, 또 한편으로는 새로운 문화적인 트렌드를 포착하려 하고, 양식과 주제 측면의 일정한 실험을 수행하기도 하면서 수용자들의 까다로운 감성과 요구에 대응하기 위한 노력들을 풀어낸다.[44]

그렇다면 드라마 작가들은 복잡한 방송 생산과 수용 환경 속에서 자신의 가치와 정체성을 어떻게 형성하게 되는가? 또한 이들은 시청률과의 투쟁과 창작이라는 고통을 거치면서 어떠한 양식의 직업적 정체성을 발현하게 되는 것일까? 본 연구는 그간 접근성이 용이하지 않아 구체적으로 조명하기 어려웠던 드라마 작가들과의 심층 인터뷰와 자유로운 의견 교환을 매개로 드라마 생산 과정의 특성과 함의를 조밀하게 살펴보고, 드라마 작가들이 급변하는 방송의 제작과 수용 환경 속에서 자신들이 추구하는 가치와 시청률 사이에서 어떠한 긴장과 갈등을 겪고 있는지, 또한 그러한 과정을 겪으면서 어떠한 직업적인 정체성과 가치 그리고 선택과 생존의 전술을 구체적으로 구현하게 되는지를, 작가들의 관점과 체험을 중심으로 조명하고자 한다.

성공을 맛본 드라마 작가들

드라마 작가는 다수의 시민들을 대상으로 '안방극장'이라 부르는 텔레비전을 통해 자신의 이야기를 풀어내는 이야기꾼이자 대중문화 영역에 있어 매우 영향력이 있는 생산자 집단 내부의 긴요한 구성원이기도 하다. 이 연

---

44 윤석진, 『김삼순과 장준혁의 드라마 공방전』, 북마크, 2007 ; 이영미, 『한국인의 자화상 드라마』, 생각의나무, 2008.

구는 "드라마 작가들은 자신들이 추구하는 가치와 시청률 사이에서 어떤 갈등과 고민을 겪고 있으며, 이들이 수행하는 노동의 과정을 통해서 체화되는 직업 정체성의 특성은 무엇인가?"라는 문제의식을 작가 중심의 관점으로 풀어내기 위한 방편으로, 현재 매우 활발한 활동과 더불어 대중적인 인지도를 확보하고 있는 40대 중반의 현역 작가 4명과 비교적 긴 시간에 걸친 심층 인터뷰를 수행하였다. 연구를 진행하면서 먼저 드라마 작가들의 직업적인 정체성은 어떻게 형성되며, 이 특정한 정체성의 특징들은 이들에게 주어진 제도적인 압박과 현실의 조건 속에서 어떻게 발현되었는지 보았다. 두 번째로 대중의 감성과 취향을 고려하면서 드라마 작가들이 구사하는 스토리텔링의 작업이 지니는 함의와 특징들은 무엇인지를 살폈으며, 세 번째로는 드라마 작가들은 어떻게 작가의 길을 겪게 되며, 생산 과정 속에서 작용하는 제도적인 그리고 관행화된 이해관계를 어떤 방식으로 파악 혹은 간파하고, 대응하며, 조율하려 하는지를 추적해보았다.

연구 대상으로 선정한 4명의 작가들은 모두 40대 중반이며, 드라마 제작 영역에서 이미 상당한 위상을 구축한 작가들이다. 작품 활동 기간만 해도 13년에서 17년에 이르러, 드라마 작가로는 현재 상당한 위치에 올랐고, 급변하는 제작 환경 속에서도 대중적인 인기와 영향력을 유지하면서 최근까지 활발한 활동을 보여주고 있는 작가들을 연구의 주요 대상으로 섭외했다. 이 연구를 시도하면서 과거에 유명했던 특정 드라마를 집필한 작가가 아니라, 연구 당시에도 활발한 집필 활동을 하고 있는 작가들을 섭외한 것은 대중성과 작가가 표출하는 가치들 간의 충돌과 접점 찾기, 그로 인한 직업적인 정체성의 특징과 이를 구현하는 데 영향력을 행사하는 제도적인 특성들을 보다 상세하게 탐색해보고자 하는 연구의 의도를 반영한 것이다.

섭외된 작가들이 집필한 드라마들은 시청률과 수용자 반응이라는 면에서 상당한 반향을 일으켰을 뿐만 아니라, 구성된 텍스트의 갈래라는 측면에서 중요한 차이와 특성을 보여준다. A작가는 언론도 주목한 상당한 수준의 팬덤 현상을 생성했던 사극 드라마를 집필했고, 2006년과 2007년에 집필한 드라마는 평균 시청률 41%, 최고 시청률 51.8%를 기록하기도 했다. B작가가 2012년에 집필한 사극은 시청률이 40%를 넘는 성과를 거두었는데, 케이블TV의 영역이 확장·안정되고 종편채널이 등장함으로써 지상파 시청률이 예전과 같지 않은 상태에서 40% 대의 시청률은 매우 경이로운 결과이다. C작가의 경우는 '메디컬 드라마'라는 장르로 현대극과 사극을 번갈아 집필한 독특한 이력을 가지고 있으며, D작가는 케이블TV에서 처음 시도했던 시즌제 드라마를 직접 집필한 작가이다. D의 경우는 당시 집필한 두 편의 시즌제 드라마를 통해서 새로운 발상을 실천하게 된 흥미로운 사례이다 (표 5 참조). 2023년 현재 한국방송작가협회에는 4,478명의 회원이 있고 그 중에 드라마 작가는 862명밖에 되지 않는다는 점, 그중에서도 적지 않은 작가들이 사실상 집필을 하고 있지 않는 원로 회원이거나 오랫동안 작품 활동을 하지 않고 있는 회원인 측면을 감안한다면, 평균 15년 정도를 지속적으로 대중적인 인지도가 높은 드라마를 집필해온 연구 대상 4명에 대한 심층 인터뷰는, 비록 소수의 사례에 집중하기는 하지만, 드라마 작가들의 활동과 이들이 보여주는 가치와 성향을 연구하는 데 적지 않은 의미와 함의가 있다고 판단할 수 있다.

미디어 문화연구의 분야에서 특정한 문화 생산자 집단에 대한 접근은 통상적으로 참여 관찰과 심층 인터뷰, 포커스 그룹 연구, 그리고 문헌 분석과 제도 연구 등을 조합하는 방식으로 이루어지는데,[45] 이 연구의 경우 의도

---

45 Beck, A.(Ed.), *Cultural Work: Understanding the cultural industries*, London: Rout-

된 참여 관찰은 아니지만, 연구진 중 한 명이 이미 현역 드라마 작가로 십수 년간 활동해왔기 때문에, 방송 현장에 대한 경험과 기획과 제작을 둘러싼 관행들, 그리고 드라마 작가들의 생활과 노동에 대해서는 사전에 일정한 참여 관찰을 해왔다고 간주해도 무방할 것이다. 과정적으로는 연구자가 연구 대상의 집단에 포함되어 있다는 것은 장점인 동시에 단점으로 작용될 수 있다는 점을 인지하면서, 드라마 제작 영역의 내부자로서 섭외한 작가 집단과의 일련의 심층 인터뷰를 통한 공감과 비교 그리고 자료 축적과 관찰 작업을 수행하였다. 한편 축적된 자료의 정리와 해석은 작가로서의 이력을 가진 연구자와 드라마를 포함한 영상문화에 대한 지속적인 분석을 수행해온 문화연구자 2인 간의 긴밀한 논의와 대화를 통해서 진행하였다.

연구 대상 작가들의 섭외는 2012년 10월 초부터 시작했으며 10월과 11월 두 달 동안 인터뷰를 '불규칙하게' 진행하게 되었다. 그러한 이유로는 작가들의 일정이 각기 달라 일찌감치 섭외된 경우도 있었지만, 대부분은 가능한 기간들을 미리 정하고 시간이 임박해지면 그중에서 구체적인 날짜와 시간을 잡는 식으로 인터뷰를 수행할 수밖에 없었던 상황적인 특성에 기인했다. 심층 인터뷰는 각 작가의 집필실 근처인 홍대 앞이나, 일산, 여의도 등의 카페에서 이루어졌으며, 짧게는 2시간 30분에서 길게는 4시간여 정도가 소요되었다. 이미 신문 잡지를 비롯한 언론사 인터뷰를 많이 해본 작가들이었기 때문에, 정확하고 적확한 표현으로, 때로는 진지하게 때로는 서로 간에 공감이 형성되어 유쾌하게 인터뷰를 끌어갈 수 있었다.

이 연구를 위해 수행된 인터뷰는 당시에 방송된 각 작가의 작품에 대한

---

ledge, 2003.

연구자의 느낌과 한 명의 수용자로서의 소감 등을 말하면서 편안한 분위기 속에서 대화를 시작했고, 준비한 반구조화된 질문지를 활용하였다. 이 과정에서 준비해 간 질문을 순차적으로 진행하기보다는 앞의 질문에 대한 답변과 관련해서 미진한 응답이라고 판단이 될 경우, 재차 질문하고 답변을 끌어내는 방식으로 진행하였다. 응답자들의 양해를 구한 후 인터뷰 내용을 디지털 녹음기로 녹음했으며, 동시에 연구자는 자유롭게 대담이 오고갈 수 있는 분위기를 형성하려고 노력했으며, 인터뷰의 분위기와 발화된 특징적인 부분과 표현들을 기록하기 위해서 면접 노트를 작성했다.

표 4. 인터뷰 대상 작가들의 기본 정보

	성별	나이	활동 기간	주요 작품	참고 사항
A	남	44	13년	▶ 단막극 1편(2000) ▶ 50부작 사극 공동 집필(2001~2002) ▶ 14부작 사극(2003) ▶ 81부작 사극(2006~2007) ▶ 20부작 미니시리즈(2009) ▶ 12부작 사극(2010~2011) ▶ 36부작 사극(2011)	▶ 14부작 사극으로 사회적으로 주목받은 팬덤 현상이 생성됨. ▶ 81부작 사극은 평균 시청률 41%, 최고 시청률 51.9% 기록.
B	여	43	17년	▶ 단막극 6편 이상(1996~) ▶ 36부작 주간 시추에이션 드라마(1999~2000) ▶ 16부작 미니시리즈(2000~2001) ▶ 48부작 주간 시추에이션 드라마(2001~2002) ▶ 16부작 미니시리즈(2002) ▶ 16부작 미니시리즈(2004) ▶ 16부작 미니시리즈(2005) ▶ 16부작 시대극(2007) ▶ 20부작 사극(2012)	▶ 2012년 집필한 20부작 사극이 시청률 40% 넘김 (다채널화 상태에서는 경이적인 시청률이라는 평가를 받음. 최고 시청률 47.1% 기록)

C	남	46	14년	▸ 전설의 고향(1999) ▸ 단막극 4편(2000~) ▸ 특집극 2부작(2002) ▸ 20부작 메디컬 드라마(2007) ▸ 16부작 미니시리즈(2008) ▸ 36부작 메디컬 사극(2010)	▸ 2007년 드라마는 러브라인이 강조되지 않은 메디컬/전문직 드라마로 대중성과 작품성을 동시에 인정받게 됨.
D	여	43	14년	▸ 단막극 1편(1999년) ▸ 주간 시추에이션 드라마 (2001~2002) ▸ 주간 시추에이션 드라마(2002) ▸ 16부작 미니시리즈(2005) ▸ 124부작 일일드라마(2006) ▸ 16부작 미니시리즈(2011) ▸ 16부작 미니시리즈(2012)	▸ 2011, 2012년 두 작품은 같은 제목의 시즌제 드라마로 시즌 1의 반응이 좋아서 시즌 2까지 이어짐.

한편 인터뷰가 진행되면서 흥미로운 점이 발견되기도 했다. 대체로 드라마 작가들이 언론사 인터뷰를 즐기지 않는 편이거나 피할 수 없다면 종종 형식적인 답변을 주는 편인데, 익명으로 처리되고 학술적인 연구를 위한 심층 인터뷰라고 설명하니 연구 대상인 작가들이 더 적극적으로 이야기를 진행했고, 연구자의 질문에 비교적 상세한 응답과 의견을 제시하기도 했다.

예를 들어 "시청자는 작가님께 어떤 존재인가요?"라는 다소 직설적인 질문에 한 작가는 웃으면서 "언론사 인터뷰 같으면 매우 고마운 존재라고 대답해요. 하지만 익명이라고 하니까 솔직히 말씀드리면 시청자는 슈퍼 갑이라고 생각합니다"라고 응답했다. 또한 연구자가 '동업자'이고 자신들의 상황을 이미 상당 부분 인지하고 있다는 상호 이해와 공감이 생성되면서 비교적 편안한 가운데 구체적이며 심도 있는 논의들이 오가는 인터뷰를 진행할 수 있었다.[46] 이 연구에서는 익명성의 보장과 연구자가 동료라는 점이 상당

---

46 B작가 : "드라마를 쓰다 보면 안 나가는 회가 있잖아요?"

부분 긍정적으로 작용해서, 결과적으로는 평상시에 느끼지만 잘 꺼내지 않는 작가들의 속내를 많이 접할 수 있었다고 판단한다.

심층 인터뷰를 진행하는 초반부에 연구 대상 작가들에게 특히 두 가지 측면을 강조하면서 대화를 끌어갔다. 첫 번째는 연구자가 공감을 구하는 방편으로 드라마 작가로서 문화연구라는 학문에 관심을 갖게 된 배경과 드라마에 대한 학문적인 관심을 설명했고, 다른 하나는 연구자가 드라마 작가들의 세계에 대해 잘 모르는 '문외한'의 입장에서 질문을 제기할 테니, 질문이 어설프게 들리더라도 차분하게 설명해달라는 제언이었다. 또한 이는 드라마 작가들이 골방에 틀어박혀 글만 쓸 것이 아니라 '우리'가 왜 거대한 방송 시스템 안에서 고민하고 어려움을 체감하고 있는지를 함께 고민하고 숙고해보자는 뜻이기도 했다.[47] 실제로 인터뷰를 본격적으로 시작하기 전에 연구

연구자 : "네, 그런 회가 있죠."

B작가 : "제가 그게 9회에서 딱 걸린 거예요."

연구자 : "이런… 그래 어떻게 하셨어요?"

이러한 대화는 아마도 드라마를 써보지 않은 사람과는 주고받기가 어려울 것이다. 왜 특별한 회에서 드라마의 진도가 나가지 않는지, 그것이 얼마나 고통스러운 과정인지, 매주 두 개씩 대본을 '까먹고' 있는데, 드라마는 막혀서 진행이 되지 않는 고뇌는 겪어본 사람이 아니면 알기가 매우 어렵기 때문이다. 반구조화된 심층 인터뷰를 하다 보면 인터뷰의 분위기가 고양되어, 형식적인 답변, 딱딱한 말투, 혹은 머뭇거리며 피해가는 대답이 일부 나오기도 했지만, 시간이 지나면서 전반적으로 서로 공감하고 논점을 이어가는 분위기가 형성되어 기대 이상의 답변을 얻을 수 있었다고 판단한다.

47 공동 연구자 자신이 대학원 공부를 하면서, 드라마 작가로서 자신의 노동과 직업적인 정체성을 둘러싼 '문화정치적인' 관계와 관련성들을 점차 '재귀적'으로 인식하게 되었고, 현역 작가로서 자신이 안고 있는 문제들이 혼자만의 문제가 아니라는 것을 깨닫게 되었기에 그러한 경험과 문제의식을 이 연구를 진행하면서 동료 드라마 작가들과 공유하고 논의하고 싶었던 동기도 일정 부분 존재한다.

대상들은 "내가 다 알고 말하는 것은 아니지만", "사람마다 다 다르지 않겠어요?"라는 식의 조심스런 접근을 시도했지만, 연구자와 상호 교섭적인 대화를 이어가고 논의가 일정한 깊이를 가지면서 진행되고 일정한 공감이 형성되면서, 내밀한 이야기와 체험들을 다수 털어놓았다.

두 번째 강조점은 연구 대상이 연구자와 같은 직업을 가진 사람이기에 놓칠 수 있는 부분을 가능한 줄여보려는 시도였다. 그럼에도 불구하고 "다 알면서 뭐 물어보세요?"라는 식의 답변이 인터뷰의 초기에 나오기도 했는데, 그럴 때마다 연구자는 거듭 문외한 혹은 외부의 분석자가 질문한다고 생각해달라고 요청하면서 능동적인 반응과 상세한 답변을 끌어내고자 노력했다. 연구자가 이렇게 의식적으로라도 일정한 '거리'를 유지하려고 했던 것은 연구자가 연구 대상들과 같은 업종에 종사하기 때문에 공감의 측면에서는 실제적으로 거리가 지켜지기 쉽지 않았고, 무엇보다도 당연히 똑같을 것이라고 생각하는 부분에 대한 연구자가 지니고 있을지 모르는 선입견이나 예단된 편견을 걸러내고 싶었기 때문이었다. 이런 노력 덕분에, 대화를 진행하는 과정에서 특정 작가의 경우 시놉시스를 써서 기획 프로듀서와 제작자 이외에도 제작자의 지인으로 구성된 20~30명의 시청자 평가단에게 보여주는 경우도 있다는 사실을 새롭게 밝혀낼 수 있었다.

드라마 작가들의 정체성과 드라마 집필 과정

보람과 희열을 느끼는 직업, 드라마 작가

작가들은 상업적인 성공도 물론 중요하지만 자신이 집필하는 드라마가 사람들에게 위로가 되고 희망을 줄 수 있어야 한다고 생각하고 있었으며 이런 일이 성공적으로 이루어질 때 상당한 보람을 느낀다고 말했다. 드라마의 시청률을 높이는 것을 사람들에게 기쁨을 선사하는 일로 생각하고 있어서 자신이 집필한 드라마가 높은 시청률을 올렸을 때 "희열감"을 느낀다고 발언했지만, 시청률이 높은 드라마가 반드시 자신의 대표작품이 되는 것은 아니며, 시청률뿐만 아니라 작품성까지 인정받아 사회적 이슈가 되는 드라마가 되어야만 대표작이 된다고 인식하고 있었다.

D의 경우는 데뷔도 비교적 쉽게 했고 그 이후에도 "소위 드라마를 망해먹으면서"도 집필의 기회를 계속 잡을 수 있었지만, 수용자들과 공감하는데 어려움을 느껴 한때는 드라마 작가를 그만두려고도 했었던 독특한 이력을 지닌 작가이다. 그는 최근 들어서는 드라마가 "가짜 이야기가 아니라 사람들에게 크게 위로가 되고 행복을 주는 대상"이라는 점을 자각하게 되어 기쁨과 더불어 수용자들과 소통할 수 있는 드라마 작가가 된 점에 보람을 느낀다고 말했다. 작가들은 또한 드라마 생산에서 자신들이 중추적인 역할을 하고 있다는 측면도 긍정적으로 평가하면서, 자신들이 발휘하는 가치와 역할을 인지하고 있었다. 제작사 입장에서 프리랜서 감독을 계약하는 일보다 작가들을 먼저 계약하는 일에 집중하는 것도 드라마에서는 "역시 작가가 제일 중요"하기 때문이라고 판단하기도 했다.

이들은 흔히 드라마 제작 현장에서 떠도는 잠언인 "영화는 '감독의 것이고 드라마는 '작가의 것'"이라는 말을 자각하고 있었으며, 자신이 집필한 드라마가 안방에 등장한다는 측면에서 사회적인 책임과 더불어 압박 또한 느끼고 있었다. 하단에서 조금 더 상세한 논의를 제기하겠지만, 방송사 안에서 드라미 작기로시 살아남는 일은 매우 힘든 과정이며, 수년간에 걸쳐 매우 고단한 습작 생활과 무명 시절을 거쳐야 하는 혹독한 시련기가 있지만, 오히려 이런 과정들이 직업으로서 진입장벽이 높다는 것을 의미하기도 해서, 일정한 위상을 확보한 중견 작가들의 경우 직업적 만족도는 비교적 높은 편이었다. 결국 드라마가 작가의 손끝에서 시작하며, 드라마의 사회문화적인 영향력이 상당하다는 점은 드라마 작가로서 긍정적인 직업적인 정체성을 갖는데 매우 중요한 요소로 작용하고 있는 것으로 판단된다.

다시 집필을 할 수 없을지도 모른다는 불안감과 그늘

주목할 측면은 그럼에도 작가들이 수행하는 작업과 노동 속에서 "희열"과 "기쁨"의 뒷면에는 그만큼의 불안감이 존재한다는 현실이다. 드라마 작가들은 드라마 한 편을 성공한다고 해서 다음 드라마가 성공한다는 보장이 없기 때문에, 자신의 작업이 인기를 끌게 되건 혹은 실패하건 내재된 불안감은 가시지 않는 것으로 나타났다. 마치 감독의 지명을 받아 타석에 설 수 있는 야구선수의 마음으로 "언제까지 타석에 설 수 있을지" 또는 "(성공했던 작품만큼) 계속 똑같은 퀄리티의 드라마를 쓸 수 있을지" 불안하다고 토로하기도 했다. B는 일생에 한 번 올까 말까 하는 높은 시청률을 낸 순간이 너무 좋았고 계속해서 맛보고 싶기도 했지만, 동시에 여전히 굉장한 불안감과 두려움을 느낀다고 말했다. 그는 "자기 퀄리티를 유지한다는 게 정말 하늘의 별따기인데 그 작가는 그 작품 정도의 퀄리티를 쓴다는 기대를 받는 게 참 사람 말려 죽이는 일이죠"라고 자신이 느끼는 중압감을 단적으로 표현했다.

인터뷰에 응한 작가들은 동시에 자신을 "연예인", "준연예인", "엔터테이너", "서비스업 종사자"라는 복수의 표현을 통해 정의하면서, 대중에게 잊혀지지 않을까 하는 불안감을 내밀하게 느끼고 있었다. 이들은 아무리 시청률이 잘 나와도 새로운 드라마의 결과는 어떻게 될지 모르고 드라마가 대중의 호응을 받지 못할 때 작가들도 연예인만큼이나 쉽게 망각되는 존재라는 사실을 잘 알고 있었다. 이러한 측면은 4명의 연구 대상 모두에게서 공통되고 매우 강하게 나타났다.

이들은 빨라진 작가들의 세대교체를 경험하며 다양화된 콘텐츠에 대한 적응력을 키우고 대중의 취향을 읽어내야 한다는 부담감을 느끼고 있었는데, 무엇보다도 한 드라마가 성공한 이후에 계속 성공적인 드라마를 써내야 한다는 두려움과 강박이 매우 커 보였다. 작가들은 "대중성", "대중과의 공감", "대중의 취향"이라는 단어들을 여러 차례 강조해가면서, 예전에 높은 시청률과 작품성을 인정받았던 선배 작가들이 나이가 들면서 집필 기회를 얻지 못하고 있는 상황은 결국 대중성 확보에 실패했기 때문이라고 판단하고 있었다. 그러하기에 자신에게도 그런 날이 닥칠까 봐 불안해하고, 나름대로 대중과의 교감이나 소통이 가능한 장르와 스토리텔링의 문법을 개척하고 개발하려는 관점과 의지를 강하게 드러내기도 했다.

작가들은 기획 단계부터 "나의 감성이 사람들이 원하는 감성과 같은 것"인지에 관해서 끊임없이 고민하며, 자신의 취향과 다른 드라마가 인기를 얻을 때는 더욱더 불안감을 느낀다고 말했다. 중견 작가로 그들 스스로 "연예인"이라고 표현했듯이 대중의 사랑을 이미 받아보았기 때문에 그것을 잃는다는 것이 얼마나 고통스럽고 불안한 일인지를 강하게 체감하고 있었다. 성공한 드라마를 집필한 후 드라마를 집필한 작가에 대한 대우와 태도가 달라지는 것은 방송 드라마의 영역에 종사하는 사람이면 누구나 인지하는 사실이다.

또 다른 측면으로 작가 집단 내부에서 발생하는 빠른 세대교체도 큰 부담으로 작용하고 있었다. 원고료가 많지 않았을 때는 시청률에 크게 좌지우지되지 않고 평생 쓸 수 있는 직업이 드라마 작가였지만, 지금은 드라마 작가가 되려는 사람들이 많고 준비되어 돌아다니는 대본들도 많기 때문에, 시청률을 계속 유지시키지 못하면 조만간 외면받을 수 있다는 측면을 확립된 현실로 인정하면서 두려워하기도 했다. 드라마 작가로서 어느 정도 자리 잡고 난 연후에도 차기작이 제때에 나와 대중들의 관심과 사랑을 받게 되는 것은 쉽지 않은 일이고, 작가들 대부분이 이런 상황을 맞닥뜨릴 수 있기 때문에 작가들에게 내재된 불안감은 그들의 작업과 인식 속에 짙은 그늘을 드리우고 있는 것이다.

"협업"을 조율하고 글쓰기를 수행하는 대중적인 "엔터테이너"로서의 삶

연구 대상 작가들은 드라마는 수많은 사람들이 함께 만들어가는 협업이며, 특히 작가, 감독, 배우들 간의 삼박자가 맞아야 좋은 성과를 낼 수 있다는데 큰 공감을 표출했다. 또한 자신들의 직업을 "창작"을 하는 것은 맞지만 "예술가"라고 정의하고 싶지는 않다고 설명하기도 했다. 인터뷰 대상들은 창의성이나 작품성을 통해서 평가받는 것이 아니라, 대중적인 성공을 중요하게 평가받기 때문에 "서비스업" 종사자 또는 "엔터테이너"라고 자신들을 판단하고 있었으며, 대중의 인기를 기반으로 한다는 점과 종종 매체의 조명과 "신상털기"의 대상이 된다는 측면에서는 연예인과 비슷한 존재라는 측면을 거의 공통적으로 느끼고 있었다.

한편 연구 대상 작가들은 협업의 중요성을 강조했는데 작가는 제작사, 방송사의 관계에서는 "을"이지만 서로 협력하지 않으면 성공할 수 없는 시스템으로 변해가고 있는 상황을 지적했다. B작가는 "(단적으로 말해 작가들은) 을이죠. 캐릭터도 그렇고요. 조직 자체가 최강의 을이라는 건 없는 것 같아요. 상위 1%에 속하는 몇 분을 제외하고는 시스템 자체가 여럿이 움직이지 않으면 제로섬게임이 되어버리는 그런 판이 되어버렸어요. 누구 하나가 권력을 휘두르거나 횡포를 부리면 모두가 공멸하는 제로섬게임이 되어버린 판이 되어서 절대 갑은 없는 것 같아요"라는 의견을 제시했는데, 이러한 견해는 다른 인터뷰 대상들의 대담 속에서도 상당 부분 공명되었다.

인터뷰에 응한 작가들은 인터넷을 통해 드라마에 대한 정보가 공유되면서 새 드라마가 시작되면 작가에 대한 이른바 "신상털기"도 종종 생겨나고 있기에, 이제는 예전처럼 작가가 드라마 뒤에 마냥 숨어 있을 수는 없는 상황이 형성되었다고 말했다. 새로 시작하는 드라마의 수용자는 그 드라마 속 주인공들의 "팬"들이 주가 되는데, 이들은 과연 작가가 자신들이 좋아하는 배우를 잘 키워줄 것인지에 대한 관심을 강하게 표출하게 된다. 또한 드라마가 잘 안 되거나 잘 되더라도 자신들이 좋아하는 배우의 역할이 축소되거나 "멋있게" 그려지지 않을 때 수용자들은 제일 먼저 드라마 작가를 향해 불만을 토로하기도 한다.

이런 현존하며 무시 못 할 팬덤 현상에 대해 인터뷰에 응한 작가들은 "연예인들은 사랑을 받는 만큼 미움을 받는다면 작가들은 미움만 받는다는 느낌"이라고 언급하기도 했다. 일부 수용자들이 촬영 현장까지 찾아와 일명 "조공"을 바치면서 춥거나 더운 날씨에 스태프들과 배우들이 고생하는 것을 눈으로 확인하고 지원하고 가지만, 작가는 현장에 없기 때문에 편안하고 따뜻하고 쾌적한 방에 앉아 캐스팅에서 간섭하는 존재로만 인식 혹은 오해되고 있는 점을 지적하기도 했다.

인터뷰 과정에서 드라마 작가들은 자신들이 "창작"을 하는 존재이면서도 수용자나 네티즌들의 다양한 욕구를 만족시켜주는 "연예인"의 삶을 요구받고 있고, 그때의 느낌은 "발가벗겨지는 느낌"이라는 강한 표현이 등장하기도 했다. 온라인 게시판에도 작가를 향한 비난과 비판은 이제 종종 접할 수 있고, B의 경우는 수용자들의 거친 반응 때문에 온라인 게시판에 올라온 의견들을 직접 보지 못하고 보조작가를 통해 브리핑 형식으로 전달받곤 하는데, 이런 일은 대중적인 인지도를 구가하는 작가들 사이에서 종종 체험되는 현상이다.

　드라마 제작이 치열한 시장 논리에 따라 움직이면서 작가들의 몸값이 올라가고 중요성과 기여도는 더욱 높아지게도 되었지만, 작가 개인으로 볼 때는 또 다른 문제에—실패할 경우의 비난과 같은—직면하게도 된다. 이런 측면에서 드라마 작가가 "이야기꾼"에서 "엔터테이너"로도 변모하게 된 이유 중에는 드라마 제작에 유입되는 자본의 성격이 달라졌기 때문이라는 관점이 제기되기도 한다.[48] 작가와 제작사는 일이 잘 될 때는 서로를 보호하고 존중하는 상생의 관계가 되지만, 일이 어긋나 제대로 편성이 이루어지지 않거나, 편성을 제때 받았다고 해도 드라마가 실패하여 손실이 났을 경우 그 책임을 서로에게 전가하는 '적'이 되기도 한다.

　드라마 제작을 위한 작가와 감독 그리고 제작사 간의 "협업"은 동시에 필연적으로 직접적이거나 잠재적인 '갈등'을 내포하기도 한다. 혼자 완성하는 일이 아니라 복수의 주체들이 결부되는 일이기 때문에 사고의 기준과 시각이 다를 수밖에 없고, 그 사이에는 크고 작은 갈등과 긴장이 생기기 마련이다. 작가는 제작사들과 "집필 계약"이라는 법적인 관계에서 시작되기 때문에 갈등이 커지는 경우, 법정에 서게 되는 일이 발생하기도 해서 드라마 작가들은 계약하는 순간부터 이 모든 것을 감안해서 자신들의 작업을 추진해

---

48 2005년 이전에 자체 제작을 주로 하던 방송사의 드라마 제작 자본은 TV수신료와 방송사가 광고 수익으로 벌어들인 재원이 대부분을 차지했다. 즉 거의 모든 드라마들은 TV수신료와 방송사가 판매하는 광고 수익을 기반으로 기획되고 제작되었다. 그러나 외주제작이 활성화되고 외주제작사가 난립하면서 드라마 제작의 자본은 다양화되기 시작했다. 누구든지 드라마 제작사를 차리고 '신고'만 하면 드라마 제작을 할 수 있는 상황이 조성되면서, 드라마를 만들어 이윤을 남기고 싶은 목적을 가진 다양한 자본들이 드라마 제작의 공간에 몰려들었고, 기존의 드라마 제작사들이 코스닥 상장을 하기 시작하면서 이 경향성이 일부 강화되었다고 볼 수 있다.

야 한다. 갈등은 한 번 어긋나기 시작하면 확대 재생산되는 속성을 갖는다. 드라마 작가들은 이런 측면을 누구보다 잘 알고 있기 때문에 드라마 제작 과정에서 가능한 갈등이나 어긋남을 줄이고 제작사의 편의를 봐주는 쪽으로 행동하게 된다고 말했다. 갈등을 줄이려는 노력은 제작사 쪽에서도 하게 되는데, 특히 작가의 "손끝에 따라" 제작비가 수천에서 수억씩 차이가 나기 때문에 작가의 심기를 건드릴 필요는 없다고 판단하는 것으로 보인다.[49]

이 측면에 대해 B작가는 "그들의 입장도 있고 나의 입장도 있고 연출의 입장도 있을 때 사실은 서로 막 으르렁거리지만 70% 이상은 제작사의 입장이나 연출의 입장을 고려하게 돼요. 다만 지키고자 하는 정점을 못 지키게 했을 때는 싸우는 거죠. 극한상황까지 가게 되면 아이템을 아예 접어버리는 거죠. 내가 80%는 포기할 수 있지만 20% 이거는 내가 포기하지 못한다면 시놉시스 자체를 엎어버리는 거죠"라고 술회하며 자신의 경험을 논하기도 했다.

관련된 주체들 간의 관점의 차이나 압박과 관련해서, 드라마 작가들은 1차적으로 제작사와 갈등을 겪게 된다. 이는 드라마가 기획되고 대본이 만들어져 방송사에게 전달되기까지 제작사와 협업이 매우 중요한 몫을 차지하기 때문이다. 작가들은 드라마 속에서 자신들이 추구하는 가치와 초점을 지키려고 하고 제작사는 이윤과 관련된 부분을 강조하게 되는데, 대부분 계속 타협과 설득으로 해결하게 되지만, 서로 양보를 못 하는 지점이 생기게 되고 갈등이 심화되면 기획 중인 드라마를 포기하는 사태가 발생하기도 한다.

---

49 낮 촬영인지 밤 촬영인지, 실내 세트 촬영인지 야외 세트 촬영인지, 1회당 출연자가 몇 명인지, 군중 신(몹신)이 많은지 적은지에 따라 제작비가 현저하게 차이 나기 때문에, 작가의 선택과 배려에 따라 제작사는 제작비를 상당히 절감할 수 있다.

드라마 작가들은 제작사와의 협업이 원만히 마무리되어 방송사의 편성이 확정되면 '감독'이라는 매우 중요한 협업의 상대를 만나게 된다. 2005년도 이전에는 편성과 함께 감독이 작가를 선택하는 구조로 제작이 주로 이루어졌다면, 2000년대 중반 이후에는 작가가 미리 시놉시스와 통상 4회 정도의 초기 대본을 써놓은 다음에 만나기 때문에 감독과의 갈등의 요소는 더욱 커졌다고 볼 수 있다. 감독이 작가가 써놓은 대본에 맞추어 제작을 진행하는 경우도 있지만, 다시 자신의 의견과 감각을 강조하면서 대본의 수정을 원하는 경우에는 이미 1, 2년에 걸쳐 드라마에 깊숙이 개입되어 있는 작가의 고집을 꺾기가 쉽지 않은 사례들도 발생한다.

> [갈등이 생기는 경우] 서로가 합의할 수 있는 대안을 찾아야죠. [특정 작품을 할 때] 그게 안 돼서 감독이 따로 작가 팀을 꾸린 거죠. 생각이 다른 거잖아요……. 어떤 감독은 그런 이야기를 하더라고요. 여기에 이해할 수 없거나 감정적으로 들어갈 수 없으면 못 찍는다고. 결국 누가 파워가 있느냐의 문제인데, 작가가 고집을 부려서 찍는 경우도 있잖아요. 후반부에 서로 얼굴도 안 보고 찍기도 하잖아요. 이를 박박 갈면서. 저 같은 경우에는 그래도 최대한 합의를 보려고 노력해요.   ⓒ

연구 대상 작가들은 감독들과의 관계를 부정적일 때는 "으르렁거린다", "기싸움", "책임 떠넘기기", "앙숙", "배신"이라는 표현을 썼으며, 긍정적일 때는 "의기투합", "합의", "설득", "형제자매 같은 관계", "환상적인 궁합" 등으로 표현하면서 감독들과의 관계의 양면성과 직간접적인 갈등의 단면들을 두루 표현하기도 했다. 같은 배를 탔기 때문에 서로 존중하고 배려하면서 함께 일을 해야 하지만, "정말 맞지 않는 경우"에는 서로 일을 하지 않거나 결별하는 것이 현명하다는 견해도 나왔다. 예를 들어 감독이 자신의 영역을 넘어서 작가의 양해 없이 대본 수정을 과다하게 요구한다거나, 외압이나 시련이 닥쳤을 때 모든 책임을 작가의 탓으로 돌리면 함께 일을 할 수 없다고 작가들은 말했다. 작가들은 또한 방송이 시작되면 CP나 드라마국장 등으로 대변되는 방송사 간부의 압력과도 맞닥뜨려야 한다.

연구 대상 작가들은 드라마 제작은 익명의 수용자들을 비롯한 수많은 "시어머니들"과의 싸움이라고 표현하기도 했는데, 그중에서도 방송사 간부들의 시청률과 제작비 압박이 가장 직접적이고 강하다는 의견을 내놓았다. 심지어는 대본의 집필에 지장을 줄 정도로 압박이 심한 사례들도 있었다 : "CP가 방송 다음 날 전화하죠. 그게 스트레스를 많이 줬죠. [특정 작품을] 할 때는 CP가 전화해서 소리 지르고…… 국장에게 세 번이나 불려가고, 그랬는데 [다른 작품을 할 때는] 그때는 감독이 막아줘서 그런 일은 없었죠. [그 상황에서] 감독이 얼마나 답답했겠어요. 나를 미워했다고 하더라고요 (웃음). 그들의 좋은 의견은 받아들이겠지만 그 당시에는 굉장한 스트레스고 아이디어도 아니고 시청률에 대한 압박만 강조하고 그랬었죠." C작가가 겪었던 사례이다.

인터뷰 대상들은 방송사 간부들의 압박은 시청률에 따라, 감독의 성향에 따라 조금씩 다른 양상을 띠지만 늘 존재하며 의식하지 않을 수 없다고 말했다. A작가는 "일인 순수 창작이 아니라는 것, 협업 구조이기 때문에 창작에 대한 침해와 간섭, 압력, 그리고 [제작과 관련된] 현실적인 요인들에 대한 변화 때문에 스토리가 뒤틀리게 되고 바뀌고 다른 것을 만들어야 되는 스트레스……, 최초에 자기 그림으로 가려고 했던 것이 좌우에서 치이다 보니까 엉뚱한 데로 가게 되고 그런 고충이 제일 크죠"라며 작가들이 드라마 제작의 과정 속에서 절감하게 되는 고민과 난점을 들려주었다.

또 다른 예시로 작가로서 가장 견디기 힘든 제작사와 방송사의 압박은 제작비 때문에 이미 다 써놓은 대본을 수정해야 할 때라는 점이 인터뷰 과정에서 여러 차례 언급되기도 했다. 완성된 대본이란 작가와 감독이 상당한 합의점을 찾아 창작된 대본인데, 그 대본을 제작비에 맞춰 다시 쓰게 될 때 드라마 작가로서 큰 한계를 느끼게 되고 협업의 어려움을 절감하게 된다는 것이다.[50] 그래서 한 작가는 드라마 쓰기를 일종의 "멘털(mental) 스포츠"라고 간주하는 측면이 있다면서 작가가 정신적으로 강해지지 않으면 시청자의 반응, 제작사의 무언의 압력, 방송사의 시청률에 대한 압력 등을 이겨내지 못하게 되는 것이 현실이라고 문제점을 토로했다. 그런 측면에서 작가의 재능도 중요하지만 인성도 중요하며, "심약한 사람은 견디기 힘든 직업"이라는 공유된 체험이 나오기도 했다.

인터뷰 속에서 작가들은 창작 능력 못지않게 상당한 인내가 필요한 협업과 상호 이해의 노력을 통해서 의견을 조율하는 능력이 중요하다고 판단하고 있었는데 그 이유는 드라마 작가들이 '창작' 외에 문화 생산의 중개자이자 '엔터테이너'로서의 역할을 요구받는 제작의 현실에 주로 기인하는 것으로 해석된다. 드라마의 기획에서 대본의 완성에 이르는 작업이 1인 순수 창작만이 아니라는 측면, 시청률을 높여 이윤을 창출해야 한다는 압박의 상존, 작가로서 다시 "타석"에 설 수 있는 기회를 가져야 한다는 절박함 등이 현실적으로 드라마 작가들의 정체성을 구성하는 데 강하고 회피하기 어려

---

50 협업과 관련해서 감독들이 보이는 태도 또한 크게 다르지 않다. 인기드라마 〈해를 품은 달〉을 제작한 김도훈 PD는 "협업의 태도가 돼 있는 상대도 중요한 이유가 된다. 연출자나 작가의 경우 성공하면 가끔 안하무인의 태도를 보여준다. 나는 미적 관점이나 세계관이 비슷하고 잘 맞더라도 협업의 태도가 돼 있지 않다면 함께 작업을 하지 않는다"고 자신의 입장을 밝혔다. 『경향신문』, 2013년 5월 19일자 기사 참고.

운 제도적인 영향력을 발휘하며, 작가들의 습속에도 깊숙이 개입하고 있음을 알 수 있다.

드라마 작가들의 전략 : 수용자는 "매혹시키고 싶은 존재"이자 "슈퍼 갑"

연구 대상 작가들의 주요한 고민은 수용자들이 보고 싶은 드라마가 과연 어떤 것인지 알아내는 것이다. D는 수용자들을 "매혹시키고 싶은 존재"라고 했고, B는 시청자들을 "슈퍼 갑"이라고 칭했다. A와 C는 자신의 감성이 수용자 대중의 감성을 따라가지 못할까 봐 늘 고심하게 되는 측면을 지적했다. 드라마 작가에게 수용자라는 존재는 마치 풀기 힘든 시험지나 퍼즐처럼 느껴지는 것이다. C작가는 그런 측면에서 "첫 방송 시청률이 잘 안 나오잖아요. 어깨 위에 무거운 짐을 올려놓고 끝까지 가는 것 같아요"라고 자신의 체험을 이야기하기도 했다.

연구 대상 작가들은 드라마를 기획할 때부터 자신들이 준비한 드라마가 과연 수용자들의 호응을 얻을 수 있을지에 대한 구체적인 전략을 세운다. 물론 1차 독자인 보조작가, 제작사 프로듀서,[51] 제작사의 반응도 중요하지만 작가들이 궁극적으로 원하는 것은 수용자들의 반응이라는 점을 섭외된 작가들이 공통적으로 지적했다. 전략은 크게 두 가지로 나눌 수 있는데, 첫째는 초기 기획 단계인 시놉시스 단계에서 수용자 수준의 반응을 살피는 것이고, 둘째는 방송이 나가면서 회별 시청률과 분당 시청률 등을 살펴서 시

---

51 통상적으로 제작사 프로듀서는 기획 프로듀서와 제작 프로뉴서로 나뉘는데, 기획 프로듀서는 작가가 드라마를 기획, 집필할 때 모니터링도 해주고 정보도 교환하면서 제작사의 입장을 반영하는 역할을 수행하고, 제작 프로듀서는 드라마 제작 현장에서 예산을 집행하고 감독과 작가의 관계를 조율하는 등 제작 현장 전반에 걸친 일들을 관리한다.

청률이 높았을 때 나오는 인물들의 이야기의 비중을 점차 늘려 나가는 방법이다.

기획 단계에서 수용자들의 반응을 살피는 일은 매우 중요해서, A의 경우는 전문가가 아닌 일반 시청자 20~30명 정도에게 시놉시스를 돌려 읽게 했는데, 이때는 구체적인 드라마의 구성이나 인물의 형상화 등 디테일한 반응을 받는 것이 아니라 전체적인 느낌, 수용자들이 재미있어하는 이야기인지 아닌지를 파악하는 단계이다. 만약 이 단계에서 반응이 부정적이라면 준비하던 드라마를 접고 새로운 드라마를 기획해야 하는 상황이 도래하는 것이다. 그래서 현장에서는 "드라마는 기획이 50%"라는 말이 종종 사용되기도 한다. 그만큼 기획이 중요하다는 뜻이고 잘못된 기획에서 좋은 대본과 높은 시청률이 나올 수 없다는 의미이다. D의 시도는 방송사 자체 모니터 요원을 활용해 기획에 대한 수용자의 반응을 면밀히 살핀 경우에 해당되는데, 수용자들의 변덕스럽고 미리 파악하기 어려운 취향은 작가들에게 늘 숙제처럼 남아 있는 것이다. "[작가 생활을 오래 해왔지만] (수용자는) 정말 알 수 없는 타인인 것 같아요. 함께 가야 되는 존재죠. 없어서는 안 되고, 매혹시키고 싶은 존재죠. 참 너무 쉽지 않은 집단이죠."(D)[52]

---

52 물론 1차 독자인 보조작가, 제작사 프로듀서, 제작사의 반응도 중요하다. 드라마 기획 단계에서 전문가 집단의 반응과 수용자 수준의 반응을 살펴서 드라마를 진행하게 된다. 작가들은 기획 단계에서 전문가 집단이나 수용자 수준의 반응이 부정적으로 나왔을 때는 대부분 드라마 기획을 포기하고 다른 아이템을 찾아서 다시 시작한다. 기획단계에서 좋은 반응이 나왔을 때도 대본으로 진행하다 보면 어려움이 많이 생기기 때문에 초기 단계에서부터 부정적인 반응이 나오면 드라마가 성공하기가 어려울 것으로 판단하게 되는 것이다. 다른 작가 또한 수용자들의 관심에 대해 다음과 같이 논했다. "일반적으로 이쪽 관계자들이긴 하지만 모니터링을 많이 해야 해요. 되도록 비판적으로 구석구석 분석해서 보라는 것이 아니라 시청자 입장에서 쭉 봐서 재미있느냐 없느냐에 대한 모니터링을 요구하죠. 또 하나는 철저히 내가 대중의

두 번째 전략은 방송을 하면서 기존에 형성되어 있는 드라마판을 유연하게 활용하는 측면이다. 연구 대상 작가들은 이미 드라마의 구조와 갈등의 축이 세밀하게 짜인 상태에서 방송이 시작되기 때문에 수용자 게시판에 올라오는 다양한 의견을 따라줄 수는 없다고 말했다. 작가에 따라서는 어느 부분이 좋아서 반영하다 보면 드라마 자체가 산으로 가는 경우가 발생하기 때문에 방송 이후에는 참고 정도만 한다고 언급하기도 했다. 하지만 다른 작가는 드라마의 분당 시청률이 주목받는 현실이고, 어느 부분에서 시청률이 올라갔고 어느 부분에서 내려갔는지 실시간으로 확인할 수 있기 때문에 시청률을 분석해서 시청률이 많이 올라간 부분의 이야기를 늘리고 내려간 부분의 이야기를 줄이는 등 전체적인 틀을 깨지 않는 선에서 드라마에 수용자들의 요구를 반영하기도 한다는 자신의 경험을 털어놓기도 했다.[53]

또한 숨어 있는 수용자이자 제작진의 일부가 될 수도 있는 매니저 집단과 보조출연자들의 반응까지도 유심히 살피는 작가도 있었다. 편성이 확정되고 대본이 나오기 시작하면 캐스팅을 위해 매니저들과 보조출연자 사이에도 대본이 돌기 시작한다. 그들은 작가와 직접 접촉하지는 않지만 방송계에 떠도는 수많은 대본을 읽는 '독자'이고 누구보다도 대본에 민감한 사람들이기에 이들 구성원들의 반응을 살피는 것이 수용자의 입맛을 미리 파악하거나 감지하는 일이 될 수 있다고 작가들은 판단하기도 한다.

입장에 서보아야 해요. 수용자 입장에서 재미있는 이야기를 해야 해요. 기획이 50%라는 말이 맞아요…." A의 말이다.

53 C작가는 "어떻게 보면 그것이(시청률) 시청자 반응인데 시청자들의 말없는 요구일 수도 있잖아요. 그럴 경우에 어떤 캐릭터 둘을 붙여놨을 때 시청률이 떨어진다… 그러면 가급적 그 둘은 떼어놓고 이 인물과 저 인물은 크로스해서 붙여놓죠. 그런 전략은 있는 거죠"라고 말했다.

[드라마에 대한 반응들에 관해] 그거는 흔들리는 건 사실인 것 같아요. 왜 냐하면 매니저들도 선수겠죠. 그 사람들도 보는 눈이 있겠죠…… 또 보조출 연 섭외해주는 회사가 있거든요. 거기에 오디션을 봐라 하고 띄우면서 대본 까지 같이 내보내는 경우가 있어요. 그러면 그들도 반응이 있어요. 만일 양 쪽[매니저와 보조출연]의 반응이 다 나쁘다면 흔들릴 수밖에 없는 것 같아 요……. 그랬을 때 제작사나 작가나 연출자가 뭉치거나 협의를 하면서 중심 을 세우는 그 과정이 굉장히 중요한 것 같아요…….

(B)

연구 대상이 된 작가들은 공통적으로 수용자들의 반응을 매우 중요하게 생각했지만, 자신들이 그들의 요구와 타협점을 찾을 수 있는 지점까지만 수 용하겠다는 의지를 보이기도 했다. 작가마다 자신들의 장기가 있고, 쓰고 싶어 하는 이야기가 있으며, 잘 쓸 수 있는 이야기가 있는데 "수용자의 요 구"를 이유로 모두 받아들일 수는 없다는 고충을 짚기도 했다. 드라마 작가 들에게 수용자는 "슈퍼 갑"인 것은 분명하지만, 작가가 추구하는 가치와 충 돌을 할 때는 자신들의 가치를 지키려 하며, 타협점을 찾는 쪽으로 문제를 조율 혹은 해결하려고 한다는 측면을 드러냈다.

방송가에서 흔히 유능한 작가는 "시청자들을 들었다 놨다" 하는 작가라고 평한다. 인터뷰를 수행한 작가들은 "잘 쓰는 작가는 시청자들의 가려운 데 를 긁어주면서 할 말 다 하는" 작가라고도 표현했다. 수용자들은 자신들이 생각한 대로 드라마가 진행되면 쉽게 흥미를 잃지만 그렇다고 너무 낯선 방 향으로 끌고 가게 되면 따라오지 않기에, 연구 대상이 된 작가들은 "고전의 차용"과 "반전의 묘미"를 조합시키는 전략을 구사하고 있었으며, 보조작가 들을 서사의 구성과 스토리텔링 과정에 참여시킴으로써 드라마 집필의 생 산성과 질을 높이려는 노력을 시도하고 있었다. 한 작가는 동서고금을 막론 하고 끊임없이 관심을 갖게 되거나 반복되는 소재들이 있는데, 그 서사적인 자원과 가능성들을 어떻게 창의적으로 변형시켜서 보여주느냐의 문제가 스토리텔링에서 중요하다는 의견을 제시했다. 그는 고전 속에는 인간 본질에 대한 문제가 있고, 인간의 생사가 걸려 있는 곳에는 "극성"이 있어서 특정한 결의 드라마가 끊임없이 재생산되는 것도 그러한 이유라고 생각한다고 말했다. 그는 멜로와 복수, 이루어질 수 없는 사랑 등이 여전히 사람들에게 관심을 끄는 주요한 서사적인 요소들인데, 변화하는 시대상을 어떻게 (재)해석해서 새롭게 변형시키느냐가 관건이라는 입장을 자신의 특정한 경험을 중심으로 피력했다.

예를 들면 〈주몽〉 같은 경우에는 중국의 동북공정이 한참 심했을 때 사람들이 민감하게 느끼는 부분을 고전을 가지고 (재)해석한 거죠. 사실은 그것도 기획을 한 거죠. 동북공정에 대해서 우리의 고대사를 가지고 한번 해보자. 당대의 관심사였죠, 동북공정은. 그리고 허준 같은 경우도 의약분업 분쟁이 생겼을 때 참 의료인이 없다, 국민들을 담보로 해서 이익만 가지고 싸우느냐 하는 세태에 허준 같은 드라마가 나와서 환영을 받았던 거지요.   (A)

당대의 변화하는 문화트렌드나 사회적인 분위기에 촉각을 곤두세우며, 드라마의 소재를 찾는 일은 드라마 작가에게 늘 민감할 수밖에 없는 작업이다. 시청자의 마음을 사로잡아야 하는 입장에서 소위 "타이밍"이라고 불리는 당대의 감성이나 수용자들의 변덕스러운 '감정 구조'를 파악해야 하기 때문이다. 드라마 작가들은 일드, 미드는 물론이고 일본과 중국의 사극들 이에도 제3세계 드라마까지 열심히 보며 영감과 지식을 얻기도 하고, 책을 통해서 대중의 감성을 '읽어'보려는 시도를 실천하기도 한다. 이는 "드라마는 시대보다 딱 반 걸음만 앞서가야 한다"는 드라마 업계의 잠언을 실행하려는 측면을 반영한다. 하지만 이러한 "딱 반 걸음"이 의미하는 적절한 감성의 발휘가 결코 쉽지 않기에 드라마 작가들의 고민은 늘 고단하고 불안한 '현재진행형'이라고 할 수 있는 것이다.

한편 "반전의 묘미"는 드라마 작가들이 수용자들을 끌어들이려는 중요한 스토리텔링의 전략이다. 시놉시스상에 반전이 노출됐을 경우 급속하게 퍼지기 때문에, 반전을 숨기려는 드라마 작가들의 노력도 매우 필사적이다. 예시를 들면 D의 경우는 반전을 시놉시스에 기술하지 않고 관련 배우와 감독에게만 알려주었다고 말했다. 작가들에게는 시놉시스를 두 가지로 써서 대외용에는 반전이 없게, 관련자들이 보는 내부용에는 반전이 있게 설정하는 경우가 일반적이다. 그러나 어떻게 하든 여러 사람이 관련이 있다 보니 반전이 사전에 노출되어 곤혹을 치르는 경우도 있어서, 드라마 작가들의 반전을 지키는 방법도 점차 정교해진 것이다.

> 새로운 반전을 만들어냈어야 했는데 그런 반전은 시놉에 넣지 않았어요. 앞으로도 만약 중요한 반전이 있다면 시놉에는 이 인물에는 굉장한 반전이 있다 정도만 넣고, 반전의 내용은 배우와 감독 등 몇몇 사람들에게만 오픈해야[알려야] 한다고 생각해요. 왜냐하면 시놉과 대본의 유출 경로가 너무 많기 때문에… 일일이 스텝들을 감시할 수가 없잖아요. 요즈음은 대본과 시놉 지키기가 마치 전쟁과도 같아요.   (B)

또 다른 측면으로는 연구 대상이 된 작가들은 단 한 신(scene)도 놓칠 수 없다는 절박함에 드라마 집필 시에는 보조작가들과 함께 숙식을 하며 집중된 노력을 들이기도 하고, 편성이 되기 전 드라마를 준비하는 기간에도 보조작가들을 작업실에 상주하게 함으로써 스토리텔링 작업과 수정에 많은 노력을 기울이는 경우도 상당하다고 말했다.

부연하자면 끊임없이 수용자들의 시선을 의식하고 붙잡아야 하는 드라마 작가들 입장에서는 절대적으로 시간이 부족하기 때문에 밤이든 낮이든 보조작가와 함께 일하는 환경이 상당 부분 형성된 것이다. 작가 혼자가 아닌, 이야기를 다양하게 변주하는 과정에서 보조작가들과 끊임없이 더 개선할 점들을 찾아내고, 에피소드의 빈 구석을 찾아내 보완하는 지난한 작업이 필수적인 과정이 되었다고 인터뷰 대상들은 지적했다. 보조작가들을 활용하는 구체적인 사례에는 조금씩 차이가 있었지만, 보조작가가 드라마 콘텐츠의 구성에 가능한 많은 방향에서 기여하도록 집필 과정에서의 합리적인 접점을 찾아내거나 수용과 조율의 노력들을 들인다는 다수의 경험을 접할 수 있었다.

드라마 작가로 성장하면서 겪는 굴곡과 긴장

작가들은 생존의 문제와 싸우며 무명 시절을 겪었고, 어느 정도 성공한 이후에는 삶의 질에 대한 고민을 하게 된다. 어떻게든 단막극 한 편이라도 방송되어서 드라마 작가로서 이름을 올리는 것이 가장 절실한 시기를 견디고 데뷔를 한 후에는 일정한 간격으로 수입이 들어오는 드라마를 집필해야 하는 절박함으로 살게 되고, 성공해서 드라마 작가로서 어느 정도 이름이 알려지고 원고료도 높아지면서 삶의 질의 문제를 고민하게 되는 것이다. 전반적으로 생존의 문제가 삶의 질의 문제로 바뀌었을 뿐 드라마 작가들은 평범하고 안정된 삶을 영위하기가 쉽지 않은 구조 속에 놓이게 되는 것이다.[54]

---

54 이들은 일이 없었을 때는 생활비가 곤궁할 정도로 궁핍하게 살지만, 역설적으로 어느 정도 자리를 잡게 되면 쉴 틈이 없이 써내야 하는 상황에 처하게 된다. 작가들은 기본 극본료 외에 추가로 받는 '특별 고료' 중 일부를 계약금 조로 선지급받는데, 작가들 사이에서는 미리 지급받는 계약금을 소위 '글빚'이라 부른다. 일반인들에게는 낯선 '글빚'은 글을 써야 갚을 수 있다는 뜻으로 통용되는 말로, 계약금이 눈에 보

인터뷰 대상이었던 작가들의 습작 기간은 대체로 2년 정도였고, 그 후에도 무명 시절을 오래 겪었던 작가가 있는가 하면, 기회는 자주 왔지만 서툴러서 드라마가 성공하지 못했던 경우도 있었다. 결국 대중에게 작가 이름이 많이 알려지기까지는 데뷔하고 나서도 3년에서 7년 정도가 걸렸다. B작가의 경우에는 국문과 출신으로 마당극을 하면서 함께 이야기를 만들어가는 것에 대한 흥미를 느끼게 되어서 드라마 작가를 꿈꾸게 되었다. 그는 원래 소설을 쓰고 싶었지만 만들어진 이야기가 연기를 통해 구현되며 거기에 음악이 곁들어지는 마당극의 형식이 드라마와 매우 흡사해서 드라마를 써야겠다고 결심하게 된 경험을 토로했다. 그는 대학교 4학년 때 드라마를 배우고 싶어서 학원에서 6개월 특강 코스로 드라마를 배웠던 경험을 술회하기도 했다. B작가는 학교 공부와 병행해야 해서 결석도 많이 했는데 그때부터 2년간 습작을 한 후, KBS 극본 공모에 당선되면서 드라마 작가로서 데뷔하게 되었다. 그는 드라마 작가들이 보통 거치는 한국방송작가협회 부설 방송작가교육원을 거치지 않고 바로 방송국에 들어가게 되어 고생도 많이 했다고 자신의 경험을 술회했다.

　　그러니까 시행착오도 많이 겪었어요. 교육원을 안 다니니까 [드라마 쓰기와 생산의] 특성을 잘 모르고 관계도 잘못 풀고…… 한마디로 [제가] 어리바리했던 거죠. 교육원을 다니면서 방송국이 어떤 곳이라는 것도 일부 알게 되고 하나의 드라마가 어떤 단계를 거친다는 것도 알게 되고 남의 작품도 봤을 테고 품평도 해봐서 준작가가 되어 있었을 텐데…… 교육원을 다니지 않으

이지 않는 '족쇄'가 되어 편성을 받을 때까지 계속 써내야 하는 작가들의 상황을 '적나라하게' 시사해주는 표현이다. 최근에는 기존의 방송 원고료 계산법이 아닌 '통계약'이라고 해서 특별 고료의 개념 없이 회당 얼마로 계약하는 것이 일반적이다.

니까 너무 산골 소녀 같았던 거죠……. 교육원 과정을 통해 훈련이 되어 있었다면 금방 어떤 수준으로 올라갔을 텐데 어떻게 보면 현장에서 교육을 받은 거죠.

(B)

D는 드라마 작가 중에 보기 드물게 유학을 했던 경험이 있는데, 일본에서 학부를 마치고 돌아와 호텔에서 근무하다가 드라마 작가가 되는 독특한 행로를 택하게 되었다. D 역시 한국방송작가협회 교육원 출신이 아니었고, 호텔에 근무할 때 근처에 있는 MBC 아카데미에서 드라마 작법을 수강한 것이 계기가 되어 드라마 작가로 입문하게 되었다. 그는 드라마를 제대로 모르는 상태에서 열심히 습작을 했고 MBC 극본 공모가 있어 응모했다가 PD의 눈에 띄어 데뷔를 하게 되었고, 그 후에도 주간 단막극을 집필하는 등 기회는 일찍 왔지만, 그때는 드라마가 뭔지 모르고 썼다고 자신의 이력과 관련된 경험을 털어놓았다. A와 C는 방송작가협회 교육원 출신인데, A는 문예창작과 출신으로 시를 전공해서 라디오 구성작가를 하다가 드라마로 진로를 바꾸었고, C는 좀처럼 만나기 어려운 공대 출신의 작가인데, 추리소설을 쓰다가 드라마 쪽으로 선회하게 되었다.

연구 대상 작가들은 비교적 안정된 위상을 구축하게 되었지만, 자신들의 직업 속에 "안정된 사람은 단 1%" 정도밖에 되지 않는 점을 공통적으로 언급했다. 대다수의 드라마 작가들은 섭외되는 일과 재정적인 측면에서 극심한 불안정성을 겪고 있으며, 위계의 아래쪽으로 내려갈수록 생활이 유지되지 않는 작가들이 훨씬 많은 현실을 지적했다. 드라마 작가로 사는 것은 자신이 진정하고 싶은 일을 업으로 삼는 측면에서는 분명 축복받은 행로이지만, 평탄하고 안정된 삶을 사는 것과는 거리가 멀다는 측면에서 이들이 겪어야 하는 긴장과 굴곡 그리고 과정적인 불안감은 지대했다.

표 5. 연구 대상 작가들의 습작 기간에서 장편 드라마를 집필하기까지 기간

	전공	습작 기간	교육받은 기관	데뷔 연도	장편 드라마 집필 연도
A	문예창작	2년	한국방송작가협회 교육원	2000 (MBC 극본 공모 당선)	2003
B	국어국문학	2년	문화센터	1996 (KBS 극본 공모 당선)	1999
C	환경공학	2년	한국방송작가협회 교육원	1999	2007
D	일어일문학	6개월	MBC 아카데미	1999	2001

이 대목에서 드라마 작가로서 삶이 어떤 것인지는, 비교적 긴 과정을 거쳐 최근에야 대중에게 이름을 알린 드라마 〈추적자〉의 박경수 작가의 사례가 일정한 예시를 제공한다. 한 언론 매체에 의하면 "박경수 작가는 1998년 단막극 공모 당선 뒤 이듬해 〈카이스트〉에서 송지나 작가의 '새끼(보조)작가'로 본격 드라마 집필을 시작했다. 2006년 〈내 인생의 스페셜〉을, 2007년엔 〈태왕사신기〉를 공동 집필했다. 근 10여 년 동안 자신의 이름이 들어간 드라마는 단 3편이었다. 그는 그 기간 동안 '전업' 작가로서 매우 어려운 상황과 굴곡을 겪게 된 것이다."[55] 15년 동안 무명의 시절을 겪었고, 30대 초반에 시작해서 40대 중반에 이르러서야 드라마 작가로서 성공하게 된 그의 긴 준비 기간과 순탄하지 않은 궤적은 한국 사회에서 드라마 작가로 산다는 것이 어떠한지를 시사해주는 생생한 예시라고 말할 수 있을 것이다.

현업에서 흔히 '드라마 작가들에게는 정년이 없다'고들 말한다. 정년이 없다는 의미는 능력을 인정받으면 언제까지든 쓸 수도 있지만, 언제든지 그만

---

[55] 『한겨레』, 2012년 7월 13일자 기사 참고.

두게 될 수도 있다는 이중적인 함의와 부박한 현실을 반영하는 표현이다. 이 표현은 예전에는 오랫동안 자신의 일을 할 수 있다는 긍정적인 관점에서 주로 쓰였지만, 최근에 작가들의 세대교체가 빠르게 이루어지면서 부정적인 의미로 많이 쓰이곤 한다. 특히 가정을 가진 남성 작가의 경우, 평생 가장으로서의 책임을 다하기 위해서는 "몸값"이 높을 때 열심히 써서 일찍 닥칠 수도 있는 '암묵적인 정년'을 준비해야 하는 현실이 작용한다. 인터뷰 과정에서 드라마 작가들의 고료가 많다고는 하지만 정년이나 퇴직금이 없기 때문에 따지고 보면 한평생 직장 다니는 사람들보다 나은 게 없다는 응답과 지적이 여러 차례 나왔다.[56]

한 언론은 "방송작가 중 30%가 1년에 1,000만 원이 채 안 되는 수입을 올리고 있으며, 2,000만 원 미만의 연봉을 받는 사람도 50%를 넘어서는 수준이며…… 창작의 고통에 시달리는 대부분의 방송작가들이 고작 200만 원도 안 되는 월급으로 생활을 연명한다는" 기사를 제공한 바 있다.[57] 이 조사는 비드라마 부분 작가까지 포함하고 있는데, 교양, 예능, 라디오 작가들이 대개 6개월에 한 번씩 이루어지는 방송사 개편에 따라 움직이기 때문에 드라마에 비해 상대적으로 프로그램도 많고 집필 기회가 많다는 측면을 감안할

---

56 실제로 평생 직장을 다니는 일반적인 직장인들보다 수입이 많은 작가들은 상위 1% 정도밖에 안 된다는 현실에 대한 지적도 공통적으로 제기되었다. "어느 직업 세계에서나 상위에 있는 그룹은 다른 사람들이 보기에 과하다고 할 정도로 대우받는 것은 사실이죠. [작가들에게] 정년이 없다는 말은 퇴직금을 안 준다는 말이잖아요. 프로로서는 당연히 전성기라든가 가장 싱싱할 때 일을 많이 해야죠. 100만 원씩 150만 원씩 차곡차곡 받고 자란 작가는 없어요. 아예 한 푼도 못 받기도 하다가 메뚜기도 한철인 시기에 노후를 위해서 바짝 일해야 하는 거라고 생각해요…." 인터뷰에 응한 A작가의 말이다.

57 『오마이뉴스』, 2012년 11월 6일자 기사 참조.

때, 한 드라마를 몇 년씩 준비하는 경우가 상당한 드라마 작가들의 수입 차이는 보다 더 심각하다고 말할 수 있다.

현재 방송계는 철저하게 "자본의 논리"로 움직이기 때문에 방송시장에서 자신을 원하면 많이 받을 수도 있고, 필요 없으면 버려질 수도 있다는 매우 '양극화된 현실'을 잘 알고 있다 보니 작가들은 노후 대책에 대해 특히 불안해했다. C작가는 "[노후에 대해서] 요즘에 많이 느껴요. 과연 어떻게 해야 할까. 방법은 부지런히 많이 쓰고 해야 하는데, 그것도 시청률이 잘 나와야 가능한 이야기니까 그런 면에서 갑갑한 부분은 있는 것 같아요. 대학원도 다녀야겠다는 생각도 들고, 얼마나 쓸 수 있을지는 모르겠지만 고료를 어떻게 재테크해야 할까 하는 고민들이 있어요"라고 말하기도 했다.

A작가는 드라마 작가들은 "소모품"이라고 단정적으로 표현했으며, C작가 또한 "소모품"이란 표현을 적극적으로 부인하지는 않았지만 그렇다고 그렇게 단정적으로 말하는 것은 너무 냉소적인 느낌이 든다며, 오히려 자신의 입지를 "생활 작가"라고 이름 붙이고 싶어 했다. "생활 작가"란 말 그대로 많은 돈은 아니지만 생활이 될 정도의 돈을 꾸준히 벌고 일정한 안정성을 추구하고 싶다는 뜻인데, 이 단어는 드라마 작가의 직업 특성상 많지는 않다 해도 꾸준히 돈을 벌기란 쉽지 않은 현실에서 체득한 경험을 담아낸다. 드라마 현장에서는 3~4년 지나서 꼬박꼬박 작품을 하는 경우만 돼도 상황이 좋은 경우라고 판단하며, 자칫하다 6~7년의 '휴지기'가 도래하면 경제적으로도 매우 어려운 상황에 처하게 되고, 이 과정에서 소위 말하는 "방송에 대한 감각"도 잃게 되는 사례가 발생하기도 한다.

한편 불안한 경제적인 기반만큼이나 드라마 작가들에게 고통을 주는 것은 불규칙한 삶의 패턴이다. 연구 대상들은 일단 드라마 기획이 시작되면 밤이나 낮이나 늘 드라마에 집중하게 되고, 그러한 결과 일하는 시간과 쉬는 시간의 경계가 없어지고, 낮과 밤이 뒤섞이는 일상의 불협화음 속에 살아가게 되는 어려움에 대해 이야기하기도 했다.[58] 다른 직업군에 속한 사람들과 비교할 때, 작가들은 대다수가 정상적인 리듬으로 생활을 영위하기도 어렵고, 전화도 오지 않고 사람들을 상대하지 않는 밤에 작품을 쓰는 일이 습관이 되기도 하며, 시간에 쫓겨 밤을 새우는 날들이 이어지다 보면 밤과 낮을 거꾸로 사는 날이 많아져 건강을 해치기 쉬운 생활이 반복된다. 건강하게 오랫동안 글을 쓸 수 있을 것이라는 예상과 자신감이 줄어들고, 체력적인 측면에서도 소진되는 삶을 영위하면서 작가들이 정년이 없는 직업에 대해 느끼는 불안감은 더욱 커진다고 하는 반응들이 인터뷰에 응한 작가들과의 대화 속에서 공통적으로 드러났다.

드라마 작가들이 대면하는 구조적인 문제와 제도적인 압박들

드라마 작가들을 억압하는 문제로는 "절대 갑"으로서 방송사가 행사하는 직간접적인 압력이 있다. 편성을 따내는 것이 전쟁에 가까운 현실 속에서 방송사에서 요구하는 사항들을 전부 거부할 수도 없고, 그나마 제작사가 도와주는 경우가 있지만 제작사 역시 방송사 앞에서는 상대적인 "을"일 수밖에 없는 현실이 전개되기 때문이다. 방송사는 단적으로 표현한다면 작가들에게 편성의 기회를 줌으로써 "보람"과 "희열"을 느끼게 해주는 존재이고,

---

58 "하루의 온오프[시작과 끝]가 없다는 것이 고충인 것 같아요. 다른 직업은 아침에 출근해서 일하다 나오면 해방이잖아요. 그런데 이 일은 해방이 없잖아요. 드라마가 완전히 끝나고 다음 작품 시작하기 전까지 짧은 시간 완전히 오프잖아요. 그리고 드라마를 시작해서 어느 정도 발동이 걸리면 그때부터 머릿속에서 계속 작품이 남아 있기 때문에 온오프가 안 되는 거죠. 그런 측면에서는 작가로 산다는 건… 불행한 직업인 것 같아요." 작가 A의 말이다.

동시에 편성의 기회를 박탈함으로써 "불안감"에 떨게 하는 이중적인 행위자이다. 인터뷰에 응한 작가들은 거의 전원이 언제나 원하는 방송사와 시간대에 편성을 받을 수 있는 사람은 상위 1%라는 점을 강조했다. 나머지 대다수는 방송사 입맛과 요구를 수용할 수밖에 없는 입장이기 때문에 방송사의 과도한 압박이나 '조언'이 있다 하더라도 과격하게 대응하거나 반발하지 못한다고 말했다.

> 악몽이 떠오르네요. 방송사 입장에서는 그래요. 이 많은 물량을 수십억 수백억을 투자하는 데 있어서 작가의 손끝에 달려 있다. 뭐 제작비가 초과하고, 논리가 그거죠. 작가는 혼자 아트를 하는 것이 아니라 종합 대중예술을 생성하는 이들 속 스태프의 한 사람이면서…… 작가 한 사람이 설계자로서 청사진을 가지고 대본을 쓰는 입장에서 그 손끝에서 많은 것들이 결정되는데…… 그것 때문에 잘 될 수도 있지만…… 전체적으로 자본이든 시청률이든 모든 것을 말아먹을 수도 있는데 왜 말을 안 듣느냐. 철저하게 고용주 같은 느낌. 그러다 보면 작가가 소신을 가지고 창작을 하는 것이 아니라 고용주의 말을 들어주는 현실로 가게 되는 거죠. (A)

변화된 방송 환경 속의 문제점을 지적하는 답변도 있었는데, 기획안과 대본을 보고 편성을 확정해준 것이 방송사이기 때문에 설령 방송 중에 차질이 생기거나 문제가 발생해도 모두 작가한테 떠넘길 수는 없다는 입장의 표명이 그것이다. 방송사 자체 제작만 했을 때는 "라인업"되어 있는 감독이 작가를 선택하게 되면 기획안과 대본을 보지 않고서도 편성을 해주었지만, 이제는 방송사와 제작사가 사전에 기획안과 대본을 수차례 면밀하게 검토해서 편성을 결정하고 제작에 들어가기 때문에, 일방적으로 작가에게만 압력을 가한다는 것은 불합리하다는 의견을 인터뷰에 응한 작가들은 표출했다.

그러나 현실론으로 접근하면 편성과 기획 그리고 지원이라는 힘을 구사하는 방송사는 여전히 '갑'이고 작가들은 영원히 '갑'이 될 수 없기에, 작가들은 이런 불합리하지만 강건한 시스템에 정면으로 대항하기보다는 작은 대안을 찾거나 적응하는 것이 어쩌면 더 현명한 그리고 실질적인 선택이라는 제작 현실에서 체화한 인식을 드러냈다.

드라마 작가로 살다 보면 능력에 대한 절망이나 매너리즘을 탈피하기 위한 고민들, 강건하게 구축되어 있고 요구가 많은 제작 시스템에 대한 절망과 무력감 등이 '주기적으로' 찾아오게 되는데, 그 단계를 긍정적으로 뚫고 지나가야만 작가로서 살아남을 수 있는 현실의 압박감을 인터뷰 대상들은 공통적으로 지적했다. 인터뷰 과정에서 드라마 작가들이 마주치게 되는 복잡한 상황이 항상 유리하거나 좋지만은 않기에, 또한 관행화된 무리한 일정과 불안정성에 노출되는 존재들이기에, "절망을 긍정적으로 대처하는 법"을 익히지 않으면 드라마 작가를 계속할 수 없다는 견해가 여러 차례 공유·강조되기도 했다. 이는 섭외한 작가들이, 당시 시점에서는 상당한 위상과 안정성을 구현하기는 하지만, 작가로서 자신들이 지나쳐왔고 현재도 잠재적으로는 불안하고 취약한 위상을 여전히 체감하고 두려워하고 있으며, 또 다른 한편으로는 불합리한 방송 시스템과 일정 부분 맞서고, 적응 혹은 '순응'하면서, 드라마의 생산 과정에서 체득한 자신들의 생존과 대응의 방식을 압축적으로 포착하는 의견이라고 판단된다.

정리하면 이러한 특정한 작가적인 정체성과 개별적인 그리고 체화된 '생존'과 '간파' 그리고 '적응'과 '순응'의 전략은 자신들의 활동에 직간접적인 영향력과 압박을 발휘하는 드라마 제작을 둘러싼 제도적인 조건/실행들과 작가들이 대면하고 체험하면서 현실 속에서 구축하고 내재화하게 된 특정하고 구체적인, 동시에 매우 불안정한 작가적인 정체성과 이들이 선택하게 된 대응 전술의 면모를 보여준다.

조금 다르게 논하자면, 텔레비전 작가들은 생산자 연구가 주목하는 기자나 PD, 감독, 아나운서 등의 다른 방송과 언론 관련 종사자들에 비해 노동의 가치와 관련된 물질적인/제도적인 보상과 인정을 획득하기 위해서, 보다 치열한 생존과 적응의 게임을 펼쳐야 하는 주체들이다. 이러한 측면은 언론고시나 공채 등을 통해서 산업과 현장으로 일정수가 정기적으로 진출하고, 이 과정을 넘어서는 일정한 직업적인 안정성을 느낄 수 있는 이들 직종의 PD나 기자 등과 같은 정규직 종사자들과 비교해서, 작가들의 경우, 소수의 공모전과 같은 제한된 등용문을 제외하고는 장기간의─그리고 포기와 탈락이 빈번한─견습과 기약 없는 준비 과정을 통해서 자신들의 역능과 자질 그리고 대중의 취향 변화를 읽어내는 능력을 검증받아야 하는 행로가 매우 좁고 치열한 이력의 관리 과정을 겪게 되기 때문이다.

　하지만 이들 작가들이 구조화된 실행이나 관행과 압박 속에 수동적인 행위자로만 위치 지어지는 것은 아니다. 한정적인 사례이긴 하지만, 이 연구를 진행하면서 만나게 된 작가들은 상대적으로 긴 기간 동안의 부침 속에서도 일관된 준비와 모색 그리고 창의적인 작업으로 수용자 대중과 만날 수 있는 희소한 기회들을 얻게 되었으며, 이 과정에서 갑의 위상을 점유하는 기획사나 특히 방송사의 요구를 견뎌내고 협조하며, 제도적인 이해관계를 불균등한 방식이기는 하나 '조율'하거나 대응하는 구체적인 전술(tactics)들을 구축하게 된 이들이다. 물론 이러한 진단은 이 연구가 주목한 소수의 '성공한'─그럼으로써 운신의 폭이 상대적으로 좁지 않고, 제도의 압박과 성향을 상당 부분 간파한─작가들의 사례에 한정될 수 있을 것이다.

　생산자 연구의 갈래 중에서 특히 미디어장 내 하위직 혹은 비정규직 인력들의 사례를 분석하는 최근의 연구들은, 제도 내부의 직업군으로 진입하지 못한 주체들이 자신들의 불안정하고 소외되는 노동에 대한 심리적인 정당화와 생존술을 형성해가고, 또한 자신들이 선망하는 정규직에 대한 비판과 '신화화'를 어떻게 투사하는지와 관련된—즉 현실과 구조의 부조리함과 "심미화"된 판단과 자기정당화 사이에서 체화되는 양가적인 측면과 같은—"이중적인 전략"의 함의점들을 비교적 상세하게 조명한다.[59]

드라마 작가들의 경우, 앞서 언급했듯이 아직까지 축적된 사례 연구나 생산자 연구는 매우 희소하지만 이러한 측면과 관련해서 일정한 관찰과 추론이 가능해 보인다. 이 연구가 주목하지 못한 작가 집단 내 구성원들 중에 특히 '메인'으로 진입하지 못한 신인 작가나 막내작가들의 경우는, 진입과 더불어 공인을 준비하면서 높은 강도의 과업과 소외, 감정노동, 그리고 불확실한 미래상과 대면하며, 이 과정에서 진폭이 큰 갈등과 좌절, 고립감, 그리고 경제적인 어려움을 느끼게 되는 것이다.[60] 인터뷰에 응한 한 작가는 이

---

59 김동원, 「한국 방송산업의 유연화와 비정규직의 형성」, 한국외국어대학교 박사학위 논문, 2010 ; 박진우, 「유연성, 창의성, 불안정성」, 『언론과 사회』 19권 4호, 2011 ; 이상길 · 이정현 · 김지현, 「지상파 방송사 비정규직 노동자의 직무인식과 노동 경험」, 『방송과 커뮤니케이션』 14권 2호, 2013, 159~208쪽 ; 연정모 · 김영찬, 「텔레비전 연예정보 프로그램의 생산자 문화에 대한 민속학적 연구 : KBS 2TV 〈연예가 중계〉의 생산 현장을 중심으로」, 『한국방송학보』 22권 2호, 2008.

60 성공한 작가와 막내작가 사이의 차이를 예시해주는 기사가 있다. 한 언론에 따르면 "일부 스타 작가에 한정된 얘기라고 하지만, 인기 작가는 흥행의 확실한 보증수표가 되기 때문에 이들을 잡기 위한 원고료 상승도 불가피하다. 방송사들은 외주제작사가 만든 드라마의 편성 여부를 결정할 때 스타 작가의 집필 여부를 가장 중요하게 꼽는다. 열세에 놓인 종편의 드라마가 성공하면서, '스타 PD는 어려워도 스타 작가는 통한다'는 속설까지 만들어냈다. …[반면] 방송작가 10명 중 3명 꼴로 1년에 1000만 원 벌기가 힘들다. 절반가량은 2000만 원 미만의 연봉을 받는다. 막내작가로 시작해 자신의 이름을 낸 드라마를 집필하는 것도 낙타가 바늘구멍 통과하기보다 어렵다. 방송작가협회 관계자는 "드라마 집필은 고혈을 짜내는 작업과 다를 바 없지만 작가의 현실은 사람들이 생각하는 것처럼 녹록지 않다"고 전했다." 『서울신문』, 2013년 3월 25일자 기사 참고.

하위집단에 대해 다음과 같은 관찰점을 제시했다.

> [무엇보다도 이들을 압박하는 요소는] 생계에 대한 걱정이죠. 저는 그렇게까지 크게 압박을 받지는 않지만 신인 작가들에겐 불투명한 장래, 시간이 지나면 승진하고 이런 게 아니니까. 불안정한 직업이고, 특히나 남자 작가들 같은 경우에는 가장인데⋯⋯ [함께 시작했던] 작가들이 주위를 둘러보면 없잖아요⋯⋯ 같이 공부하고 활동했던 작가들. 생계가 안 되니까⋯⋯.   (A)

이처럼 제도 내에 진입한 작가들이라 해도, 이들 대다수는 주변에 중도 탈락하는 지망생이나 신인들이 속출하는 과정을 지켜보면서, 드라마는 혼자서만 "잘 쓰고 만족하는 것"이 아니라는 측면을 뼈저리게 느끼게 되고, 드라마 제작 과정 속에 깃든 권력관계들을 인식하게 된다. 아무리 작품성이 좋아도 시청률이 담보되지 않으면 편성될 수 없다는 냉엄한 현실과 방송사 내에 누가 실권을 잡느냐에 따라 집필 기회가 올 수도 있고 차단될 수 있다는 게임의 룰을 강하게 체험하게 된다. 처음에는 자신이 원하는 이야기를 멋지게 해보겠다고 '호기 있게' 드라마를 쓰던 신인 작가들이, 시간이 지나면서 결국 대중성의 확보와 방송사 실세의 취향까지도 관심과 주의를 기울이지 않을 수 없게 되는 것이다.

조금 다르게는 신인 시절 제작사와 계약을 체결하기 위해 제작사의 마음에 드는 기획안과 대본을 써서 열심히 "들이밀던" 작가들이 어느 정도 입지를 다지게 되면, 나름대로 제작사의 요구 사항을 거절하기도 하고, 조건을 내걸기도 하면서 자신의 '위치'를 지켜나가게 되는, 새로운 권력관계를 일정 부분 형성 · 향유하게 된다.[61] 제작사나 방송사의 요구를 들어주면서도,

---

61 "만일 일정 정도 내 안에서 그래 이 정도는 내가 해줄 수 있겠단 생각이 들면, 대

동시에 주요한 쟁점에 관해서는 자신의 입장을 고수하거나 저항하기도 하면서, 드라마 작가로서의 "품위"나 운신의 폭을 지켜나가게 되는 것이다. 즉 이 시기가 되면 자신이 앞으로 작가로서 추구해야 할 가치와 생존을 위해 선택해야 할 '지향점'을 스스로 간파하고 비교적 능동적으로 설정하게 되는 단계에 이른다. 신인 때는 그저 드라마 쓰는 일에만 몰두했다면, 이 시기에는 방송의 속성을 파악하게 되고 드라마 제작 과정의 중요한 변수들을 파악하게 되면서, 동시에 자신이 드라마 작가로서 생존할 수 있는 구체적인 방법과 방향성을 체득하게도 되는 것이다.[62]

이러한 단면들은, 보다 확장된 후속 연구의 몫이긴 하지만, 최근 수년간 축적되기 시작한 미디어 생산자 연구[63]가 포착하려고 시도한 특정 문화장 내에서 벌어지는 실천의 양식들과 이해관계에 대한 관련 주체들의 간파와

부분 제작사의 편의를 많이 봐줘요. [다수의] 작가들이 70% 정도는… [작가들 입장에서 보면] 다 같이 힘들어서 하는 건데 제로섬게임이 되게 할 순 없잖아요." B의 말이다.

62 "작가는 어느 순간 이삼십 대에 있을 수도 있지만 이 시기를 넘어가면 대개 남자 작가는 사극 쪽으로 가고 여자작가는 홈드라마로 가죠. 그렇게 되면 문이 더 좁아진다 말이에요. 과연 내가 작가로서 어떤 작품을 해야 하는가를 골몰하게 되는 것이거든요. 그렇기 때문에 그 부분에 대한 연구, 즉 감각을 넘어서는 작품이 과연 뭔가를 생각하게 되죠. 제 나름대로의 방법은 사회성이 강한 드라마, 강력한 드라이브가 걸리는 작품을 해야 되겠다는 생각을 많이 합니다." 진입 단계 이후의 삶에 대해 C가 말한 그 자신 나름의 생존법이다.

63 이기형, 「미디어 문화연구와 문화정치로의 초대」, 서울 : 논형, 2011 ; 이오현, 「텔레비전 다큐멘타리 프로그램의 생산 과정에 대한 민속지학적 연구 : KBS 〈인물현대사〉의 인물 선정 과정을 중심으로」, 『언론과 사회』 13권 2호, 2005 ; 임영호·김정아, 「프리랜서 방송 진행자의 현실인식과 대응전략 : 근거이론에 의한 분석」, 『언론과 사회』 19권 2호, 2011 ; 임영호·김은진·홍찬이, 「도덕경제와 에로장르 종사자의 직업 정체성 구성」, 『언론과 사회』 16권 2호, 2008.

특화된 전략, 경쟁, 압박과 이탈, 그리고 이 구조화되는 과정에서 집적되는 심리적·상징적인 정당화와 동력이 작가들의 활동과 직업적 정체성의 형성 과정에서도 상당 부분 체화되고 있으며, 동시에 여전히 상당한 긴장과 불안정성을 내포하고 있음을 시사해준다. 향후 작가 집단에 대한, 보다 범주와 대상을 넓힌 생산자 연구가 이러한 동력이 발휘하는 영향과 더불어 직업군 내부의 차이와 분화 그리고 불안정성의 재생산을 더 상세하게 그리고 맥락적으로 규명할 필요가 있다.

소결 : 드라마 작가들은 치밀하게
스토리텔링과 시청률 전략을 짜는 사람들

이 연구의 결과, 방송 드라마 제작 영역의 주요한 행위자인 드라마 작가들은 자신의 정체성과 역할을 지켜내기 위해서, 또한 살아남기 위한 치열한 경쟁과 협조의 과정 속에서 강한 강도의 노동을 영위하며, 다른 한편으로는 치밀하게 스토리텔링과 시청률 전략을 짜고 있는 주체들인 것으로 나타났다. 작가들은 매우 강화되고 있는 상업화의 논리와 직업군 내부의 경쟁이 강하게 각축하고 있는 방송계에서 어떻게 하면 현업의 작가로서 존재감과 가치를 계속해서 인정받으며 살아가야 하는지에 대한 모색과 고민 그리고 생존의 방식을 치열하게 체험한다. 드라마 작가들은 자신의 직업에 대해 "보람", "희열", "행복함", "돈과 명예를 동시에 얻을 수 있는 직업", "사회적인 책임 의식" 등의 표현을 써가면서 긍정적으로 표현하거나 포장하고 있지만, 동시에 대중의 변덕스러운 취향과 감정 구조를 읽어내지 못해 집필의 기회를 잃어버릴까 봐 깊은 불안감과 불투명한 전망을 체감하고도 있었다.

이러한 '이중적인 고민과 균열된 정체성'은 시청률과 물질적인 보상이라는 절대적인 잣대로 작가의 능력과 역할을 평가하는 방송 시스템에서 주로 기인하는 것이며, 이런 조건 속에서도 드라마 작가들은 대중과 만나고 공감을 끌어내기 위해서 드라마 기획 단계부터 시청자들이 원하고 기대하는 요소들을 포착하려는 세밀하고 집중된 노력을 기울인다. 또한 자신들의 정체성을 새로운 "엔터테이너" 집단으로 정의하면서, 변화된 방송 환경에 능동적으로 적응하려는 모습도 상당 부분 보여준다. 드라마 작가들은 제작진을 대표하는 감독과는 종종 대립하기도 하지만 설득과 타협을 통해서 그리고 가능한 차원의 협업을 매개로 극한 상황에 이르는 것을 막고자 하며, 이를 이루어내기 위한 노력이나 조율 그리고 부분적인 수용과 적응의 단면들을 보이기도 한다.

드라마 작가들이 직면해 있는 대표적인 고충으로는 불안한 노후, 불규칙한 수입, 편성권을 가지고 있는 방송사의 드라마 제작을 둘러싼 여러 가지 압박 문제가 제기되었다. 한편 연구 대상 작가들 사이에 불안감이 증폭되는 측면으로는 다채널 시대의 다변화된 시청자들의 욕구와 미드, 일드 등 케이블과 지상파에 이미 유입되어 확연하게 영향력을 발산하고 있는 외국 드라마들과도 경쟁하게 되면서, 필연적으로 드라마 작가들에게 가해지는 부담과 경쟁의 체계가 드라마 수용의 장에서 보다 가시화되면서 작가들을 강하게 압박하고 있는 환경을 거론할 수 있다.

이 연구는 그간 학술적인 분석과 진단이 매우 미진하고 활성화되어 있지 못한 방송 제작 영역 내 드라마 작가 집단의 활동과 이들의 직업적인 정체성에 대한 비교적 상세한 질적인 분석과 심층 인터뷰를 수행하였다. 이 작업을 수행하면서 대중 드라마와 관련된 문화 생산의 주요한 몫을 담당하면서도 아직까지는 그들이 처한 환경이나, 작업과 역할의 특성 그리고 가치체계가 크게 분석되고 있지 않은 드라마 작가 집단의 활동을 일련의 쟁점들을 중심으로 '근접해서' 조명하려는 노력을 담고자 했다.

그럼에도 이 연구는 드라마 작가들 외에, 이들의 작업을 도와주는 보조작가들, PD와 편성 인력 그리고 제작사 등을 포함하는 드라마의 생산에 개입하고 있는 복수의 행위자들이 벌이는 상호작용과 협업 속에서 실천되는 게임의 단면과 '룰'들을 보다 다층적으로 그리고 치밀하게 분석·진단하는 수준에까지는 다다르고 있지 못하다. 결코 쉽지 않은 준비의 과정을 거쳐서 상당한 위상을 확보하게 된 소수의 작가들의 이력과 궤적 그리고 이들이 발휘하는 작가적인 행위자성과 활동의 특징들을 풀어내는 상당한 자료와 관찰을 제시하긴 했지만, 분석의 초점과 기술과 관련해서 보다 입체적인 해석과 깊이를 제공하는 측면에서는 여전히 일정한 한계를 보이기 때문이다. 또한 이 작업은 다년간의 준비 기간을 거쳐서 현재는 전문 작가로서의 위상을 구현하게 된 4인의 작가의 축적된 경험과 행로, 그리고 활동에 초점을 맞춘 미시적인 연구이기에 분석의 결과를 확장시키기에는 일정한 한계를 갖는다.

chapter 2

대리만족과 '사이다'로 '매출'을 올리는
웹소설 작가의 세계[1]

1 ## 웹소설 작가에
주목하는 이유

장사하는 거 아닙니까? 작품성을 1순위로 놓지는 않으니까요. 누가 뭐래
도 매출이 1순위죠. 매출이 안 나오면 조기 완결해버리는 거죠. 우린 이야기
를 판매하는 게 목적이니까요.　　　　　　　　　　　　　(웹소설 집필 8년 차 작가)

"안 본 사람은 있어도, 한 번만 본 사람은 없다." "한 번 경험하면 멈출 수
없다."라는 말로 대변되는 웹소설의 인기가 미디어 콘텐츠 시장을 뒤흔들
고 있다. 2013년 100~200억 원이었던 국내 웹소설 시장 규모가 2022년에
는 약 1조 390억 원[2]으로 집계됐다. 2020년까지만 해도 6,400억 원이었던

1　이 글은 2022년 『한국콘텐츠학회논문지』 제22권 제10호에 발표한 「미디어 콘텐츠
　　생산자로서 웹소설 작가의 정체성 연구 : 심층 인터뷰와 자기기술지를 중심으로」가
　　원본이며 책 전체 내용에 맞게 개작하였다.
2　문화체육관광부가 한국출판문화산업진흥원과 함께 진행한 '2022 웹소설 산업 현황
　　실태조사' 결과(2021년 기준).

시장 규모가 약 2년 만에 62% 늘어났으며 2013년 웹소설이 등장한 이후 10년 남짓한 기간 동안 최대 100배가량 성장했다.[3] 이러한 현상은 'PC 또는 모바일을 통해 유통되는 소설'인 웹소설이 웹툰과 함께 소위 '스낵컬처(snack culture)'라는 문화적 트렌드로 주목받으며 대중의 관심을 끌면서 '소비되는' 대중문화로 자리를 잡고 있기 때문이다. 스낵컬처란 시간과 장소에 구애받지 않고 즐기는 스낵처럼 출퇴근 시간이나 점심시간 등 5~15분의 짧은 시간에 즐길 수 있는 문화콘텐츠로, 문화의 스낵컬처화는 스마트폰이 대중화되면서 나타난 새로운 문화적인 경향 혹은 현상이 되었다.[4]

소설의 사전적인 의미는 "사실 또는 작가의 상상력에 바탕을 두고 허구적으로 이야기를 꾸며 나간 산문체의 문학 양식으로 일정한 구조 속에서 배경과 등장인물의 행동, 사상, 심리 따위를 통하여 인간의 모습이나 사회상을 드러내는 것으로, 분량에 따라 장편·중편·단편으로, 내용에 따라 과학소설·역사소설·추리소설 따위로 구분할 수 있고, 옛날의 설화나 서사시 따위의 전통을 이어받아 근대에 와서 발달한 문학 양식"이다.

이러한 소설이 웹이라는 디지털 기술과 합쳐져서 전혀 새로운 양식과 의미를 가지고 급성장했다. 산문체의 소설은 웹소설에 와서 운문체가 되었으며 '읽는 소설'이 아니라 '보는 소설'로 자리매김했다.[5] 이 연구는 웹소설이 문학의 한 장르가 아니라 '미디어 콘텐츠'로서 생산되고 소비되는 현상에 집중하여, 미디어 영역 내 문화연구에서 통상적으로 관심을 가지고 있

---

3 최수문, 「K드라마 원천 웹소설 시장, 1조 넘겼다」, 『서울경제』, 2023.9.7.
4 김경애, 「'보는' 소설로의 전환, 로맨스 웹소설 문화 현상의 함의와 문제점」, 『인문사회21』 제8권 제4호, 2017.
5 위의 글.

는 생산자 연구, 텍스트 연구, 수용자 연구의 순환고리 속에서 콘텐츠 생산자로서 웹소설 작가의 정체성과 노동 과정, 그들이 추구하는 가치, 그들이 웹소설을 쓰게 된 계기와 과정에 대해 살펴보는 생산자 연구를 시도하려고 한다.

김경애는 웹소설을 웹을 기반으로 한 문화적 놀이의 한 형태로서 정의하며 '읽는' 소설에서 '보는' 소설로 소설로서의 존재를 바꾸었다고 하였고, 이융희[6]는 '웹소설'의 현상을 어떻게 연구할 것인지에 대한 방법론적 제언을 하면서 '장르문학'이라는 용어를 웹소설이라는 매체의 공급자–수용자의 인식장 내에서 제한하기 위해 문화연구에서 바라보는 수용자 담론의 장르 접근법으로 접근하고자 한다고 밝혔다. 이제 웹소설은 '읽는 소설'이 아니라 '보는 소설'이자 동시에 드라마나 예능, 다큐멘터리를 다시 보기 할 때처럼 매회 끊어서 비용을 지불하는 미디어 콘텐츠 문화상품으로 보는 것이 자연스러운 현상이 되었다. 짧게는 수십 회, 길게는 수백 회에 걸쳐 연재하는 웹소설은 형식 측면에서도 드라마 연속극과 유사하며, '절단 신공'[7]이라고 부르는 매력적인 엔딩을 수용자들에게 제공하기 위해 스토리를 구성해야 하는 내용 측면에서도 드라마 연속극과 흡사하다. 또한 웹소설은 지식재산권인 IP(Intellectual property)를 기반으로 웹소설로 성공하면 웹툰으로 만들어지고 웹툰으로도 인기를 끌면 드라마나 영화로 제작되면서, 더 많은 장르의 문화상품을 만들어내는 미디어 콘텐츠 산업의 원천 스토리로 자리매김하고

---

6 이융희, 「디지털 매체 기반 장르문학 연구의 가능성 – 웹소설 연구를 위한 제언」, 『한국언어문화』 제73권, 2020.

7 유주현, 「'절단신공'과 소액 결제의 결합… 웹소설, K콘텐츠 보물창고로 떴다」, 『중앙선데이』, 2021.

있다. 이제 웹소설은 매체를 통해 생산·소비되는 영상문화 콘텐츠와 거의 같은 속성을 가지고 수용자를 만나고 있다고 보는 것이 타당할 것이다. 웹소설을 만들어내는 작가가 미디어 생산자가 되어 웹소설 텍스트를 만들어 내 웹이라는 매체를 통해 수용자를 만나게 되고, 수용자는 연독률[8]과 조회수로 생산자와 텍스트에 반응하는 구조이다. 전형적인 커뮤니케이션 회로 안에서 웹소설의 시장이 움직이고 있는 흥미로운 현상이다.

그런 의미에서 이 연구는 미디어 영역의 문화연구 내의 생산자 연구의 관점에서 웹소설 작가를 미디어 생산자로 보고 그들의 노동 과정과 노동의 특성, 그리고 그들이 추구하는 가치와 정체성에 주목할 것이다. 특히 웹소설 작가가 20만 명[9]이라는 현실 속에서 웹소설 작가들이 다른 분야의 문화콘텐츠 생산자와는 다른 어떤 정체성을 가지고 어떤 노동 과정을 거쳐 미디어 콘텐츠 생산자로 생존하며 자신들의 가치를 지키려고 하는지 살펴보려고 한다.

지금까지 웹소설 연구는 변형된 소설로서 웹소설, 장르문학에서 발전한 B급 문학으로서의 웹소설이 주를 이루었으며 최근에서야 문화연구의 한 분야로 웹소설 연구에 접근하기 시작했다.[10] 이 연구는 여기서 한 걸음 더 나아가 웹소설을 생산하고 있는 웹소설 작가를 미디어 생산자로서 주목하여 그들의 정체성과 노동 과정을 담는 작업을 시도한다.

---

8 전편 대비 꾸준히 읽히는 비율. 매회 끊어서 결제하는 웹소설에서는 매우 중요한 지표가 된다.

9 김미경, 「웹소설 작가 20만명 시대⋯ 출판시장 넘본다」, 『이데일리』, 2022.

10 이융희, 앞의 글, 2020.

2 폭발적으로 성장하는 웹소설 시장의 주인공은 웹소설 작가

웹소설은 한 회에 4,500자에서 5,500자 내외의 분량으로 대체로 10분 안 팎이면 읽을 수 있게 PC와 모바일을 통해 제공하는 소설을 말한다. 한 편의 이야기는 연속성을 가지고 있어서 장르에 따라 60회에서 300회 이상까지 연재된다. 이러한 웹소설은 네이버 웹소설, 카카오페이지, 북팔, 리디북스, 문피아, 조아라 등 많은 플랫폼에 게재되고 수용자들은 자투리 시간을 이용 해 플랫폼에 방문하여 즐기는 형식을 취한다. 김경애[11]는 이러한 현상을 자 투리 시간을 이용해 순간을 느끼고 순간순간 문화를 경험하고자 하는 현대 인의 요구와 현대 문화산업이 맞아떨어진 지점에 놓여 있다고 진단하면서, 웹 콘텐츠의 융성을 각박한 생활 속에서 지금, 여기, 현재의 행복을 추구하 는 현대인의 요구와 모바일 기술, 그리고 문화산업이 만나 이룬 결과물로 보았다. 웹소설은 웹을 이용해 힘들고 고단한 일상에서 잠깐씩 맛보는, 가 볍고 재미있는 상상의 놀이이며 대중들이 즐기는 미디어 콘텐츠라고 본 것 이다.

웹소설은 내용적인 측면에서는 장르문학에 기반을 두고 있다. 웹소설에 서 소비되는 텍스트, 즉 '장르문학'을 규명하기 위한 미학적 토대가 필요하 지만, 국내에서 장르문학의 담론은 30년 가까운 세월 동안 제대로 누적되 지 못하였다. 인터넷 소설 시대부터 장르문학은 어린 세대들의 욕망을 드러 내는 상업주의적이고 하찮은 문학으로 멸시되기만 할 뿐, 그러한 소비가 어 떤 방식에서 어떤 플랫폼을 통해 어떤 구소로 유통되는지에 대한 규명은 이

---

11 김경애, 앞의 글.

루어지지 않았다.[12] 이제 웹이라는 디지털 매체를 통해 수용자를 만나는 웹소설은 단순한 문학의 범주 안에서만 봐서도 안 되고 그렇게 봐서는 이해할 수 없는 유통구조와 속성을 가지게 되었다.

　장르소설은 최근 본격화되고 있는 SF·무협·판타지·추리·호러·로맨스 등, 이전에는 '대중소설'로 통칭되던 소설의 하위 장르들을 두루 포함하는 말이다. 장르소설이란 용어는 SF·무협·판타지·추리·호러·로맨스를 읽는 독자층과 적극적인 옹호자들이 증가하면서 '대중소설'이라는 용어에 깃든 멸시감을 피하려고 문학계와 출판계, 저널리즘, 옹호자들이 암묵적으로 타협하여 사용하고 있는 용어라 할 수 있다.[13] 그중에서도 웹소설에 주목하는 이유는, 그것이 웹을 기반으로 한 문화적 놀이의 한 형태로서 '문학적 형태를 띤' 현상[14]으로 드라마나 예능, 다큐멘터리, 영화와 같은 기존의 미디어 콘텐츠와 같은 형태로 소비되고 있기 때문이다. 영화나 드라마 등 영상 콘텐츠를 제공하는 OTT 플랫폼, 다양한 장르의 웹툰을 제공하는 웹툰 플랫폼과 마찬가지로, 웹소설은 웹소설을 제공하는 웹소설 플랫폼을 통해 유통되면서 기존의 미디어 콘텐츠와 동일한 방법으로 수익을 창출하고 있다. 상업성을 추구하는 플랫폼 비즈니스 기반의 미디어 콘텐츠의 성격을 띠게 된 것이다.

　웹소설의 시장 매출은 2013년 네이버 웹소설이 등장한 이후 10년도 되지 않아 2021년 1조 원을 넘겼다. 독자층도 연령별로 고루 늘고 있어서 주 소비층은 1020세대지만 다양한 장르와 소재가 등장하면서 수용자층이 확대

12　이융희, 앞의 글.
13　김기란·최기호, 『대중문화사전』, 현실문화연구, 2009.
14　김경애, 앞의 글.

되고 있으며 웹소설 플랫폼인 문피아의 경우, 총 이용자 수는 120만 명(2021년 2월 28일 기준)으로 연령별 회원 가입 현황을 보면 10~20대 비중이 절반 이상(61%)을 차지한다.[15] 김성신은 "30대 이상의 기성세대가 '디지털 이주민'이라면, 20대 이하는 '디지털 원주민'이다. 온라인 콘텐츠 소비에 익숙한 MZ세대[16]의 디지털 문화 태도는 본질적으로 다를 수밖에 없다"며 "풍찬노숙하며 하위문화에서 출발해 거대한 문화생태계를 만든 웹소설은 태생부터 강한 경쟁력이 있고 문화적 권력을 독점한 기성세대가 검열할 수 없다는 점 등도 시장 자체를 키우는 긍정적 역할을 했다"고 웹소설의 성장 배경을 진단했다.[17] 네이버 시리즈의 경우에는 웹소설 독자가 30대에서 50대까지 광범위하게 분포하고 있는데 일찌감치 장르소설을 경험했거나 웹소설을 접한 수용자들이 성인이 되고 중년이 되어 자연스럽게 웹소설 세계에 머물러 있다고 할 수 있다.

　전체 웹소설 시장 규모의 증가, 웹소설을 즐기는 수용자 증가와 함께 주목해야 할 부분은 웹소설 작가의 규모와 특징이다. 현재 웹소설 작가는 20만 명으로 추산하고 있는데,[18] 이는 고등학생부터 전업주부, 검사, 의사, 공무원 등 다양한 사람들이 부업으로 웹소설을 시작해서 웹소설 시장으로 유입되고 있기 때문이다. 웹소설 작가들이 급증하는 이유는 우선 돈이

15　한소범, 「"콘텐츠 원석 낚자" 커진 웹툰·웹소설 시장에… '억 소리' 공모전들」, 『한국일보』, 2022.

16　1980년대 초~2000년대 초에 출생한 밀레니얼 세대와 1990년대 중반~2000년대 초반 출생한 Z세대를 통칭하는 말이다. 디지털 환경에 익숙하고, 최신 트렌드와 남과 다른 이색적인 경험을 추구하는 특징을 보인다.

17　한소범, 앞의 글.

18　김미경, 앞의 글.

되기 때문인데, 종이책 인세는 정가의 10% 안팎이지만, 웹소설의 경우엔 30~40% 선으로 전자책 혹은 종이책 단행본으로 출간되면 2차 수익도 가능해서[19] 작가 입장에서는 매우 이상적인 수익구조로 알려져 있다.

억대 수입의 작가들도 급격히 증가해서 〈나 혼자만 레벨업〉 〈전지적 독자 시점〉 등의 인기작은 단일 작품 수입이 100억대가 넘고, 해외 진출도 활발해서 웹소설 〈도굴왕〉은 영어, 중국어 버전뿐 아니라 최근 일본어 서비스도 시작했다. 특히 인기 웹소설은 웹툰이나 드라마·영화로 이어지며 지식재산권(IP) 수익으로도 연결되어 웹툰의 기획자, 드라마·영화 제작자들은 웹소설 IP를 확보하기 위한 치열한 전쟁을 벌이고 있다. 2018년 tvN에서 방영된 〈김비서가 왜 그럴까〉는 약사 출신인 정경윤 작가의 웹소설을 드라마화한 것이고, 판타지 사극 〈연모〉와 〈옷소매 붉은 끝동〉도 웹소설이 원작이다. 〈전지적 독자 시점〉은 영화 〈신과 함께〉를 만든 제작사가 영화 제작에 나섰으며 기획사 하이브도 그룹 방탄소년단을 소재로 웹소설 시장에 뛰어들었다. 시장 규모가 커지니 웹소설 플랫폼들은 매년 10억에서 수억 원까지 상당한 상금을 걸고 작가를 모집한다. 비교적 원고료가 높은 드라마 공모전 상금과 비교해도 놀랄 만한 금액이다. 2022년 5월 개최된 웹소설 플랫폼 '문피아' 공모전에는 작가 4,000여 명이 참여해 5,500편을 출품했다. 이 중 신인 작가는 2,100명, 대부분이 회사원, 공무원, 의사, 프로그래머 등 투잡족이다.[20]

진입장벽이 낮아 누구나 쉽게 무료 연재부터 시작할 수 있어서 웹소설을 즐기는 사람만큼이나 웹소설을 쓰고 싶어 하는 사람들이 많다. 지금의 웹소

19　이혜윤, 「전업주부부터 검사까지… 그들은 왜 웹소설에 빠졌나?」, 『조선일보』, 2022.
20　위의 글.

설은 기존의 인쇄문학에서 주로 주변부에 머물렀던 로맨스, 판타지, 미스터리, 무협 등 소위 '장르소설'이 디지털 시대 대중의 요구에 힘입어 창작, 소비되는 대표적인 대중문학[21]이자 대중적인 미디어 콘텐츠가 되었다고 볼 수 있다. 또한 웹소설 작가들은 웹 기반 플랫폼을 통해서 미디어 콘텐츠를 생산하는 생산자로 지식재산권인 IP(Intellectual property)를 소유하게 되면서 이전에는 상상할 수 없었던 막대한 수익을 창출하고 하고 있다.

3 미디어 콘텐츠 생산자로서 웹소설 작가를 만나다

미디어 영역의 생산자 연구는 심층 인터뷰와 자기기술지, 그리고 참여 관찰이라는 질적인 방법으로 미디어 문화연구 안에서 지속적으로 이루어졌다. 콜드웰(Caldwell)[22]은 텍스트 재현에 중심을 두었던 문화의 생산(production of culture)을 넘어 생산문화(culture of production)를 다루어야 한다는 점을 지적하면서 미디어 생산 영역은 의미의 생산이 이루어지는 공간일 뿐만 아니라 각각의 이데올로기가 투쟁하는 곳으로 인식해야 한다고 주장했다. 여기서 생산자들은 생산 영역 내외부의 다양한 요소들에 의해 물질적인 제약을 받거나 맞서 투쟁하는 '능동적인 행위자로서' 상정된다.[23]

---

21 김경애, 앞의 글.

22 Caldwell, J.T. *Production culture: industrial reflexity and critical practice in flim and television*, Durham, N.C : Duke University Press, 2008.

23 연정모 · 김영찬, 앞의 글, 82~122쪽 ; D'acci, J., *Defining women: Television and the case of Cagney & Lacey*, Univ of North Carolina Press, 1994 ; Gitlin, T., *Inside prime time*. Univ of California Press, 1994 ; 김미숙, 앞의 책, 2018.

미디어 생산자 연구는 "미디어에 대한 제도와 정책 중심의 거시적인 분석을 수행하는 정치경제학 접근이나 미디어 산업론과 일정하게 차별화되는 생산자 군의 활동에 대한 미시적인 차원의 관찰을 수행"한다.[24] 즉 미디어 생산자 연구는 생산 영역 중에서도 미디어 생산의 주체가 되는 특정 대상들에 주목하며 생산자들이 노동 과정에서 적용하고 체화하는 특정 가치들을 조명하며, 노동 과정 및 전문가 집단으로서의 특성을 파악한다. 더 나아가서 어떠한 작업환경 및 성향 체계 그리고 제도 등의 이해관계 속에서 생산물을 기획, 제작하는지 또한 그 과정에서 어떠한 제도적·조직적 영향력들이 행사되는지 분석한다.[25]

웹소설 작가를 미디어 산업 내에서 웹소설의 기획, 집필, 유통을 책임지며 독자들을 끌어들이는 전략을 담당하는 매우 긴요한 생산자로 인식하고 생산자 연구를 시도하기 위해 연구자는 2022년 1월부터 웹소설 작가나 지망생이 약 5만 5천 명이 가입(2022년 8월 기준)하고 있는 온라인 카페에 들어가 참여 관찰을 시작했으며, 2022년 3월경에는 그 안에서 만들어진 소규모 온오프라인 집필 모임에도 가입하고 웹소설 작가들의 노동 환경과 집필 경험 등을 공유하기 시작했다. 웹소설 작가 또는 작가 지망생들이 참여하는 오프라인 소규모 모임은 일주일에 두세 번 정도 열렸는데, 화제가 된 작품에 관해 토론하기도 했으며 웹소설을 쓰는 어려움을 서로 공유하며 유익한 정보들을 나누기도 했다. 또한 모임의 회원들은 '모여서 집필'하는 날을 정해서 오전 10시부터 오후 6시까지 스터디 카페나 모임의 회원이 제공하는

---

24 이기형, 「'현장' 혹은 '민속지학적 저널리즘'과 내러티브의 재발견 그리고 미디어 생산자 연구의 함의」, 『언론과 사회』, 제18권 제4호, 2010, 107~157쪽.

25 김미숙, 앞의 책, 2018 ; 이기형, 위의 글, 107~157쪽 ; 이오현, 앞의 글, 117~156쪽.

공간에서 만났다. 연구자도 온라인 오픈 채팅방을 통해 상시로 회원들과 소통하였으며, 오프라인 모임에 참여하여 함께 집필하는 시간을 가졌고 점심, 저녁 등을 먹으며 웹소설 작가들의 생활과 고민에 대해 의견을 나누며 참여 관찰하는 시간을 가졌다.

다른 한편으로는 웹소설로 데뷔하여 일정한 성과를 내고 있는 웹소설 작가 여섯 명을 섭외하여 웹소설 작가가 된 과정과 노동의 의미, 웹소설 작가의 정체성 등에 관한 심도 높은 심층 인터뷰를 진행하거나 웹소설 작가의 생활에 대해 상당한 내용이 세밀하게 서술된 자기기술지를 받았다. 심층 인터뷰는 작가들의 작업실이 있는 구파발이나 경기도 수원 등에서 이루어졌으나 심층 인터뷰가 진행되는 동안 코로나 상황이 매우 심각해져서 전화 인터뷰로 변경하여 진행하기도 했다. 자기기술지는 연구의 진행 방향과 목적을 설명하면서 연구자가 제시한 구체적인 항목에 연구 대상이 답변하여 이메일로 주고받는 형식으로 수집하였다.

웹소설 작가의 섭외는 연구자 주변에 웹소설을 쓰고 있는 방송작가 출신들의 작가들이 있어 그들을 통해 섭외하기도 하였으며 일정한 성과를 낸 웹소설 작가의 블로그를 찾아가거나 출판사에 문의하여 접촉하였다. 대부분 익명으로 활동하는 작가들이라 연구 참여에 부정적인 입장을 가지고 있어서 섭외하는 데 상당한 어려움을 겪었다. 연구 초기 여러 번의 섭외 실패를 극복하고 어렵게 연구의 취지와 방향에 동의하는 여섯 명의 웹소설 작가를 섭외하여 2022년 1월 24일부터 2022년 4월 28일까지 심층 인터뷰와 자기기술지 작성을 진행하면서 먼저 어떤 동기로 웹소설 작가가 되었으며 어떤 과정을 거쳐서 웹소설 작가로 자리 잡게 되는지를 살펴보았다. 또한 그들은 어떤 정체성을 가지고 웹소설을 쓰며 그들이 노동 과정 속에서 마주하는 문제들을 어떻게 받아들이고 있는지를 탐구해 나갔다.

표 6. 연구 대상 목록과 상세 프로필

	경력	입문 계기	집필 장르	성별/나이	자료 수집 형태
A	8년 차	대기업 다니면서 웹소설을 쓰게 됨	현대 판타지	남/50대 중반	전화 심층 인터뷰 (1시간 10분)
B	8년 차	출판업에 종사하다가 웹소설을 쓰게 됨	현대 판타지	남/43세	전화 심층 인터뷰 (1시간)
C	6년 차	전업주부로 생활하다가 우연히 웹소설을 쓰게 됨	로맨스 판타지 /현대 로맨스	여/50대	상세 자기기술지
D	7년 차	순문학을 하다가 웹소설을 쓰게 됨	로맨스 판타지	여/40세	상세 자기기술지
E	4년 차	방송작가로 활동하다가 출산과 함께 웹소설을 쓰게 됨	현대 로맨스	여/40세	심층 인터뷰(1시간 30분) 전화 심층 인터뷰(40분)
F	9년 차	웹툰 스토리 작가를 하다가 웹소설을 쓰게 됨	현대 로맨스	여/50대 초반	심층 인터뷰(1시간 30분) 전화 심층 인터뷰 (1시간 25분)

　연구자는 연구 대상 작가들이 원하는 방식에 따라 심층 인터뷰와 자기기술지 중 한 가지 방법을 선택하게 하여 연구를 진행하였다. 심층 인터뷰는 반구조화된 질문지를 기본으로 진행하였으며 중간에 연구 대상 작가들이 자신들의 의견을 심도 있게 피력할 때는 자유롭게 의견을 말하게 하는 방식을 택했다. 심층 인터뷰에서는 웹소설 시장에 대한 의견, 집필 과정, 웹소설 작가로서의 고충 등에 대해 깊은 이야기를 나누었으며, 자기기술지는 심층 인터뷰에 들어가는 질문을 더 세분화해서 구체적으로 웹소설 작가에 대해서 서술할 수 있도록 구성했다. 심층 인터뷰 내용은 사전에 양해를 얻어 녹음하였으며 녹취를 풀어서 질적 자료를 만들었고 연구 대상으로부터 얻은 자기기술지 등 질적 자료들과 언론 기사 등 기타 노출되어 있는 질적 자료를 조합하여 분석해 나갔다.

4 매출 전쟁 중인 웹소설 작가의 세계
: 시작은 가볍게, 시련은 혹독하게, 보상은 두둑하게!

부업과 겸업으로 웹소설 시장에 발을 들여놓는 작가들

필자가 만난 웹소설 작가들은 40대에서 50대 중반이었으며 웹소설 데뷔 이전에 이미 다른 직업을 가지고 있다가 부업과 겸업으로 웹소설을 시작한 경험이 있었다. A는 대기업에서 수출입 마케팅 일을 했었고, B는 사법고시를 준비하다가 출판업에 종사했으며, C는 전업주부로 살다가 웹소설을 쓰게 되었다. D는 순문학을 하다가 '먹고살기 위해서' 웹소설과 겸업하게 되었으며, E와 F는 방송작가로 활동하다 웹소설을 쓰게 되었다. F의 경우에는 웹툰 스토리 작가로 활동해서 일정한 성과를 내기도 했는데, 웹툰의 경우 글을 다 써놓고도 그림 작가와 매칭하는 데 시간이 걸려서 그사이 웹소설 시장에 진출했다고 했다.

살림하면서 틈틈이 로맨스 소설을 읽다가 문득 읽기만 하지 말고 '나도 한 번 써볼까'라는 우연한 생각에 웹소설을 쓰기 시작했습니다. (C)

글을 써서 밥을 먹고 싶었습니다. 10여 년간 신춘문예 등 각종 공모전에서 매번 최종심 탈락을 반복했습니다. 어느 날 한 팟캐스트 방송 출연자의 "소설로 밥벌이하는 작가는 열 손가락으로 꼽을 수 있는데 그게 직업으로서 의미가 있느냐"는 말을 들었는데 우연히 웹소설 시장이 커지고 있다는 것을 알게 되어 무작정 썼습니다. 그때까지는 웹소설이라고는 한 편도 읽어본 적이 없습니다. 대략 분위기만 살펴본 후, 무작정 시작했습니다. (D)

2022년 JTBC에서 방송했던 드라마 〈재벌집 막내아들〉의 원작 웹소설을 쓴 산경 작가도 다른 일을 하던 중에 우연히 웹소설을 시작했다고 밝힌 적이 있다.

우연히 알게 된 웹소설 플랫폼에서 연재 중인 소설을 몇 개 읽게 됐다. 아주 신선한 발상으로 시작한 소설이었는데 풀어나간 이야기는 그다지 재미있지 않았다. 그런 소설 몇 개를 보다 보니 내가 써도 이 정도는 쓰겠다는 생각을 하게 됐다. 그런데 실제로 이런 생각으로 웹소설을 시작한 작가가 의외로 많다. 그래서 틈틈이 연재를 시작했는데 처음에는 연재의 규칙, 편당 글자수, 연재 주기 등도 모른 채 시작했다.[26]

이비인후과 의사로 〈중증외상센터 골든 아워〉 〈AI닥터〉 등을 집필한 이낙준 작가(필명 한산이가)도 역시 의사 생활하면서 틈틈이 웹소설을 써서 작가로 성공했다. 부업으로 시작했다가 의사 생활까지 그만두었다는 사실이 알려지며 밝혀서 화제가 되었다.[27]

실제로 부업으로 시작해서 성공한 사례가 늘어나면서 「퇴근 후 웹소설로 10억을? '재벌 집 막내아들' 산경 작가 '꿈으로만 끝내지 말라'」,[28] 「고등학생부터 대기업 부장까지… 연 1억 원 버는 '웹소설' 작가 도전 열풍」,[29] 「웹소설 쓰는 직장인들 작품 하나만 '대박'나면 수억 원대 돈방석」,[30] 「웹소설 작가

26 김동호, 「퇴근 후 웹소설로 10억을? '재벌집 막내아들' 산경 작가 '꿈으로만 끝내지 말라'」, 『서울경제』, 2020.
27 https://www.youtube.com/watch?v=NN58OT-7bMk
28 김동호, 앞의 글.
29 이호재·전채은, 「고등학생부터 대기업 부장까지…연 1억 원 버는 '웹소설' 작가 도전 열풍」, 『동아일보』, 2021.
30 안혜원, 「웹소설 쓰는 직장인들, 작품 하나만 '대박'나면 수억원대 돈방석」, 『한경닷컴』, 2021.

20만 명 시대…출판시장 넘본다」[31]와 같은 기사들이 쏟아졌다. 웹소설에 대한 정보의 홍수 속에서 의사, 변호사, 세무사, 검사 등 전문직뿐만 아니라, 중고등학생, 전업주부, 취업준비생 등 많은 사람이 웹소설 작가로 도전하여 활동하고 있다는 것이 알려졌다. 웹소설 작가 20만 명에 이른다는 지금의 현상에 대해 A는 성공한 작가로서 명확한 답변을 제시했다.

> 이 시장은 아마추어 작가의 시장입니다. 아마추어들이 "나도 한번 써볼까" 해서 제작되는 단계이고, 그래서 이 시장은 아무나 시작할 수 있죠. 작가라고 한다면, 출판사라는 관문을 거쳐야 하지 않습니까? 웹소설은 그게 없으니까요. 미술을 하신 분이라면 갤러리라는 관문을 건너야 하겠죠. 음악이라면 퍼블리셔가 있어야 하는데, 웹소설은 진입장벽 자체가 아무것도 없다는 거죠.
> (A)

실제로 필자가 참여 관찰을 한 '웹소설 작가 커뮤니티'에는 고등학교 때부터 웹소설을 써온 작가도 있었고 직장이 있는 겸업 작가도 있었으며 다른 일을 하면서 작가가 되려는 작가 지망생들도 있었다. 사법고시나 외무고시, 행정고시 등을 준비하다 '돈을 많이 벌 수 있고 자유롭게 시간을 쓸 수 있다는 장점' 때문에 웹소설을 쓰고 있는 사람들도 만날 수 있었다.

연구 대상 작가들은 겸업이나 부업으로 하다가 웹소설 작가로 전업하는 계기를 대체로 직장인이 받는 연봉 기준으로 잡았다. "매출 나오는 추이를 확인해보니 별문제가 없을 것 같아 전업작가가 되었으니 이직을 한 거라고 생각"(A)하거나, "아르바이트하며 생계를 유지하는 겸업 기간이 있었다"(B)고 구체적인 경험을 밝히기도 했다.

---

31   김미경, 앞의 글.

웹소설 작가가 되는 길에는 크게 두 가지가 있다. 일반적으로 에이전시라고 말하는 웹소설 출판사[32]와 계약한 후 에이전시가 주도적으로 네이버, 카카오페이지, 리디북스 등 플랫폼에 작품을 내고 심사받아 처음부터 유료 연재를 시작하는 경우가 있고, 각 플랫폼에 마련된 무료 연재 카테고리에서 작가 혼자 시작하는 경우가 있다. 무료 연재를 시작한 후 작품에 독자들이 몰려 조회수가 올라가면 출판사들이 '컨텍(contact)'을 해 와서 유료 연재로 전환되는 방식이다.

누구나 자신이 쓸 이야기가 있다면 웹소설 작가가 될 수 있는 구조적인 시스템이 마련되어 있는 것이다. 통상적으로 웹소설 작가가 되는 데 진입장벽이 없다는 말은 무료 연재에서 시작해서 성공을 거둔 작가가 대부분이기 때문이다. 연구 대상 작가들은 웹소설에 대해 자본이나 별도의 시설이 필요하지 않고 스스로 창업할 수 있는 장점이 있다고 생각하는 공통점을 보였으며, 참여 관찰을 했던 '웹소설 작가 커뮤니티'에서 만난 대부분의 웹소설 작가와 작가 지망생들도 이런 매력 때문에 웹소설 시장에 들어오고 싶어 했다. 산경 작가는 웹소설의 이러한 특징을 한마디로 표현했는데, 웹소설 시장에 작가가 몰리는 것을 단적으로 보여주는 말이라고 할 수 있다.

> 결정적으로 일반 소설 습작은 돈이 안 되지만 웹소설 습작은 돈이 됩니다.[33]

---

32 웹소설 시장이 커져서 기존의 종이책 출판사가 웹소설 출판사를 겸하는 경우가 많다.

33 https://post.naver.com/viewer/postView.naver?volumeNo=27224845&member-No=15617358

독자에게 대리만족과 '사이다'를 주는 웹소설 작가

진입장벽은 낮았지만, 웹소설 작가로 데뷔했다고 모두 원하는 만큼의 수익을 얻는 것은 아니다. E작가는 첫 번째 작품이 '폭삭 망했다'며 60회 정도 쓴 작품에 대해 이야기했다.

> 첫 번째 거는 그때부터(2019) 지금까지 3년 동안 총 80만 원 정도밖에 못 벌었어요. 시리즈(네이버 시리즈)에서 한다고 해서 시리즈에서만 풀리는 게 아니라 1차는 시리즈에서 독점권을 가지고 있지만 일정한 시간이 지나면 알라딘, 교보, 예스24 다 풀려요. 다른 곳으로. 2차에 다 풀려서 그렇게 해서 다 모은 게 80만 원밖에 안 됐어요. 그런데 두 번째 작품은 첫 번째 거 열 배를 벌었어요. (E)

E작가는 첫 번째 작품이 실패하게 된 원인을 트렌드를 못 읽고 독자들에게 익숙한 코드를 잘 이해하지 못했기 때문이라고 했다. 드라마에서 인기 있을 법한 이야기를 방송 대본 형식으로 썼는데, 그게 수용자들에게 전혀 인기를 끌지 못했다고 했다. 웹소설은 작가가 쓰고 싶은 것을 쓰는 게 아니라 독자들이 원하는 것을 써줘야 한다는 것을 절실하게 깨달았고 했다.

> 현대 로맨스는 아주 섹시하고 섹텐하고…… 섹스텐션이라고 하죠. 남자와 여자의 아슬아슬한 긴장감 있잖아요. 독자들은 그런 거를 많이 보고 싶어 해서 요즘에는 웹소설에서 현대 로맨스의 경우에는 그런 분위기가 많아요. 그런 게 트렌드로 잡혀가지고, 그런 걸 따라가지 않으면 힘들어요. 그래서 제 첫 책(첫 작품)은 잘 안 됐니요. (F)

D작가도 "시행착오는 얼떨결에 데뷔하고 난 후 경험"하게 됐다며 웹소설의 특징을 파악하는 데 시간이 걸렸다는 것을 토로했다. F작가의 경우도 남

편에게도 알리지 않고 첫 작품으로 19금 웹소설을 썼는데 성공하지는 못했다고 했다. 인기 작가인 산경 작가도 첫 번째 작품인『강호선정록』이란 무협 장르 웹소설에 대한 실패를 고백하기도 했다.

> 10대 때 무협소설을 보며 자란 세대라 취미 삼아 끼적인 글을 무료로 연재했습니다. 처음이다 보니 연재도 불규칙했고 분량도 들쑥날쑥했죠. 그러다 글을 더 쓰기가 싫어져서 주인공을 죽여버리고는 100화로 급히 마무리했습니다.[34]

> 처음에 시작했을 때 저도 제 내면의 목소리에 100% 반영해서 진행했는데, 이게 그렇게 해서 진행했던 작품이 당연히 망했겠죠? 결국은 그게 한 번, 6개월에서 1년 정도 준비했던 그 작품이 완전히 망하고 나서 그때 다시 한번 생각하게 됐어요. 내 내면의 목소리보다도 시장에서 사람들이 보는 작품들, 그 작품이 왜 뜨는 것인지 그때부터 궁금해지기 시작했어요. 그 이전까지는 "내가 쓰고 싶은 것을 쓸 거예요" 이 생각으로 시작했지만, 그 이후로는 시장에 눈을 돌렸습니다.
>
> (B)

현대 로맨스, 무협, SF, 현대 판타지, 역사 대체물 등 웹소설의 장르에 따라 독자들이 원하는 것이 조금씩 다르겠지만, 연구 대상 작가들은 웹소설이란 시장은 자신이 원하는 글을 쓰는 곳이 아니고 철저하게 시장에서 원하는 글을 써야 한다는 것을 첫 번째 작품의 실패를 통해서 얻는다고 했다. 연구 대상 작가들은 실패를 경험하고 나서 각 플랫폼에서 상위 10위권 안에 있는 작품들을 모두 읽고 분석하면서 독자들이 좋아하는 이야기의 구조와 소재

---

34 https://post.naver.com/viewer/postView.naver?volumeNo=27224845&member-No=15617358

등을 파악하는 과정을 거쳤는데, 그 후에야 다음 작품에서 어느 정도 성과를 얻을 수 있었다고 했다.

웹소설 작가로서 어느 정도 자리를 잡고 작법서까지 써낸 진문 작가는 웹소설에는 독자들이 익숙해진 공통적인 형태가 있는데 그것을 '코드'라고 했다. 코드는 독자가 작품을 보는 이유이고 코드가 들어가야 독자층이 형성되며 코드를 쓰지 않으면 대부분 실패하는 것이 웹소설의 특징이라고 했다. 진문 작가는 코드를 주인공이 성장하는지에 따라 성장물과 먼치킨물[35]로 나누고, 주인공의 시작점에 따라 회귀, 귀환, 빙의, 각성, 스승으로 분류하며, 주인공 능력의 종류에 따라 의사, 변호사, 연예인, 마법사, 궁수 등으로 구분했다.[36] 웹소설 〈검찰수사관 수호〉를 집필한 전건우 작가는 웹소설은 문제를 시원하게 풀어주는 '사이다'를 보여줘야 하고, 감정이 섞이거나 갈등이 들어갈 요소가 없는 '단순함'과 '대리만족'이 웹소설의 인기 요소라고 밝혔다.[37]

> 소설과 영화 시나리오에선 굴곡 있는 서사가 바탕이죠. 주인공은 위기를 겪고 이를 돌파하죠. 웹소설은 다릅니다. 시련을 주면 독자들이 '고구마'라고 답답해합니다. 계속 새로운 사건이 터지고 주인공이 이를 능숙하게 해내는 모습들이 인기를 끕니다.[38]
>
> (웹소설 작가 전건우)

참여 관찰을 한 웹소설 작가 커뮤니티 모임에서도 작가들의 관심은 어떤

---

35 압도적으로 강한 주인공이 등장하는 웹소설.

36 진문, 『밀리언 뷰 웹소설 비밀코드』, 블랙피쉬, 2021.

37 서정원, 「전건우 작가 '웹소설은 '사이다'… 비련의 주인공 안 통해요'」, 『매일경제』, 2021.

38 위의 글.

코드로 독자들을 자신의 글을 읽도록 끌어들이냐에 대한 관심이 많았다. 작가들은 웹소설 수용자들이 좋아하는 코드를 어떻게 활용해서 작품을 써야 하는지 고민이 많았으며 농담을 주고받을 때도 '빙의', '회귀', '귀환' 등의 단어를 쓰기도 했다. 연구 대상 작가들은 웹소설 시장에는 작가가 '쓰고 싶은 글'을 쓰는 게 아니라, '독자들이 원하는 글'을 써야 한다는 현실을 받아들이기까지 대부분 실패를 경험할 수밖에 없다는 점을 강조했다.

웹소설은 독자들이 짬이 날 때 매회 100원에서 200원에 이르는 금액을 결제하면서 소비하는 문화콘텐츠다. 2020년에 한국콘텐츠진흥원에서 실시한 웹소설 이용자 실태 보고서[39]에 따르면 유료 결제 경험이 있는 이용자는 72.4%였으며 일주일에 2~3번 결제하는 사람은 28.5%, 월평균 비용으로 1~3만 원을 쓰는 사람은 34.3%이다. 웹소설 시장은 철저하게 상업적인 구조로 되어 있어 매회 수용자가 소비자가 되어 결제를 하기 때문에 수용자의 취향과 선택이 매우 중요할 수밖에 없다. 이런 측면에서는 웹소설은 '소설'이란 외피를 쓴 미디어 문화콘텐츠라고 보는 것이 타당할 것이다. 작가들은 처음에는 '소설'이라는 단어 때문에 자기 내면의 세계를, 작가가 구상한 세계를 독자들에게 보여주고 싶은 욕망으로 시작하지만, 웹소설은 상업적인 문화콘텐츠이고 그래서 소비자인 수용자들을 만족시켜야 한다는 것을 깨닫게 되는 과정을 거치는 것으로 보인다.

매출이 최고인 세계, 웹소설 작가는 글을 파는 이야기 생산자

연구 대상 작가들은 대부분 첫 작품에 실패하면서 웹소설 시장에 대해 적

---

39 한국콘텐츠진흥원, 『웹소설 이용자 실태조사』, 한국콘텐츠진흥원, 2020.

응해가며 자신의 정체성을 찾아나가게 된다고 했다. 연구를 진행하면서 연구자가 작가들한테서 들었던 가장 낯선 단어는 '매출'이었다. 순문학 쪽의 소설가들은 인세를 말하고, 방송작가들은 원고료, 또는 재방송과 해외 판매 시에 작가에게 지급되는 저작권료를 말하는데, 웹소설 작가들은 거침없이 '매출'이라는 단어를 썼다.

장사하는 거 아닙니까? 작품성을 1순위로 놓지는 않으니까요. 누가 뭐래도 매출이 1순위죠. 매출이 안 나오면 조기 완결해버리는 거죠. (너무 명쾌한 거 아닌가요?) 명쾌하다기보다는 솔직한 거죠. 작가라는 직업에 많은 환상이나 허상을 찾아가거나 이미지를 지키려는 사람들이 있는 것 같은데, 웹소설은 그게 아니라고 솔직하게 말씀드리는 거죠. (A)

우리는 감정이 목적이 아니라 돈이 목적이에요. 돈을 벌기 위해서는 이제까지 없었던 작품 쓰는 게 아니라 독자들 보고 재미있어 할 요소들을 담는 게 중요해요. (B)

통장에 찍힌 숫자입니다. 이 숫자의 간결함이 가장 구체적인 성취감입니다. (D)

매출은 수용자들이 웹소설을 읽을 때 지불하는 비용으로 플랫폼에서 30~45%를 가져가고 남은 금액을 작가와 출판사가 7 대 3, 또는 6 대 4 비율로 나누어서 작가에게 돌아오는 금액을 말한다. 독자들이 많은 플랫폼에서 시선을 끄는 좋은 프로모션을 할 때는 플랫폼이 가져가는 비율이 높아서 작가들은 전체 매출액의 30~40%대를 기본 매출 수입으로 가져가게 된다. '작가'라는 단어와 '매출'이라는 단어의 조합은 매우 어색하지만, 수용자들이 결제하는 금액에 따라 작품의 성공 여부와 콘텐츠에 대한 관심도가 올라가는 웹소설의 특징을 명확하게 파악할 수 있었다. 웹소설은 가장 상업적인 소설의 일종이지만, '읽는 소설'이 아니라 '보는 소설'로 상품화된 문화콘텐츠라는 속성을 띠고 있다고 봐야 할 것이다.

> 웹소설은 가장 상업적인 분야라고 생각합니다. 소위 웹툰이나 웹소설이 어찌됐든 B급 문화지 않습니까? 꼭 필요한 문화 자체가 아니고 일부 층들이 누리는 B급 문화인데, B급 문화에 작품성을 논하는 건 그렇고, 결국 목표는 상업성이겠지요.   (A)

A작가의 말대로 웹소설은 상업성을 지향하는 B급 문화에 뿌리를 두고 있는 것은 분명하지만 완성도나 구성면에서도 탁월한 작품이 존재해서 로맨스, 무협, 판타지, SF 등 다양한 장르에서 완성도 높은 작품이 분포해 있는, 스펙트럼이 매우 넓은 특징도 가지고 있다. F작가는 "저도 읽기 힘든 분야의 웹소설이 있는가 하면 당장 드라마나 영화로 만들어도 손색이 없는 작품성이 뛰어난 웹소설도 있다"며 웹소설 시장의 다양성에 대해 언급했다. 실제로 완성도 면에서 뛰어난 웹소설이 드라마로 제작되어 성공하는 사례가 늘고 있는데 드라마 〈연모〉(KBS, 2021), 〈옷소매 붉은 끝동〉(MBC, 2021) 등은 웹소설이 원작으로 화제성과 시청률이라는 두 마리 토끼를 잡으며 시청자의 사랑을 받았다.

> 연재하거나 출간을 할 때 독자들이 재미있다고 다음 작품을 달라고 했을 때가 성취감이 있고, 월마다 들어오는 인세가 풍족해질 때입니다.   (C)

> 우리는 그저 마치 옛날로 따지면 음유시인 같은 거죠. 어디서든 가서 노래를 부르면 돈을 벌 수 있잖아요. 우리도 마찬가지로 노트북 하나만 들고 인터넷 되는 공간에 어디서든 일을 할 수가 있어요. 저는 사실은 여행하면서

글도 많이 썼고 우린 협업 같은 거 안 하니까. 혼자 하는 일이니까. 그러한 편리성이나 편의성 같은 게 있죠. 물론 혼자 하기 때문에 글이 쉽게 무너질 수 있다는 한계점이 있어요. (B)

현실에서 부족한, 현실적으로 이루어질 수 없는 판타지를 충족시켜주는 사람이 웹소설 작가가 아닌가 하는 생각이 들어요. (E)

웹소설이 매회 100원에서 200원까지의 금액을 지불하고 보는 문화콘텐츠이기 때문에 작가의 성공은 소위 '매출'을 통해서 판단될 수 있지만, 연구 대상 작가들은 한편으로 문화 생산자의 정체성도 가지고 있었다. 여기서 문화 생산자란 수용자들의 문화적인 욕구를 해결해주는 텍스트를 생산한다는 의미이고 그런 면에서 독자들로부터 새로운 작품을 써달라는 요청(C)을 받거나 이루어질 수 없는 판타지를 충족시켜주는 역할(E)을 하는 데 성취감을 느끼고 있었으며, 결국 돈도 벌고 문화적인 욕구도 충족시켜주는 음유시인 (B)이라는 정체성까지 가지게 된 것으로 보인다. B작가는 이런 정체성에 대해 간결하게 정리하기도 했다.

웹소설 작가는 스스로 다른 사람의 조력 없이 IP를 생산할 수 있는 사람인 거죠. 웹툰 작가는 스스로가 힘들죠. 왜냐하면 한 화가 나오기까지 일주일이 걸리는데 한 달 동안 한 사람이 했을 때 4화가 써져요. 그런데 그 4화를 가지고 시장에 혼자 올렸을 때 생산성이 없거든요. 결국 이 생산성이 없는 부분이 리스크예요. 그런데 웹소설은 달라요. 그런 리스크가 없어요. (B)

연구 대상 작가들은 글을 써서 돈을 버는 목표를 분명히 가지고 있었지만, 스스로를 "이야기 판매자"(A), "혼자서 IP를 생산할 수 있는 사람"(B), "이야기 생산자"(D), "스토리 생산자"(F) 등 다양한 단어로 웹소설을 쓰는 자신의 정체성을 드러냈다. 웹소설은 디지털 기술과 소설이 만나 '읽는 소설'에서 '보는 소설'로, 산문체에서 운문체로 바뀌었으며,[40] 웹소설 플랫폼이라는 매체를 통해 수용자에게 전달되는 미디어 문화콘텐츠로 변화했다고 봐야 한다. 장르소설이 웹소설로 진화한 것처럼, 웹소설을 쓰는 작가들 역시 '단순한 소설가'가 아니라 시대의 트렌드를 읽고 수용자가 좋아하는 코드를 넣어 지친 일상생활에 잠시의 즐거움을 주는 미디어 콘텐츠 생산자로 바뀌었다.

드라마 작가의 정체성 연구에서 드라마 작가들이 고독한 창작자로서의 정체성, 미디어 노동을 수행하는 생산자로서의 정체성, 불안정한 고소득 수입자로서의 정체성, 기쁨과 보람을 주는 사회공헌자로의 정체성, 문화산업 내 콘텐츠 생산자로서의 정체성을 드러냈고,[41] 비드라마를 집필하는 방송 구성작가 연구에서 구성작가들이 '프로그램의 생산 주체이자 미디어 문화 생산자'라는 정체성을 가지고 공공의 영역에서 감동과 재미, 유익한 정보 등을 생산하여 수용자들에게 전달하는 역할을 강조[42]한 것과 비교해보면, 웹소설 작가들은 비슷한 개념의 '이야기 생산자'라고 하면서도 매출이나 수익으로 나타나는, 상업적인 성공에 비중을 두는 것으로 나타났다.

이러한 현상은 방송 콘텐츠가 전통적으로 공공재인 전파를 매개로 공적인 역할을 하는 기능에서 출발한 반면, 웹소설은 철저하게 상업적인 목적을 가지고 운영되는 플랫폼 비즈니스에 기반을 두고 시작했기 때문이라고 이

---

40 김경애, 앞의 글.

41 김미숙, 앞의 책, 2018.

42 김미숙, 「방송 구성작가의 업무 정체성과 노동 경험 : 구성작가들의 체험이 반영된 자기기술지 분석을 중심으로」, 『한국콘텐츠학회논문지』 제21권 제12호, 2021.

해할 수 있을 것이다.

고된 글쓰기 노동과 싸우는 웹소설 작가들의 집필 과정

웹소설은 과거의 신문 연재소설처럼 대부분 날마다 한 편씩 독자들에게 제공된다. 연재 기간은 장르에 따라 달라 60회부터 시작해서 300회가 넘는 경우도 많아서 연구 대상 작가들은 엄청난 양의 글을 써야 한다는 압박감을 가지고 있었다. 그러나 50대 중반의 남성으로 대기업에 오래 다닌 A의 경우는 상당한 분량의 글쓰기에 대한 압박감을 비교적 긍정적으로 받아들였다.

> 우리가 책상에 오래 앉아 있다고 해서 특별히 남들보다 고되다 힘들다 이
> 건 아니죠. 비교 대상을 나만 놓고 보지 말고 다른 사람들도 보면, 모든 사람
> 들이, 일을 한다는 게 다 힘들죠. 근데 타 직업군과 비교해봤을 때, 뭐 그렇
> 게 힘든가 하는 것은…… 글쎄요…… 저는 이 직업이 그렇게 힘든 직업이 아
> 니라고 생각합니다.
> (A)

A작가는 위험하고 힘든 육체노동을 하는 사람들도 많기 때문에 안전한 책상 앞에서 글을 쓰는 일이 조금 힘들더라도 다른 직업군과 비교하면 그렇게 힘든 건 아니라고 했다. 웹소설 작가는 '장사'하는 것이 아니냐고 반문했던 그의 성격답게 '남들도 그만큼은 고생하며 일을 한다'라는 의견을 피력했는데, "제 노동의 가치보다는 훨씬 수익이 많이 생긴다"라는 그의 특수한 입장에서 나온 생각으로 보인다. 여러 편의 성공작을 낸 후 드라마 제작사와 판권 계약을 하고 실제로 자신의 작품이 드라마로 제작이 되어 성공한 A작가 입장에서는 그런 생각을 가질 수도 있을 것으로 보인다. B작가의 경우는 연재의 압박감으로 글이 잘 안 풀릴 때는 과감하게 휴재를 공지한

다고 했다.

　　잘 안 될 때는 저는 무조건 쉽니다. 이게 하루 정도 쉬어서는 리커버리가
　안 돼서 저는 그냥 공지 올리고 일주일씩 쉬어요. (그런 게 가능한가요?) 충분히
　가능하죠. 이쪽 세계에서는 작가가 갑이에요. (드라마 작가들은 그렇게 하지 못하
　잖아요) 거긴, 방송국이라는 곳과 돈 걸고 여러 사람과 계약한 거잖아요? 이
　건(웹소설은) 내 작품이고 내 책임이고 그렇단 말이에요.　　　　　　　(B)

　E작가의 경우 육아하면서 글을 쓰는 상황이라 연재 전에 미리미리 써놓
고 한꺼번에 올리는 형식을 택한다고 한다. 다행히 E작가가 주로 쓰는 장
르가 비교적 연재 횟수가 짧은 현대 로맨스라서 60회 정도로 끝낼 수 있다
고 한다. 그러나 대부분의 작가들은 높은 수입과 다양한 소재를 창의적으로
맘껏 풀어낼 수 있다는 점에서 웹소설을 길게 쓰는 것을 선호했다. 웹소설
은 매회 결제하는 시스템이라서 한 편의 작품이 길수록 수입도 많다. 예를
들어 60회가 한 편인 웹소설과 300회가 한 편인 웹소설은 같은 한 편이지
만 독자가 한 편을 읽었을 때 수입은 다섯 배가 차이가 난다. 전체 완결성보
다는 각각의 에피소드의 진행으로 스토리를 확장하며 그때그때 수용자들을
끌어들이는 웹소설의 특징 역시 작품을 길게 쓰는 이유가 된다.

　5,000자 분량의 1회 분량이 25회가 되면 책으로는 한 권이라고 하니 비교
적 짧은 60회를 쓰는 경우에도 두 권이 넘는 분량을 쓰는 것이고, 무협이나
현대 판타지 등 남성향의 웹소설은 300회가 넘어서 권수로는 10권이 넘는
상당한 분량이다. 완성도와 작품성보다는 재미, 연독률, 조회수가 중요하
고 긴 시간 매일 많은 분량을 써내다 보니 나중에 보면 맞춤법이 틀린 것도
많고 비문도 많다고 했다. 이런 오류들은 작가들이 한 편의 웹소설을 완성
하기 위해서는 오랜 시간 많은 양의 글을 써야 하는 것을 이해하고 있는 독

자들 사이에서 대체로 용인되는 분위기라고 했다. 상당 기간 엄청난 분량의 글쓰기 노동을 해야 하는 웹소설 노동의 특징에 대해서 연구 대상 작가들은 수입, 성별, 개인적인 상황에 따라 다르게 받아들이고 있었다. 그중에서도 수입은 웹소설 작가로서 직업 만족도를 높이는 중요한 요소로 보인다. 수입이 높을수록 글쓰기가 노동 강도가 높아도 할 만한 일이라고 받아들였고 상대적으로 수입이 많지 않은 경우는 글쓰기 노동이 너무 과도하다고 느끼고 있었다.

C작가는 "어느 작가도 웹소설 작가만큼 단시간에 많은 양의 글을 쓰는 것을 보지 못했으니 웹소설 작가의 노동은 글쓰기 막노동인 거 같다"라며 많은 양의 글을 쓰는 일이 만만치 않음을 보여주었다. 작법서도 내고 웹소설 작법에 대한 유튜브 활동도 꾸준히 하고 있는 정무늬 작가도 "고정적인 수입을 얻으려면 '업데이트'를 위해 꾸준히 집필 활동을 해야 해서 웹소설 작가들은 '끊임없이 스스로를 착취한다'는 푸념을 하기도 한다"[43]고 털어놓았다.

'스스로를 착취한다'는 개념은 부르디외(P. Bourdieu)가 자기 노동에 대한 더 많은 통제권을 가진 숙련노동자들일수록 자신의 주관적 경험을 통해 착취의 객관적 진실을 볼 가능성이 낮아지며 강력한 자기착취(autoexploitation)의 경향을 드러낸다고 주장하면서 등장했다.[44] 이는 개인적 창조성이나 구상능력에 대한 의존도가 높고 자율성의 환상이 강한 문화산업 내의 노동자들에게도 적용된다. 더 나아가 지그문트 바우만(Zygmunt Bauman)은 '미디어

43 전현진, 「한계 없는 상상력과 기발한 캐릭터들… 대세가 된 '웹소설'」, 『경향신문』, 2020.

44 Bourdieu, P., *Algérie 60*, Paris: Minuit, 1977.

작가는 어떻게 몰입하는가

노동'은 기계적이고 반복적인 숙련노동이기보다 늘 새롭고 재미있고 다채롭고 모험적인 '창의노동'으로 "심미화된 노동"에 가깝다고 보았다. 변화된 노동세계에서 심미화된 노동은 유연성과 불안정성을 자유로, 착취는 자기희생의 윤리로, 다기능성과 창의성에 대한 요구는 자기계발의 즐거움으로 치장한다.[45] 문화산업 노동의 성격과 경험을 탐색한 헤즈먼댈치(D. Hesmondhalgh)와 베이커(S. Baker)는 '심미화된 노동'이 실제로는 양가적인 경험을 가져온다는 사실을 밝혀내기도 했다. 심미화된 창의노동은 노동자들에게 자율성과 즐거움을 불러일으키는 동시에 희생과 불안, 고립감 역시 가져오는 양가감정의 원천으로 작용한다는 것이다.[46]

웹소설 작가들 역시 문화산업 안에서 미디어 노동을 하는 생산자로서, 웹소설의 주제와 연재 횟수를 정하고 스토리를 창작하는 자율성이 있으며 독자들과 소통하는 즐거움이 있는 '창의노동'을 하고 있지만, 동시에 자기착취를 통해 희생을 하며 '끊임없이 써내야 하는' 고된 노동과 그에 따른 심리적 고립감을 가지고 있는 것으로 보인다. 창의적 콘텐츠의 생산과 수용자들의 소통이라는 즐거움과 자기착취를 견디는 희생, 이러한 양가감정이 동시에 존재하고 있는 것이다.

또한 웹소설은 플랫폼을 통해 제공되기 때문에 댓글을 통해 수용자와 쌍방향 소통을 할 수 있는 특성을 가지고 있다. 웹소설 작가들에게 댓글은 자

---

45 지그문트 바우만, 『새로운 빈곤노동 소비주의 그리고 뉴푸어』, 이수영 역, 천지인, 2012(Bauman, Z., *Work, Consumerism and the New Poor*, 2004.)

46 Hesmondhalgh, D., *Creative labour*, London: Routledge, 2011; Hesmondhalgh, D. and S. Baker, *A very complicated version of freedom: Conditions and experiences of creative labour in three cultural industries*, Poetics, 2010; 이상길 · 이정현 · 김지현, 앞의 글, 158~205쪽.

신을 인정해주고 격려해주는 든든한 후원자 역할을 하기도 하며 동시에 마음을 편하지 않게 해서 뒤돌아보고 싶지 않은 적군 역할도 하는, 이중적인 존재로 자리하고 있었다.

첫 무료 연재를 할 때 많게는 2,000명, 적게는 500명이 내 글을 읽어줬고 댓글도 달리기 시작하자 그런 반응을 보는 재미로 100화 정도 무료 연재를 할 수 있었습니다.

(A)

방송은 시청률로 돌아오는 거잖아요? 그런데 웹소설 같은 경우는 반응이 런칭하면 바로 댓글로 오잖아요. 재밌다 재미없다. 이 캐릭터가 어쨌네 저쨌네⋯⋯. 이거를 내가 쓴 거를 두고 사람들이 이렇게 설왕설래하는구나⋯⋯. 이런 거 자체가 되게 보람 있고 그걸 지켜보는 재미가 있는 것 같아요. 물론 그러면서도 마음의 상처를 받기도 하지만.

(E)

댓글이 양날의 칼 같은 속성이 있어서 힘도 되지만 상처도 된다는 것은 모두 같았지만, 댓글에 대처하는 방법은 작가마다 달랐다. 단순한 소감 외에도 앞으로 어떻게 전개했으면 하는 방향까지 제시하는 댓글을 A와 D작가는 '아예 무시하거나 반응을 안 하는 쪽으로 대응'했고, C작가는 '대개 초연하지만, 댓글을 보면서 부족한 부분을 발견하는 경우도 있다'라고 응답했다. B작가는 댓글을 둘러싼 역학관계에 대해 조심스럽게 의견을 내놓았다.

모든 웹소설 작가들은 좋은 댓글을 보기 원해요. 시장에서 반응을 볼 수 있는 척도로서 첫 번째 기능을 하고 있는데, 사실 댓글을 악용하는 단체들이 제법 있어요. ○○○ 같은 데서는 과거에 댓글 부대를 따로 운영했어요. 그래서 독자들의 악플에 대응한다든가 본인들과 싸운 작가들을 공격하기 위한 수단으로 썼어요.

(B)

수많은 웹소설이 동시에 올라오고 충성스러운 독자들 사이에서는 댓글을 통해 좋은 웹소설에 대한 정보를 주고받기 때문에, 작가 입장에서는 독자들의 반응을 살핀다는 측면에서 댓글을 보지 않을 수 없을 것으로 보인다. 그런 점을 이용해서 이해관계가 있는 단체나 사람들이 댓글에 개입하는 모습은 플랫폼이라는 매체를 통해 수용자들에게 전달되는 웹소설의 구조적 특성을 악용하는 한 예라고 할 수 있다.

이 밖에도 연구 대상 작가들은 자신들과 계약하고 있는 에이전시(출판사)가 조금 더 적극적으로 자신들의 작품에 신경을 써줘서 눈에 띄는 프로모션을 받아 왔으면 하는 바람을 가지고 있었고(A, C, D), 일부 플랫폼에서 수수료를 45%까지 가져가는 현실이 개선되었으면 하는 생각(D, E)도 드러냈다.

연구 대상 작가들은 막대한 글쓰기 노동과 악성 댓글의 폐해, 에이전시와의 관계, 플랫폼 수수료 등 웹소설 생산에 있어서의 고충을 이야기했지만, 대체로 자신들이 글을 써서 돈을 벌 수 있다는 점, 작품이 많아질수록 매출이 올라가고 정년 없이 일할 수 있다는 점에서 만족감을 나타냈다. 이런 만족감은 미디어 콘텐츠로 전 세계가 하나의 문화권으로 연결된 OTT 시대에 K-콘텐츠가 세계적으로 주목받는 환경에서, 웹소설이 단순한 스토리 판매에서 그치지 않고 IP를 소유한 원천 스토리로 자리 잡고 있기 때문으로 보인다.

5 소결 : 원천 스토리를 가진 웹소설 작가들의 영향력 확대

이 연구의 결과, 웹소설을 생산하고 있는 웹소설 작가들은 부업이나 겸업을 시작으로 웹소설을 쓰기 시작했으며, 진입장벽이 없고 따로 자본이나 시설 비용이 들어가지 않으면서 혼자서도 수익을 올릴 수 있다는 점을 웹소설의 매력으로 꼽았다. 또한 현재 웹소설 작가 20만 명 시대를 맞고 있는 웹소설 시장을 누구나 도전해서 성공할 수 있는 '아마추어 작가의 시장'이라고 인식하고 있었다.

진입장벽은 없지만 작가 대부분이 첫 작품에서 혹독한 실패를 경험하게 되는데, 이는 '작가'라는 단어가 어떤 장르에서든 '자신이 쓰고 싶은 글을 쓰는 사람'이라는 오해에서 시작된다고 판단했다. 따라서 웹소설을 써서 성공하기 위해서는 철저하게 수용자 입장이 되어 독자들이 원하는 트렌드와 코드에 맞춰 써야 한다는 것을 깨닫게 되는 것으로 나타났다.

웹소설 작가들은 스스로 "이야기 판매자"나 "이야기 생산자" 또는 "혼자서 IP를 생산할 수 있는 사람", "현실에서 이룰 수 없는 판타지를 충족시켜 주는 사람" 등의 정체성을 가지고 있다고 표현했는데, 공통적으로는 소비자인 수용자들에게 이야기를 제공하고 수익 또는 매출을 올리는 사람이라는 의식이 강했다. 엄청난 분량의 웹소설을 연재하는 부담감에 대해서는 수입이 많은 작가들은 '노력해 비해 수입이 많다'는 관대한 입장을 보였지만 평범한 작가들은 '끊임없이 써야 하는 글쓰기 막노동'의 느낌을 토로하기도 했다. 미디어 노동을 문화산업 내 심미화된 창의노동으로 본 바우만, 헤즈먼댈치와 베이커의 시각에서 보면, 웹소설 작가들은 문화산업 내 미디어 노동을 하는 생산자로서 심미화된 창의노동을 하면서 스스로를 착취하고 있는 것으로 이해할 수 있다.

웹소설 작가들이 컨테션은 미디어 노동을 수행하는 생산자로서의 정체성, 기쁨과 보람을 주는 사회 공헌자로의 정체성을 표현한 드라마 작가나 프로그램의 생산 주체이자 미디어 문화 생산자라는 정체성을 가지고 공공의 영역에서 감동과 재미, 유익한 정보 등을 생산하여 수용자들에게 전달하는 역할을 강조한 방송 구성작가들의 정체성과 비교해보면, 미디어 콘텐츠 혹은 이야기 생산자라는 공통점은 있지만, 웹소설 작가들이 수익 창출을 첫 번째 목표로 둔다는 점에서는 확연한 차이를 드러냈다. 이는 공익성을 가지고 있는 방송이라는 매체와 상업성이 우선인 웹소설 플랫폼이 가지는 속성의 차이에서 비롯된 것으로 볼 수 있을 것이다.

드라마 〈오징어 게임〉 〈이상한 변호사 우영우〉 〈더 글로리〉 〈수리남〉, 영화 〈기생충〉 〈헤어질 결심〉 등의 성공으로 K-콘텐츠가 세계 문화산업을 선도해나가는 상황에서, 웹소설이 IP를 가진 원천 스토리로서 웹툰과 드라마, 영화 제작으로 확장되면서 웹소설 작가의 역할이 더 중요해졌다. 대부분의 웹소설 작가들이 웹소설을 쓸 때부터 자신이 쓰고 있는 작품이 영상화되는 것을 목표로 삼았지만 동시에 조회수와 연독률에 연연해하는 모습을 보이기도 했다. 이런 지표들이 웹소설 작가의 수입과 직결되기 때문이다. 수용자들의 적극적인 반응은 작가의 창작 활동을 격려하고 이끌어주는 장점도 있지만, 즉흥적인 일회성 쾌락의 콘텐츠를 생산하도록 자극할 수가 있다. 앞으로 웹소설 작가들이 이런 문제점들을 살피며 달라진 문화산업 안에서 문화콘텐츠 생산자로서 정체성을 성찰할 필요가 있을 것으로 보인다. 그러나 더 중요한 것은 웹소설 플랫폼의 운영에서 고품질의 K-콘텐츠를 개발할 수 있는 제도적인 장치를 마련하는 것이다. 웹소설의 위상이 달라졌고 독자층이 넓어졌으며 완성도가 높은 웹소설이 K-콘텐츠의 원천스토리가 되어 세계시장으로 진출하는 상황이 되었다. 이제는 웹소설이 B급 문화에서 벗어나 조회수와 연독률과 별도로 작품성이 좋은 웹소설을 상시 연재할 수 있는 제도적인 보안책이 절실하다. 웹소설의 달라진 위상에 맞게 새로운 웹소설 생태계를 조성한다면 재능이 뛰어난 작가들이 웹소설 시장으로 들어오는 속도가 더욱 빨라질 것으로 보인다.

이 연구를 통해서 웹소설 작가들이 이제 소설의 한 분야를 쓰는 작가가 아니라 문화상품으로서 미디어 콘텐츠를 생산하는 생산자로 활동하고 있는 모습을 살펴볼 수 있었다. 또한 웹소설 작가가 웹소설을 생산해서 웹소설 플랫폼을 통해 수용자들에게 텍스트를 제공하면 수용자들은 웹소설을 구매하여 소비하는 커뮤니케이션 과정을 탐색할 수 있었다.

웹소설 작가를 상업화된 문화상품을 생산하는 미디어 콘텐츠 생산자로 보고 미디어 영역 내 문화연구의 시각에서 시도한 이 연구는 문화 생산자로서 웹소설 작가의 정체성과 노동 과정을 살펴보려 노력했다는 점에서 의의가 있다. 처음 시도되는 웹소설 작가를 대상으로 한 생산자 연구에서 '끊임없이 스토리를 생산해내는 이야기 판매자'로서 웹소설 작가들 내면의 이야기와 노동의 특징을 살펴본 점도 의미가 있을 것이다. 그러나 웹소설 생산을 둘러싼 플랫폼과의 관계, 에이전시와의 협업 과정, 수용자들과의 쌍방향 소통에서 오는 갈등 등 다양한 시각을 다루는 데까지는 나아가지 못했다. 앞으로 웹소설 생산 과정 속에서 일어나는 다양한 권력관계, 수용자와 생산자들 사이에 일어나는 갈등과 협력 등에 대한 연구도 기대한다.

chapter 3

총성 없는 전쟁 속 영상문화를 이끄는 문화선발대, 웹툰 작가의 세계[1]

1 웹툰 제작 최전선에 웹툰 작가가 있다

디지털 기술의 발달로 등장한 OTT, 웹툰, 웹소설, 유튜브 등의 플랫폼들은 전 세계를 하나의 문화공동체로 묶어놓았다. 그중에서 웹툰의 경우, 시장 규모만 해도 국내는 이미 1조 원을 넘어섰고, 글로벌 웹툰 시장을 합치면 7조 원에 육박하면서 한류 콘텐츠의 탄탄한 기반을 마련하고 있다.[2]

웹툰(Webtoon)은 네이버, 다음 등 웹툰 플랫폼 매체에서 연재되는 디지털 만화를 지칭하는 단어로, 한국에서 만들어져 해외에서도 한국에서 유래한 디지털 만화 형식을 지칭하는 고유명사화되었다. 그만큼 한국의 웹툰은 국내뿐만 아니라 해외에서도 수많은 독자를 거느리고 있고 그 성장세도 가파

---

1   이 글의 원본은 「영상문화를 선도하는 웹툰 작가의 정체성과 노동 과정」이라는 2022년 『연기예술연구』 제28권 제4호에 실렸던 논문으로서, 개작하여 실었다.
2   한국콘텐츠진흥원, 『만화 산업백서』, 2020.

르다.

　세계적으로 인쇄 매체에 대한 수요가 줄고 디지털로 전환되고 있는 상황에서 국내 웹툰은 플랫폼 직접 진출과 작품 퍼블리싱을 통한 서비스로 선점 효과를 누리며 글로벌 비즈니스를 전개하고 있다. 웹툰 플랫폼은 한국의 독특한 모델로 만화 콘텐츠 유통뿐만 아니라 2차 저작권, 부가상품 판매 등으로 연결되어 해외에서도 의미 있는 성과를 거두고 있으며, 좁은 내수 시장을 극복하기 위해 국내 웹툰 플랫폼의 40%가 해외에 지사를 둘 정도로 글로벌 진출에 적극적이다.[3]

　플랫폼이란 두 명 이상의 그룹들이 상호작용하도록 만드는 디지털 기반 시설[4]로 플랫폼 이용자들은 플랫폼의 종류에 따라서 재화, 서비스 및 문화콘텐츠의 생산자와 구매자로 구성된다. 플랫폼은 재화, 서비스 및 문화콘텐츠를 제공하는 주체가 아니라 단지 개인들의 생산 및 소비 활동을 중개하고 매개하는 역할만을 담당하는 것[5]이었지만 최근 등장한 OTT, 웹툰, 웹소설 등 문화콘텐츠의 플랫폼들은 문화콘텐츠를 기획하고 제작하면서 그 영역을 넓히고 있다.

　만화로 출발한 웹툰은 디지털 기술의 발달로 PC와 모바일 기기로 언제 어디서든지 쉽고 편하게 즐길 수 있는 '스낵컬처'로 명명되며 이제 대중들에게 가장 친숙한 미디어 콘텐츠가 되었다. 또한 웹툰은 영화, 드라마, 게임

3 　KOCCA, 「비상하는 K-웹툰! 해외 만화시장 변동 및 국내 웹툰 수출 현황」, 한국콘텐츠진흥원 상상발전소, 2020. https://koreancontent.kr/3754.

4 　Srnicek, N., *Platform Capitalism*, New York, NY: John Wiley & Sons, 2017.

5 　양경욱, 「플랫폼 경제와 문화산업 : 만화산업의 플랫폼화와 웹툰 작가의 자유/무료 노동」, 『노동정책연구』, 20(3), 2020, 79~106쪽.

등 무한대로 그 영역이 증식되면서 잠재시장만 100조 원대로 보고 있으며[6] 웹툰의 확장력을 인지한 국내 웹툰 업체들은 이 시장을 선점하기 위해 국내외에서 치열한 경쟁을 벌이고 있다.

이른바 '총성 없는 전쟁'의 한가운데는 웹툰 제작의 최전선에서 웹툰을 만들어내고 있는 웹툰 작가가 있다. 이 연구는 미디어학 내의 문화연구 관점에서 대중문화의 주류로 자리 잡은 웹툰을 생산해내는 웹툰 작가들에게 주목하여 그들의 생각과 손끝에서 만들어지는 웹툰을 둘러싼 작가들의 정체성과 노동 과정의 특성을 들여다보며 제도적인 압박과 난관, 그리고 그들이 느끼는 성취와 보람은 무엇인지를 살펴보려고 한다.

2 영상화, 노블코믹스 등 K-웹툰 확장 속 위력을 뽐내고 있는 웹툰 작가

1996년 '인터넷 정보 엑스포' 홈페이지에 올라온 한희작의 〈무인도〉로 시작한 한국의 웹툰은 웹툰 전문 플랫폼과 포털에서 운영하는 웹툰 플랫폼의 확장으로 국내 시장 1조 원이 훌쩍 넘는 규모이고, 해외 웹툰 시장까지 합치면 7조 원이 넘는 시장으로 발전하여 K-콘텐츠 해외 진출의 핵심 아이템이 되었다. 2019년 말에 발생한 코로나 팬데믹으로 인해 전 세계 경제가 긴 암흑기를 지났을 때도 웹툰은 제2의 호황기를 누리며 급성장했다. 『2021년 웹툰 사업체 실태조사 보고서』에 따르면, 한국 웹툰은 코로나19로 인한 경기 침체 속에서도 30% 이상 성장세를 보이며, 한국 콘텐츠 산업 중에서도 가장 가파른 성장세를 보였다. 2021년 웹툰산업 매출액 규모는 약 1조 5,660억

---

6   이석, 「잠재시장만 100조 원… K웹툰 新한류을 이끌다」, 『시사저널』, 2021.3.16.

원으로, 전년도 1조 538억 원 대비 48.6% 증가했다. 웹툰산업 실태조사가 시작된 2017년의 매출액 3,799억 원에 비해 약 4.1배 증가하며 매년 급성장 중이다.[7] 이제 한국 웹툰은 1.5조 원 시대에 돌입하고 있을 뿐만 아니라 해외 수출도 폭발적으로 성장하여, 정보통신산업진흥원(NIPA)은 웹툰 해외 수출이 2017년 9억 1,200만 달러에서 2022년 13억 4,500만 달러에 달할 것이라고 전망하고 있다.[8]

웹툰의 성장은 웹툰 자체 매출액 규모에서 그치지 않고 웹툰을 원작으로 하는 드라마와 영화가 제작되며 문화적·경제적 영역을 확대하고 있다. 네이버 웹툰과 카카오페이지 등에 따르면 2022년에는 20편 넘는 웹툰 작품이 공중파와 넷플릭스 등을 통해 드라마와 영화로 방영된다. 이미 종영한 〈사내맞선〉(SBS)과 〈내일〉(MBC/넷플릭스), 〈안나라수마나라〉(넷플릭스), 〈유미의 세포들 시즌2〉(tvN) 외에도 〈금수저〉(MBC), 〈무빙〉(디즈니플러스), 〈커넥트〉(디즈니플러스), 〈가우스전자〉(MBC), 〈법대로 사랑하라〉(KBS), 〈징크스의 연인〉(KBS), 〈모럴센스〉(넷플릭스), 〈택배기사〉(넷플릭스) 등이 방영을 하고 있거나 방영할 예정이다.[9]

다른 한편으로는 최근 웹툰은 2013년 매출 200억 원 미만으로 시작하여 2021년에는 약 1조 390억 원으로 성장한 웹소설 시장과 결합하여 '노블코믹스'[10]라는 새로운 형태로 자리 잡으며 주목을 받고 있다. 웹툰과는 달리

---

7 「2022년 웹툰 사업체 실태조사」, 한국콘텐츠진흥원.
8 백은지, 「만화 에이전시 역할 변화에 따른 웹툰 신입 빌진 빙인 연구」, 『만화애니메이션연구』(67), 2022, 223~246쪽.
9 임근호, 「웹툰 원작 전성시대… 20편 줄줄이 영상화」, 『한국경제』, 2022.4.7.
10 카카오페이지가 2015년 웹소설 원작을 웹툰으로 제작 서비스하면서 명명한, 웹소설 원작 미디어 믹스 콘텐츠이다.

그림을 그리지 않고 오직 글로만 수용자들을 만나는 웹소설은 생산 과정의 용이성 때문에 원천 스토리의 IP(Intellectual property)를 확보하기 쉬운 장점을 가지고 있다. 이러한 웹소설과 유기적으로 결합한 웹툰 시장은 영상화의 소스(source)로서 웹툰 시장을 보는 드라마와 영화의 제작자들의 자본 유입까지 더해져 국내외적으로 상상하지 못한 규모로 성장하고 있다. 또한 해외 진출이 일반화되어 네이버 웹툰의 경우 2014년부터 '라인 웹툰'을 통해 글로벌 서비스를 하고 있고 대부분의 한국 웹툰은 현재 영어와 일본어, 중국어와 태국어, 인도네시아어 등으로 이용할 수 있다.[11]

웹툰의 성장과 해외 진출, 노블코믹스의 등장, 영상화의 원작 콘텐츠로서 활황을 맞고 있는 웹툰 시장의 한가운데는 웹툰을 생산하는 웹툰 작가가 있다. 2020년 4월 현재 각종 플랫폼에 등록된 웹툰 콘텐츠의 누적 수는 1만 2315종이고, 작가 수는 8,588명이다. 연재 중인 콘텐츠는 1602종에, 2077명의 작가가 참여하고 있다.[12] 2019년 기준으로 네이버 웹툰의 신인 발굴 코너인 '도전만화'에는 총 14만 명의 예비 작가들이 자신의 작품을 내놓고 있는 것을 보면,[13] 2022년 현재에는 20만 명에 달하는 작가들이 웹툰을 생산해내고 있을 것으로 추정된다. 이런 상황에서 2022년 8월 〈나 혼자만 레벨업〉 장성락 작가의 갑작스러운 사망은 웹툰 작가의 삶과 노동에 관심을 가지는 계기가 되었다. 사단법인 웹툰협회는 장성락 작가의 죽음을 접하면서 "고강도 업무·살인적 환경 개선해야" 한다는 목소리를 냈다. "고인의 사인

---

11 이수기, 「예비 웹툰 작가만 14만명… 하지만 절반은 한달 수입 160만 원」, 『중앙일보』, 2019.5.12.

12 강경묵, 「웹툰의 오늘과 미래… 올들어 신작 생산율 증가 추세」, 『경기신문』, 2021.1.3.

13 이수기, 앞의 글.

이 과중한 노동 강도에 의한 것이라고 명확히 밝혀진 것은 없으며 여러 요인도 함께 있었을 것"이지만 "고인의 작업 환경이 매우 고되었음을 짐작할 수 있다"고 밝혔다. 협회는 최근 사무국에서 진행한 여러 웹툰 작가들의 심층 인터뷰를 통해 90%가 넘는 작가들이 한 주에 60~70컷 분량의 웹툰을 소화하기에도 벅차다고 답했다는 사실을 밝히며 "장 작가가 작업하던 〈나 혼자만 레벨업〉은 70~80컷 이상이었으며 100컷 가까운 분량의 회차도 있었다"고 설명했다.[14]

웹툰의 성장과 함께 웹툰 작가에 관심을 쏠리는 것은 대중들의 웹툰 생산물에 대한 관심이 그만큼 크다는 것을 보여준다. 웹툰이 국내외적으로 성공하여 'K-웹툰'이란 이름으로 한류의 첨병이 되고 있는 배경에서 웹툰 작가들은 어떻게 웹툰 시장에 진입하여 생존하고 어떤 정체성을 가지고 웹툰이란 문화 생산물을 만들어내고 있는지 관심을 가질 시기이다.

3 상상력을 웹툰으로 만드는 사람들, 웹툰 작가를 만나다

그동안 미디어 영역의 생산자 연구는 민속지학적(ethnography) 전통 아래서 질적 연구 방법인 심층 인터뷰와 자기기술지, 그리고 참여 관찰을 통해 이루어졌다. 이 연구도 언론학의 미디어 영역 내 문화연구에서 통상적으로 사용하는 질적 방법론을 활용하여 작화와 스토리를 담당하는 9명의 웹툰 작가를 연구 대상 삼았다. 연구자는 이 연구를 진행하기 위해 알고 지냈던

---

14 신재우, 「장성락 작가 사망… 웹툰협회 「고강도 업무·살인적 환경 개선해야」」, 『뉴시스』, 2022.8.8.

방송작가 출신의 웹툰 스토리 담당 작가를 섭외하였으며 동시에 지인의 소개로 웹툰 작가를 접촉하여, 이 두 사람을 중심으로 다른 웹툰 작가들을 소개를 받는 스노우볼링(snow-balling) 방법으로 연구 대상에 대한 섭외를 진행했다.

그 과정에서 대체로 자신을 잘 드러내지 않고 장기간 고된 작업을 하는 웹툰 작가를 섭외하여 연구 과정에 참여시키는 것이 쉽지 않다는 것을 실감하기도 했다. 게다가 현재 활발하게 활동하고 있는 웹툰 작가들을 중심으로 섭외를 하다 보니 대부분 연재 중이어서 연구를 위한 시간을 내기가 쉽지 않아, 여러 명한테 섭외를 거절 당하기도 했다. 그런 어려움을 겪으며 지속적으로 섭외 대상을 확장시킨 결과 9명의 웹툰 작가들을 연구 대상으로 선정할 수 있었다. 웹툰 작가들의 작업 일정과 과정, 감당해야 할 노동의 강도를 감안하여 심층 인터뷰와 상세 자기기술지 중 원하는 방법을 선택하게 하여 7명의 작가에게는 자신의 노동 경험과 정체성, 노동 과정의 난관 등을 상세하게 기술한 자기기술지를 받았고 2명의 웹툰 작가는 심층 인터뷰를 진행하였다. 심층 인터뷰와 자기기술지의 항목은 미디어 콘텐츠를 생산해내는 웹툰 작가들에 대한 정체성, 웹툰 작가의 길로 들어선 계기와 노동 과정의 특성, 그리고 제도적 압박, 웹툰 작가로서 성취와 보람에 대한 질문 등을 넣어 구성하였다.

연구 대상자들에 대한 심층 인터뷰 진행과 자기기술지 작성은 2022년 1월 15일부터 4월 30일까지 약 3개월에 걸쳐 진행하였으며, 당시 코로나 팬데믹 상황이 위중하여 면접 심층 인터뷰를 계획했다가 1명의 경우 전화 심층 인터뷰로 대체하기도 하였다. 서울 작가의 작업실 근처 카페 등에서 진행된 심층 인터뷰는 반구조화된 질문지를 준비하여 진행하였지만 중간에 연구 대상 작가들이 특정 사안에 대해 자유롭게 주제를 바꿔서 이야기할 때는 충분히 듣고 의견을 나누는 식으로 진행하였고 사전에 녹음에 대한 허락을 받아 녹취해서 질적 자료로 만들었다.

상세 자기기술지는 심층 인터뷰에 들어간 질문은 좀 더 상세하게 세밀화해서 작가들이 자유롭고 자세하게 기술할 수 있도록 만들었으며 이메일과 SNS 등을 통해 질문지와 답변지를 주고받았다. 연구 대상 웹툰 작가들은 빠듯한 작업 시간에 쫓기면서도 정성 들여 웹툰 작가로서의 삶과 정체성, 노동 과정에 대해 상세하게 자기기술지에 서술해주었다. 연구 대상들에 대한 인적사항과 상세 프로필은 표 7에 정리하였으며 연구를 진행하면서 웹툰 작가는 어떤 동기에서 웹툰을 시작하게 되며 어떤 경로를 통해 웹툰 작가로 활동하게 되는지, 또 웹툰 작가는 창의적 노동과 콘텐츠 판매라는 이중적인 가치관 속에서 어떤 정체성을 가지고 있으며 노동 과정의 난관과 웹툰 작가로서 성취와 보람은 무엇인지 살펴보았다.

표 7. 연구 대상 목록과 상세 프로필

	경력	데뷔 과정	집필 장르	집필 분야	성별/나이	자료 수집 형태
A	30년차	문하생으로 들어가 만화시장을 거쳐 웹툰으로 전향	액션/ 드라마	글 · 그림 (현재는 글만 담당)	남/ 50세	전화 심층 인터뷰 (1시간 30분)
B	8년차	방송작가 출신으로 웹툰 스토리를 만들어 에이전시와 계약, 데뷔(2년 걸림)	로맨스	글	여/ 50대 초반	심층 인터뷰 (두 차례, 2시간 20분)
C	7년차	독학으로 시작해 공공기관과 온라인 과외로 수련하여 데뷔 (2년 걸림)	개그/ 능력자 배틀물	글 · 그림	남/ 37세	상세 지기기술지
D	7년차	국가사업을 통해 매니지먼트와 계약(6년 걸림)	개그	글 · 그림 (앞으로는 하나만 하고 싶음)	남/ 36세	상세 자기기술지

	경력	데뷔 과정	집필 장르	집필 분야	성별/나이	자료 수집 형태
E	9년차	독학 후 3년 걸려 데뷔. 현재 게임 회사 시나리오 라이터로 활동(3년 걸림)	액션/스토리	글·그림	남/ 31세	상세 자기기술지
F	5년차	만화학부 출신. 졸업 후 독학으로 웹툰 배워 데뷔(4년 걸림)	드라마 로맨스/ 심리스릴러 오컬트	글·그림	여/ 37세	상세 자기기술지
G	8년차	독학과 한겨레문화센터에서 배운 후 공모전 투고. PD에게 연락이 와서 데뷔(2년 걸림)	소년 만화/ 모험/액션	글·그림/ 그림	남/ 35세	상세 자기기술지
H	8년차	출판만화를 준비하다 웹툰 전향. 진흥원 등의 사업기관 지원을 거쳐서 데뷔(2년 걸림)	액션/드라마	글·그림/ 그림	남/ 37세	상세 자기기술지
I	9년차	순수문학을 하다가 정부지원사업에 선정되어 웹툰 시작(3년 걸림)	사+시툰	글·그림	여/ 40대 중반	상세 자기기술지

원하는 일이 직업이 되는, '덕업일치' 창의노동의 꿈

연구 대상 웹툰 작가들은 30대 초반에서 50대 초반까지 연령대는 다양했지만 웹툰에 뛰어들어 활동하게 된 계기에 대해서는 거의 "자신이 하고 싶은 일"이라거나 "어렸을 때부터 꿈이어서 시작했다"고 진술하여, '꿈과 열정'을 가지고 자신이 간절하게 원해서 시작했다는 측면에서는 거의 비슷한 것으로 나타났다.

A는 만화방에서 만화를 보면서 자란 세대로 당시에 만화가가 될 수 있는 길이었던 문하생으로 시작한 후 잡지만화에서 활동하다가 디지털 만화 시장으로 바뀌자 웹툰을 하게 되었고, B는 방송작가로 활동하다가 자신의 스토리를 세상에 내놓는 방법이 없을까 고민하던 중에 영화나 드라마보다 진

입장벽이 낮은 웹툰이 있다는 걸 알게 되어 웹툰 스토리 작가가 되었다. E는 나만의 만화책을 가지고 싶어서 웹툰을 시작했으니 어디선가 "그 만화 재밌었지?"라는 말을 듣고 싶다고 했고, 연구 대상 작가 중에 유일하게 학부에서 만화를 전공한 작가인 F는 "전공을 했으니 자연스럽게 재능을 펼치고 경제적 이득을 얻기 위해" 웹툰 작가가 되었다고 했다. G는 "자기의 만화를 그리고 싶고 스스로 가능성이 있다고 판단"해서, H는 "내가 보고 싶고, 세상에 있었으면 하는 이야기를 직접 원하는 수준의 완성도로 만들어내고 싶어서", 문학을 하는 I는 "문학이라는 틀에서 벗어나 누구나 시를 쉽고 유연하게 접하길 바라는 마음"에서 웹툰 작가가 되었다고 했다.

웹툰 작가가 되고 싶다고 해서 바로 될 수 있는 것은 아니어서 연구 대상 작가들은 데뷔하기 전까지 노동에 대한 보상 없이 습작하는 데 걸린 시간이 2년에서 6년이나 되었다(표 7 참조). 국가사업에 선정되거나 공공기관이나 문화센터에서 배우거나 독학하는 등 다양한 방법으로 웹툰을 익힌 후에, 공모전을 통하거나 플랫폼에 무료로 연재하며 실력을 인정받는 길을 선택했다.

> 독학을 통해 웹툰을 배웠구요, 시간이 날 때마다 네이버 도전만화에 진출하여 베스트 도전에 등극했습니다. 베스트 도전 만화의 자격으로 네이버 지옥캠프에 참여하여 2회차 때 ○○○○라는 단편만화를 통해 데뷔했고 그 후에 루리웹 창작 만화 게시판에서 만화를 연재하다가 배틀코믹스에서 연재 제의가 왔습니다.
>
> (E)

다른 작가들도 비슷한 과정을 거쳤다. G는 공모전에 투고한 후 PD에게 연락을 받아 케이툰에서 데뷔했고, 만화 시장이 웹툰으로 재편성되는 시기를 조금 지나 뒤늦게 웹툰으로 전향한 H의 경우에도 국가기관 사업에 참여한 후 연재로 직결되는 공모전을 통해 작품 연재를 하면서 웹툰 작가의 길로 들어섰다. F는 도전만화와 베스트 도전을 거치며 아마추어 시절을 보내다가 창작 지원 사업을 통해 플랫폼 PD를 만나게 되어 2년간의 준비 기간 끝에 데뷔하게 되었다. 대학의 만화학부를 나왔다는 F의 경우에도 "대학에서 웹툰 형식으로 일찍이 만화를 그렸어도 제대로 된 만화적 언어와 연출은 대학교 졸업하고 독학으로 배웠다"고 할 정도로 연구 대상 작가들 대부분은 스스로 개척하면서 웹툰 작가가 된 것으로 나타났다.

또한, 연구 대상 작가들은 데뷔를 기다리는 기간 동안 무보수 노동을 하면서 많은 어려움을 겪었다고 토로했다. D는 "작가는 하고 싶은데 작업물이 안 나오는 게 가장 힘들었다"고 했고, H는 "수입 없이, 기약 없이 작품을 준비해야 하는 기간을 견디는 것이 어려웠다"고 했다. F도 "경제적으로 불안한 데뷔까지의 준비 기간이 가장 견디기 힘들었다"고 했으며 I는 "어시스트 없이 고퀄리티의 웹툰을 만들어내는 게 벅찼다"고 했다. C는 "미래에 대한 불안함과 자신감 부족 등에 시달리며 멘털 관리를 하는 게 가장 견디기 힘들었다"고 했다.

웹툰 스토리 작가인 B의 경우는 자신의 스토리로 에이전시와 계약한 이후에도 웹툰이 완성되어 데뷔하는 데까지 2년이나 걸렸다면서 그림 작가와 매칭하는 데 따르는 어려움을 이야기했다.

> 스토리 작가는 그림 작가가 있어야 세상에 나오니까 그림 작가랑도 잘 맞아야 해요. 그래서 그림 작가 매칭하는 게 힘들죠. 하도 힘들어서 제가 플랫폼 관계자한테 직접 물어봤거든요. 글 작가와 그림 작가 매칭 기간이 어느 정도가 되느냐고 물어보니, 들어온 기획안은 많은데 그림 작가 기다리는 게 많다고. 그래서 글, 그림을 같이 하는 게 좋은 거예요. 동시에 작업하려면 엄청 힘들겠지만요. (B)

글 작가와 그림 작가의 매칭이 어려우니 웹툰 작가 혼자서 다 작업하면 간단할 것 같지만, 글과 그림을 함께 하는 작가들은 감당하기 힘든 작업량 때문에 너무 고통스럽다고 했다. C는 "글, 그림을 혼자 했을 경우에 온전히 자신의 의도대로 작품을 진행할 수 있다는 장점은 있지만 혼자 진행하기에 모든 책임을 자신이 져야 하는 점이 힘들다"고 했고, F도 혼자 작업했을 때는 "작가 본연의 개성을 유지할 수 있고 수입도 모두 가져올 수 있지만 육체적으로 시간적으로 한계가 있고 힘에 부치다"고 했다.

> 혼자 했을 때의 장점은 페이를 온전히 갖는 것밖에 없는 것 같습니다. 단점은 끝없는 업무량, 떨어지는 작품 퀄리티와 삐끗했을 때 온전한 책임을 혼자 져야 하는 게 힘듭니다.
> (D)

웹툰 작가가 스튜디오에 소속되어 있지 않으면 글 작가와 그림 작가와 매칭에 시간이 많이 걸리기 때문에 그림을 그릴 줄 아는 작가들은 대부분 글과 그림을 겸하게 되는데 그런 경우, 노동량이 너무 많아서 웹툰 작가들이 창작의 고통이 크다는 것이다.

이런 어려움에도 불구하고 웹툰 작가들은 웹툰 작가의 장점으로 "세상을 향해 말할 수 있는 자신만의 스피커가 있고 아직 큰 성공의 여지가 남아 있는 점"(G), "원하는 이야기를 만들어 보일 수 있다는 점"(H), "시간을 자유롭게 활용할 수 있고, 독자들의 즉각적인 피드백을 받을 수 있다는 점"(I)을 들어 자신이 선택한 길에 대한 자부심을 내보이기도 했다.

> 열심히 노력한 결과물이 다른 사람이나 회사의 것이 아닌 내 자신의 것인 점이 좋습니다. 실력만큼 성과가 나오고 자신의 취향으로 생업을 삼을 수 있어서 소위 말하는 '덕업일치'를 할 수 있어서 좋습니다.
> (C)

연구 대상 작가들의 이러한 진술은 일과 문화의 결합을 중요한 문제로 봤던 맥로비[15]의 주장을 환기시킨다. 맥로비는 문화란 미디어, 예술, 의사소통의 관습들 내의 창의적·표현적·상징적 활동을 지칭한다고 정의하면서 일과 문화의 결합이 중요해지면서 많은 젊은이들이 창의적인 일을 찾아 나서면서 소규모 문화 생산자들이 되었고, 이들은 소설을 쓰거나 패션 디자이너가 되거나 혹은 영화감독이 되거나 TV에 출연하는 요리사가 되어 한 번에 많은 돈을 벌기를 기대하면서 자신에게 보수도 없이 주어지는 혹독한 노동을 기꺼이 이겨낸다고 보았다. 젊은 사람들이 자신이 좋아하며 즐기면서 창의적으로 할 수 있는 일을 직업으로 선택하고, 자신들의 문화적 성취가 경제적인 부로 창출되기를 바라면서 스스로를 착취할 정도로 일에 매달린다는 것이다.[16]

연구 대상 작가들도 웹툰 작가로서 성공하는 길은 길고도 험난하지만 일단 성공하게 되면 자신들에게 충분한 보상이 돌아온다는 것을 잘 알고 있었다. 보수 없이 습작을 하며 데뷔의 기회를 엿보는 시간이 2년에서 6년으로 적지 않게 걸렸고, 플랫폼에 연재하기 위해서는 매 단계마다 부불노동을 해야 하는 과정도 있지만[17] 자신의 창의노동에 대한 보상이 크다는 것을 잊지 않았다. 웹툰 작가들은 스스로를 착취한다고 느낄 만큼 혹독한 노동을 견디면서 만들어진 자신들의 창의적인 노동의 생산물인 웹툰이 결국 대중의 사랑을 받아, 예술적으로도 인정을 받고 경제적으로도 성공하려는 문화 생산

---

15 McRobbie, A., *From Holloway to Hollywood: Happiness at work in the new cultural economy*, Cultural Economy, 2002.

16 김미숙, 앞의 책.

17 양경욱, 앞의 글.

자들의 길을 가고 있는 것으로 보인다.

수용자와 호흡하며 성장하는 작가들, 독자들에게 갖는 양가적 감정

웹툰 작가들은 웹툰이란 장르에 대한 장점에 대해서도 자신들의 생각을 피력했는데, G는 "웹툰은 오리지널 제작에 비교적 낮은 코스트가 드는 상업예술이기 때문에 작가 입장에서 낮은 리스크를 안고 손쉬운 재도전"을 할 수 있다는 점을 들었다. 또한, 강렬한 다양성과 대중들의 욕구 및 반응에 직접적인 연결고리가 있는 장점도 있다고 했다. 이는 웹툰 작가 입장에서는 따로 창업 비용 없이 대중들의 욕구를 살펴서 창작 활동을 이어나갈 수 있는 점을 말하는 것으로 보인다.

기본적으로 웹툰은 2D 콘텐츠가 가지고 있는 되게 독특한 연상 작용이 있죠. 이미지, 대사, 대사는 텍스트구요. 그게 스트리밍될 때와는 전혀 다른 감을 주죠. 거기에 상상력을 붙여야 되거든요. 말풍선 안에 들어가는 대사에 대한 말투라든가 캐릭터의 목소리, 이런 것들을 연상시켜주죠. 2D 콘텐츠는, 뭔가 이게 허술할 것 같지만 실제로 이것을 봤을 때 재미나 몰입감과 감동은 영상 못지않게 나오게 됩니다.
(A)

30년 경력의 A는 웹툰의 매력에 대해서 상상력을 극대화할 수 있는 2D만의 몰입감을 언급했다. 다른 작가들도 "접근성이 좋아 휴대폰만 있으면 쉽게 많은 이야기를 볼 수 있는 점"(H), "진입장벽이 낮고 쾌락적 요소가 있는 점"(I), "빠르고 가볍게 소비할 수 있고"(E), "독서실이나 수업 중에 몰래 볼 수 있는 스낵컬처"(D), "만화의 확장된 형태로 실제 사람이 연출하기 어려운 부분을 보여줄 수 있는 자유로운 형식의 매체"(F)라는 점, "독자의 상상력이 개입되면서도 그림이 들어간 덕분에 창작의 의도가 훼손되지 않고 전달될 가능성이 높다"(C)는 점 등을 웹툰의 매력으로 꼽았다. 이런 웹툰의 매력을 잘 알기에, 작가들은 작품을 창작할 때 독자들이 무엇을 원하는지 트렌드를 살펴 자신의 작품에 녹여내는 부분에도 상당히 신경을 쓰고 있었다.

> 특이한 발상을 우선시해서 찾습니다. 평소 나누는 대화나 유튜브 등을 통해 사람들의 관심사를 찾고 반대로 그것과 어울리지 않는 소재를 엮어서 발상을 합니다.
>
> (C)

독자들의 반응이 절대적이라 조회수와 평판에 의해서 인기작이 되거나 심해작[18]이 되기 때문에 대중, 즉 수용자들이 어떤 분야에 관심이 있는지 사람들의 대화나 유튜브 등도 참조한다는 이야기이다. 웹툰 작가들은 사람들의 생활을 면밀하게 관찰하여 독자들이 공감할 수 있는, 신선하고 재미있는 창작물을 만들어내는 노력을 하고 있었다. E는 "책과 취재, 유튜브 등을 통해 사람들의 흥미와 취미가 뭔지 살펴본다"고 했으며, G는 "신문기사, 뉴스, 커뮤니티에서의 특정 소재 언급량이나 분위기를 보고 독자들의 생태나 경제 활동을 살피며 소재를 정한다"고 했다. D는 "포털사이트 댓글과 유머글들을 많이 보고 트렌드를 읽고" 있었고, H는 "인기 플랫폼의 상위 작품들을 훑어보고 특별한 이슈가 있으면 댓글까지 확인하면서 커뮤니티에서의 작품 반응"을 살폈다.

또 독자들이 좋아하는 이야기와 컨셉트에 잘 어우러지는 작화 분위기 및 컬러감을 유지하려고 노력하며(F), 이야기의 참신함과 독자들의 반응, 그림

---

18 흥행하지 못한 작품을 이르는 말. 작품이 심해처럼 깊은 아래에 묻혀 있다는 뜻이다. 『네이버 오픈백과사전』.

의 독특함(C)을 추구하면서 어떤 컷이든 어떤 캐릭터든 기억에 남게끔 쓰는 것(E)을 목표로 창작을 하고 있다고 했다. 독자들에게 인상적인 웹툰을 만들려고 노력하는 웹툰 작가들에게는 독자들의 반응이 매우 중요할 수밖에 없다. 실제로 작가들에게 연재가 시작되면 독자들과 직접 소통하게 되는 댓글에 대한 의견도 들을 수 있었다.

> 댓글에 영향을 받기는 하죠. 하지만 전면적인 수정이 들어가고 이런 게, 신인들은 좀 그런 경우들이 있지만 경력이 있는 작가들은 그것 때문에 큰 스토리 라인을 흔들거나 그렇게까지 안 하죠. 하지만 독자들의 의견을 무시하기는 현실적으로 어려워요. 계속 팔로우업하기 때문이죠. 또 독자들이 본인들의 피드백이 이 작품의 인기에 영향을 미친다는 걸 잘 알고 있어요. 독자들이 실력을 행사하는 거죠. (A)

독자들의 댓글은 크게 스토리 진행 방향에 대한 의견과 '선플과 악플'로 대변되는 의사 표시로 나눌 수 있다. H는 "정말 악의적으로 작성된 글에는 오히려 스트레스 받지 않는 편"이라며 자신을 다스리고 있었지만 쉬운 일은 아닌 것으로 보인다. C는 "선플에 비해 악플의 숫자는 굉장히 적지만 악플은 언제 봐도 새롭고 황당하면서도 아프다"고 했다.

콘텐츠진흥원이 발간한 『2021 웹툰 작가 실태 보고서』에 따르면 웹툰 작가 710명을 대상으로 한 온라인 설문조사에서 악성 댓글을 경험한 작가 62.1%이고, 악성 댓글로 인해 67.3%가 스트레스를 받고 있다고 대답했다. 독자들의 반응에 늘 신경 쓰고 독자들이 원하는 주제와 소재 등을 찾아내며 창작을 하고 있는 웹툰 작가들은 독자들의 반응에 힘을 얻기도 하지만 동시에 독자들의 반응 때문에 고통을 받기도 하는 것이다.

작가들한테 댓글이 있는 데가 좋아? 없는 데가 좋아? 하고 물어보면 대부분 있는 곳을 원해요. 독자들과 계속 소통하기를 원하거든요. 댓글에 대해서는 스트레스가 있기도 하지만 보람이기도 하거든요. 양가적인 감정이 있는 거죠. (A)

D도 '악플'보다 '무플'이 더 무섭다고 했는데 이는 독자들의 관심을 아예 받지 못한다는 두려움 때문에 드는 감정으로 보인다. 웹툰 창작에 있어 독자들의 관심이 절대적이라는 것을 단적으로 보여주는 진술이다.

웹툰 작가들은 수용자들과 소통하며 아픔을 겪기도 하지만 그들과 함께 웹툰 작가로서 성장하는 과정을 거친다. 실제로 각 플랫폼들은 독자들의 반응을 기반으로 삼아 웹툰 작가를 발굴하고 키워나가는 형태의 비즈니스를 한다.

네이버가 정착시킨, '나도 만화가' '도전만화' '베스트 도전' '정식 연재', 이런 시스템은 어쩌면 독자들이 밀어 올리는 구조거든요. 독자들한테 사랑을 받으면 다음 단계로 진입하는 식이다 보니, 네이버가 플랫폼을 운영할 때 커뮤니티 성향을 강하게 가져가고, 지금도 사실, 댓글이라든가 별점이라든가 이런 것들이 꽤 부작용이 있는데도 불구하고 네이버가 고수하고 있는 건 독자들의 참여를 독려하는 것이 플랫폼에 유리하게 때문이죠. (A)

플랫폼 비즈니스의 특성상 웹툰 작가들은 독자들과 함께 갈 수밖에 없다. 플랫폼 이용자들은 생산자와 소비자로 나눌 수 있고 이 두 쪽이 플랫폼에 함께 모여서 플랫폼을 이용하게 되고 거기에서 수익이 창출되기 때문이다. 댓글 문화의 부정적인 면이 부각되자 2016년 새롭게 등장한 웹툰 플랫폼 레진코믹스는 댓글 시스템을 없애버리는 정책을 내놓았다. 작가들이 작품 연재와 마감에 온전히 집중할 수 있게 만들겠다는 의도와 독자들이 작품

감상에만 집중할 수 있게 만드는 효과도 기대하면서 시작된 일이다.[19] 그러나 여전히 웹툰에서의 댓글은 수용자와 소통하는 창구이며 수용자들은 댓글 역시 웹툰과 함께 즐길 수 있는 텍스트로 생각하고 있다. 최근에 독자들의 댓글로 심사하는 웹툰 공모전도 등장했다. 독서 플랫폼 젤리페이지에서 약 20만 명의 이용자 모두 웹툰 PD가 되어 후보 작품을 감상하고 직접 심사에 참여할 수 있도록 했다. 이용자들은 후보 작품을 감상하고 작품에 대한 별점 평가, 찜(♥), 댓글 등을 남길 수 있으며, 이 결과가 심사에 반영되는 형식이다.[20]

'선플'과 '악플'로 나뉘어 댓글이 격론을 벌이고, 댓글에 대한 대응이 엇갈리는 웹툰 시장에서 앞으로 댓글의 형식과 내용이 어떻게 진화할 것인지 명확하게 진단할 수는 없다. 그러나 웹툰 시장은 수용자들이 끌어올리는 시장이고 웹툰 작가들은 그런 수용자들의 욕구와 트렌드를 살피며 웹툰을 생산해내고 있기 때문에, 생산물인 웹툰을 사이에 두고 생산자인 웹툰 작가와 수용자인 독자들 사이에 갈등 또는 협력은 피할 수 없을 것으로 보인다.

스토리를 실험하는 문화선발대로서 자부심, 특이한 발상을 찾는 웹툰 작가

데뷔 과정의 어려움과 고된 작업을 감내해야 하는 웹툰 작가들은 웹툰 작가의 정체성을 묻는 질문에는 상당한 자부심을 드러내며 다양한 표현으로

---

19 불완전연소, 「레진 코믹스는 왜 댓글기능이 없을까?」 〈네이버 블로그〉, 2021.
    https://blog.naver.com/battlemarin2/222353707856
20 박정훈, 「젤리페이지, 이용자 참여 '웹툰 공모전' 심사 진행」, 『이코노믹 리뷰』,
    2022.8.3.

정체성을 드러냈다. 표현은 다르지만 웹툰 작가가 문화산업 내에서 콘텐츠의 유행과 트렌드를 주도하고 있다고 생각하는 점은 거의 비슷했다.

웹툰 작가는 '문화선발대'라고 생각해요. 수많은 문화산업이 움직이고 있을 때, 가장 재미있게 느꼈던 것은 웹툰 쪽에서 상당히 유행하는 트렌드가 먼저 만들어져요. 그 뒤에 몇 년 뒤에 딱 영상이라든가 드라마로 이동하거든요. 그게 웹툰 원작을 찾는 가장 큰 이유라고 생각해요. 지금은 그 간격이 점점 좁아져 있다고 생각하거든요. (A)

H도 웹툰 작가는 "최초 아이디어의 발안자이며, 한 가지 형태로 이야기를 완결해내는 사람"이라고 했고, E는 "오로지 본인만의 세계를 표현할 수 있는 사람으로 웹툰 작가는 콘텐츠 실험가"라고 했으며 F는 "누구보다도 자유롭게 생각하는 이야기꾼"이라며 자신들의 정체성을 드러냈다. 시트콤을 쓰다가 웹툰 스토리 작가로 활동하고 있는 B는 방송작가 생활을 하면서 느꼈던 정체성과 비교해서 웹툰 작가의 정체성을 표현했다.

방송을 할 때는 작가로서 웃음을 주고 시름을 잊게 해주는 사람이라는 느낌이 있었죠. 근데 웹툰 작가는 그냥 스토리 생산자라는 생각밖에 안 들어요. 웹툰은 내가 가진 스토리를 다른 사람에게 보일 수 있는 하나의 창구 역할을 하죠. 웹소설, 웹툰 같은 경우에는 작품성보다는 킬링 타임용으로 보더라구요. 내 스토리가 소비되는 느낌이랄까? (B)

B는 방송을 했을 때는 어느 정도 공적인 사명감이 있어서 시청자들에게 웃음을 주고 시름을 잊게 해준다는 정체성을 가질 수 있었지만 웹툰은 그저 소비되는 느낌이라고 말하면서도 유명한 플랫폼이면 정체성이 조금 달라질 수도 있겠다는 이야기도 덧붙였다. 사람들이 많이 모이는 유명 플랫폼의 경

우 단순한 소비를 넘어서 사람들이 재미있게 자신의 이야기를 보게 되면 일종의 문화현상 같은 것으로 받아들일 수도 있겠다고 했다. 실제로 A는 웹툰이 문화현상을 이끄는 지점에 대해 구체적으로 진술하기도 했다.

> 드라마 〈오징어 게임〉이 전 세계에서 굉장히 인기가 있는데, 오징어 게임에서 사용된 포메이션은, 웹툰 쪽에서는 아주 4~5년 전에 아주 많이 사용하던 포메이션이고 아주 즐겨하던 '데스 서바이벌' 장면이거든요. 웹툰이나 만화에서 아주 많이 쓰던 장면이에요. 굉장히 트래픽도 높았고 팬들의 인지도도 있어서 많이 사용했죠. 현실이 가미된 판타지물, 넷플릭스에서 많이 나오는 여러 가지 킬러적인 요소가 있는 것들은 모바일 생태계에서 웹툰이 주력하던 장르거든요. (A)

A는 비단 드라마 〈오징어 게임〉의 사례뿐만 아니라 상당히 많은 수의 웹툰 작가들이 웹툰 내에서 여러 장르들의 테스트를 통해 대중의 트렌드와 취향을 검증해낸다고 말한다. 비교적 제작비가 적은 웹툰을 통해서 대중의 트렌드가 검증되면 제작비가 더 많이 드는 다른 매체들, 드라마나 영화 같은 매체들에게 영향을 주어 제작까지 이르게 하기 때문에 '문화선발대'라는 표현이 적절하다고 의견을 피력했다.

실제로 웹툰은 웹소설의 성장 이전에는 드라마나 영화의 원작으로 독보적인 위치를 점하고 있었다. 최근에는 웹툰보다 더 쉽게 만들어지는 웹소설이 원천 스토리로 대체되는 현상을 보이고 있으나[21] 웹소설 성공 이후 영상화 작업과 더 가까운 웹툰 제작을 거쳐 영상화로 가고 있어서 웹툰의 실험

---

21 서은영, [만화_특집−웹툰 생태계의 현황과 문제점] 「노블코믹스의 이야기 소비 방식 : 플랫폼, 유저(플레이어), 그리고 즉물성」, 『황해문화』 통권 제114호, 2022.

적인 도전은 계속되고 있다고 봐야 할 것이다. 웹툰의 모험적이고 실험적인 도전이 계속되는 동안 웹툰을 바라보는 부정적인 시선이 존재했던 진술도 들을 수가 있었다.

　　이제는 웹툰을 바라보는 사회적 인식이 많이 좋아진 것 같습니다. 물론 여전히 타 매체 창작자에 비해 열등한 존재로 바라보는 시선이 없지 않아 있지만 그래도 이제야 '온전한 창작자'로 인정받는 느낌이 듭니다.　　　　(C)

　C의 '온전한 창작자'라는 말 속에서, 그동안 웹툰 작가들의 대중문화의 맨 앞에 서서 여러 가지 실험적인 스토리를 생산해오면서 상대적으로 저평가를 받으며 겪었던 고충을 읽을 수가 있었다. H는 웹툰 원작이 타 매체로 제작되었을 경우, 원작을 잘 살려서 성공하면 웹툰 작가도 인정을 받지만, 이름만 성공한 웹툰 원작을 가져가고 원작과 다른 내용으로 전개되어 영화나 드라마가 실패했을 때는 웹툰 작가가 무분별한 산업 확장의 피해자가 되는 경우도 있다고 우려를 표했다. 영상화 콘텐츠는 그것대로 평가하고 웹툰 작가 성과는 따로 봐줬으면 하는 바람을 가지고 있었다.

　연구 대상 작가들은 웹툰 작가의 매력으로 "원하는 이야기를 만들어 보일 수 있다는 점"(H), "기본적으로 자영업자이며 창작자라서 다양한 도전을 계속할 수 있다는 점"(G), "영화처럼 제작비가 많이 들어가는 형태에서나 이끌어낼 수 있는 서사에 따른 감동을 개인 내지는 적은 인원으로 만들어낼 수 있다는 점"(H)을 들었다. 또한, 독자들이 웹툰에 열광하는 이유는 "웹툰이 독자들의 욕망의 근원에 가장 가까운 무언가를 거리낌 없이 표현할 수 있기 때문"(E)이라고 자부심을 드러내는 한편, 치열한 경쟁 속에서 살아남아야 하는 현실을 솔직하게 표현하기도 했다.

치열한 경쟁 속에서 웹툰 작가로서 살아남기 위해서는 "개성과 성실함, 튼튼한 신체와 멘털"(C), "빠른 트렌드 캐치와 건강"(E), "남과 비교하지 않기, 자본과 시장의 흐름을 이해하기, 독자의 욕망을 파악하기"(G), "언제 따를지 모르는 운과 운기가 왔을 때 그것을 취할 수 있는 준비가 되도록 하는 것"(H) 등을 꼽은 반면, "웹툰의 순위가 내려가거나"(D), "비슷한 소재 및 이야기가 겹치면 설 자리가 좁다"(F)며 경계해야 할 부분도 표현했다. 하지만 무엇보다도 위협적인 것은 따로 있다고 있다.

웹툰 초창기에 비해 과도한 경쟁으로 분량 및 작화 퀄리티가 급격하게 상승했고 현재는 기업형 웹툰 회사들이 등장하여 개인 작가로서 불안함과 스트레스를 느낄 수밖에 없습니다. 블록버스터와 경쟁하는 한국 영화인들과 비슷한 심정일 것 같습니다.   (C)

D도 "개인 작가들도 더는 혼자 작업하지 않고 팀을 이루는 환경 구축이 더 빠르게 일어날 거라 예상"하고 있었다. 웹소설을 원작으로 한 '웹툰의 스튜디오화'가 진행되고 있어 개인 작가가 줄고 있는 추세라는 것이다. 웹툰 시장에서는 2016~2017년 사이에 스튜디오들이 만들어지기 시작해서 1, 2년 사이에 스튜디오형 작품에서 히트작들이 나왔다. 대표적인 작품들이 〈나 혼자만 레벨업〉 같은 작품이고, 그런 형태의 작품들이 만들어지면서 엄청난 수익을 거두게 되자 만화 업계에 있었던 여러 에이전시들이나 다른 만화 업체들이 스튜디오 형태로 전환을 하거나, 새로 스튜디오를 설립하거나 하는 것이 붐을 이루고 있다.[22]

---

22 세종사이버대학교 유튜브 동영상, 〈웹툰 작가로 살아남기〉, 2019.
   https://www.youtube.com/watch?v=-pzdT20vLmM

체계화된 웹툰 작가 시스템이 마련되지 않은 상태에서 습작 기간의 불안정함과 경제적 고통을 겪으면서 웹툰 시장에 진입한 작가들에게는 대형 웹툰 스튜디오가 위협적인 존재로 보일 수 있다. 연구 대상 작가들 대부분은 스튜디오 체제로 웹툰이 제작되면 혼자 작업을 해야 하는 작가들은 상대적으로 경쟁에서 살아남기가 힘들 것으로 예측했지만 스튜디오 시스템을 경험한 A작가는 다른 의견을 내놓았다.

> 스튜디오 작품이 많이 느는 건 사실인데, 스튜디오형 작품들이 "개인 작가들의 영역을 축소시켰다"라고 하는 건 살짝 동의하기가 어려워요. 왜냐하면 최근 몇 년간 작품 숫자가 늘어난 걸 보면, 분명히 개인 작가의 작품 수도 늘어났구요. 스튜디오형 작품도 많이 늘었죠. 네이버 같은 경우도 플랫폼을 운영하면서 개인 작가들의 비중을 줄이지 않으려고 밸런스를 맞추려고 노력하고 있어요.   (A)

A작가에 따르면 개인 작가 작품과 스튜디오형 웹툰은 작품의 결도 다르고 플랫폼이 요구하는 것도 다르다고 한다. 플랫폼 입장에서 볼 때는 개인 작가한테 원하는 건 웹툰이 원래 시장을 확장했을 때처럼 개성 있고 독특한 아이디어와 색다른 전개와 신선함이고, 스튜디오의 경우 개인 작가들에 비해서 제작 비용이 많이 들어가기 때문에 수익성이 높은 장르와 독자들을 분석해서 결제를 유도할 수 있는 작품들을 철저하게 기획적으로 만들어내기를 바란다는 것이다.

백은지, 「만화 에이전시 역할 변화에 따른 웹툰 산업 발전 방안 연구」, 『만화애니메이션연구』(67), 2022, 223~246쪽.

스튜디오는 장르들이 한정되는 단점이 있어요. 독자들이 많이 찾는, 가장 인기 있는 장르에 스튜디오는 집중할 수밖에 없죠. 독특한 작품을 만들었을 때 수익이 발생하지 않으면 적자가 나는 구조이기 때문에…… 그래서 스튜디오들이 하는 장르가 정해져 있어요. (A)

A작가의 말이 적절하다 하더라도 결국 개인 작가의 작품이 상위권에 진입하는 기회는 분명 줄어들 것으로 보인다. 자본의 힘과 풍부한 인력의 조합으로 만들어진 스튜디오 작품을 개인 작가들이 넘어서기는 힘들기 때문이다.

앞으로 한국 웹툰의 스튜디오화는 가속화될 것으로 보인다. 동시에 웹툰 시장이 커진 만큼 콘텐츠를 실험하고 문화를 선도하는 웹툰 작가들도 더욱 늘어날 것으로 예상돼 개인 작가의 웹툰과 스튜디오에서 생산되는 웹툰이 서로 결이 다르고 장르의 차별성이 있다 하더라도 하더라도 일정 부분 경쟁을 할 수밖에 없을 것이다. 이 부분은 웹툰 생산 과정에서 피할 수도 없고 피해서도 안 되는 자연스러운 현상으로 받아들여질 것이다. 새로운 작가의 등장으로 웹툰은 새로운 실험을 하게 되고 대중에게 인정을 받고 성공하면 그 장르를 스튜디오에서 대량 생산하는 방식으로 진화할 것이기 때문이다.

한창완[23]은 지금은 웹툰의 시대이며 이야기의 시대이고, 그 이야기로부터 세상의 모든 콘텐츠가 시작된다고 보았다. 한국에서 처음 만든 웹툰의 시스템과 생태계는 이제 할리우드를 넘어 전 세계 콘텐츠의 심장이 되고, 모세혈관이 되어 우리에게 다시 다가오고 있는 상황이라고 진단했다. 웹툰 작가의 정체성, 그들이 가지는 사유성은 이제는 개인적인 것이 아니라 사회문화

---

23 한창완, 「한국형 '마블'을 꿈꾸는 한국 웹툰 스튜디오」, 『한류나우(Hallyu Now)』 제 37호 7 · 8월, 2020.

현상이다. 웹툰 시장의 성장과 변화와 함께 웹툰 작가의 정체성과 자부심도 함께 변증법적으로 영향을 미치며 콘텐츠 시장을 주도할 것으로 보인다.

협업의 어려움과 고된 노동 속에서도 성취와 보람을 느끼는 웹툰 작가

연구 대상 작가들은 웹툰 생산을 하면서 플랫폼 또는 에이전시와 관계 맺고, 글 작가와 그림 작가가 다른 경우 협업의 불협화음도 겪으며 마감의 압박감 속에서 고된 노동을 경험한다. 동시에 콘텐츠 생산자로서 보람과 성취를 느끼며 자신의 창의노동에 대한 만족감을 드러내기도 했다. 플랫폼과의 갈등은 주로 웹툰 작가들의 창작 방향과 플랫폼의 판단이 다를 때 주로 발생한다. A는 "플랫폼 편집부가 가려고 하는 방향성과 맞지 않을 때, 퀄리티 부분, 작품이 겹치게 되는 부분 등 다양한 이유"가 있다고 했다. 또 글 작가와 그림 작가가 다른 경우, 플랫폼에서 글 작가의 스토리 전개는 맘에 드는데 그림 작가의 그림이 맞지 않는다고 판단하면 웹툰 연재가 계속 지연되는 곤란을 겪는다.

> 다 준비해서 갔는데 플랫폼에서 자기네가 원하는 그림체가 아니라고 한 거예요. 다시 그림 작가를 또 매칭한 거예요. 매칭했는데, "그것도 아니다"고 한 거예요.　　　　　　　　　　　　　　　　　　　　　　　　　　　　(B)

웹툰은 웹 플랫폼이란 매체를 통해서 독자인 수용자를 만날 수밖에 없다. 작가가 생산한 웹툰이 플랫폼과 맞지 않으면, 혹은 플랫폼이 추구하는 방향성과 맞지 않으면 작가와 플랫폼의 갈등은 필연적이다. 이는 드라마가 편성권을 가진 방송사 편성 담당자와 방향이 맞지 않으면 방송될 수 없는 이유와 똑같다. 이렇게 플랫폼이 웹툰 작가의 창작 활동에 방해 요인이 될 때도 있는데도 상당한 수수료를 가져가고 있는 점에 대해서 작가들은 불편한 속내를 드러냈다. 플랫폼이 하는 일에 비해서 수수료가 과하다는 것이다.

> 플랫폼 수수료를 많이 떼어가니까 스토리 생산자가 파이를 적게 먹는 거죠. 그 구조는 고쳐줘야 할 것 같아요. 네이버는 30~40%, 해외는 70%까지 가져가죠. 번역 값, 관리 값이 들어간다는 거죠. (B)

C는 "구글 플레이스토어나 애플 앱스토어에서도 상당한 비율의 수수료를 책정하는 것으로 알고 있는데 이 부분은 정부가 개입하여 해결"해주기를 기대했다. 웹툰을 게재하는 플랫폼뿐만 아니라 구글 등이 인앱 결제[24]를 강제화하면서 또 다른 수수료가 발생하고 있는 것이다. 방송통신위원회는 구글의 인앱 결제 정책이 위법 소지가 있다는 입장이지만 아무런 대응을 취하지 못하고 있다. 문제는 이미 국내 콘텐츠 업계가 혹시 모를 퇴출을 우려해서 30% 수수료의 구글 인앱 결제를 수용하고 있다는 점이다. 이에 국내 온라인 동영상 서비스(OTT), 음악, 웹툰 등 콘텐츠는 수수료 인상에 따른 가격 인상을 단행하고 있다.[25] 30%의 수수료를 가져가는 인앱 결제가 시행되면 수용자의 비용은 늘어나고 작가들의 수입이 상당 부분 줄어들게 된다.

에이전시와의 관계에 대해서는 "작품 연재 전에는 피드백도 많이 해주고 여러 가지 신경을 써주는데 연재 중인 경우는 사실 도움 받을 것이 별로 없다"(E)거나 "인기 작가나 관리할 작품이 많은 작가가 아니면 보통 방치되어

---

24 애플 앱 마켓인 앱스토어와 구글 앱 마켓인 구글플레이를 이용할 때 자체 결제(빌링, Billing) 시스템을 이용하게 하는 정책이 인앱 결제 정책이다. 30%의 수수료를 책정해놓고 있다.

25 박성우, 「구글 '인앱결제' 강제화 D-1…OTT·웹툰 줄줄이 가격 인상」, 『조선일보』, 2022.5.31.

있다는 느낌을 받는다"(C)는 의견이 많았지만 그래도 에이전시와 계약되어 있는 작가라는 점에서 "소소하게는 직업 작가로서의 자존감을 유지할 수 있다"(G)는 답변도 있었다. 웹툰이 가파른 성장세를 보이며 만화 에이전시 매출이 2020년에 5,347억 원[26]이나 되었지만 작가들이 체감하는 에이전시의 역할은 그다지 만족스럽지 못한 경우가 많았다. 이는 에이전시가 인기 작가 중심으로 마케팅을 하면서 해외 진출에서 매출을 많이 올리고 있는 상황에서 인기 작가가 아닌 경우 에이전시에서 상대적으로 소외되고 있다 보니 작가들이 불만을 드러낸 것으로 보인다.

글 작가와 그림 작가가 다른 경우, 협업 과정에서 갈등이 생긴다. H는 "표현의 정도에 있어서 상호 소통 과정 자체가 우선 스트레스가 크고, 소통 결과로 완성했다고 판단한 작화를 수정하게 됐을 때의 스트레스가 특히 크게 발생한다"고 했고, G는 "글 연출과 그림 연출은 괴리가 있는데, 그 괴리감을 이해 못 할 경우 글 작가에 대한 신뢰도가 떨어지고 원고의 길이가 하염없이 늘어난다"는 고충을 털어놓았다. 글 작가는 글 작가대로 그림 작가가 자신이 원하는 글에 맞지 않는 그림을 그리거나 일방적으로 내용을 삭제, 수정했을 때 고통스럽다고 했다.

> 그(그림) 작가는 저보다 경력이 훨씬 많으신 분이었는데 제가 써놓은 걸 자기가 각색해서 막 해놨더라구요. 그런데 너무 안 맞는 거예요. 진짜 이상했거든요.
> (B)

방송작가 출신인 B는 글 작가와 그림 작가가 겪는 갈등이 드라마 작가와

---

26 「2021년 웹툰 사업체 실태조사」, 한국콘텐츠진흥원, 2021.

드라마 감독 사이의 갈등과 매우 흡사하다며 글의 의도를 잘 파악하지 못하면 갈등이 생긴다고 했다. 그 갈등 속에서 소통이 제대로 이루어지지 않으면 갈등은 증폭된다. 그림 작가인 H도 "작화 영역에서 일부가 무통보 수정되었을 때가 있었다"며 글 작가와의 갈등을 토로했다. 글 작가와 그림 작가의 갈등에 대해 서로 원만하게 해결하려는 노력도 기울였는데, G는 "적극적인 연출 방법을 제시하면서 그림을 그려서 직접 보여주고 상호 이해도를 높였다"고 했고 H는 "수정 사항을 놓고 하나하나 조정하고 합의하는 과정을 거쳐 큰 대립 없이 수습했다"고 했다. 이런 갈등을 해결하느라 시간이 걸리고 정신적으로도 힘들기 때문에 어쩔 수 없이 글과 그림을 같이 하게 된다고 했다. 그러나 두 가지를 다 했을 경우, G는 "글이나 그림 중의 하나, 혹은 두 가지 모두 퍼포먼스가 떨어지게 된다"고 했고 F는 "육체적으로 시간적으로 한계가 있고 힘에 부치다"며 고된 노동에 대한 고충을 털어놨다. C는 이러한 환경 속에서 "늘 시간이 모자라고 아무리 열심히 해도 완성도가 부족한 느낌"이 든다고 했다.

특히 주간 연재 방식으로 수용자들에게 공개되고 있는 웹툰은 마감에 대한 압박이 매우 심해서, "한 컷 두 컷 차이로 마감을 지키기가 아슬아슬하거나 마감은 임박했는데 이야기가 막혀서 나오지 않아 원하는 이야기가 아닌 것으로 마감 작업을 해야 할 때"(D), "가끔은 시간 등의 한계로 타협점을 찾을 수밖에 없는 상황을 결국은 맞게 될 때"(H)가 매우 고통스럽다고 했다. 그렇다 보니 "기간 내에 기본 이상의 퀄리티를 내기 위해서 포기해야 하는 것들이 너무 많고"(F), "주간 연재의 압박 때문에 매주 시험을 보고 평가받는 느낌이라 항상 쫓기는 듯한 기분이 든다"(C)고도 했다.

저는 대박 작품을 만들면 작가의 말에 다음과 같이 쓰고 싶어요.

"본 작품은 개인 작가의 작품입니다."
"본 작품은 충분한 수면을 취하며 제작하고 있습니다."   (G)

G의 진술은 마감에 쫓기며 고된 노동으로 잠을 제대로 못 자는 웹툰 작가의 생활을 단적으로 보여주고 있다. 동시에 '개인 작가의 작품'이라는 진술에서 창작자로서 갖는 자부심도 볼 수 있는데, 연구 대상 작가들은 웹툰 작가로서 성취와 보람에 대해서 적극적으로 자신의 의견을 피력했다.

> 개인적으로 1, 2년 정도만 지나면 웹툰이 국내에서 가장 파워풀한 콘텐츠 매체가 될 거라고 확신을 하고 있어요. 지금 여러 가지 수치를 봐도 그렇구요. IP라는 관점에서 봐도 그렇구요, 비즈니스 관점에서 봐도 그렇구요. 지금 네이버 웹툰 같은 경우는 미국으로 본사를 옮겼거든요. 지금 미국 회사예요. 한국에 있는 네이버 웹툰은 미국 LA에 있는 '웹툰 콘텐츠'라는 회사의 한국 지사 형태거든요. 조만간 미국 시장에 상장을 하게 될 거예요.   (A)

일본에서도 카카오의 글로벌 스토리 플랫폼 '픽코마'를 운영하는 자회사 '카카오픽코마'가 일본 도쿄증권에 2023년경에 단독 상장하게 되어 있다.[27] A는 "흔히 말하는 CJ 이런 데보다 웹툰, 웹소설 시장 매출이 훨씬 커서 자부심이 생기고 뿌듯하다"고 했다. 특히 어렵고 힘들었던 시절에 만화 시장에 들어와 웹툰의 시작과 성장을 경험한 A에게는 한국 웹툰이 세계로 진출해서 훌륭한 성과를 내고 있는 지금의 상황이 남다르게 느껴지는 것으로 보인다.

단순하게 자신의 스토리를 세상에 내놓고 싶어서 웹툰 스토리 작가가 된

---

27 김윤수, 「블룸버그 카카오픽코마, 日 상장 내년으로 연기할 듯」, 『서울경제』, 2022.8.23.

B도 생각하지도 못한 결과에 감격스럽기는 마찬가지이다. 첫 번째 작품부터 인기가 좋아 일본에서 단행본까지 출간되었고 두 번째 작품도 미국에서 인기를 끌었다고 한다.

> 제 루틴 중의 하나가 제 작품이 걸려 있는 미국, 프랑스, 일본, 태국 이런 데를 쫙 순례를 하고 다니는 거예요. 우리나라뿐만 아니라 외국에서도 내 작품에 독자들이 있구나……. 걔네가 '좋아요'를 누르잖아요. 그 '좋아요' 수를 보면서 '오늘도 늘어났구나'…… 뿌듯하죠. 또 이 '작품을 추천한다, 이 작품 재밌더라' 하는데 그게 내 작품일 때, 정말 보람이 있어요. (B)

해외 진출이나 작품의 성공 등 큰 성과가 없더라도 웹툰 작가들은 소소한 부분에서 보람과 성취감을 느끼고 있었다. D는 "원고가 의외의 부분에서 칭찬받을 때 가장 큰 성취감"을 느꼈고, E는 "재밌다는 댓글을 받았을 때 보람을 느꼈다"고 했다. F는 아주 구체적인 상황을 설명하면서 그때 느꼈던 보람을 설명했다.

> 독자 한 분 한 분에게 제가 자그마한 영향력을 끼칠 때 보람을 많이 느끼는데, 예를 들면 패션디자인학과가 나오는 내 만화를 읽고 해당 학과에 지원했다는 소식을 받았을 때, 묘한 성취감? 보람? 그런 게 있었습니다. (F)

이 외에도 "대중의 직접적인 평가를 마주할 때나 우호적인 리뷰를 봤을 때"(G), "고생해서 만든 원고가 원하는 수준으로 나오거나 가끔은 기대했던 이상으로 역량이 발휘되어 좋은 원고로 완성되었을 때"(H), "독자의 피드백이 좋아서 교육 현장에서 2차로 활용될 때"(I) 등을 성취와 보람의 순간으로 꼽았다.

대중에게 자신의 이야기와 그림이 잘 전달되기를 바라며 자기착취적인 미디어 노동을 하는 웹툰 작가들에게는 수용자인 독자의 호의적인 반응이 가장 중요하다. 독자들의 반응은 작가의 수익 증가와 해외 진출, 영상화 판권 판매 등으로 이어지며 다음 작품을 다시 시작할 동력을 얻기도 한다. 헤즈먼댈치는 문화산업 내의 창의노동은 사회적 이슈와 문화적 차별화의 원천이 되는 상징 재화를 생산한다는 점에서 중요하다고 보았는데, 웹툰 작가들 역시 사회적 이슈와 대중들의 관심을 자신들의 상상력으로 표현하는 창의적인 미디어 노동을 하면서 자신들의 정체성이 형성된 것으로 보인다. 사회의 문화 트렌드를 이끌며 전 세계로 그 영역을 확장시키고 있는 웹툰 작가들의 정체성은 '가난하고 힘든 만화가'에서 '힘들지만, 성공만 하면 보상을 받을 수 있는 문화산업 내 미디어 노동자'로 변화하고 있다고 볼 수 있다.

　실제로 주간 연재에 대한 부담, 글과 그림을 함께 해나가야 하는 고통, 과도한 노동 시간을 극복하고 자신이 원하는 웹툰 생산물이 만들어졌을 때 웹툰 작가들은 자부심을 갖는다. 이런 현상은 미디어 노동의 세계에서 유연성과 불안정성을 자유로, 착취는 자기희생의 윤리로, 다기능성과 창의성에 대한 요구는 자기계발의 즐거움으로 치장한다는 바우만[28]의 '심미화된 노동'과 헤즈먼댈치와 베이커[29]의 창의노동 개념으로 설명할 수 있을 것이다. 이 개념은 기존의 문화산업과 서비스업, 지식경제 영역을 아우르는 이른바 '창의산업' 부문 내의 노동을 지칭하는 용어로 웹툰 작가들의 노동을 탐색하는 데 유용한 개념이다.

　웹툰 작가들이 노동 과정에서 마주하는 노동의 난관이나 그것을 극복하

28　지그문트 바우만, 앞의 책.

29　Hesmondhalgh, D., S. Baker, *op.cit.*, pp.4~20.

고 얻는 보람과 성취는 드라마 작가의 연구 결과와 매우 흡사하며,[30] 힘든 시간을 견디고 성공하면 경제적·사회적으로 보상을 받을 것이라는 의견은 지상파 파견직 FD들의 연구 결과와 거의 비슷하다,[31] 이러한 유사성은 미디어 노동의 특징에서 비롯된 것으로 보인다. 미디어 노동은 기본적으로 '창의노동'이며, 창의노동은 불안정과 자기착취의 속성을 가지고 있지만 성공했을 경우 다른 어떤 노동보다 보상이 큰 특징을 가지고 있다. 차이점도 발견할 수 있는데 드라마 작가나 구성작가, 지상파 파견직 PD는 방송이라는 매체의 특성상 공익성을 전제로 하는 창의노동이지만 웹툰 작가의 경우, 공익성보다는 더 실험적이고 도전적인 창의노동이라는 점이다. 예를 들어 드라마 작가의 경우 공익성을 기반으로 '기쁨과 위로를 주는 사회공헌자로서의 정체성'이 강했지만,[32] 웹툰 작가의 경우는 '문화선발대', '콘텐츠 실험가', '최초 아이디어의 발안자', '누구보다도 자유롭게 생각하는 이야기꾼' 등의 자유롭고 모험적이며 실험적인 창의노동의 정체성에 무게를 두는 것으로 나타났다.

---

30 김미숙·홍지아, 「TV드라마 작가 연구 : 드라마 생산 과정에서 겪는 타 생산자들과의 갈등과 타협을 중심으로」, 『한국방송학보』 제30권 제4호, 2016, 41~82쪽 ; 김미숙·홍지아, 「드라마 제작 과정에서 벌어지는 생산자 사이의 갈등 연구 : 두 편의 드라마 사례를 중심으로」, 『한국언론정보학보』 통권 제86권, 2017.

31 이상길·이정현·김지현, 앞의 글.

32 김미숙, 앞의 책.

4 소결 : 웹툰 작가는 가장 강력한 매체를 이끄는 콘텐츠 실험가

이 연구의 결과 첫째, 웹툰 작가들은 만화 또는 웹툰을 그리는 것이 '어렸을 때부터 꿈'이거나 '하고 싶은 일'이어서 힘들고 고단한 습작기를 거친 후 웹툰 작가의 길로 들어섰으며, 자신이 좋아하는 일을 직업으로 삼는 '덕업일치'의 삶을 사는 것은 매우 만족스럽게 생각해서 자신의 창의노동이 웹툰이라는 개인적인 결과물로 만들어지는 것에 대한 자부심을 드러냈다.

둘째, 웹툰을 생산하는 과정에서 수용자인 독자들의 취향과 트렌드를 파악하는 노력도 기울였는데 사람들의 관심사나 유머 코드, 경제적 상황, 포털 사이트의 댓글 등을 살피기 위해 뉴스와 유튜브 등 다양한 매체를 이용하는 것으로 나타났다. 독자들과의 소통의 창구이자 웹툰 작품에 대한 반응을 볼 수 있는 댓글에 대해서는, '악플'에 대한 스트레스도 있지만 '선플'에 대한 보람을 느끼는 양가감정을 느끼고 있는 것으로 밝혀졌다. 웹툰 작가들은 수용자들과 소통하며 아픔을 겪기도 하지만 그런 과정 속에서 성장하는 것으로 볼 수 있다.

셋째, 웹툰 작가의 정체성에 대해서는 대중문화를 이끄는 '문화선발대', 실험적인 내용을 테스트하는 '콘텐츠 실험가', '최초 아이디어의 발안자이며 한가지 형태로 이야기를 완결해 내는 사람', '오로지 본인만의 세계를 표현할 수 있는 사람', '누구보다도 자유롭게 생각하는 이야기꾼', '스토리 생산자'라며 문화산업 내 미디어 콘텐츠 생산자로서 면모를 드러냈다. 특히 그동안 웹툰이 모험적이고 실험적인 도전을 해왔던 분야라서 사람들로부터 부정적인 시각을 느꼈던 작가들은 이제야 '온전한 창작자'로 인정받는다고 했다.

넷째, 연구 대상 작가들은 웹툰을 생산하면서 플랫폼 또는 에이전시와 관계 맺고, 글 작가와 그림 작가가 다른 경우 협업의 불협화음도 겪으며 마감의 압박감 속에서 고된 노동을 경험하지만 동시에 콘텐츠 생산자로서 보람과 성취를 느끼며 자신의 창의노동에 대한 만족감을 드러내기도 했다. 국내 시장만 해도 1.5조 원이 넘어섰고 글로벌 해외 웹툰 시장까지 합치면 7조 원이 넘는 상황에서 작가들은 앞으로 웹툰이 1, 2년 안에 가장 '파워풀한 매체'가 될 것이라고 예상하면서 웹툰 작가로서 자부심을 드러냈다. 또 창의적 미디어 노동자로 원하는 만큼 작품 수준이 나왔을 때, 자신의 작품이 독자들부터 칭찬과 호응을 받았을 때, 독자들에게 작은 영향을 주었을 때, 보람과 성취감을 느꼈다.

데뷔까지의 무보수의 불안정한 노동, 주간 연재에 대한 부담, 글과 그림을 함께 해나가야 하는 고통, 과도한 노동 시간을 감당하며 성공하면 보상을 받을 수 있다는 생각을 드러냈는데, 이는 일과 문화의 결합을 중요한 문제로 봤던 맥로비[33]의 주장을 환기시킨다. 젊은 사람들은 자신이 좋아하고 즐기면서 창의적으로 할 수 있는 일을 직업을 선택하고, 자신들의 문화적 성취가 경제적인 부로 창출되기를 바라면서 스스로를 착취할 정도로 일에 매달린다는 것이다.[34] 또한, 미디어 노동은 노동자들에게 자율성과 즐거움을 불러일으키는 동시에 희생과 불안, 고립감 역시 가져오는 양가감정의 원천으로 작용한다고 보았던 바우만의[35] '심미화된 노동'과 헤즈먼댈치와 베

---

33 McRobbie, A., *op.cit.*

34 김미숙, 앞의 책.

35 지그문트 바우만, 앞의 책.

이커[36]의 '창의노동'의 개념이 웹툰 작가의 연구에도 적용되는 것을 보았다.

웹툰, 웹소설, OTT 등 모바일 환경에서 개인 디바이스를 가지고 경험하게 되는 콘텐츠는 기본적으로 플랫폼 비즈니스라고 할 수 있다. 이제 개별 콘텐츠가 힘을 발휘하는 게 아니라 같은 콘텐츠가 거대하게 뭉쳐서 하나의 플랫폼화가 되고, 그런 플랫폼화된 것을 '덩어리 느낌'으로 즐기는 세상이 되었다. 수집된 데이터를 가지고 수용자들의 경향을 빠르게 파악한 플랫폼은 수용자와 계속 커뮤니케이션하면서 콘텐츠 구성을 큐레이션(curation)하고 생산자들은 그에 맞는 콘텐츠를 제공하는 구조가 만들어졌다. 그러다 보니 예전처럼 좋은 작가, 좋은 작품이 있으면 사람들이 와서 봐주는 시대가 아니라, 수용자, 미디어인 플랫폼, 그리고 콘텐츠 생산자가 계속 소통하면서 거대한 콘텐츠 산업을 만들어가는 삼각 구도의 시대로 변했다고 볼 수 있다. 웹툰 생산자인 웹툰 작가는 자신이 원하는 창의노동을 하면서 플랫폼에서 수집한 데이터에도 맞고 수용자들의 요구에도 부합하는 웹툰을 만들어야 하는 환경이 된 것이다. 웹툰이 대중적인 미디어 콘텐츠로 확실하게 자리 잡으면서 웹툰 작가들도 개별 콘텐츠 생산자가 아니라 미디어 콘텐츠 생산자라는 집단적인 정체성을 가지게 되었다.

이 연구는 웹툰 작가를 단순히 만화를 그리는 사람으로 보는 것이 아니라 웹툰이라는 거대한 산업 속에서 미디어 생산자로서 보고, 웹툰 작가의 정체성과 창작 동기 등 노동 과정의 특성을 알아보는 시도를 했다는 점에서 의의가 있다. 그러나 웹툰 작가들이 생산 과정에서 느끼는 제도적인 압박이나 구조적인 문제, 플랫폼과 에이전시의 갈등과 협업에 대해 구체적으로 깊게 들어가지 못한 한계를 가지고 있다. 앞으로 대형화되고 있는 웹툰의 스튜디

---

36 Hesmondhalgh, D., S. Baker, *op.cit.*, pp.4~20.

오에서 웹툰 생산자들의 작업 방식과 노동의 특성은 어떻게 다른지, 달라진 작업 환경에서 웹툰 작가들은 어떤 생존 전략을 구사하는지 변화하는 환경에 맞는 웹툰 작가들에 대한 연구가 지속되기를 바란다.

chapter 4

방송 프로그램 제작을 주도하는 구성작가의 세계[1]

1 왜 구성작가에 주목하는가

우리나라에 구성작가라는 직업이 생긴 지 40년이 지났다. ENG[2] 카메라 라고 부르는 이동식 카메라의 등장으로 다양한 현장 취재, 촬영이 가능해진 1980년대 초반, 촬영과 취재, 편집 등이 급격하게 늘어나 감당하기 힘들었 던 교양 PD의 업무를 분담해주는 역할로 등장한 구성작가는 당시에 마땅한 이름도 없어 '스크립터'라고 부르는 것이 일반적이었다.[3] 알음알음으로 방

---

1 이 글은 2021년에 『한국콘텐츠학회논문지』 제21권 제12호에 발표된 「방송 구성작가의 업무 정체성과 노동 경험: 구성작가들의 체험이 반영된 자기기술지 분석을 중심으로」를 개작하였다.

2 Electronic News Gathering의 약자. 일본 소니사에서 개발한 동영상 카메라로 렌즈와 녹화용 VTR, 마이크까지 장착된 자동카메라.

3 이정혜, 「나는 홍일점 스크립터, '미쓰리'였다」, 『월간 방송작가』 Vol.160, 2019년 7월호.

송국에 들어와 출연자를 섭외하고 대본을 쓰고, 프로그램 기획과 구성의 구체적인 업무를 담당하며 구성작가라는 이름으로 성장해온 이들 미디어 노동자는 40년이 지난 지금 최고의 방송을 만들겠다는 열정을 가진 '창의노동자'와 '인권의 사각지대'에 있는 비정규직이라는, 양립하기 어려운 상반된 정체성을 가진 존재가 되었다.[4]

1980년대 구성작가 등장 초기에는 프로그램의 리포터도 겸하는 등 '새로운 젊은 여성'의 지적인 이미지로 방송국 프로그램 여러 개를 동시에 할 수 있었고 당시 같은 부서 KBS의 4년 차 PD 월급보다도 수입이 많아서 "PD들의 살짝 비꼬는 듯한" 말도 들었던 구성작가[5]는 이제 부당한 일도 '작가로서 생명이 걸려 있어 솔직하게' 말하지도 못하는, 노동에 있어서 그 어떤 법의 보호도 받지 못하는 '을'이 되어 있다.[6]

사회 고발 프로그램을 비롯해 시사교양 프로그램에서 사회의 부조리를 파헤치고 PD, 기자와 함께 촬영, 취재, 구성, 편집 등 전 프로그램에 참여하며 작가 저널리즘에 대해 고민하는 구성작가들은[7] 스스로 '을'이라고 고백할 수밖에 없는 '특수고용직 프리랜서'라는 이름으로 방송 현장에 있다. 동시에 "아이템을 발굴하고 사람을 섭외하며 원고를 쓰는 방송작가가 없이는 방송이 나오지 못한다."[8]는 말이 나올 정도로 방송 구성작가들은 프로그램

4 　김정현, 「문화예술계의 '을' 방송작가, 현실을 말하다」, 『내일을 여는 역사』 Vol.63, 2016.

5 　이정혜, 「1982년, 방송 2년차 홍일점 시대는 막을 내리고」, 『월간 방송작가』 Vol.161, 8월호, 2019.

6 　김정현, 앞의 글.

7 　김옥영, 「작가 저널리즘은 존재하는가?」, 『열린미디어 열린사회』 여름호, 2004.

8 　전혜원, 「뉴스에 안 나오는 뉴스, 'KBS·MBC·SBS는 근로감독 받는 중'」, 『시사인』, 2021.

기획, 아이템 발굴, 취재원 확보, 대본 작성 등 미디어 생산 주체로서 매우 중요한 일을 수행하고 있다.

그동안 문화연구 영역 내 생산자 연구, 텍스트 연구, 수용자 연구에 이르는 일련의 순환 고리 속에서 미디어 생산자 연구가 진행되어왔지만, 텍스트 연구와 수용자 연구에 비해 생산자 연구는 상대적으로 미진한 분야였다. 특히 방송 구성작가에 대한 연구는 지금까지 구성작가의 처우 문제, 저작권 문제, 노동자성 문제 등에 관해 간헐적으로 진행되었으나 미디어 영역 내 생산자로서 구성작가의 업무 정체성이나 프로그램 집필 과정, 그리고 노동 경험에 대해서는 큰 관심을 두지는 않았다.

미디어 생산자 연구는 미디어 영역 내에서 개별 생산자들이 수행하는 생산 노동의 특징과 과정에 대한 탐구 외에도 제도가 생산 과정에 미치는 영향, 나아가 미디어 생산자들 사이의 노동 관계가 변화하는 과정에 초점을 맞추어 진행되어왔다.[9] 또한 미디어 생산자 연구는 각 생산 주체에 대한 연구라 할지라도 생산 현장과 사업 구조, 자본과 제작 구조에 대한 이해의 토대 위에서 이루어지는 것이 일반적이며[10] 미디어 생산 과정을 둘러싼 문화와 권력의 문제를 탐구하는 것[11]이기도 하다.

그러한 측면에서 1980년대 초에 등장하여 방송 프로그램의 핵심 주체로서 미디어 텍스트를 생산하고 있는 구성작가의 업무 정체성과 노동 경험을 살펴보고 그 안에서 작동하는 생산문화 현상들을 살피는 것은 미디어 생산

9　Caldwell, J.T., *op.cit.*; Mayer, V., *Below, the line: Producers and production studies in the new television economy*, Durham, NC: Duke University Press Books, 2011.

10　김영찬, 「미드(미국 드라마)의 대중적 확산과 방송사 편성 담당자의 '문화 생산자' 그리고 '매개자'로서의 역할에 관한 연구」, 『방송문화연구』 제19권 제2호, 2007.

11　이오현, 앞의 글.

자 연구의 폭을 넓히고 깊이를 더하는 작업이라 할 수 있을 것이다.

　이 연구는 구성작가라는 직업의 이름도 없었던 시절, 직종은 스크립터, 호칭은 '미쓰 리'로 시작되어 한때 PD의 월급보다 많이 받았던 구성작가[12]가 40년이 지난 후에는 '언제 잘릴지 모르는 방송 잡가(작가)'[13]가 된 현실에서, 구성작가의 업무 정체성과 노동 경험을 구체적으로 추적함으로써 미디어 생산 내의 변화하는 노동 양상과 생산 문화를 살피는 데 목적을 둔다. 기존의 연구들이 구성작가의 노동자성, 고용 형태, 또는 특정 프로그램 내에서 미디어 생산자로서의 구성작가의 역할 등에 한정했다면 이 연구는 미디어 생산자로서 교양·시사·예능 프로그램을 구성·기획하고 대본을 집필하며 방송 프로그램의 핵심 생산 주체로서 활발하게 활동하고 있는 구성작가 20명을 대상으로 질적 방법을 통해 보다 '가까이'에서 '거리를 좁혀서' 구체적인 업무 정체성과 세밀한 프로그램 집필 과정 등의 노동 경험을 살펴보는데 중점을 두고자 한다. 특히 협업의 주체로서 PD와의 역할 분담을 둘러싼 미디어 노동 문제, 구성작가들이 느끼는 생산 과정에서의 불평등에 초점을 맞추어서 논의를 해보고자 한다.

2 방송 콘텐츠 생산자로서 구성작가를 만나다

　우리나라 방송사의 교양·예능 프로그램에는 다른 나라와는 달리 '구성

12　이정혜, 「1982년, 방송 2년차 홍일점 시대는 막을 내리고」.

13　정유진·오미영, 「방송 제작 종사자들의 '번아웃'에 관한 연구 : 인구사회학적 속성에 따른 차이를 중심으로」, 『한국언론학회』 제59권 제1호, 2015.

작가'라는 제작 스태프가 있다. 비드라마, 즉 드라마가 아닌 모든 방송 프로그램에서 PD와 협의하여 방송 내용을 기획하고 구성하며 섭외하고 최종 대본을 쓰는 일을 주로 하고 있지만, 그동안 미디어 생산자로서 구성작가에 대한 연구는 활발하지 못했다. 우선 늘 바쁘게 쫓기는 구성작가들에게 접근하여 연구를 진행하는 것이 용이하지 않았을 뿐 아니라 상대적으로 미디어 생산자로서 구성작가에 대해 관심이 적었기 때문이기도 하다. 그러나 구성작가는 우리나라 교양·예능·라디오 등 비드라마 방송 제작 과정에서 핵심 생산 주체로서 미디어 문화연구 내에서 우선적으로 주목해야만 할 연구 대상이다.

지금까지 구성작가에 대한 연구가 일부 진행되었다 하더라도 노동자성, 저작권, 프로그램 내에서의 특별한 역할, 고용 안정화 등 제도적이거나 파편적인 연구가 주를 이루었으며, 심층 인터뷰와 참여 관찰 등 질적 방법론을 활용하여 문화연구 내 미디어 생산자 영역의 생산자 연구에서 추구하는, 개별 생산자들이 수행하는 생산 노동의 특징과 과정에 대한 탐구, 미디어 생산자들 사이의 노동 관계가 변화하는 과정, 혹은 안에서의 상호작용, 미디어 생산 과정을 둘러싼 문화와 권력의 문제를 탐구하는 연구는 거의 진척이 없었다.

이러한 배경에서 이 연구는 각 방송 프로그램 제작 현장에서 활동하고 있는 협업 방송 구성작가의 구체적인 노동 경험과 집필 과정을 반영한 자기기술지와 참여 관찰, 그리고 다양한 질적 자료들을 조합하고 분석하여 구체적인 노동 경험과 업무 정체성에 대해 탐구하려고 한다.

방송 구성작가는 비드라마인 교양·예능·라디오 등 방송 프로그램에서 기획, 구성, 섭외, 대본 작성 등을 하며 방송 콘텐츠를 생산해내는 미디어 콘텐츠 생산자이다. 1980년대 초기에 등장하여 40년이 넘게 우리나라 방송 프로그램을 제작해온 구성작가의 정체성과 노동 경험, 직면하고 있는 갈등 상황, 제작진들 사이의 상호작용에 관한 경험을 탐구하기 위해 2021년 7월 10일부터 2021년 9월 13일에 걸쳐 교양·예능·라디오 등 다방면에 걸쳐 프로그램을 집필하고 있는 구성작가들을 섭외하였다. 필자는 방송 제작의 내부자로서 구성작가들의 생활을 관찰하면서 먼저 함께 일을 했던 경험이 있는 구성작가 중에 경력 20년 전후의 구성작가 C, G, J, K, M, P를 섭외하였고 그들을 통해 스노우볼링(snow-balling) 방법으로 서브작가와 막내작가의 경험이 있는 연구 대상 구성작가 20명을 구성하여 접촉하였다. 그 후 이 연구의 취지와 목적을 설명하고 구성작가의 역할과 정체성, 노동 경험, 프로그램 집필 과정, PD와의 협업 과정 등에 대한 자기기술지 질문지를 보냈으며 비교적 상세한 답변을 받았다.

연구 대상 작가들은 적게는 5년 많게는 26년 동안 구성작가로 활동해왔으며 전체적으로는 20년 전후의 경력자가 많았다. 구성작가로 입문하게 된 계기는 방송사 공채부터 방송사 아카데미, 사설 방송 아카데미, 친구 소개 등으로 다양했다(표 8 참조). 20명의 연구 대상 구성작가들의 심층적인 자기기술지와 언론 기사와 기타 질적 자료를 교차 분석하여 구성작가의 정체성과 노동 경험, 집필 방법 등에 대해 탐구하면서 구성작가들은 자신들의 정체성을 어떻게 인식하고 있으며, 방송 프로그램 제작 과정에서 구체적으로 어떤 업무를 하고 있는지, 또 업무를 수행하면서 어떤 불평등을 경험하며 이러한 불평등을 어떻게 수용하면서 미디어 생산자로서 생존하는지를 살펴보았다.

표 8. 자기기술지 응답자의 상세 프로필(20명)

	경력	입문 계기	주요 집필 분야	집필 채널	성별/나이
A	13년 막내 2년, 서브 7년. 메인 4년	한국방송작가협회 구인구직	교양	KBS, MBC, SBS	여/35세
B	15년 막내 1년, 서브 5년. 메인 9년	한국방송작가협회 교육원	예능	SBS	여/46세
C	22년	MBC 아카데미	교양	KBS, MBC	여/50세
D	25년 6개월 막내 1년 6개월. 서브 4년, 메인 20년	SBS 방송아카데미	교양, 시사	경인방송, KBS, OBS, TBS	여/48세
E	19년	미디어잡 사이트	교양	KBS, MBC	여/42세
F	5년 막내 1년. 서브 4년	KBS구성작가협회 구인 공고	교양	MBN, SBS	여/31세
G	22년 막내 2년, 메인 20년	MBC 방송아카데미	교양, 라디오	KBS, EBS 라디오	여/44세
H	18년 막내 2년, 서브 10년, 메인 6년	친구 권유 알바	예능	MBC	여/39세
I	16년 막내 2년, 서브 6년 , 메인 8년	지역 방송사 구성작가 공채	교양	KBS, 여러 외주	여/45세
J	25년 막내 2년, 서브 3년 메인 20년	방송아카데미 수료	교양	MBC, SBS 라디오	여/48세
K	24년 막내 1년, 서브 1년 메인 21년	SBS방송아카데미	교양, 시사	KBS, MBC, iTV	여/47세
L	17년 막내 1년, 서브 3년 메인 13년	사설 방송아카데미	교양, 라디오	iTV, 아리랑TV, BBS	여/47세

M	25년 막내 2년, 서브 2년 메인 21년	사설 방송아카데미	교양	KBS	여/49세
N	17년 막내 2년, 서브 6년 메인 9년	구성작가협의회 구인	교양	KBS, MBC, EBS	여/42세
O	24년 막내 2년, 서브 4년, 메인 18년	작가교육원 수료	교양, 라디오	KBS, EBS 라디오	여/47세
P	22년 막내 1년 6개월, 서브 4년, 메인 16년 6개월	KBS 방송아카데미	교양	KBS, SBS	여/49세
Q	5년 막내 1년 6개월, 서브 3년 6개월	KBS 구성작가 아카데미	교양	KBS, NBS, OBS	여/31세
R	26년 막내 1년, 서브 3년, 메인 22년	KBS 공채 작가	시사, 교양	KBS	여/48세
S	7년 막내 3년, 서브 4년	관련 학과 졸업 후 소개	교양	KBS, MBC, SBS, tvN 채널A	여/29세
T	26년 막내 1년, 서브 1년, 메인 24년	MBC 아카데미	시사, 교양, 다큐	KBS, MBC	여/50세

지금까지 특정한 프로그램의 구성작가에 대한 연구는 간헐적으로 있었으나 각기 다른 다양한 프로그램의 구성작가들 20명에 대한 질적 연구는 드문 경우여서, 프로그램 제작 일정으로 바쁜 구성작가들의 심층적인 내용을 담은 자기기술지를 받는 과정에서 생각보다 상당한 시간이 걸렸다. 자기기술지를 전달하겠다는 시점에서 준비했던 방송 아이템이 무산되고 다시 방송 제작을 하는 경우도 있어서 연구자는 긴박한 방송 현장의 일들을 지켜보며

작가는 어떻게 몰입하는가

연구를 진행하였다. 시간은 지체되었지만 어려운 상황에서도 연구 대상 구성작가들은 연구목적에 공감하면서 세밀하게 자기기술지를 작성하여 연구가 무난하게 진행될 수 있었다.

3 구성작가는 공동 연출이나 다름없는 '프로그램 제작본부'

'없어서는 안 될' 프로그램 생산 주체이자 콘텐츠 생산자

연구 대상 구성작가들은 방송 프로그램 제작 과정의 역할과 정체성에 대해 자신들을 "프로그램 제작본부"(B), "PD와 함께 프로그램에 들어가는 콘텐츠에 대한 아이디어를 내는 사람"(F), "기획부터 실제 방송이 가능하도록 판을 짜는 사람"(J), "시작부터 끝까지, 공동 연출이나 다름없는 사람"(K), "전체적인 프로그램의 의도와 맥락을 잡는 역할을 하는 사람"(S), "프로그램의 틀을 잡고 색깔을 입히는 사람"(O)이라고 대답했다. 이는 프로그램 내의 역할과 정체성에 대해 설명하는 것으로 프로그램 내에서 구성작가의 역할이 얼마나 중요한지 스스로 인지하고 있다는 것을 보여준다.

육서영과 윤석민[14]은 탐사 프로그램에서의 구성작가의 영향력을 ① 정보·자료 찾기와 주장 보완 ② 간과할 수 있는 사실의 포착 ③ 비판·견제자로서의 역할 ④ 왜곡 가능성 차단이라는 측면에서 살펴보고, 프로그램 전

---

14 육서영·윤석민, 「탐사보도 프로그램 제작에서 구성작가의 역할」, 『방송통신연구』 통권 제81권 겨울호, 2013.

과정에서 구성작가들이 핵심적인 역할을 수행한다고 보았는데,[15] 탐사 프로그램뿐만 아니라 종합구성 프로그램, 다큐멘터리, 예능, 라디오 등 다방면에 걸쳐 있는 이 연구의 연구 대상인 구성작가들은 기존의 연구보다 훨씬 더 중요한 역할을 수행하는 것으로 나타났으며 자신들을 핵심적인 프로그램 생산 주체로 인식하고 있었다.

또한 "방송의 목적과 의도에 맞는 아이템을 찾고 시청자에게 유익한 정보를 주거나 약자의 이야기를 들어줘야 한다고 생각"(D)한다거나 "새로운 사실, 혹은 감동을 전할 수 있는 콘텐츠를 찾아내 시청자들에게 더욱 효과적으로 전달하고, 소통할 수 있도록 고민하고 실행하는 역할"(N)이라고 대답하기도 했는데, 이는 공적 성격을 띠는 미디어를 통해 수용자에게 유익한 정보나 감동을 주고 콘텐츠를 통해 소통을 하려는 미디어 문화 생산자로서 정체성을 나타내는 것으로 보인다.

위와 같이 구성작가들은 자신들을 프로그램 내적으로는 생산 과정에서 '없어서는 안 될' 프로그램의 생산 주체로서 자신을 인식하고 있었고, 외적인 공공의 영역에서는 감동과 재미, 유익한 정보 등을 생산하여 수용자들에게 전달하는 미디어 문화 생산자로서 정체성을 가지고 있었다. 실제로 방송 구상작가들은 프로그램의 아이템을 선별하기 위해 최전선에서 많은 정보를 입수하고 다양한 사람들을 만나는 일을 한다. 이러한 과정 속에서 문화 생산자로서 방송콘텐츠를 제작할 가치가 있는 것들과 없는 것들을 구별하고 선택된 아이템들을 프로그램으로 제작하는 일을 하고 있다.

또 다른 측면에서는 자신들을 '협업'을 하는 존재로서 분명하게 규정짓고 있었다.

---

15 김미숙, 앞의 책.

PD와 작가는 프로그램 기획부터 한 편의 결과물이 나올 때까지 대등한 관계에서 서로의 약한 부분을 서포트 하고 창의력을 북돋우고 어려움을 헤쳐나가며 협업하는 관계라고 생각합니다.　　　　　　　　　　　　　(L)

'구성작가'라고 하면 표면적으로는 글을 쓰는 일이 전부라고 생각하는 경우가 많겠지만 직접 몸담아 제작을 하다 보면 어떤 포맷으로 어떤 메시지를 어떻게 전달할 것인가를 고민하며 전반적인 일을 담당한다고 생각합니다. 프로그램 기획부터 아이템 선택, 구성, 편집까지 전반적인 제작 과정에 다 참여합니다.　　　　　　　　　　　　　　　　　　　(M)

구성작가들이 직접 제시한 프로그램 집필 과정과 업무 내용을 살펴보면 끊임없는 협업의 과정이라는 것을 알 수 있다. 구성작가의 구체적인 업무는 다음과 같은 과정을 거친다.

아이템 탐색
▽
전화 취재
▽
기획안 작성
▽
팀장 및 본사 CP 컨펌
▽
아이템 선정
▽
디테일한 전화 취재(또는 미팅)
▽

섭외

▽

가구성안 작성

▽

PD와 구성 회의

▽

촬영구성안 작성

▽

촬영해 온 영상 프리뷰

▽

편집 구성안 작성

▽

PD와 가편 영상 파인 커팅(fine cutting)

▽

최종 가편 나오면 자막 작성

▽

더빙 혹은 리딩 원고 작성(홍보 문구 작성)

그 외에도 프로그램에 따라 일이 더 추가되기도 했으며 구성작가가 할 일이라고 생각지도 못한 업무를 하고 있는 경우가 많았다. 연구 대상자들은 "인물 인터뷰 및 캐릭터 구축에 PD의 편집본 참여, 자막 검수까지"(H) 하거나 함께 일하는 연출의 역량이나 성향에 따라 주어지는 역할의 범위가 다소 유동적이긴 하지만 "프로그램에 따라서는 촬영 현장에 구성작가가 동행해서 현장 연출"(K)까지 하기도 하고, "기획, 취재, 구성, 섭외, 원고 작성은 물

론 출연자 컨디션 관리까지 모두 구성작가가 관여해야 프로그램이 돌아가며"(P), "프로그램 내용부터 마지막 잡일까지 전천후 역할을 하는 게 구성작가"(T)라고 했다. 또한 프로그램 홍보 문구[16] 작성 같은 것도 구성작가의 업무에 속해 있었다.

구성작가의 본연의 일은 교양·예능·라디오 등 비드라마 방송 프로그램의 내용을 구성하고 대본을 쓰는 일이지만, 실제로 구성작가들은 프로그램 시작부터 마지막 순간까지 프로그램을 위해서라면 뭐든지 해야 했다. 프로그램 핵심 생산 주체로서 자부심을 느끼면서도 프로그램 내의 온갖 '잡일'까지 해내야 하는 구성작가들은 문화 생산자로서 자부심과 경계 없는 노동 사이에서 균열된 정체성을 나타내고 있다.

끊임없는 협업의 과정 속 멀티플레이어

초창기 구성작가로 일했던 이정혜[17]는 KBS의 〈나의 회고록〉[18]이라는 프로그램을 제작할 당시에 자신의 업무에 대해서 '멀티플레이어의 탄생'이라는 말로 설명했다.

주어진 일은 한두 가지가 아니었다. 출연자 섭외와 사전 인터뷰, 사진 등 자료 조사, 인터뷰 질문 만들기, 출연자 모교 등 관련 촬영 장소 섭외, 현장 촬영에서 진행 보조, 인터뷰 내용 기록, 편집 구성안 작성은 기본이고 별관

---

16 통상 신문, 인터넷 등의 언론에 프로그램에 관한 기사를 쓸 수 있도록 배포하는 글.

17 이정혜, 「나는 홍일점 스크립터, '미쓰리'였다」.

18 학술원 회원, 예술원 회원, 등 각계 원로들의 인터뷰와 사진 자료 등으로 구성한 영상 회고록 프로그램.

과 본관을 셔틀버스로 오가며 자막 의뢰, 카메라 및 차량 배정 신청, 필자 본인의 원고료 신청 등 영역도 없이 1인 몇 역의 멀티플레이어가 되어야 했다.

1980년대 초반을 전후해서 이동식 카메라인 ENG 카메라가 방송사에 보급되면서 교양 프로그램 제작에 기동성이 생기자 다양한 프로그램이 만들어졌다. 문제는 계속 찍어대는 방대한 양의 녹화분을 프리뷰[19]하고 구성해서 대본까지 혼자 만들어야 했던 당시 PD들의 업무가 너무 과중하다는 것이었다. '구성작가 1세대'라고 불리는 이정혜는 1981년 방송 구성작가를 시작할 당시의 교양 PD에 대해서 이렇게 소개했다.

> KBS〈나의 회고록〉담당 PD는 1명, 출연자의 섭외는 주로 안국정 차장이 했지만 조연출도 없이 PD 혼자 촬영 이틀, 편집 이틀, 녹화 하루, 행정 업무 하루를 매주 계속해야 하는 살인적인 스케줄로 프로그램을 만들고 있었다. 그래서 사무실에서는 통 얼굴을 볼 수 없었고 필자가 처음 인사하러 갔던 날도 컴컴한 편집실에서 겨우 통성명만 했다.[20]

외국에는 없고 우리나라에만 있는 구성작가의 등장은 위와 같은 과중한 교양 PD의 업무를 줄여주기 위해 시작됐다. 이정혜의 경우, 고등학교 시절 KBS 청소년 프로그램이었던〈우리들 세계〉에 출연했던 인연으로 대학 졸업 후 구성작가로 입문했는데, 먼저 과부하가 걸려있던 PD의 업무 중 일부

---

19 촬영해 온 테이프에 구체적으로 어떤 내용이 담겼는지 일일이 다시 보고 순서대로 적어놓는 일. 보통 편집할 때 참고하기 위해 각 숏의 특징을 세밀하게 적어 '프리뷰 노트'를 만들어놓는다.

20 이정혜,「나는 홍일점 스크립터, '미쓰리'였다」.

를 떠안았다.[21] 그 후, 프로그램 내용을 구성하고 대본을 집필하는 일은 구성작가가, 촬영을 나가고 편집을 하는 일은 PD가 하는 것으로 '암묵적인 합의'가 이루어졌다. 그러나 디지털 기술의 발달로 기존의 제작 과정이 더욱 세분화되었고 그 과정 속에서 새로운 업무가 생기면서 작가의 일인지 PD의 일인지 모호한 영역이 만들어졌는데, 그 일을 PD나 작가의 능력에 따라 PD가 하기도 하고 작가가 하기도 하면서 업무의 경계가 불분명해졌다.

연구 대상 구성작가들은 각기 다른 프로그램을 하고 있고 경력도 다양해서 구성작가의 업무라고 생각하는 것과 구성작가의 업무가 아닌데도 수행하고 있는 일들에 대해서 조금씩 차이가 있었지만, 프로그램 기획, 섭외, 촬영 구성안 작성, 대본 집필 등을 구성작가가 하는 일로 인식하고 있었고, 촬영, 편집, 자막 뽑기(작성),[22] 큐시트[23] 작성, 프리뷰, 공문 작업,[24] 예고 작업, 협찬 상품 관리, 방송용 소품 준비 및 정리 등은 구성작가의 업무가 아니라고 대답했으며 편집을 위해 필요한 편집 구성안 작성의 경우, 프로그램마다 그 의미와 역할의 비중이 달라서 구성작가의 일로 생각하는 사람과 그렇지 않은 사람들이 비슷하게 나타났다. SBS 아카데미 출신으로 매거진식 종합 구성 프로그램과 다큐멘터리를 주로 집필해온, 구성작가 24년 차인 K는 자신의 경험을 기반으로 구성작가와 PD의 업무, 구성작가와 PD의 공동업무를 다음과 같이 제시하였다.

---

21 위의 글.

22 방송 내용의 중요한 부분에 대해 감각적으로 재치 있게 자막 문구를 뽑는 일.

23 방송 내용을 순서에 따라 배열하면서 전체 내용과 형식, 각 부분의 소요되는 시간을 한 눈에 볼 수 있도록 만든 것으로 교양·예능·뉴스 제작할 때 전체 스태프들이 공유하는 문서.

24 방송 제작을 위해 각 단체나 기업체 등에 발송하는 공문.

표 9. 24년차 구성작가(K)가 제시한 구성작가의 업무

순서	실제로 구성작가가 수행하는 업무	구성작가의 업무	구성작가의 업무가 아닌 것	공동 업무
1	프로그램 기획-기획안 작성			O
2	협찬사 미팅		O	
3	자료 조사			O
4	섭외-사전 취재-답사			O
5	제작 스케줄 관리		O	
6	촬영 구성안 작성	O		
7	프리뷰		O	
8	편집 구성안 작성	O		
9	그래픽 제안 및 그림 그리기		O	
10	원고 집필(대본 작성)	O		
11	자막 작성		O	
12	홍보문이나 미리보기 문구 작성	O		
13	예고 구성과 자막 작성		O	
14	팀 내 서브작가 및 막내작가 멘털 관리와 업무 교육	O		

연구 대상 구성작가들은 공통적으로 자막 뽑기와 큐시트 작성, 협찬 상품 관리, PD가 편집 과정에서 과도하게 작가에 의존하는 부분에 대해 불편한 심기를 드러냈다.

과도한 편집 파이널[25](시사 전 단계에선 함께 협의하는 게 맞지만), 세가 일했던

---

25 편집은 ① 기본 영상 자료 붙이기, ② 가편집, ③ 본편집, ④ 파이널 편집 등 몇 단계를 거치는데, 최종적으로 하는 편집을 파이널 편집이라고 한다.

곳들은 대부분 작가를 붙잡고 짧게는 세 시간에서 길게는 몇 날 며칠 파이널 (편집)을 하는 곳이 많았어요. 편집 자체는 PD의 일이라고 생각하기 때문에 이 부분은 작가 업무는 아니라고 생각해요. (S)

큐시트 작성, 자막 뽑기, 협찬 상품 관리. PD나 방송사 직원의 영역이라 생각합니다. 특히 프리랜서인 작가에게 협찬 상품 관리를 맡기는 건 정말 부당합니다. 이는 조직 내에 책임질 수 있는 사람이 담당해야 합니다. (P)

구성작가 F는 예능 프로그램 촬영 중에는 작가가 대본을 보면서 출연자가 제대로 말을 하고 있는지 확인해서 빠진 부분이 있으면 PD와 함께 상의해서 대처해야 하는데, 작가의 업무가 전혀 아닌 야외 촬영 현장 진행 업무까지 본 경험을 토로하면서 작가 본연의 일을 수행하는 데 지장을 받았다고 했다. 라디오를 집필하고 있는 L은 PD가 선곡표 작성이나 청취자 선물 보내기 등 "본인이 해도 될 자질구레한 일들을 다 시켰다"면서 상식적으로 이해가 가지 않는 일들을 작가에게 맡기는 경우도 많다고 했다.

연구 대상 구성작가들은 전체적으로 대본 집필에 이르는 전 과정, 즉 아이템을 찾고 섭외를 하고 촬영 구성안을 쓰고 대본을 집필하는 일은 자신들의 일로 인식하고 있었지만, 편집, 자막 작성, 큐시트 작성, 그 외 행정적인 일들을 작가에게 맡기는 일은 부당하다고 인식하고 있었다.

아이템 선정에서 섭외, 촬영, 편집, 대본 작성까지 혼자 해야 했던 PD의 과중한 업무를 분담하면서 생긴 구성작가라는 직업은 처음부터 그 업무의 경계가 분명하지 않았기 때문에 40년이라는 긴 시간이 흐른 뒤에도 노동 분담이 명확하지 않았고, 방송 제작 기술의 발달로 새롭게 생긴 업무들은 고스란히 구성작가의 몫이 되고 있다. 이는 미디어 생산 현장의 권력관계가 작용한 것으로 볼 수 있는데, 대부분 방송사나 제작사의 정규직인 PD가 프로그램 단위로 투입되어 일하고 있는 구성작가보다 입지가 탄탄한 고용 구조에서 비롯된 것으로 볼 수 있다.

집필 과정 중 불평등을 경험하는 구성작가

구성작가들은 업무 분담을 두고 PD와의 갈등이 빈번하게 일어나지만 문제 해결의 주도권은 가지고 있지 못하는 것으로 나타났다. "PD는 직원이고, 작가는 프리랜서란 이유로 무조건 PD의 말을 따라야 하는 경우가 다반사"(D)이고, "능력 없는 PD는 정규직원이라는 이유로 끝까지 살아남지만 작가는 그런 PD의 비위를 맞춰가며 일을 해야 하는 게 현실"(O)이며, "일할 때는 동료지만, 방송사 내에서 작가는 외부인 취급되는 게 대부분의 경우"(T)이기 때문이라고 했다.

구성작가가 등장했던 1980년대 초반부터 긴밀한 협업을 하는 PD와 작가는 각각 회사 직원과 프리랜서로 고용 형태가 달랐다. 1991년 민영방송인 SBS가 개국하고 1990년대 중반에 케이블TV 등장, 2011년 종합편성채널 개국, 최근에는 유튜브 채널이나 인터넷 포털의 방송 제작까지, 지난 30년간 우리나라 방송 콘텐츠가 기하급수적으로 늘어나면서 방송 구성작가의 수도 큰 폭으로 늘었지만, 구성작가가 제작비에서 원고료를 받는 프리랜서 신분이라는 것은 변하지 않았다. 반면 PD는 대부분 방송사나 제작사의 정규직원 신분이다. 디지털 시대에 걸맞게 제작 과정은 훨씬 정교해지며 세분화됐고 그만큼 해야 하는 업무는 많아졌지만 세분화된 일만큼, 많아진 업무만큼 고용을 보장받지 못한 프리랜서인 구성작가의 일은 늘어만 갔다고 했다.

아이템 발굴과 섭외, 취재, 사전 촬영 구성 등 촬영 전까지 거의 80~90%

를 작가 혼자서 담당하는 경우가 많았습니다. 특히 외주제작사의 경우 PD는 촬영과 편집 외에는 작가에게 떠넘기는 경우가 많았습니다. 생방송의 경우 편집이 늦어 집필을 할 충분한 시간[26]이 주어지지 않을 때도 있었습니다. (I)

촬영 현장에서 PD가 플러스 알파의 역할을 하면 괜찮은데 그렇지 않은 경우와 편집을 할 때도 일부 작가가 옆에 붙어서 커트바리[27]까지 해야 하는 경우엔 '이럴 거면 VJ 쓰고 편집 기사랑 일하지' 싶을 정도로 업무가 과도하다고 느껴질 때가 있어요. (A)

이 외에도 연구 대상 구성작가들은 "일은 정규직처럼 하는데 처우는 비정규직"(B)이고, "PD와 작가는 갑을 관계로 PD 마인드가 프리랜서인 구성작가는 언제든 마음에 안 들면 바꿀 수 있다는 태도"(C)로 인해서 "PD가 작가를 협력 관계가 아닌 수직 관계"(P)로 생각하는 것을 인지하며, "잘 되면 PD 덕, 안 되면 작가 탓하는 일부 제작사 및 제작자들의 횡포"(N)를 맞닥뜨리게 된다고 했다. "고생은 구성작가가 더 많이 했는데, PD라는 이유로 모든 공을 자신의 것으로 가져가는 PD도 있다"(L)고 했다.

구성작가는 PD와의 관계, 제작사나 방송사와의 관계 속에서 불평등을 수없이 경험하지만 이는 단순히 업무 분담 문제가 아니라 프로그램 제작 시스템의 문제와 고용 형태의 문제를 포함한 제도적인 문제라고도 했다. 업무는 비슷한데 구성작가 등장 초기부터 PD는 공채 직원으로, 구성작가는 프리랜서로 일하는 관행이 굳어졌고, 고용이 불안정한 구성작가들은 구성작가의 업무가 아닌 일도 할 수밖에 없는 상황이 자연스럽게 정착되었다

---

26 방송 구성 프로그램은 먼저 편집이 완료되어야 화면 길이에 맞게 대본을 쓸 수 있어서, 편집이 늦어지면 구성작가들은 글을 쓸 시간이 부족해 큰 어려움을 겪는다.

27 커트를 나누는 것을 뜻하는 제작 현장 용어. '커트 분할'이라는 뜻이다.

고 했다.

1980년대 구성작가 등장 초기에는 지금처럼 '구성작가'라는 명칭도 정확히 없었고, 또 구성작가를 양성하는 방송사나 사설 아카데미가 없었기 때문에 알음알음으로 방송일과 글 쓰는 일에 재능이 있는 사람들을 찾아야만 했다. 당시 방송사에서는 프리랜서로 PD와 협력하여 방송을 만들어나가는 구성작가를 구하기 힘들어서 구성작가 한 사람이 몇 개의 프로그램을 맡는 등 귀한 대접을 받은 것으로 보인다.[28]

1991년 외주제작 정책이 시행되면서 방송사에서만 제작하던 방송 프로그램들을 외주제작사에서 만들어 납품하기 시작했고 1990년대 중반에는 케이블 방송의 등장으로 구성작가가 방송 인력으로 대거 유입되었다. 그러나 1998년 외환위기와 2008년 글로벌 금융위기를 거치면서 방송사에서 제작사에 주는 제작비가 계속 줄어들었고, 기존의 케이블 방송에 2011년 종편채널까지 개국하면서 지상파의 광고 수입은 지속적으로 축소됐다.[29] 다른 채널 플랫폼 역시 한정된 국내 광고 수익을 나눠야 하는 상황이라 드라마에 비해서 부가 이익 창출이 적은 교양 프로그램 중심으로 제작비를 줄이는 정책을 썼다.

구성작가들은 방송제도의 변화를 온몸으로 받아들여야만 했는데, "제작비가 축소되었을 때 제일 먼저 작가 인건비부터 깎고 보는 제작사들의 만연한 행태"(E)를 경험하면서 "프리랜서인 작가를 소모품 정도로 생각하는 경험"(S)을 한다. 제작비를 줄이기 위해 외주제작사에서 경험이 적은 PD를 고용하는 경우가 많은데, 이런 경우 연차가 적은 PD의 능력 부족을 구성작가

---

28 이정혜, 「1982년, 방송 2년차 홍일점 시대는 막을 내리고」.
29 정철운, 「지상파 광고매출 1년 사이 986억 줄었다」,『미디어 오늘』, 2021.

가 오롯이 메워야 한다고 했다.

> PD의 능력 부족과 역량 부족으로 작가와 PD 사이의 불평등이 많이 일어나죠. PD가 편집할 때 자막을 생각하면서, 스토리 라인을 생각하면서 편집해야 하는데, 아무 생각 없이 하거나 시간에 쫓겨서 하는 경우가 많습니다. 그런 경우 다 구성작가가 프로그램에 부족한 부분을 메꿔야 하니 업무가 많아질 수밖에는 없습니다. 계약서를 쓴다고 해도 잘 이행되지 않는 경우가 많습니다.　　　　　　　　　　　　　　　　　　　　　　　　　　　　　　(H)

프리랜서 계약을 맺고 일하는 작가의 고용과 임금 불안이 심화되자 문체부는 지난 2017년 12월 '방송작가 표준 집필 계약서'를 만들어 방송사에 보급했지만, 이 계약서는 임금 지급 항목을 '원고료'로 특정해놓는 등 드라마 작가 위주로 만들어놓아서 온갖 잡무에 내몰리면서도 그의 대가는 제대로 받지 못하는 구성작가에게는 별 도움이 되지 못하고 있다.[30] 그렇다 보니 계약서를 썼다고 해서 고용이 보장되는 것도 아니고 잡무에서 벗어나지도 못해 무용지물 '계약서'가 되는 경우가 많다. 실제로 MBC 보도국에서 일하던 뉴스 작가 두 명은 계약서를 썼지만 해고당했다.[31]

> 지금의 계약서는 1년 2년 기간을 보장한다는 형식적인 계약서만 존재합니다. 하지만 이는 일하는 동안의 기간만 보장될 뿐, 1년이 지난 후, 2년이 지난 후 근거 없이 계약을 하지 않는 행태로 PD 마음대로 작가 해지 수단으로 악용되고 있습니다.　　　　　　　　　　　　　　　　　　　　　　　　　　(M)

30　제정남, 「[방송작가 표준계약서 도입 4년] 현실과 동떨어지고 방송사는 지키지도 않아」, 『매일노동뉴스』, 2021.

31　손가영, 「10년차 뉴스 작가의 눈물 '한 순간 해고… 누가 우리 말 들어주나」, 『미디어오늘』, 2020.

M의 지적대로 구성작가들이 당하는 노동과 고용의 불평등은 단순히 '계약서'를 쓴다고 해결되는 것이 아니다. 계약이란 관련되는 사람이나 조직체 사이에서 서로 지켜야 할 의무에 대하여 글이나 말로 정하여 두는 것으로 '어떤 계약서'인지, 계약서에 들어가는 내용이 중요한 것이지 "계약을 했다 안 했다"로 문제가 해결되지 않는다.

> 계약 기간을 단기가 아닌 장기로 정하고 업무별 능력을 인정받기 위한 세부 사항(기획력, 구성력, 시청률과 같은 영향력) 등을 추가한 계약서를 마련해서, 같이 일하는 사람 눈치 안 보고 능력을 인정받으면서 일할 수 있는 환경을 만들어야 한다고 생각합니다.
>
> (M)

M은 계약서 안에 들어갈 구체적인 내용까지 제시했다. 그러나 이러한 내용의 계약서를 방송사나 제작사가 받아들여 불평등을 해소하는 계약에 이르는 것은 별개의 문제다. 편성 권력과 자본력을 가진 방송사나 자본력과 제작 시스템을 가진 제작사가 이러한 내용의 계약 내용을 받아들일지는 미지수다. 채널 플랫폼이 많아지고 청년 취업이 매우 어려워진 환경에서 방송작가로 일하려는 인력들이 많아져 방송작가 1만 명 시대가 넘어선 지 이미 오래고 전체 방송작가 중 대부분이 구성작가라 구성작가 인력 풀(pool)은 풍부한 편이다. 이런 환경에서 방송사나 제작사가 개별 구성작가에게 '원하는 계약서'를 써주며 일하려고 하는 경우가 얼마나 될지 가늠하기가 어려운 상황이다.

구성작가가 약자인 프리랜서라는 미디어 생산 내의 위치가 변하지 않는 한 개인의 노력으로 현재의 불평등을 해소하기는 어려워 보이며, 방송 프로그램 생산의 핵심 주체로서, 미디어 문화 생산자로서 구성작가들의 불평등의 문제를 해결하기 위해서는 제도적인 차원에서 더 세밀한 접근이 필요해

보인다.

생존 전략은 '각자도생'

연구 대상인 구성작가들은, 구성작가의 불안정한 고용이나 부당한 업무 분담이 방송 제작 구조와 고용 형태가 바뀌지 않는 한 쉽게 해결되지 않을 것이라는 것을 명확하게 인식하고 있었으며, 동시에 자신들이 구성작가로 서 미디어 생산 영역에서 계속 일을 하기 위해서 '각자도생'의 방법을 찾아 가고 있었다.

첫 번째는 일과 관련된 인간관계를 잘 맺는 전략이다.

> 고용 보장이 되지 않기 때문에 결국엔 함께 일하자고 제안해줄 '사람'과 친 하게 지내는 방법이 거의 유일했던 것 같습니다. 본사의 경우에는 PD, 외주 의 경우에는 메인작가나 선배 작가들과 잘 지내는 것이지요. 물론 인간적인 관계보다 맡은 일을 잘 해내는 것이 먼저이겠지만요.   (I)

D는 "좋은 성격으로 대인관계를 잘 유지하는 것"을 꼽았고, F는 "함께 일 하는 팀원들과도 두루두루 잘 지내려고 노력"하는 것, S는 "많은 사람들과 인맥 쌓기"를 강조했다. 연차가 쌓일수록 자리는 없고 결국 알음알음으로 일자리를 찾을 수밖에 없기 때문에 많은 사람들을 알아두고 구성작가로서 생존하는 방법을 모색한다는 것이다.

두 번째는 실력과 능력을 쌓는 전략이다. G는 "끈기와 성실함을 탑재한 멀티맨이 되어야 한다"고 했고, J는 "능력을 계속 업그레이드하는 것"을 강 조했다. K는 "무조건 실력만이 살길이라 언제나 어떤 상황에서도 잘하려고 노력"해왔으며, M은 "작가들이 살아남는 전략은 첫째도 둘째도 능력"이라고 지적했다. P는 좀 더 구체적인 표현으로 실력에 관해 설명했다.

결국은 실력이 아닐까요. 필력은 물론 성실함과 책임감, 출연자와 스태프 관리 능력 모두가 작가의 실력에 포함된다고 생각하기에 이 능력을 키우기 위해 노력했습니다.
(P)

세 번째 전략은 쉬지 않고 무조건 열심히 일하는 전략이다. A는 "(일자리가 없어지지 않게) 쉬지 않고 일하는 것"을 중요하게 생각했으며 E 역시 "무조건 노력"하며 N도 "스스로 부끄럽지 않도록 매 순간 맡은 일에 충실"하는 방법밖에 없다고 했다. L은 열심히 하기 위해 누구의 일이든 최선을 다한다면서 구체적으로 의견을 피력했다.

일을 매우 열심히 합니다. 아주 기본적인 거죠. 일단 프로그램을 같이 하기로 하면 저 같은 경우는 통상적으로 생각하는 작가의 업무만 딱 하고 빠지지 않고, 구멍 나는 부분은 없는지 더 개선할 수 있는 부분은 없는지 항상 생각하는 편입니다. 일단 한 배를 타면 그 팀은 서로가 서로의 장단점을 메꿔줘야 한다고 생각합니다. 서로에 대한 신뢰가 있어야겠죠.
(L)

네 번째 전략은 자신의 영역을 넓히는 전략이다. 구성작가들은 "새로운 아이템을 개발하고 틈새시장을 발견"(H)하거나 "대기업 사내 방송이나 경찰청, 검찰청 등의 동영상을 제작하면서 여러 진로를 모색"(C)했으며 "제작뿐 아니라 관리 업무를 병행하고, 제작보다 기획 분야에서 많은 경력을 쌓으면서"(R) 자신들이 활동 영역을 넓히며 커리어를 쌓아 나갔다.

사회, 경제, 정치, 예술 등 다양한 분야에 항상 눈을 뜨고 흐름을 읽어 어떤 프로그램이라도 기회가 왔을 때 준비가 되어 있어야 하며, 저 같은 경우는 방송뿐만 아니라 각종 기관, 기업, 단체 등에서 홍보 영상이나 기획, 취재 기사 작성 등 구성작가를 하면서 키운 능력들을 최대한 활용해 바운더리를 넓혀왔습니다. 특히, 불안한 방송 고용 시장에서 전문 분야(보험, 증권, 부동산, 스포츠 등)를 만드는 것도 메리트가 있다고 생각합니다. (G)

연구 대상 구성작가들은 부당한 업무 수행과 고용의 불안 속에서 각자 나름대로, 일과 관련된 인간관계를 잘 하면서 실력과 능력을 쌓으며, 쉬지 않고 무조건 열심히 일하며 자신의 영역을 넓히고 있었는데 여기에는 미디어 노동을 둘러싼 신자유주의 시각이 담겨 있다.

신자유주의 가치에 충실한 리트비터(C. Leadbeater)[32]는 인재 주도형 경제를 주창하며 민주주의, 결속, 관료제 등 노동에 적용되어오던 용어들을 대신하여 신용, 자기 신뢰, 혁신, 창의성, 위험 감수라는 용어를 소개하고 개인만 열심히 하면 누구나 성공할 수 있다는 점을 주지시켰다. 신자유주의가 가져온 인재 주도형 경제는 직업을 개별화시키고 개인의 능력으로 살아남는 것이 미덕인 것처럼 포장하였는데, 이런 환경 속에서 미디어 분야는 가장 영향력 있고 성공할 가능성이 많은 곳이 되었다.[33]

이미 오랜 시간 방송 제작 현장에서 힘없는 프리랜서로 생존하면서 구성작가들은 미디어 분야에서 살아남는 방법을 체득한 것으로 보인다. 어셀(G. Ursell)[34]이 텔레비전 노동자들이 자신들의 일에 대한 열정에 어떻게 지배당

---

32 Leadbeater, C., *Living on Thin Air: The New Economy*, Harmondsworth : Viking, 1999.

33 김미숙, 앞의 책.

34 길리언 어셀, 「미디어 노동」, 데이비드 해드먼델치, 『미디어 생산』, 김영한 역, 서울 : 커뮤니케이션북스, 2010(Ursell, G., *Working in the media*, D. Hesmondhalgh(Ed.), *Media production*).

하는지를 지적한 것처럼 구성작가들 역시 부당한 처우와 불평등의 상황을 자신의 열정으로 이겨내려는 양상을 보였다.

4 소결 : 능력껏 살아남는 구성작가는 방송 프로그램 제작의 핵심 주체

이 연구 결과, 우리나라 교양·다큐·예능·시사·라디오 프로그램 제작에서 중추적인 역할을 하는 방송 구성작가들은 자신들을 방송 프로그램에 '없어서는 안 될 존재'로 인식하고 있었으며 공동 연출이나 다름없는 '프로그램 제작본부'로 여기며 프로그램의 핵심적인 내용과 구성을 결정하고 있는 것으로 나타났다. 동시에 시청자인 수용자들에게는 감동과 재미, 유익한 정보를 제공하면서 소통하는 문화 생산자로서 정체성도 가지고 있었다.

프로그램 제작에서 매우 긴요한 역할을 수행하는 구성작가들은 동료인 PD와 '협업하는 존재'로서 자신들을 규정하고 있었지만 PD의 업무를 자신들이 하고 있는 점에 대해서 불평등하다고 생각하고 있었다. 특히 편집 과정에서 과도하게 작가에게 의존하는 일, 촬영 과정에서 현장 진행까지 보게 하는 경우 등 명백한 PD의 업무까지 떠넘기는 관행은 매우 부적절하다고 느끼고 있었다. 또한 자막 뽑기, 큐시트 작성, 프리뷰, 공문 작업, 협찬 상품 관리 등 구성작가의 업무가 아닌 것을 떠넘기며 온갖 '잡일'을 구성작가가 하도록 하는 제작 현장이 헌신이 부당하다고 인식하고 있었다.

이러한 불평등의 원인은 PD는 정직원으로 채용하고, 작가는 소모품처럼 프리랜서로 고용하는 방송 제작 구조와 부당한 고용 형태에서 비롯된 것으로 인식하고 있었지만, 이러한 문제를 구성작가 개별적으로 해결할 수 없다는 것도 명확히 알고 있어서 각자도생의 생존 전략을 쓰고 있었다. 첫째, 일과 관련된 인간관계를 구축하는 것, 둘째, 실력과 능력을 쌓는 것, 셋째, 쉬지 않고 무조건 열심히 일하는 것, 넷째, 자신의 영역을 넓혀서 활동하는 것 등 각자도생의 생존 전략은 '개인의 능력으로 살아남는 것을 미덕'으로 포장하는 신자유주의의 인재 주도형 경제 개념과 맞닿아 있었으며 텔레비전 노동자들이 자신의 일에 대한 열정에 어떻게 지배당하는지도 보여준다.

1980년 구성작가 등장 초기 때부터 PD와의 업무 분담이 명확하지 않았지만, 디지털 기술의 발달로 방송과정에 세분화되면서 발생되는 많은 업무가 구성작가의 일이 되었다. 구성작가의 처우와 고용을 보장하기 위해 표준 계약서가 등장하였지만 애초에 구성작가와 제작사·방송사가 동등한 계약을 하기에는 일을 하려는 구성작가의 수는 너무 많고 직업의 진입장벽이 많이 낮아져 실현 가능성이 떨어지는 것으로 파악된다. 어려운 환경 속에서도 미디어 생산자로서 정체성을 가지고 있는 구성작가들은 자신의 열정을 쏟아 방송 제작에 헌신하는, 미디어 노동의 특징을 보여주고 있었다.

구성작가의 업무 정체성과 노동 경험을 탐구한 이 연구는 미디어 문화연구 내에 생산자 연구, 텍스트 연구, 수용자 연구에서 상대적으로 연구가 부족한 생산자 연구를 확장시켰다는 점, 구성작가의 체험이 반영된 자기기술지를 통해 프로그램 집필 과정 등 구성작가의 업무에 대해 세밀하게 들여다봄으로써 또 다른 생산 주체인 PD와의 업무를 둘러싼 역학관계를 살펴보고 제도적 압박과 제작 시스템의 문제도 살펴봤다는 점에서 의의가 있다. 그러나 연구 대상이 구성작가들로 한정되어 있어 중요한 협업의 상대자인 PD와 구성작가의 역동적인 상호관계를 살피는 데는 한계가 있었다. 또한 구성작가라는 직업을 선택한 과정에 대한 탐구, 고용 불안정과 불평등을 경험하면서도 일을 계속하고 있는 구성작가들의 내밀한 모습까지는 들여다보지 못해서 심미적 노동을 하는 미디어 노동자로서 구성작가를 전체적으로 조망하는 데는 부족함이 있다.

앞으로 교양·예능 프로그램에서 중요한 협업 관계인 구성작가와 PD가 함께 참여하는 연구, 심미적인 노동을 하는 구성작가들의 방송 입문과정, 성장과 꿈 등에 초점을 맞추어 미디어 생산자로서 구성작가를 좀 더 깊게 탐구할 수 있는 연구가 이어지길 기대한다.

「2021 웹툰 작가 실태조사 보고서」, 한국콘텐츠진흥원, 2022.

「2021 웹툰 사업체 실태조사」, 한국콘텐츠진흥원, 2021.

「2022년 웹툰 사업체 실태조사」, 한국콘텐츠진흥원, 2022.

「2022 웹소설 산업 현황 실태조사」, 한국출판문화산업진흥원, 2023.

「웹툰 · 웹소설 트렌드 리포트 2023」, Opensurvey, 2023.

『만화 산업 백서』, 한국콘텐츠진흥원, 2020.

강경묵, 「웹툰의 오늘과 미래… 올들어 신작 생산율 증가 추세」, 『경기신문』, 2021.1.3.

강영주, 「홍명희와 역사소설 '임꺽정'」, 『한국 근대 리얼리즘 작가 연구』, 문학과지성사, 1986.

──────, 「역사소설의 리얼리즘과 민중성」, 『한국근대 역사소설의 재인식』, 창작과 비평사, 1991.

길리언 어셀, 「미디어 노동」, 데이비드 헤즈먼댈치 편, 『미디어 생산』, 김영한 역, 커뮤니케이션북스, 2010.

김경애, 「'보는' 소설로의 전환, 로맨스 웹소설 문화 현상의 함의와 문제점」, 『인문사회21』 제8권 제4호, 2017.

김기란 · 최기호, 『대중문화사전』, 현실문화연구, 2009.

김동원, 「한국 방송산업의 유연화와 비정규직의 형성」, 한국외국어대학교 박사학위 논문, 2010.

김동호, 「퇴근 후 웹소설로 10억을? 〈재벌집 막내아들〉 산경 작가 '꿈으로만 끝내지 말라'」, 『서울경제』, 2020.

김미경, 「웹소설 작가 20만명 시대…출판시장 넘본다」, 『이데일리』, 2022.

김미숙, 「드라마 생산자로서의 제작사 기획 프로듀서 연구」, 『한국콘텐츠학회논문지』 제21권 제10호, 2021.

———, 「방송 구성작가의 업무 정체성과 노동 경험 : 구성작가들의 체험이 반영된 자기기술지 분석을 중심으로」, 『한국콘텐츠학회논문지』 제21권 제12호, 2021.

———, 「미디어 콘텐츠 생산자로서 웹소설 작가의 정체성 연구 : 심층 인터뷰와 자기기술지를 중심으로」, 『한국콘텐츠학회논문지』 제22권 제10호, 2022.

———, 「영상문화를 선도하는 웹툰 작가의 정체성과 노동 과정」, 『연기예술연구』 제28권 제4호, 2022.

———, 『드라마 작가는 어떻게 만들어지는가』, 푸른사상, 2018.

김미숙·이기형, 「심층 인터뷰와 질적인 분석으로 조명한 텔레비전 드라마 작가들의 정체성과 노동의 단면들 : 보람과 희열 그리고 불안감에 엮어내는 동학」, 『언론과 사회』 21권 3호, 2013.

김미숙·홍지아, 「TV드라마 작가 연구 : 드라마 생산 과정에서 겪는 타 생산자들과의 갈등과 타협을 중심으로」, 『한국방송학보』 제30권 제4호, 2016.

———, 「드라마 제작 과정에서 벌어지는 생산자 사이의 갈등 연구 : 두 편의 드라마 사례를 중심으로」, 『한국언론정보학보』 통권 제86권, 2017.

김선아, 「한국영화 기획개발 과정에서의 프로듀서의 역할과 개선방안 : 'PGA의 Produced By' 규정을 기준으로」, 『한국콘텐츠학회논문지』 제13권 제10호, 2013.

김영주, 『빨간 수염 연대기』, 문학과지성사, 2011.

김영찬, 「미드(미국 드라마)의 대중적 확산과 방송사 편성 담당자의 '문화 생산자' 그리고 '매개자'로서의 역할에 관한 연구」, 『방송문화연구』 제19권 제2호, 2007.

김옥영, 「작가 저널리즘은 존재하는가?」, 『열린미디어 열린사회』 2004년 여름호, 2004.

김윤수, 「블룸버그 '카카오픽코마, 日 상장 내년으로 연기할 듯'」, 『서울경제』, 2022.8.23.

김윤식, 「'장길산'론 : 황홀경의 사상」, 『우리 소설과의 만남』, 민음사, 1985.

김윤식·정호웅, 『한국소설사』, 문학동네, 2000.

김익상·김승경, 「1990년대 기획영화 탄생의 배경과 요인 연구」, 『동국대학교 영상 미디어센터 씨네포럼 27』, 2017.

김작가TV, 〈부업으로 '이 일을' 시작했는데 의사 직업까지 그만뒀어요〉, 2022. https://www.youtube.com/watch?v=NN58OT-7bMk

김정현, 「문화예술계의 '을' 방송작가, 현실을 말하다」, 『내일을 여는 역사』 Vol.63, 2016.

김주환, 『내면 소통 : 삶의 변화를 가져오는 마음근력 훈련』, 인플루엔셜, 2023.

김중혁·천선란 외, 『작가의 루틴』, 엔드, 2023.

남선우, 「이 제작사가 궁금하다 : '지옥' '콘크리트 유토피아'(가제) 클라이맥스 스튜 디오」, 『씨네21』, 2021.

노동렬, 「방송 드라마 제작 산업의 공진화 과정과 인센티브 딜레마」, 서강대학교 대 학원 박사학위 논문, 2013.

동국대학교 한국문학연구소, 『문학으로서의 텔레비전 드라마』, 동국대학교 출판부, 2012.

민대진, 「현대 한국영화에서 프로듀서의 중요성과 역할 연구」, 『영화연구』 제24권, 2004, 167~192쪽.

박노현, 『드라마, 시학을 만나다』, 휴머니스트, 2009.

박성우, 「구글 '인앱결제' 강제화 D-1···OTT·웹툰 줄줄이 가격 인상」, 『조선일보』, 2022.5.31.

박은경, 「[클릭TV] 〈대장금2〉 한류 자존심 지킬까」, 『주간경향』, 2014.4.29.

박정훈, 「젤리페이지, 이용자 참여 '웹툰 공모전' 심사 진행」, 『이코노믹 리뷰』, 2022.8.3.

박지훈, 『영화제작 매스터북』, 책과길, 2008.

박지훈·류경화, 「국제시사 프로그램의 생산 과정에 미치는 영향력에 관한 연구 : MBC 〈W〉의 서구와 제3세계 재현을 중심으로」, 『언론과 사회』 제18권 제

2호, 2010.

박진우, 「유연성, 창의성, 불안정성」, 『언론과 사회』 19권 4호, 2011.

백은지, 「만화 에이전시 역할 변화에 따른 웹툰 산업 발전 방안 연구」, 『만화애니메이션연구』 67호, 2022.

불완전연소, 「레진 코믹스는 왜 댓글기능이 없을까?」 네이버 블로그, 2021. https://blog.naver.com/batllemarin2/222353707856

산 경, 〈prologue_웹소설을 시작하는 분들을 위해, '산경' 작가가 전하는 이야기〉, 위즈덤하우스 포스트, 2020. https://post.naver.com/viewer/postView.naver?volumeNo=27224845&memberNo=15617358

서성희, 「한국 기획영화에 관한 연구 : 〈결혼이야기〉를 중심으로」, 『영화연구』 제33권, 2007.

서은영, 「[만화_특집-웹툰 생태계의 현황과 문제점] 노블코믹스의 이야기 소비 방식 : 플랫폼, 유저(플레이어), 그리고 즉물성」, 『황해문화』 통권 제114호, 2022.

서정원, 「전건우 작가 "웹소설은 '사이다'⋯비련의 주인공 안 통해요"」, 『매일경제』, 2021.

세종사이버대학교 유튜브 동영상, 〈웹툰 작가로 살아남기〉, 2019. https://www.youtube.com/watch?v=-pzdT20vLmM

손가영, 「10년 차 뉴스 작가의 눈물 '한순간 해고⋯ 누가 우리 말 들어주나'」, 『미디어오늘』, 2020.

스터디언 유튜브 동영상, 〈30년 넘게 직접 경험한 '몰입' 2시간 만에 알려드립니다〉, 2023. https://youtu.be/_ZzrNbSQP4Q?si=otxZ-2W58rG5czRb

신재우, 「장성락 작가 사망⋯ 웹툰협회 "고강도 업무 · 살인적 환경 개선해야"」, 『뉴시스』, 2022.8.8.

신진아, 「K-드라마, 방송영상물 매출 · 수출 견인 "41.5% 증가"」, 『파이낸셜뉴스』, 2023.2.8.

안혜원, 「웹소설 쓰는 직장인들, 작품 하나만 '대박' 나면 수억원대 돈방석」, 『한경닷컴』, 2021.

양경욱, 「플랫폼 경제와 문화산업 : 만화산업의 플랫폼화와 웹툰 작가의 자유/무료 노동」, 『노동정책연구』 20(3), 2020.

역사채널e, 〈19세기 조선의 핫플레이스, 세책점〉, EBS, 2016.7.14.

─────, 〈책의 신선 책쾌〉, EBS, 2013.9.6.

연정모 · 김영찬, 「텔레비전 연예정보 프로그램의 생산자 문화에 대한 민속학적 연구 : KBS 2TV 〈연예가 중계〉의 생산 현장을 중심으로」, 『한국방송학보』 22권 2호, 2008.

유주현, 「'절단신공'과 소액 결제의 결합… 웹소설, K콘텐트 보물창고로 떴다」, 『중앙선데이』, 2021.

육서영 · 윤석민, 「탐사보도 프로그램 제작에서 구성작가의 역할」, 『방송통신연구』 통권 제81권, 2013년 겨울호, 2013.

윤석진, 『김삼순과 장준혁의 드라마 공방전』, 북마크, 2007.

윤석진 · 박상완, 「디지털 시대, TV드라마 '기획'에 관한 시론 : 최지형 CP의 작품을 중심으로」, 『한국언어문화』, 2013.

윤현옥, 「"웹툰시장 연매출 1.5조 돌파…5년 새 4배 성장"」, 『이지경제』, 2022.12.22.

이기형, 「'현장' 혹은 '민속지학적 저널리즘'과 내러티브의 재발견 그리고 미디어 생산자 연구의 함의」, 『언론과 사회』 제18권 제4호, 107~157쪽, 2010.

─────, 『미디어 문화연구와 문화정치로의 초대』, 논형, 2011.

이남호, 「벽초의 '임꺽정' 연구」, 『동서문학』, 1990.3.

이상길 · 이정현 · 김지현, 「지상파 방송사 비정규직 노동자의 직무인식과 노동 경험」, 『방송과 커뮤니케이션』 14권 2호, 2013.

이　석, 「잠재시장만 100조원…K웹툰 新한류을 이끌다」, 『시사저널』, 2021.3.16.

이수기, 「예비 웹툰 작가만 14만명…하지만 절반은 한달 수입 160만원」, 『중앙일보』, 2019.5.12.

이영미, 『한국인의 자화상 드라마』, 생각의나무, 2008.

이오현, 「텔레비전 다큐멘터리 프로그램의 생산 과정에 대한 민속지학적 연구 : KBS 〈인물현대사〉의 인물 선정 과정을 중심으로」, 『언론과 사회』 13권 2호, 2005.

이용석, 「한국 드라마 제작 시스템의 변화 : 새로운 기획 시스템, 새로운 제작 요소의 등장」 한국방송학회, 『방송 제작 시장 변화와 요소시장의 변화 탐색 발표집」, 2021.

이융희, 「디지털 매체 기반 장르문학 연구의 가능성 : 웹소설 연구를 위한 제언」, 『한국언어문화』 제73권, 2020.

이정혜, 「나는 홍일점 스크립터, '미쓰리'였다」, 『월간 방송작가』 Vol.160, 2019년 7월호, 2019.

———, 「1982년, 방송 2년차 홍일점 시대는 막을 내리고」, 『월간 방송작가』 Vol.161, 2019년 8월호, 2019.

이정훈 · 박은희, 「외주제작정책 도입 이후 지상파 드라마 제작 시스템의 변화」, 『방송문화연구』 제20권 제3호, 2008.

이혜윤, 「전업주부부터 검사까지… 그들은 왜 웹소설에 빠졌나?」, 『조선일보』, 2022.

이호재 · 전채은, 「고등학생부터 대기업 부장까지…연 1억 원 버는 '웹소설' 작가 도전 열풍」, 『동아일보』, 2021.

임건중, 「한국영화의 상업적 성공을 위한 기획 개발 단계」, 『한국콘텐츠학회논문지』 제12권 제10호, 2012.

임근호, 「웹툰 원작 전성시대…20편 줄줄이 영상화」, 『한국경제』, 2022.4.7.

임영호 · 김은진 · 홍찬이, 「도덕경제와 에로장르 종사자의 직업 정체성 구성」, 『언론과 사회』 16권 2호, 2008.

임영호 · 김정아, 「프리랜서 방송 진행자의 현실인식과 대응전략 : 근거이론에 의한 분석」, 『언론과 사회』 19권 2호, 2011.

임정연, 「방송콘텐츠 글로벌 집필능력 강화를 위한 국외 심화교육 연수보고서」, 한국전파진흥협회, 2015.

전현진, 「한계 없는 상상력과 기발한 캐릭터들…대세가 된 '웹소설'」, 『경향신문』, 2020.

전혜원, 「뉴스에 안 나오는 뉴스, 'KBS · MBC · SBS는 근로감독 받는 중'」, 『시사인』, 2021.

정성효, 「기형적 제작 시스템 전체 콘텐츠 산업 위협」, 『방송문화』 제3월호, 2007.

정영희, 『한국사회의 변화와 텔레비전 드라마』, 커뮤니케이션북스, 2005.

정유진 · 오미영, 「방송 제작 종사자들의 '번아웃'에 관한 연구 : 인구사회학적 속성에 따른 차이를 중심으로」,『한국언론학회』 제59권 제1호, 2015.

정창권,『기이한 책장수 조신선』, 사계절, 2012.

정철운,「지상파 광고매출 1년 사이 986억 줄었다」,『미디어 오늘』, 2021.

정혜신,『당신이 옳다』, 해냄, 2018.

제정남,「[방송작가 표준계약서 도입 4년] 현실과 동떨어지고 방송사는 지키지도 않아」,『매일노동뉴스』, 2021.

지그문트 바우만,『새로운 빈곤 : 노동 소비주의 그리고 뉴푸어』, 이수영 역, 천지인, 2012.[Bauman, Z, *Work, Consumerism and the New Poor*, 2004]

진   문,『밀리언 뷰 웹소설 비밀코드』, 블랙피쉬, 2021.

최수문,「K드라마 원천 웹소설 시장, 1조 넘겼다」,『서울경제』, 2023.9.7.

하루야마 시게오,『뇌내혁명』, 중앙생활사, 2020.

한국방송작가협회사 편찬위원회,『한국방송작가협회 50년』, 한국방송작가협회, 2000.

한소범,「"콘텐츠 원석 낚자" 커진 웹툰 · 웹소설 시장에… '억 소리' 공모전들」,『한국일보』, 2022.

한승옥,「벽초 홍명희의 '임꺽정' 연구」,『한국 현대 장편소설 연구』, 민음사, 1989.

한창완,「한국형 '마블'을 꿈꾸는 한국 웹툰 스튜디오」,『한류나우(Hallyu Now)』 제37호 7 · 8월, 2020.

KOCCA,「비상하는 K-웹툰! 해외 만화시장 변동 및 국내 웹툰 수출 현황」, 한국콘텐츠진흥원 상상발전소, 2020. https://koreancontent.kr/3754

Bauman, Z., *Work, Consumerism and the New Poor*, Open University Press, 2004.

Beck, A.(Ed.), *Cultural Work: Understanding the cultural industries*, London: Routledge, 2003.

Bell, D., *The Cultural Contradictions of Capitalism*, London: Heinemann, 1976.

Bourdieu, P., *Algérie 60*, Paris: Minuit., 1977.

Caldwell, J.T., *Production culture: industrial reflexity and critical practice in flim and television*, Durham, N.C : Duke University Press, 2008.

D'acci, J., *Defining women: Television and the case of Cagney & Lacey*, Univ of North

Carolina Press, 1994.

Gitlin, T., *Inside prime time*, Univ of California Press, 1994.

Hesmondhalgh, D., & Baker, S., "A very complicated version of freedom: Conditions and experiences of creative labour in three cultural industries", *Poetics*, 38(1), 2010.

Hesmondhalgh, D., *Creative labour*, London: Routledge, 2011.

Leadbeater, C., *Living on Thin Air: The New Economy*, Harmondsworth: Viking, 1999.

Mayer, V., *Below, the line: Producers and production studies in the new television economy*, Durham, NC: Duke University Press Books, 2011.

McRobbie, A., *From Holloway to Hollywood: Happiness at work in the new cultural economy*, Cultural Economy, 2002.

Srnicek, N., *Platform Capitalism*, New York, NY: John Wiley & Sons, 2017.

용어 및 인명

작품 및 도서